Das Buch
Am Ausgang des Jahrtausends steht Spanien vor der größten innenpolitischen Krise seiner Geschichte. Einige spanische Diplomaten spüren es, und OP-Center-Informanten bestätigen es. Gemeinsam suchen die Vereinigten Staaten und Spanien nach einem Weg, um ein Chaos – ähnlich dem der auseinanderbrechenden Sowjetunion oder des sich spaltenden Jugoslawien – zu verhindern. Da fällt während einer geheimen diplomatischen Mission in Madrid die OP-Center-Beauftragte für Politik und Wirtschaft, Martha Mackall, einem Attentat zum Opfer. Und plötzlich bestätigen sich die schlimmsten Befürchtungen: Irgend jemand will in Spanien einen blutigen Bürgerkrieg provozieren, koste es, was es wolle ...

Die Autoren
Tom Clancy, geboren 1947 in Baltimore, begann noch während seiner Tätigkeit als Versicherungskaufmann zu schreiben und legte schon mit seinem Roman *Jagd auf Roter Oktober* einen Bestseller vor. Mit seinen realitätsnahen und detailgenau recherchierten Spionagethrillern hat er Weltruhm erlangt. Tom Clancy lebt mit seiner Familie in Maryland.
Von Tom Clancy sind im Heyne-Verlag erschienen: *Gnadenlos* (01/9863), *Ehrenschuld* (01/10337), *Befehl von oben* (01/10591).
Steve Pieczenik ist von Beruf Psychiater. Er arbeitete während der Amtszeiten von Henry Kissinger, Cyrus Vance und James Baker als Vermittler bei Geiselnahmen und Krisenmanager. Steve Pieczenik ist Bestsellerautor von psychologisch angelegten Polit-Thrillern.
Von Tom Clancy und Steve Pieczenik liegen im Heyne-Verlag vor: *Tom Clancy's OP-Center* (01/9718), *Tom Clancy's Op-Center. Spiegelbild* (01/10003), *Tom Clancy's OP-Center. Chaostage* (01/10543), *Tom Clancy's OP-Center 4. Sprengsatz* (01/10764), *Tom Clancy's Power-Plays-Politika* (01/10435), *Tom Clancy's Net Force 1. Intermafia* (01/10819).

TOM CLANCY und STEVE PIECZENIK

TOM CLANCY'S
OP-CENTER 5
MACHTSPIELE

Aus dem Englischen
von Heiner Friedlich

WILHELM HEYNE VERLAG
MÜNCHEN

HEYNE ALLGEMEINE REIHE
Nr. 01/10875

Titel der Originalausgabe
TOM CLANCY'S OP-CENTER 5:
BALANCE OF POWER

Umwelthinweis:
Das Buch wurde auf
chlor- und säurefreiem Papier gedruckt.

2. Auflage

Redaktion: Verlagsbüro Dr. Andreas Gößling und Oliver Neumann GbR
Copyright © 1998 by Jack Ryan Limited Partnership
and S & R Literary, Inc.
Copyright © 1999 der deutschsprachigen Ausgabe by
Wilhelm Heyne Verlag GmbH & Co. KG, München
Printed in Germany 1999
Umschlagillustration: Bildagentur Mauritius/Photri, Mittenwald
Umschlaggestaltung: Atelier Ingrid Schütz, München
Satz: Pinkuin Satz und Datentechnik, Berlin
Druck und Bindung: Ebner Ulm

ISBN 3-453-15194-1

http://www.heyne.de

Danksagung

Wir möchten Jeff Rovin für seine kreativen Ideen und seinen wertvollen Beitrag bei der Vorbereitung des Manuskripts danken. Für ihre Hilfe danken wir auch Martin H. Greenberg, Larry Segriff, Robert Youdelman, Esq., Tom Mallon, Esq., und den wundervollen Menschen von der Putnam Berkley Group, einschließlich Phyllis Grann, David Shanks und Elizabeth Beier. Wie immer danken wir auch unserem Agenten und Freund Robert Gottlieb von der William Morris Agency, ohne den dieses Buch niemals erdacht worden wäre. Am wichtigsten aber ist uns, daß Sie, verehrte Leser, entscheiden, wie erfolgreich unsere gemeinsamen Bestrebungen gewesen sind.

Tom Clancy und Steve Pieczenik

1

Montag, 16 Uhr 55 – Madrid, Spanien

»Das war völlig daneben«, zischte Martha Mackall. Das Verhalten der jungen Frau neben ihr erschien ihr so unangemessen, daß es einen Augenblick dauerte, bis sie ihre Fassung wiedergefunden hatte. »Nicht nur das, sondern auch unvorsichtig. Sie wissen, was auf dem Spiel steht. Niemals hätten Sie sich so hinreißen lassen dürfen!«

Die stattliche Martha und ihre zierliche Assistentin Aideen Marley standen im Gang eines Busses und hielten sich an einer Stange nahe der vorderen Tür fest. Aideens rundes Gesicht war fast so rot wie ihr langes Haar. Geistesabwesend umklammerte sie das feuchte Tuch in ihrer rechten Hand.

»Oder sind Sie etwa anderer Meinung?« wollte Martha wissen.

»Nein …«

»Wie konnten Sie nur!«

»Ich sagte doch: nein«, wiederholte Aideen. »Ich bin Ihrer Meinung. Mein Verhalten war falsch. Unentschuldbar.« Aideen stand hinter ihren Worten. In einer Situation, die sie vermutlich hätte ignorieren sollen, hatte sie impulsiv reagiert. Aber die Standpauke schien ihr ebenso überzogen wie ihre Reaktion wenige Minuten zuvor. In den zwei Monaten, seit sie beim Op-Center für das Büro für Politik und Wirtschaft arbeitete, hatten die anderen drei Angestellten sie mehrfach davor gewarnt, sich mit der Chefin anzulegen.

Jetzt wußte sie, warum.

»Ich weiß nicht, was Sie damit beweisen wollten«, fauchte Martha, immer noch zu Aideen gebeugt. Ihre Stimme klang schrill vor Ärger. »Aber tun Sie so etwas nie wieder. Nicht, wenn Sie mit mir unterwegs sind. Haben Sie das verstanden?«

»Ja«, erklärte Aideen zerknirscht. Mein Gott, dachte sie, das genügt doch wohl! Ihr fiel ein Seminar an der US-Botschaft in Mexico City ein, an dem sie einmal teilgenommen hatte. Dort lernte sie, wie Gehirnwäsche funktionierte, indem man die Gefangenen bedrängte, wenn sie einen emotionalen Tiefpunkt erreicht hatten. Schuldgefühle wirkten stets besonders effektiv. Sie fragte sich, ob Martha sich diese Technik angeeignet hatte oder ob sie von Natur aus Meisterin darin war.

Doch dann stiegen Zweifel in ihr auf, ob sie ihrer Chefin gegenüber fair war. Schließlich war es tatsächlich ihre erste gemeinsame Mission für das Op-Center. Und sie war wichtig.

Endlich wandte Martha den Blick ab – aber nicht für lange. »Unglaublich«, sagte sie, als sie sich erneut umdrehte. Ihre Stimme war gerade laut genug, um das Dröhnen des Motors zu übertönen. »Eines möchte ich gern wissen: Ist Ihnen schon der Gedanke gekommen, daß man uns hätte verhaften können? Wie hätten wir das Onkel Miguel erklären sollen?«

Onkel Miguel lautete der Deckname für den Mann, mit dem sie verabredet waren. Sie sollten ihn benutzen, bis sie den Abgeordneten Isidro Serrador vom *Congreso de los Diputados*, dem spanischen Abgeordnetenhaus, trafen.

»Verhaften? Weswegen denn?« wollte Aideen wissen. »Ehrlich gesagt, nein, der Gedanke ist mir nicht gekommen. Wir haben uns doch nur verteidigt.«

»Uns verteidigt?«

Aideen blickte sie an. »Ja.«

»Und wogegen?«

»Was soll das heißen? Diese Männer ...«

»Diese *Spanier*«, fauchte Martha immer noch dicht an Aideens Ohr. »Unser Wort hätte gegen das ihre gestanden. Zwei Amerikanerinnen beschweren sich darüber, daß sie belästigt worden sind, und das bei Polizisten, für die das vermutlich ganz normal ist. Die *policía* hätte uns ausgelacht.«

Aideen schüttelte den Kopf. »Ich kann mir nicht vorstellen, daß es so weit gekommen wäre.«

»Verstehe. Und da sind Sie ganz sicher. Das können Sie mir garantieren.«

»Nein, kann ich nicht. Aber selbst wenn, die Situation wäre ...«

»Wäre was? Was hätten Sie getan, wenn man uns verhaftet hätte?«

Aideen blickte aus dem Fenster, vor dem die Geschäfte und Hotels des Zentrums von Madrid vorüberglitten. Vor kurzem hatte sie an einer Kriegssimulation am Computer teilgenommen, einer Pflichtübung für das diplomatische Personal. Sie sollten wissen, was ihre Kollegen riskierten, wenn die Diplomatie versagte. Das war das reinste Zuckerschlecken gewesen gegen das, was sie jetzt erlebte. »Wenn man uns verhaftet hätte, hätte ich mich entschuldigt. Was hätte ich sonst tun sollen?«

»Nichts. Genau das meine ich. Es wäre allerdings besser gewesen, Sie hätten sich das eher überlegt.«

»Sie haben ja recht!« Aideen blickte Martha an. »Aber es ist zu spät. Daher würde ich mich gerne bei Ihnen entschuldigen und die Sache vergessen.«

»Das kann ich mir vorstellen, aber ich will das nicht. Wenn ich unzufrieden bin, sage ich es.«

Und zwar immer und immer wieder, dachte Aideen.

»Und wenn ich richtig sauer werde, fliegen Sie raus. Wir sind schließlich kein Wohltätigkeitsverein.«

Aideen hielt nichts von solchen Strafaktionen. Wenn man ein gutes Team aufgebaut hatte, kämpfte man darum, es zu behalten. Ein kluger Chef wußte, daß es effizienter war, Gefühle zu kanalisieren, als sie zu unterdrücken. Aber an diese Seite von Marthas Persönlichkeit würde sie sich wohl gewöhnen müssen. Wie hatte noch der stellvertretende Leiter des Op-Centers, General Mike Rodgers, bei ihrer Einstellung gesagt? »Jeder Job hat mit Politik zu tun. Wenn man *in* der Politik arbeitet, ist dieses Phänomen nur noch ein bißchen ausgeprägter.« Dann erklärte er ihr, daß in jedem Beruf Menschen bestimmte Ziele hätten. Manchmal seien nur ein paar dutzend oder ein paar hundert Menschen davon betroffen. In der Politik jedoch habe jeder kleine Wellenschlag womöglich ungeahnte Auswirkungen. Dagegen könne man sich nur auf eine Art schützen.

Aideen hatte gefragt, wie.

Rodgers Antwort war einfach gewesen. »Indem man die besseren Ziele hat.«

Aideen war zu wütend, um sich zu fragen, welche Ziele Martha im Moment hatte. Das Thema wurde im Op-Center häufig diskutiert. Man war sich uneins darüber, ob das Büro für Politik und Wirtschaft für das Wohl der Nation arbeitete oder eher für das von Martha Mackall. Die Mehrzahl der Mitarbeiter war der Ansicht, daß sie versuche, beides miteinander zu vereinbaren.

Aideen sah sich im Bus um. Die meisten Passagiere um sie herum fühlten sich offenbar ebenfalls unbehaglich, doch das hatte wenig mit dem Streit zwischen ihr und Martha zu tun. Der Bus war mit kamerabewehrten Touristen und Angestellten vollbesetzt, die nach der Mittagspause – der Siesta, die etwa von 13 bis 16 Uhr dauerte – an ihren Arbeitsplatz zurückkehrten. Einige hatten das Verhalten der jungen Frau an der Bushaltestelle beobachtet und anderen davon erzählt. In kürzester Zeit wußten alle Bescheid. Die Passagiere neben Aideen bemühten sich, Abstand zu halten, und manche warfen mißbilligende Blicke auf die Hände der jungen Frau.

Martha verstummte, als die Bremsen quietschten und der Bus an der Calle Fernanflor hielt. Eilig stiegen sie aus. Als sie am Rand des vielbefahrenen Boulevards standen, wirkten sie, in Jeans und Windjacken, mit Rucksack und Kameras behängt, wie Touristinnen. Hinter ihnen ratterte der Bus davon. Dunkle Gesichter erschienen in den Fenstern und starrten auf sie herab.

Martha sah ihre Assistentin an. Trotz der Maßregelung glänzte immer noch ein stählernes Licht in den grauen Augen unter Aideens sommersprossigen Lidern. »Sehen Sie«, begann Martha. »Sie sind neu auf diesem Gebiet. Ich habe Sie mitgenommen, weil Sie eine tolle Sprachexpertin und nicht dumm sind. Sie besitzen ein großes Potential für die Außenpolitik.«

»›Neu‹ würde ich es nicht nennen«, erwiderte Aideen abwehrend.

»Nein, aber Europa ist für Sie unbekanntes Terrain, und Sie kennen meine Methode nicht. Sie bevorzugen den Frontalangriff. Deswegen hat General Rodgers Sie auch vermutlich bei Botschafter Carnegie abgeworben. Unser stellvertretender Direktor geht die Dinge ebenfalls gern direkt an. Aber das haben wir ja bereits besprochen, als Sie bei mir anfingen. Bei mir wird auf kleiner Flamme gekocht. Was in Mexiko funktioniert hat, muß hier nicht unbedingt richtig sein. Als Sie den Job angenommen haben, sagte ich Ihnen, daß für meine Leute *meine* Regeln gelten. Mir ist es wichtig, ans Ziel zu gelangen. Dabei setze ich mehr auf List als auf Gewalt. Vor allem, wenn so viel auf dem Spiel steht wie hier.«

»Ich verstehe«, erklärte Aideen. »Wie gesagt, die Situation mag vielleicht neu für mich sein, aber ich bin kein Greenhorn. Wenn ich die Regeln kenne, halte ich mich daran.«

Martha entspannte sich etwas. »Okay, das klingt nicht schlecht.« Sie beobachtete, wie Aideen das Tuch in einen Abfalleimer warf. »Geht es Ihnen gut? Sollen wir nach einer Toilette suchen?«

»Meinen Sie, das ist nötig?«

Martha schnaubte. »Ich glaube nicht, aber ich finde es immer noch unglaublich, was Sie sich da geleistet haben.«

»Ich weiß, und es tut mir wirklich leid. Was kann ich sonst noch sagen?«

»Nichts«, meinte Martha kopfschüttelnd. »Gar nichts. Ich habe schon einiges an Straßenkämpfen gesehen, aber das war selbst für mich neu.«

Martha schüttelte immer noch den Kopf, als sie sich dem eindrucksvollen Palacio de las Cortes zuwandten, wo ihnen ein höchst inoffizielles und diskretes Treffen mit dem Abgeordneten Serrador bevorstand. In einem streng geheimen Gespräch hatte dieser altgediente Politiker Botschafter Barry Neville davon unterrichtet, daß die Spannung zwischen dem armen Andalusien im Süden und dem reichen, einflußreichen Kastilien in Zentralspanien ständig wachse. Die Regierung benötige dringend weitere Informationen. Man müsse wissen, welche Quellen die Unruhe schürten, und ob Katalanen, Galicier, Basken und andere ethnische Gruppen ebenfalls darin verwickelt waren. Serrador befürchtete, eine innerspanische Auseinandersetzung könne den losen Verbund von Völkern auseinanderbrechen lassen. Vor sechzig Jahren hatte der Bürgerkrieg, in dem Aristokratie, Militär und katholische Kirche gegen Kommunisten und Republikaner kämpften, das Land nahezu zerrissen. Sollte es jetzt zum Krieg kommen, war damit zu rechnen, daß Sympathisanten aus Frankreich, Marokko, Portugal und anderen Nachbarstaaten eingriffen. Damit wäre die südliche Flanke der NATO destabilisiert – mit katastrophalen Folgen, vor allem auch deshalb, weil man mit der Osterweiterung beschäftigt war.

Botschafter Neville hatte das Außenministerium von den Problemen unterrichtet. Außenminister Av Lincoln war der Ansicht gewesen, daß man in diesem frühen Stadium unmöglich eingreifen konnte. Falls es zu einer Konfrontation kam und sich herausstellte, daß sein Ministerium darin verwickelt war, würde es für die USA kaum noch möglich sein, bei Friedensverhandlungen einzugreifen. Daher hatte er das Op-Center gebeten, den ersten Kontakt herzustellen und in Erfahrung zu bringen, was die Vereinigten Staaten tun konnten, um die Krise zu entschärfen – sofern dies überhaupt möglich war.

Martha fröstelte in der plötzlichen Kühle des späten Nachmittags und zog den Reißverschluß ihrer blauen Windjacke hoch. »Ich kann es gar nicht oft genug sagen: Madrid ist nicht Mexico City. Bei den Briefings im Op-Center haben wir nicht davon gesprochen, weil die Zeit zu knapp war. So unterschiedlich die Völker Spaniens auch sein mögen, an eines glauben sie alle: an die Ehre. Natürlich gibt es Verirrungen, jede Gesellschaft besitzt ihren Abschaum. Vielleicht sind die Maßstäbe nicht immer logisch, mit Sicherheit sind sie manchmal unmenschlich, und Ehre mag unter Politikern etwas anderes bedeuten als unter Killern. Aber man hält sich immer an die Berufsregeln.«

»Dann haben sich diese drei Strolche, die uns unbedingt herumführen wollten, als wir aus dem Hotel kamen, und von denen einer seine Hand partout nicht von meinem Hintern nehmen wollte, also an den Ehrenkodex für Grapscher gehalten?«

»Nein. An den für Wegelagerer.«

Aideens Augen verengten sich zu Schlitzen. »Wie bitte?«

»Sie hätten uns nichts getan, denn das wäre gegen die Regeln gewesen. Die Regeln besagen nämlich, daß man Frauen verfolgt und belästigt, bis sie einem Geld dafür geben, daß man sie in Ruhe läßt. Das wollte ich gerade tun, als Sie zugeschlagen haben.«

»Das wollten Sie?«

Martha nickte. »So läuft das hier. Was die Polizei angeht, an die Sie sich wenden wollten, so werden viele Beamten von diesen Gaunern an den Einnahmen beteiligt, damit sie sich nicht einmischen. Kapieren Sie es endlich: Wenn man sich an die Spielregeln hält – seien sie auch noch so übel –, ist das immer noch Diplomatie.«

»Und wenn man diese Berufsregeln nicht kennt, so wie ich?« Aideen senkte die Stimme. »Ich hatte Angst, daß sie uns die Rucksäcke stehlen und unsere Tarnung auffliegt.«

»Eine Verhaftung hätte das wesentlich schneller erledigt.« Martha nahm Aideen am Arm und führte sie beiseite. Ein wenig abseits vom Strom der Fußgänger blieben sie vor einem Gebäude stehen. »Irgendwann sagt einem immer jemand, was man tun muß. So läuft das Spiel. Ich halte mich stets an die Regeln, egal welches Spiel und welches Land gerade auf der Tagesordnung stehen. Als ich Anfang der siebziger Jahre im siebenten Stock des Außenministeriums meine diplomatische Laufbahn begann, war ich unheimlich aufgeregt. Der siebte Stock – das Zentrum der Macht. Aber dann fand ich heraus, warum ich dort war. Nicht weil ich so unglaublich begabt war, obwohl ich das selbst immer noch glaubte. Ich sollte mich mit den Apartheidspolitikern in Südafrika herumschlagen. Als Galionsfigur der Vereinigten Staaten war ich der erhobene Zeigefinger, der bedeutete: Wenn ihr mit den Vereinigten Staaten Geschäfte machen

13

wollt, dann müßt ihr Schwarze als gleichberechtigt anerkennen.« Martha zog eine Grimasse. »Können Sie sich vorstellen, wie angenehm das war?«

Aideen verzog ebenfalls das Gesicht. Allerdings konnte sie sich das vorstellen.

»Daß einem jemand den Hintern tätschelt, ist nichts dagegen, das kann ich Ihnen sagen«, fuhr Martha fort. »Trotzdem habe ich getan, was man von mir erwartete, weil ich sehr früh eines gelernt habe: Wenn man die Regeln bricht oder beugt, weil es einem selbst so paßt, dann wird es zur Gewohnheit, selbst wenn es sich nur um Kleinigkeiten handelt. Das bedeutet, man wird nachlässig, und ein nachlässiger Diplomat nützt seinem Land nicht – und mir auch nicht.«

Aideen ärgerte sich plötzlich über sich selbst. Mit 34 Jahren, das wurde ihr jetzt klar, konnte sie ihrer 49jährigen Vorgesetzten als Diplomatin nicht das Wasser reichen. Nur wenige konnten das. Martha Mackall war in den politischen Kreisen Europas und Asiens zu Hause, was sich teilweise darauf zurückführen ließ, daß sie in den sechziger Jahren in den Ferien mit ihrem Vater, dem populären Soulsänger und Bürgerrechtsaktivisten Mack Mackall, um die Welt gereist war. Außerdem war sie ein Finanzgenie, hatte am Massachusetts Institute of Technology mit summa cum laude abgeschlossen und besaß gute Kontakte zu den Chefetagen von Banken auf der ganzen Welt. Sogar zum Kapitol sagte man ihr einen heißen Draht nach. Martha wurde gefürchtet, aber respektiert. Und in diesem Fall befand sie sich auch noch im Recht, wie Aideen zugeben mußte.

Martha sah auf ihre Uhr. »Kommen Sie. In weniger als fünf Minuten müssen wir im Palast sein.«

Aideen nickte und setzte sich in Bewegung. Ihre Wut auf ihre Chefin war verflogen, aber sie ärgerte sich noch über sich und verfiel in finsteres Brüten, wie meistens, wenn sie versagt hatte. Während ihrer Tätigkeit für den militärischen Geheimdienst in Fort Meade waren ihr kaum Fehler unterlaufen, weil sie keine Gelegenheit dazu gehabt hatte, Fehler zu begehen. Als Kurier, der Agenten im In- und

Ausland mit Bargeld und Top-Secret-Informationen versorgte, war ihr Vorgehen immer bis ins kleinste Detail festgelegt gewesen. Gegen Ende ihrer Tätigkeit dort hatte sie sich mit der Interpretation von ELINT – elektronischer Spionage – befaßt und die Ergebnisse an das Pentagon weitergeleitet. Da hierbei Satelliten und Computer die Hauptarbeit übernahmen, hatte sie nebenbei Spezialkurse in Taktik und Kampftechnik für Eliteeinheiten belegt, um sich Erfahrung auf diesen Gebieten anzueignen. Auch nachdem sie aus der Armee ausgeschieden und als untergeordnete politische Beamtin von geringem Rang an die amerikanische Botschaft in Mexiko gegangen war, hatte es wenig gegeben, das sie hätte verderben können. Die meiste Zeit war sie damit beschäftigt gewesen, mittels ELINT die Drogenhändler in der mexikanischen Armee zu überwachen, auch wenn man ihr gelegentlich ein wenig Feldarbeit erlaubte, um ihre Undercover-Kenntnisse einzusetzen. Eines der wertvollsten Ergebnisse ihrer drei Jahre in Mexiko war ein Trick, den sie sich dort angeeignet hatte und der sich heute nachmittag als höchst effektiv erwiesen hatte, auch wenn Martha und die Buspassagiere entsetzt und angeekelt gewesen waren.

Nachdem sie und ihre Freundin Ana Rivera vom Büro des mexikanischen Generalstaatsanwalts eines Nachts von Schlägern eines Drogenkartells attackiert worden waren, hatte Aideen entdeckt, daß es einen Weg gab, sich zu wehren, auch wenn man weder Messer noch Trillerpfeife bei sich trug. Dieses Mittel war wirksamer, als dem Angreifer in die Lenden zu treten oder ihm die Augen auszukratzen. Alles, was man brauchte, war eine Packung Feuchttücher in der Handtasche, um sich Hände und Arme damit zu säubern, nachdem man mit *mierda de perro* um sich geworfen hatte …

Hundekot war zu Anas Waffe geworden. Beiläufig hatte sie die Hinterlassenschaften von der Straße aufgesammelt und den Schlägern, die sie verfolgten, ins Gesicht geschleudert. Dann hatte sie ihre Arme damit eingerieben, um sicherzugehen, daß sie keiner festhielt. Später hatte sie be-

15

hauptet, es sei ein unfehlbares Mittel. Tatsächlich hatte es auch bei den drei Wegelagerern von Madrid gewirkt.

Schweigend gingen Martha und Aideen auf die mächtigen weißen Säulen des Palacio de las Cortes zu. Das 1842 erbaute Gebäude war sowohl Sitz des *Congreso de los Diputados* wie auch des *Senado* – des Senats – und beherbergte damit beide Häuser des spanischen Parlaments.

Die Sonne war bereits untergegangen. Scheinwerfer strahlten die beiden überlebensgroßen bronzenen Löwen an, von denen jeder eine Tatze auf eine Kanonenkugel gelegt hielt. Das Metall für die Statuen stammte von den Gewehren, die man den Feinden Spaniens abgenommen hatte. Zwischen beiden führte eine Steintreppe zu einer großen Metalltür hinauf, die jedoch nur bei offiziellen Anlässen benutzt wurde. Links davon befand sich ein hoher Eisenzaun, dessen Stäbe in scharfen Spitzen ausliefen. Das Tor darin wurde von einem Wachhäuschen mit kugelsicheren Fenstern geschützt. Durch diesen Eingang betraten die Abgeordneten das Parlamentsgebäude.

Keine der beiden Frauen sprach, während sie die eindrucksvolle Granitfassade des Gebäudes passierten. Auch wenn Aideen noch nicht lange zum Op-Center gehörte, war ihr klar, daß sich ihre Chefin in Gedanken bereits bei dem bevorstehenden Treffen befand und noch einmal durchging, was sie zu Serrador sagen würde. Dabei wollte sie von Aideens Sprachkenntnissen und deren Erfahrungen mit mexikanischen Rebellen profitieren, um sicherzugehen, daß es nicht zu Mißverständnissen oder Fehlinterpretationen kam.

Wenn wir nur etwas mehr Zeit gehabt hätten, um uns vorzubereiten, dachte Aideen, während sie sich langsam dem Tor näherten, wobei sie immer wieder fotografierten, um die Tarnung als Touristinnen aufrechtzuerhalten. Das Op-Center hatte sich kaum von der Geiselnahme im libanesischen Bekaa-Tal erholt gehabt, als ihnen die Angelegenheit von der amerikanischen Botschaft in Madrid übertragen wurde. Dabei hatte man größten Wert auf Diskretion gelegt, so daß außer dem Abgeordneten Serrador, Botschafter Neville, US-Präsident Michael Lawrence sowie dessen engsten Beratern nur die Führungsspitze des Op-Center davon erfahren hatte. Es war wichtig, daß nichts an die Öffentlichkeit gelangte, denn wenn Serrador recht hatte, standen Tausende von Menschenleben auf dem Spiel.

In der Ferne läutete eine Kirchenglocke. Der Klang wirkte auf Aideen hier seltsamerweise heiliger als in Washington. Sie zählte die Schläge. 17 Uhr. Die beiden Frauen näherten sich dem Wachhäuschen.

»*Nosotros aquí para un viaje todo comprendido*«, sagte Aideen durch das Gitter im Fenster. »Wir haben eine Tour gebucht.« Ganz die aufgeregte Touristin mimend, erklärte sie, ein Freund habe eine private Besichtigung des Gebäudes für sie organisiert.

Ohne ihnen ein Lächeln zu gönnen, erkundigte sich der hochgewachsene junge Posten nach ihren Namen.

»*Señorita Temblón y Señorita Serafico*«, erwiderte Aideen. Diese Decknamen hatten sie vor ihrer Abreise aus Washington mit Serradors Büro vereinbart. Von den Flugtickets bis zur Hotelreservierung lauteten alle Papiere auf diese Namen.

Der Posten wandte sich ab, um eine Liste auf einem Klemmbrett zu überprüfen. Aideen nutzte die Gelegenheit und sah sich um. Hinter dem Zaun lag ein Hof, über dem sich der prächtige dunkelblaue Himmel wölbte. An seiner rückwärtigen Seite befand sich ein kleiner, steinerner Anbau, in dem Büros der Regierung untergebracht waren. Dahinter erhob sich ein modernes Gebäude mit Glasdach, das die Geschäftsräume der Abgeordneten beherbergte. Der eindrucksvolle Komplex erinnerte Aideen daran, wie sehr sich Spanien seit dem Tod des Caudillo Francisco Franco im Jahre 1975 verändert hatte. Heute war das Land eine parlamentarische Monarchie, in der ein Ministerpräsident die Regierungsgeschäfte wahrnahm und der König hauptsächlich repräsentative Aufgaben besaß.

Auch der Palacio de las Cortes zeigte Spuren vergangener Krisen. In der Decke des Sitzungssaales erinnerten Einschläge von Kugeln an einen Putschversuch von rechts im Jahre 1981. Dies war nicht der einzige Angriff auf den Palast gewesen. Ein besonders dramatischer Vorfall ereignete sich 1874, als Präsident Emilio Castelar ein Mißtrauensvotum verlor und die Soldaten in den Gängen das Feuer eröffneten.

In diesem Jahrhundert spielten sich die meisten Kämpfe innerhalb Spaniens ab; im Zweiten Weltkrieg blieb das Land neutral. Daher beschäftigte sich die Welt relativ wenig mit den Problemen und der Politik dieser Nation. Doch während Aideen am College Sprachen studierte, erzählte ihr Spanischlehrer, Señor Armesto, ihr, das Land stehe am Rande des Abgrunds. »Wenn drei Spanier zusammenkommen, vertreten sie vier verschiedene Meinungen«, behauptete er. »Falls die weltweite Entwicklung die Unzufriedenen und Ungeduldigen begünstigt, wird sich dies laut und mit aller Gewalt bemerkbar machen.«

Señor Armesto sollte recht behalten. Zersplitterung war der allgemeine Trend in der internationalen Politik, angefangen vom Zerfall der Sowjetunion und Jugoslawiens über die sezessionistischen Bestrebungen in Québec bis hin zur zunehmenden ethnischen Abgrenzung in den Vereinigten Staaten. Spanien war dagegen mit Sicherheit nicht immun. Wenn sich Serradors Befürchtungen als begründet erwiesen – und die Ermittler des Op-Centers waren zu ähnlichen Ergebnissen gelangt –, stand dem Land der schlimmste Konflikt seit tausend Jahren bevor. »Dagegen wird der Spanische Bürgerkrieg wie eine Kneipenschlägerei aussehen«, hatte Geheimdienstchef Bob Herbert vor ihrer Abreise zu Martha gesagt.

Der Posten ließ seine Liste sinken. »*Un momento.*« Damit griff er nach dem roten Telefon auf einer Konsole an der Rückwand des Wachhäuschens. Er tippte eine Nummer ein und räusperte sich.

Während er telefonierte, wandte sich Aideen um. Auf dem breiten Boulevard wälzte sich der Verkehr vorüber. *La hora de aplastar* nannten die Spanier diese Zeit, und man hatte tatsächlich den Eindruck, als wollten sich die dichtgedrängten Wagen gegenseitig zerquetschen. In der Dämmerung waren die Scheinwerfer der langsam rollenden Autos, die gelegentlich von einem vorübereilenden Fußgänger verdunkelt wurden, von blendender Helligkeit. Gelegentlich flammte ein Blitzlicht auf, wenn ein Tourist den Palast aufs Korn nahm.

Noch halb geblendet von einem solchen Blitz, bemerkte Aideen einen jungen Mann, der soeben fotografiert hatte und seine Kamera nun in der Tasche seiner Jeansjacke verstaute. Als er sich dem Wachhäuschen zuwandte, hatte sie das Gefühl, daß er sie anstarrte, obwohl sie seine Augen unter dem breiten Schirm einer Baseballkappe nicht erkennen konnte.

Schon wieder ein moderner Wegelagerer, der sich als Tourist tarnte? Entnervt beobachtete sie, wie der Mann auf sie zuschlenderte. Diesmal würde sie Martha die Angelegenheit überlassen. Schon wollte Aideen sich abwenden, als sie einen Wagen bemerkte, der hinter dem Mann am Straßenrand aufgetaucht war. Die schwarze Limousine schob sich langsam vor, als hätte sie die ganze Zeit weiter unten an der Straße gewartet. Aideen hielt in der Bewegung inne – und plötzlich schien alles in Zeitlupe abzulaufen. Fassungslos beobachtete sie, daß der junge Mann einen Gegenstand aus der Tasche zog, der wie eine Pistole aussah.

Einen Augenblick lang war sie wie gelähmt, dann erinnerte sie sich an das, was sie gelernt hatte. »*Asesino!*« schrie sie. »Mörder!«

Martha fuhr herum, als die Mündung der Waffe zuckend und donnernd Feuer spie. Sie wurde gegen das Wachhäuschen geschleudert und sank zur Seite. In der Hoffnung, die Schüsse von Martha abzuziehen, sprang Aideen in die entgegengesetzte Richtung. Ihr Plan funktionierte. Als sie sich auf das Pflaster warf, blieb ein junger Postbote, der vor ihr ging, verstört stehen und starrte sie an. Eine Kugel traf ihn in den linken Oberschenkel. Während das Bein unter ihm nachgab und er nach vorne stürzte, schlug ein zweites Geschoß in seine linke Körperseite. Er fiel auf den Rücken. Aideen preßte sich neben dem sich vor Schmerzen windenden Mann so flach wie möglich auf den Boden. Helles Blut schoß aus der Wunde an seiner Seite. In der Hoffnung, die

19

Blutung zum Stillstand zu bringen, drückte sie die Handfläche darauf.

Aufmerksam lauschend blieb sie liegen. Die Schüsse hatten aufgehört. Als sie vorsichtig den Kopf hob, sah sie, wie der Wagen anfuhr. In der Ferne wurden Schreie laut. Langsam richtete sie sich auf, ohne die Hand von der Wunde des Mannes zu nehmen.

»*Ayuda!*« brüllte sie einem Wachmann zu, der hinter dem Tor des Gebäudes aufgetaucht war. »Hilfe!«

Der Mann sperrte das Tor auf und eilte herbei. Aideen bat ihn, dafür zu sorgen, daß der Druck auf die Wunde nicht nachließ. Er löste sie ab, so daß sie aufstehen konnte. Ein Blick auf das Wachhäuschen zeigte ihr, daß der Posten in Deckung gegangen war und über das Telefon Hilfe herbeirief. Auf der anderen Seite der Straße und auf der Fahrbahn standen Menschen, doch vor dem Palast befanden sich nur noch Aideen, der Verletzte, der Wachmann und – Martha.

Aideen versuchte, ihre Chefin in der hereinbrechenden Dunkelheit auszumachen. Autos verlangsamten ihr Tempo und hielten an. Die Scheinwerfer erhellten eine grausige Szene. Martha lag reglos mit dem Gesicht zum Wachhäuschen auf der Seite. Auf dem Pflaster unter und hinter ihr sammelte sich das Blut in großen Pfützen.

»Oh, mein Gott!« stöhnte Aideen.

Sie wollte aufstehen, aber ihre Beine trugen sie nicht. Hastig krabbelte sie auf das Wachhäuschen zu und kniete sich neben Martha, beugte sich über sie und blickte in das schöne Gesicht. Es war vollkommen bewegungslos.

»Martha?« fragte sie leise.

Keine Antwort. Verstörte Menschen sammelten sich hinter den beiden.

»*Martha?*« Ihr Ton wurde eindringlicher.

Immer noch keine Reaktion. Im Hof erklangen eilige Schritte, dann schrie jemand, die Leute sollten den Platz räumen. Von den Schüssen wie betäubt, vernahm Aideen alle Geräusche wie durch Watte. Zögernd berührte sie Marthas Wange mit zwei Fingerspitzen. Keine Bewegung. Ganz langsam, wie im Traum, streckte Aideen den Zeigefinger aus und hielt ihn Martha unter die Nase. Kein Atem.

»Großer Gott.« Sanft berührte sie Marthas Augenlid. Keine Reaktion. Nach einem Moment zog sie ihre Hand zurück, hockte sich auf die Fersen und starrte auf die bewegungslose Gestalt hinab. Die Geräusche nahmen an Intensität zu, ihr Gehör schien sich zu normalisieren. Die Welt bewegte sich wieder mit normaler Geschwindigkeit.

Vor 15 Minuten hatte Aideen diese Frau im stillen verflucht. Unnachgiebig hatte Martha auf einer Angelegenheit herumgehackt, die ihr wichtig gewesen war, wahnsinnig wichtig. Jeder Augenblick schien von Bedeutung, bis eine Tragödie die Dinge ins rechte Verhältnis rückte. Vielleicht war ja auch alles wichtig, weil jeder Augenblick der letzte sein konnte ... Egal, das zählte nicht mehr. Ob Martha recht oder unrecht gehabt hatte, ob sie gut oder schlecht gewesen war, eine Visionärin oder herrschsüchtig – sie war tot. Ihre Zeit war vorüber.

Das Hoftor flog auf, Männer kamen herausgerannt. Sie scharten sich um Aideen, die mit leerem Blick auf Martha starrte. Mit der Hand fuhr sie über deren dichtes schwarzes Haar.

»Es tut mir leid.« Ihr Atem kam in Stößen, und sie schloß die Augen. »Es tut mir so leid.«

Aideens Glieder fühlten sich schwer wie Blei an. Wie war es möglich, daß ihre Reflexe, die bei der Auseinandersetzung am Nachmittag hervorragend funktioniert hatten, sie diesmal so im Stich gelassen hatten? Vom Verstand her war ihr klar, daß es nicht ihre Schuld war. Während der Schulungswochen nach ihrer Einstellung beim Op-Center hatte Liz Gordon sie und die beiden anderen Neulinge darauf vorbereitet, welche Folgen es haben konnte, wenn man sich zum erstenmal unvorbereitet einer Waffe gegenübersah. Ein Gewehr oder ein Messer, das sie in einer vertrauten Umgebung bedrohe, zerstöre die Illusion, daß man in seinem Alltagsleben unverwundbar sei, zum Beispiel, wenn man eine Straße hinuntergehe. Liz hatte der kleinen Gruppe erklärt, daß in diesem Augenblick Körpertemperatur, Blutdruck und Muskelspannung schlagartig absänken, bis der Überlebensinstinkt wirksam werde. »Auf diese Verzögerung setzt der Angreifer«, hatte Liz gesagt.

Aber das half Aideen nicht im geringsten. Schmerz und Schuldgefühle wurden dadurch nicht gemindert. Wenn sie einen Augenblick eher reagiert hätte oder nur ein wenig wachsamer gewesen wäre, hätte Marthas Leben gerettet werden können.

Wie willst du mit dieser Schuld leben? fragte sie sich. Tränen traten ihr in die Augen.

Keine Ahnung. Mit dem Gefühl, versagt zu haben, hatte sie noch nie umgehen können. Wie damals, als ihr verwitweter Vater weinend am Küchentisch saß, nachdem er seinen Job in der Bostoner Schuhfabrik verloren hatte, in der er seit seiner Jugend beschäftigt gewesen war. Tagelang versuchte sie, mit ihm zu reden, aber er hielt sich lieber an den Scotch. Als sie kurz darauf aufs College ging, hatte sie das Gefühl, ihn im Stich gelassen zu haben. Noch weniger verkraftete sie es, als der Junge, mit dem sie während der College-Zeit zusammen war, ihre große Liebe, im letzten Studienjahr mit einer alten Freundin flirtete und Aideen eine Woche später verließ. Nach dem Studium ging sie zur Armee. An der Abschlußfeier nahm sie nicht teil – sie hätte es nicht ertragen, ihn dort zu sehen.

Jetzt hatte sie Martha im Stich gelassen. Ihre Schultern bebten, als sie zu schluchzen begann.

Ein junger, schnurrbärtiger Sargento der Palastwache nahm sie sanft bei den Schultern und half ihr auf die Beine. »Alles in Ordnung?« erkundigte er sich auf englisch.

Um Fassung bemüht, nickte sie. »Ich glaube schon.«

»Brauchen Sie einen Arzt?«

Sie schüttelte den Kopf.

»Ganz sicher nicht, Señorita?«

Aideen holte tief Atem. Es war weder die richtige Zeit noch der richtige Ort, um die Nerven zu verlieren. Sie mußte mit dem Verbindungsmann des Op-Centers zum FBI, Darrell McCaskey, sprechen. Er war im Hotel geblieben, da er den Besuch eines Kollegen von Interpol erwartete. Außerdem wollte sie Serrador sprechen. Wenn dieser Mord das Treffen hatte verhindern sollen, dann hatte er sein Ziel verfehlt.

»Ich komme schon wieder in Ordnung. Haben Sie … haben Sie den Kerl geschnappt, der das getan hat? Wissen Sie, wer es war?«

»Nein, Señorita. Wir müssen sehen, was die Überwachungskameras aufgezeichnet haben. Fühlen Sie sich wohl genug, um in der Zwischenzeit Ihre Aussage zu machen?«

»Ja, natürlich«, erklärte sie unsicher. Was war mit ihrer Mission, mit dem Grund, warum sie hier war? Sie hatte keine Ahnung, wieviel davon sie der Polizei sagen konnte. »Aber … *por favor?*«

»*Sí?*«

»Wir sollten jemanden im Parlamentsgebäude treffen. Ich möchte ihn so schnell wie möglich sehen.«

»Ich werde die nötigen Erkundigungen einziehen …«

»Außerdem muß ich mich mit jemandem im Princesa Plaza in Verbindung setzen.«

»Ich kümmere mich darum. Aber Comisario Fernandez, der die Untersuchung leitet, wird gleich hier sein. Je länger wir warten, desto schwieriger wird die Verfolgung des Täters.«

»Das verstehe ich natürlich. Ich werde mit ihm sprechen und dann unseren Bekannten treffen. Kann ich hier telefonieren?«

»Ich besorge Ihnen ein Telefon, und dann werde ich Ihren Bekannten persönlich aufsuchen.«

Aideen dankte ihm und erhob sich. Sie schwankte, und der Sargento griff nach ihrem Arm.

»Sind Sie sicher, daß Sie nicht zuerst zu einem Arzt wollen? Es gibt einen hier im Gebäude.«

»*Gracias, no*«, erklärte sie mit einem dankbaren Lächeln. Der Mörder sollte sein Ziel nicht erreichen. Sie würde das hier durchstehen, auch wenn es nur im Schneckentempo vorwärtsging.

Der Sargento lächelte freundlich zurück und führte sie langsam auf das offene Tor zu.

In diesem Augenblick stürzte der diensthabende Arzt an ihr vorbei. Kurz darauf hörte sie einen Krankenwagen, der genau dort hielt, wo das Fluchtfahrzeug gestanden hatte. Halb umgewandt, beobachtete sie, wie die Sanitäter eine Tragbahre aus dem Wagen holten. Der Arzt, der sich einen Augenblick über Marthas Körper gebeugt hatte, erhob sich. Nach einigen Worten zu einem Wachmann rannte er zu dem Postboten. Er öffnete die Knöpfe von dessen Uniform und schrie nach den Sanitätern, während der Wachmann seine Jacke über Marthas Kopf legte.

Aideen blickte nach vorn. Das war es also gewesen. Nur ein paar Sekunden, und alles, was Martha Mackall gewußt, geplant, gefühlt und gehofft hatte, gehörte der Vergangenheit an. Niemand konnte sie je zurückbringen.

Mühsam kämpfte sie gegen die Tränen an, während man sie in ein kleines Büro an dem prachtvollen, zentralen Korridor des Parlamentsgebäudes brachte. Der holzvertäfelte Raum wirkte anheimelnd, und sie ließ sich auf eine Ledercouch neben der Tür sinken. Ihre Knie und Ellbogen schmerzten, wo sie auf das Pflaster aufgeschlagen waren, und sie konnte das Erlebte immer noch nicht recht fassen. Sie wußte, daß nach dem Schock reflexartig eine gegenteilige Reaktion einsetzen würde, die die physischen Reserven aktivieren würde, welche der Angriff blockiert hatte. Außerdem standen Darrell, General Rodgers, Direktor Paul Hood und das gesamte Op-Center hinter ihr. Vielleicht wirkte es im Moment so, als wäre sie allein, aber dieser Eindruck täuschte.

»Sie können dieses Telefon benutzen.« Der Sargento deutete auf ein antikes Modell mit Wählscheibe, das auf einem Glastischchen neben der Couch stand. »Wenn Sie eine Null wählen, erhalten Sie eine Amtsleitung.«

»Danke.«

»Ich werde einen bewaffneten Posten vor die Tür stellen, damit Sie ungestört bleiben, und mich dann um Ihren Bekannten kümmern.«

Aideen dankte ihm erneut. Nachdem er die Tür hinter sich geschlossen hatte, herrschte Stille in dem Raum, wenn man von dem leisen Surren eines Ventilators im Hintergrund und den gedämpften Verkehrsgeräuschen, die von draußen hereindrangen, absah. Das Leben ging weiter.

Erneut holte Aideen tief Luft, während sie einen Notizblock mit der Anschrift des Hotels aus ihrem Rucksack nahm. Sie starrte auf die Telefonnummer unten auf der Seite. Immer noch konnte sie sich nicht vorstellen, daß Martha wirklich tot war. Zu deutlich stand ihr deren Ärger vor Augen, zu klar sah sie ihren Blick, roch ihr Parfüm. Marthas Worte klangen noch in ihren Ohren: »Sie wissen, was auf dem Spiel steht.«

Mühsam schluckte Aideen. Dann wählte sie die Nummer des Hotels und ließ sich mit Darrell McCaskeys Zimmer verbinden. Während sie wartete, zog sie einen einfachen Verzerrer über die Sprechmuschel. Das Gerät sendete einen Pfeifton im Ultraschallbereich, der jede Wanze lahmlegte. Am anderen Ende der Leitung würde McCaskey dieses Geräusch wieder herausfiltern.

Ja, sie wußte, was auf dem Spiel stand: das Schicksal Spaniens, Europas, möglicherweise der gesamten Welt. Noch einmal würde sie nicht versagen, ganz gleich, welchen Preis sie dafür zahlen mußte.

2

Montag, 12 Uhr 12 – Washington, D.C.

Im Hauptquartier des Op-Centers auf der Andrews Air Force Base in Maryland und im Basisquartier der Strikers an der FBI-Akademie in Quantico, Virginia, waren die beiden Männer General Michael Bernard Rodgers, stellvertretender Direktor des Op-Centers, und Colonel Brett Van Buren August, Kommandant der Op-Center-Einsatztruppe.

Aber im Ma Ma Buddha, einem heruntergekommenen kleinen Restaurant, das im Washingtoner Chinesenviertel Szechuanküche servierte, verhielten sich die beiden 45jährigen nicht wie Vorgesetzter und Untergebener. Hier waren sie zwei enge Freunde, die beide im St. Francis Hospital in Hartford, Connecticut, das Licht der Welt erblickt, sich im Kindergarten kennengelernt und irgendwann entdeckt hatten, daß sie beide eine Vorliebe für den Bau von Modellflugzeugen besaßen. In der Little League hatten sie fünf Jahre lang für das Team von Thurston's Apparel Store gespielt und waren Laurette DelGuercio, der Königin der Home runs, sowohl auf dem Spielfeld als auch außerhalb auf den Fersen gewesen. Gemeinsam spielten sie vier Jahre lang in der Kapelle der Housatonic Valley Marching Band Trompete. In Vietnam arbeiteten sie für unterschiedliche Zweige der Armee – Rodgers für die U.S. Army Special Forces, August für die Air Force Intelligence –, und in den folgenden zwanzig Jahren sahen sie sich nur unregelmäßig. Rodgers leistete zwei Dienstzeiten in Südostasien ab und wurde dann nach Fort Bragg in North Carolina versetzt, wo er Colonel ›Chargin' Charlie‹ Beckwith bei der Ausbildung der Delta Force, einer Eliteeinheit der amerikanischen Armee, unterstützte. Dort blieb er bis zum Golfkrieg, in dem er eine Panzerbrigade mit solchem Kampfgeist befehligte, daß er sich bereits auf dem Weg nach Bagdad befand, während sich seine Unterstützungstruppen noch im Südirak aufhielten. Sein Eifer brachte ihm eine Beförderung ein – und einen Schreibtischposten beim Op-Center.

August hatte mit seiner F-4 in zwei Jahren bereits 47 Aufklärungsflüge über Nordvietnam absolviert, als er in der Nähe von Hue abgeschossen wurde. Ein Jahr verbrachte er in Kriegsgefangenschaft, bevor er entkommen und sich nach Süden durchschlagen konnte. Nachdem er sich in Deutschland erholt hatte, kehrte er nach Vietnam zurück, wo er ein Spionagenetz aufbaute, dessen Ziel die Suche nach amerikanischen Kriegsgefangenen war. Nach dem Rückzug der Vereinigten Staaten ging er in den Untergrund und verblieb noch ein weiteres Jahr in Vietnam. Auf Anweisung des Pentagon unterstützte er in den folgenden drei Jahren auf den Philippinen Präsident Marcos beim Kampf gegen die Moro-Rebellen. Er verabscheute Ferdinand Marcos und dessen repressive Politik, doch die amerikanische Regierung war auf Marcos' Seite, und so blieb er.

Nach dem Sturz des Regimes hielt er nach einem ruhigen Schreibtischjob Ausschau und landete bei der NASA, wo er als Verbindungsoffizier zu den Luftstreitkräften für die Sicherheit von Satelliten-Spionagemissionen zuständig war. Danach wurde er beim SOC Spezialist für Terrorismusbekämpfung. Als der Kommandant der Strikers, Lieutenant Colonel W. Charles Squires, bei einer Mission in Rußland ums Leben kam, setzte sich Rodgers sofort mit Colonel August in Verbindung und bot ihm den Posten an. August willigte ein, und seitdem war die Freundschaft der beiden so eng wie eh und je.

Vor ihrem Besuch im Ma Ma Buddha hatten sie den ganzen Vormittag lang über die Gründung einer neuen internationalen Einsatztruppe für das Op-Center diskutiert. Die Idee dazu stammte von Rodgers und Paul Hood. Anders als die Elitetruppe Striker mit ihren Undercoveragenten sollte diese Einheit, die sie ISFD, International Strike Force Division, nannten, aus amerikanischen Offizieren und ausländischen Agenten bestehen. So sollten Leute wie Falah Shibli von der Sayeret Ha'Druzim, der drusischen Abteilung des israelischen Geheimdienstes, dazugehören, der damals in der Bekaa-Ebene den Strikers bei der Rettung des regionalen Op-Centers und dessen Crew geholfen hatte. Die ISFD würde geheime Missionen in potentiellen internationalen Krisengebieten übernehmen. General Rodgers hatte wenig gesagt, die Besprechung jedoch aufmerksam verfolgt, an der außer ihnen noch der Leiter der Aufklärungsabteilung, Bob Herbert, dessen Kollegen Donald Breen, Chef des Marine-Geheimdienstes, Phil Prince, Chef des Armee-Geheimdienstes, sowie Augusts Freund Pete Robinson, der legendäre Kopf des Geheimdienstes der Air Force, teilgenommen hatten.

Nun stocherte Rodgers schweigend mit den Eßstäbchen in den in Salz gebratenen grünen Bohnen auf seinem Teller herum. Sein wettergegerbtes Gesicht unter dem kurzgeschnittenen, graumelierten Haar wirkte angespannt, den

Blick hielt er gesenkt. Beide Männer waren erst vor kurzem aus dem Libanon zurückgekehrt. Rodgers hatte mit einem kleinen, aus Zivilisten und Soldaten bestehenden Trupp in der Türkei das neue regionale Op-Center getestet, als sie von kurdischen Extremisten überfallen wurden, die sie entführten und folterten. Mit Hilfe eines israelischen Agenten gelang es August und den Strikers, die Bekaa-Ebene zu erreichen und sie zu befreien. Als sie sich wieder auf freiem Fuß befanden und die Gefahr eines Krieges zwischen der Türkei und Syrien abgewendet war, zog General Rodgers seine Pistole und exekutierte den Führer der Kurden eigenmächtig. Auf dem Rückflug konnte August den verstörten General nur mit Mühe davon abhalten, die Waffe gegen sich selbst zu richten.

August aß sein Lo Mein mit der Gabel – da er in Vietnam seinen Gefängniswärtern beim Essen hatte zusehen müssen, während er selbst am Verhungern war, wollte er nie wieder ein Eßstäbchen zu Gesicht bekommen. Seine blauen Augen ruhten unverwandt auf seinem Gegenüber. Die Folgen, die Kampf, Gefangenschaft und Folter für Körper und Geist haben konnten, waren ihm wohlbekannt. Rodgers würde sich nur langsam erholen. Manchen Opfern gelang dies nie. Wenn ihnen bewußt wurde, wie tief sie aufgrund dessen, was man ihnen angetan hatte, gedemütigt worden waren, zogen es viele ehemalige Geiseln vor, ihr Leben selbst zu beenden. Liz Gordon hatte das in einem Artikel im *International Amnesty Journal* sehr treffend formuliert: »Eine Geisel ist ein Mensch, der vom Gehen auf die Stufe des Krabbelns zurückgefallen ist. Erneut den aufrechten Gang zu lernen oder gar ein kleines Risiko einzugehen, sich zum Beispiel Autoritäten des täglichen Lebens zu stellen, scheint vielen schwieriger, als liegenzubleiben und aufzugeben.«

August griff nach der Teekanne aus Metall. »Tee?«

»Ja, bitte.«

August ließ seinen Freund nicht aus den Augen, während er die beiden Tassen umdrehte, füllte und die Kanne beiseite stellte. Dann schüttete er ein halbes Päckchen Zukker in seine Tasse, hob sie und nippte daran. Durch den aufsteigenden Dampf starrte er Rodgers an, ohne daß der General aufgesehen hätte.

»Mike?«

»Ja.«

»Das taugt nichts.«

Rodgers hob den Blick. »Was? Dein Essen?«

August grinste überrascht. »Das ist ja schon ein Anfang. Der erste Witz, den ich seit dem College von dir höre.«

»So lange wird's wohl her sein«, stimmte Rodgers düster zu, während er nachlässig die Tasse hob und einen Schluck Tee trank. Finster blickte er auf das Getränk hinab. »Seitdem hat es nicht mehr viel zu lachen gegeben.«

»Da bin ich anderer Ansicht.«

»Was denn zum Beispiel?«

»Was ist mit den Wochenenden mit den paar Freunden, die dir treu geblieben sind? Mit den Jazzclubs in New Orleans, New York und Chicago, von denen du mir erzählt hast? Mit den guten Filmen? Den netten Frauen? So schlecht war dein Leben wirklich nicht.«

Rodgers setzte die Tasse ab und rutschte gequält auf seinem Stuhl hin und her. Die Brandwunden, die von der Folter durch die Kurden in der Bekaa-Ebene stammten, waren noch lange nicht verheilt, aber viel mehr schmerzten die emotionalen Wunden. Trotzdem wollte er nicht im Sessel sitzen und rosten. »Das sind alles nur Freizeitvergnügen, Brett. Dinge, die mir Spaß machen, aber bei denen ich mich nur erhole.«

»Seit wann ist das etwas Schlechtes?«

»Seit sie nicht mehr die Belohnung für gute Arbeit, sondern zum Lebenszweck geworden sind.«

»Oh, oh.«

»Ganz recht.«

August befand sich auf morastigem Terrain, und offenbar wollte Rodgers ihn ein paar Kröten schlucken lassen.

»Weißt du, warum ich mich nicht entspannen kann? Weil wir eine Gesellschaft geworden sind, die sich nur noch für das Wochenende und den Urlaub interessiert, die vor der Verantwortung davonläuft. Wir sind stolz darauf, wieviel wir trinken können, wie viele Frauen wir ins Bett bekommen, wie gut unsere Sportmannschaften spielen.«

»Früher hattest du nichts dagegen. Vor allem nicht gegen die Frauen.«

»Nun, vielleicht habe ich die Nase inzwischen voll. Ich will nicht mehr so leben, ich will etwas tun.«

»Du hast immer was getan, und trotzdem hast du noch Zeit gefunden, dein Leben zu genießen.«

»Wahrscheinlich ist mir nicht aufgefallen, wie sehr dieses Land heruntergekommen ist. Du hast einen Feind wie den internationalen Kommunismus, den du mit allen Kräften bekämpfst. Plötzlich ist er weg, und du hast Zeit, dich umzusehen. Dabei stellst du fest, daß alles andere zum Teufel gegangen ist, während du mit deinem Kampf beschäftigt warst. Deshalb will ich jetzt den Leuten in den Hintern treten, denen es egal ist, wie sie ihre Arbeit tun.«

»So kommt es dir vielleicht vor, Mike. Aber du bist im Irrtum. Du magst doch klassische Musik, oder?«

Rodgers nickte. »Na und?«

»Ich weiß nicht mehr, welcher Schriftsteller gesagt hat, das Leben müsse sein wie eine Beethovensymphonie. Die lauten Partien stehen für unser Leben in der Öffentlichkeit, die leisen Passagen für unsere privaten Gedanken. Ich denke, bei den meisten Menschen sind beide Teile im Gleichgewicht.«

Rodgers blickte auf seinen Tee herab. »Das kann ich mir nicht vorstellen. Wenn das wahr wäre, wäre es besser um uns bestellt.«

»Wir haben ein paar Weltkriege und einen kalten Krieg mit nuklearer Bedrohung überstanden. Für eine Horde Fleischfresser mit Territorialverhalten, die gerade erst ihre Höhlen verlassen haben, ist das gar nicht so schlecht.« Langsam und genüßlich trank August von seinem Tee. »Außerdem geht es gar nicht um Freizeit und Wochenenden. Du hast dir einen Witz erlaubt, und ich fand das gut. Humor ist keine Schwäche, Kumpel, also brauchst du deswegen auch keine Schuldgefühle zu haben. Damit halten wir den Schrecken im Zaum, er ist ein Gegengewicht zum Ernst des Lebens. Als ich bei Ho Chi Minh zu Gast war, blieb ich einigermaßen bei Verstand, weil ich mir jeden schlechten Witz in Erinnerung rief, den ich kannte. Du kennst doch den: ›Ein Skelett geht in eine Bar und bestellt einen Gin-Tonic – und einen Wisch-Mop.‹«

Rodgers lachte nicht.

»Na ja«, meinte August, »er ist erstaunlich witzig, wenn man an den blutenden Handgelenken über einem moskitoverseuchten Sumpf hängt. Mike, du mußt dich selbst aus dem Morast ziehen. Wie Münchhausen.«

»Du kannst das vielleicht. Ich werde nur immer wütender. Ich brüte vor mich hin und werde immer verbitterter.«

»Ich weiß, man sieht es dir an. Deine Symphonie sieht anders aus: Du behältst die lauten Passagen für dich. Das kann nicht klappen.«

»Aber so bin ich eben. Daher beziehe ich meine Energie. Es gibt mir die Kraft, Systeme zu verbessern, die nicht funktionieren, und die Leute zu beseitigen, die ihren Mitmenschen das Leben schwermachen.«

»Und wenn du das System nicht verbessern kannst und die Schurken nicht erwischst?« wollte August wissen. »Was passiert dann mit dieser angestauten Energie?«

»Gar nichts. Ich speichere sie, das ist das Gute daran. Im Fernen Osten nennt man das *Chi,* innere Energie. Wenn man sie für den nächsten Kampf benötigt, steht sie jederzeit zur Verfügung, man muß nur den Hahn öffnen.«

»Und wenn es zur Explosion kommt? Was tust du, wenn sich soviel davon angestaut hat, daß der Platz in dir nicht mehr ausreicht?«

»Dann muß man etwas davon verbrennen«, erklärte Rodgers. »Dafür ist die Freizeit da. Man betätigt sich körperlich. Man treibt Sport, spielt Squash oder ruft eine Freundin an.«

»Hört sich ziemlich einsam an.«

»Bei mir klappt es. Was die Frauen angeht, solltest du dich übrigens an der eigenen Nase packen.«

»Wieso das?« August grinste. Immerhin sprach Rodgers nicht mehr über das Elend und den Untergang der zivilisierten Welt. »Nach meinem langen Wochenende mit Barb Mathias hatte ich eine Pause dringend nötig.«

Auch Rodgers grinste. »Ich dachte, ich würde dir einen Gefallen tun. Als wir Kinder waren, war sie begeistert von dir.«

»Stimmt, aber inzwischen ist sie vierundvierzig und will nur Sex und Sicherheit.« August wickelte ein paar Nudeln um seine Gabel und schob sie sich in den Mund. »Leider kann ich ihr nur eines davon bieten.«

Rodgers grinste noch, als sein Pager piepste. Er beugte sich zur Seite, um einen Blick auf das Gerät zu werfen, stöhnte jedoch auf, als die Verbände in seine Wunden schnitten.

»So einen Pager kann man leicht verlieren, wenn er zum Beispiel aus dem Gürtel rutscht«, erklärte August hilfsbereit.

»Danke, das ist mir neulich auch schon passiert.« Rodgers las die Nummer ab.

»Wer will was von dir?«

»Bob Herbert«, erklärte Rodgers mit gerunzelter Stirn, während er die Serviette von seinem Schoß nahm. Mühsam erhob er sich und ließ sie auf seinen Stuhl fallen. »Ich rufe ihn vom Auto aus an.«

August lehnte sich zurück. »Ich bleibe hier. Angeblich kommen in Washington drei Frauen auf jeden Mann. Vielleicht hat eine davon Lust auf deinen Teller mit kalten Bohnen.«

»Viel Glück«, erklärte Rodgers, während er sich hastig durch das kleine, überfüllte Restaurant drängte.

August aß sein Lo Mein auf, leerte seine Tasse und füllte sie erneut. Während er den Tee langsam trank, blickte er sich in dem dämmrigen Restaurant um. Rodgers düstere Stimmung würde sich nicht so bald heben. Er selbst war stets der optimistischere von beiden gewesen. Gut, er konnte weder das Denkmal für die Veteranen des Vietnamkriegs noch einen Dokumentarfilm über den Krieg im Fernsehen ertragen und nicht einmal an einem vietnamesischen Restaurant vorbeigehen, ohne daß seine Augen brannten, ihm übel wurde, seine Hände sich zu Fäusten ballten und er das unbändige Bedürfnis verspürte, auf etwas einzuschlagen.

Doch normalerweise war er fröhlich und dachte positiv, wenn das auch nicht hieß, daß er alles verzieh. Er klammerte sich nicht an Bitterkeit und Enttäuschung wie Mike. Das Problem war weniger, daß die Gesellschaft Mike im Stich gelassen, als daß er sich selbst aufgegeben hatte. Das würde sich nur schwer ändern lassen.

Als Rodgers zurückkehrte, wußte August sofort, daß etwas nicht in Ordnung war. Trotz der Verbände und der Schmerzen, unter denen er litt, bewegte sich der General zielstrebig durch das überfüllte Restaurant, wich Kellnern und Kunden aus, statt zu warten, daß sie den Weg freigaben. Allerdings vermied er es zu laufen, denn sie beide trugen Uniform, und sowohl ausländische Agenten wie auch Journalisten interessierten sich sehr für Angehörige des Militärs. Wenn sie eilig fortgerufen wurden, erfuhr ein aufmerksamer Beobachter dadurch, welcher Zweig der Armee und häufig auch welche Unterabteilung in eine Krise verwickelt war.

In aller Ruhe erhob sich August, noch bevor Rodgers den Tisch erreicht hatte. Demonstrativ streckte er sich und nippte noch einmal an seinem Tee, bevor er einen Zwanzig-Dollar-Schein auf den Tisch legte und Rodgers entgegenging. Solange sie sich innerhalb des Restaurants befanden, sprachen sie nicht.

Die herbstliche Luft draußen war bitterkalt. Langsam gingen sie die Straße hinunter zu ihrem Auto.

»Erzähl mir mehr von den schönen Seiten des Lebens«, bemerkte Rodgers bitter. »Vor einer halben Stunde ist Martha Mackall ermordet worden.«

August fühlte, wie der Tee in seiner Kehle hochstieg.

»Es geschah vor dem Palacio de las Cortes in Madrid«, fuhr Rodgers fort. Seine leise Stimme klang scharf, die Augen blickten in die Ferne. Noch besaß der Feind kein Gesicht, aber Rodgers hatte das Ventil für seine Wut gefunden. »Der Status deiner Truppe bleibt unverändert, bis wir mehr wissen. Marthas Assistentin Aideen Marley spricht gerade mit der Polizei. Darrell war mit ihr in Madrid und befindet sich bereits auf dem Weg zum Palast. Er wird Paul um vierzehnhundert anrufen, um den aktuellen Stand durchzugeben.«

Augusts Gesicht blieb unverändert, doch in seiner Kehle brannte der Geschmack von Tee und Galle. »Hat man eine Ahnung, wer dafür verantwortlich ist?«

»Nicht die geringste. Sie war inkognito unterwegs. Nur wenige Leute wußten überhaupt, wo sie sich aufhielt.«

Sie stiegen in Rodgers neuen Camry. August fuhr. Er ließ den Motor an und fädelte sich in den Verkehr ein. Einen Augenblick lang sprach keiner von beiden. August hatte Martha nicht besonders gut gekannt, aber er wußte, daß sie im Op-Center nicht allzu beliebt gewesen war. Sie war herrisch und arrogant und schikanierte ihre Mitarbeiter, aber sie hatte hervorragende Arbeit geleistet. Ohne sie würde das Team wesentlich schlechter dastehen.

Durch die Windschutzscheibe blickte er zum bewölkten Himmel hinauf. Wenn sie das Hauptquartier des Op-Centers erreichten, würde Rodgers sich in die Räume im Untergeschoß begeben, in denen sich die Büros der Führungskräfte befanden, während August per Hubschrauber zur FBI-Akademie in Quantico zurückfliegen würde, wo die Strikers stationiert waren. Ihr Status war im Moment noch neutral, aber es befanden sich immer noch zwei Agenten des Op-Centers in Spanien, und die Truppe konnte jeden Moment einen Einsatzbefehl erhalten. Rodgers hatte ihm nicht gesagt, was Marthas Aufgabe in Spanien gewesen war, weil er offenbar nicht das Risiko eingehen wollte, daß sie abgehört wurden. Es wäre nicht das erstemal gewesen, daß sich Wanzen oder elektronische Abhörgeräte im Wagen gefunden hätten, die von Angehörigen des Militärs gefahren wurden. Doch die gespannte politische Lage in Spanien war August bekannt. Außerdem wußte er, daß Marthas Spezialität ethnische Konflikte waren. Vermutlich war sie an diplomatischen Bemühungen beteiligt gewesen, die verhindern sollten, daß sich die zahlreichen politischen und kulturellen Gruppierungen zerstritten und in einen katastrophalen Machtkampf mit unabsehbaren Folgen verstrickten.

Und noch eines war klar. Ihr Mörder hatte mit großer Sicherheit gewußt, warum sie sich in Madrid aufhielt. Das warf eine weitere Frage auf, hinter der der Schock des Augenblicks zurücktrat: War dies der erste oder der letzte Schuß auf dem Weg Spaniens in den Untergang?

3

Montag, 18 Uhr 45 – San Sebastián, Spanien

Auf den dunklen Wassern der Bucht von La Concha zerfiel das schimmernde Mondlicht zu unzähligen, glitzernden Kristallen, die zu glänzendem Staub wurden, als die Wellen krachend auf die Playa de la Concha schlugen, den breiten, geschwungenen Strand des eleganten, kosmopolitischen San Sebastián. Einen knappen Kilometer weiter östlich tanzten Fischerboote und Jachten auf den Wassern des überfüllten Hafens von Parte Vieja, dem ›alten Teil‹. Die Masten knarrten in der steifen südlichen Brise, kleine Wellen schlugen sanft gegen den Rumpf der Schiffe. Ein paar Nachzügler, die noch auf einen späten Fang gehofft hatten, kehrten erst jetzt vom offenen Meer zurück. Die Seevögel, die sich tagsüber in großen Schwärmen hier versammelten, hatten sich auf die alten Kais oder die zerklüfteten Felsen der Isla de Santa Clara dicht vor der Bucht zurückgezogen.

Etwa einen Kilometer nördlich dieser idyllischen Szenerie trieb die schnittige weiße Jacht *Verídico* auf dem im Mondlicht schimmernden Wasser vor der Küste. An Bord des 45 Fuß langen Schiffes befand sich eine vierköpfige Besatzung, die ganz in Schwarz gekleidet war. Einer der Männer hielt an Deck Wache, während ein weiterer am Ruder stand. Ein dritter aß in der runden Nische neben der Kombüse zu Abend, der vierte schlief in der Vorschiffskabine.

Die fünf Passagiere hatten sich in die vollkommen abgeschirmte Kabine in der Mitte des Schiffes zurückgezogen. Die Tür war geschlossen, die schweren Vorhänge hatte man vor die Bullaugen gezogen. Die Männer saßen um einen großen, elfenbeinfarbenen Tisch, in dessen Mitte ein dicker, überdimensionaler Lederordner lag, neben dem eine Flasche mit erlesenem Madeira stand. Die Teller hatte man abgeräumt und nur die inzwischen nahezu leeren Weingläser stehen gelassen.

Die Männer trugen teure pastellfarbene Blazer und weitgeschnittene Hosen. An ihren weichen, gepflegten Händen funkelten Brillantringe, die von goldenen und silbernen Halskettchen ergänzt wurden. Ihre Socken waren aus Seide, und die handgefertigten Schuhe auf Hochglanz poliert. Alle trugen das Haar kurz. Sie rauchten kubanische Zigarren, von denen vier bereits eine ganze Weile brannten. Ein Spezialbehälter auf dem Tisch, der für die richtige Feuchtigkeit sorgte, hielt einen Vorrat davon bereit. Die Gesichter der Männer wirkten entspannt, ihre Stimmen klangen weich und warm.

Der Besitzer der *Verídico*, Esteban Ramirez, war gleichzeitig der Begründer der Ramirez Boat Company, die die Jacht gebaut hatte. Im Unterschied zu den anderen rauchte er nicht. Das lag nicht daran, daß er es nicht gern getan hätte, aber er fand, es sei noch zu früh, um zu feiern. Er hatte auch keine Lust, sich mit Sentimentalitäten aufzuhalten, zum Beispiel der Erinnerung daran, wie seine katalanischen Vorfahren Schafe gezüchtet und Wein und Getreide angebaut hatten. Seine Abstammung war ihm wichtig, aber jetzt war nicht die Zeit, darüber nachzudenken. Im Moment konzentrierte er sich auf den Auftrag, der inzwischen schon erledigt sein sollte, und dachte daran, was auf dem Spiel stand. Seit Jahren hatte er davon geträumt, es seit Monaten geplant – jetzt war die Stunde der Ausführung gekommen.

Was hielt den Mann auf?

Schweigend sann er darüber nach, wie er vor Jahren genau in diesem Raum seiner Jacht gesessen und auf den Anruf der Männer gewartet hatte, mit denen er bei der CIA zusammengearbeitet hatte. Manchmal hatte er auch warten müssen, bis sich die Mitglieder seiner ›familia‹ meldeten, die aus seinen vertrauenswürdigsten, ergebensten Angestellten bestand. Diese wurden damit beauftragt, Päckchen zu übergeben, Geld abzuholen oder Leuten die Knochen zu brechen, die nicht einsehen wollten, daß es besser für sie war, mit ihm zusammenzuarbeiten. Einige dieser Unglücklichen waren für einen oder zwei der Männer, die jetzt mit ihm am Tisch saßen, tätig gewesen. Aber das war Vergangenheit, heute verband sie ein gemeinsames Ziel.

Manchmal sehnte sich Ramirez nach dieser ruhigen Zeit zurück. Damals war er nur ein unpolitischer Mittelsmann gewesen, der seinen Gewinn mit dem Schmuggel von Gewehren oder Menschen erzielte oder Informationen über verdeckte Aktivitäten der Russen oder islamischer Fundamentalisten besorgte. Damals hatte er die *familia* benutzt, um Druck auszuüben, wenn die Banken ihm keinen Kredit gewähren wollten oder wenn er Lastwagen für seine Waren benötigte und es keine Fahrzeuge gab.

Heute sah die Sache anders aus. Ganz anders.

Schweigend wartete er, bis sein Mobiltelefon klingelte. Gelassen nahm er es aus der rechten Tasche seines Blazers. Seine kurzen, dicken Finger bebten leicht, als er das Mundstück ausklappte und das Telefon ans Ohr hielt. Nachdem er sich mit Namen gemeldet hatte, lauschte er schweigend, ohne seine Tischnachbarn aus den Augen zu lassen.

Als der Anrufer geendet hatte, klappte Ramirez das Telefon zu und ließ es wieder in seine Tasche gleiten. Er blickte auf den unberührten Aschenbecher, der vor ihm stand, wählte eine Zigarre aus dem Spezialbehälter und roch an der schwarzen Binde. Erst jetzt erschien ein Lächeln auf seinem glatten, runden Gesicht.

Einer der anderen Männer nahm die Zigarre aus dem Mund. »Was ist los, Esteban?« wollte er wissen. »Was ist passiert?«

»Es ist gelungen«, erklärte Ramirez stolz. »Eine der Zielpersonen, und zwar die wichtigere, wurde eliminiert.«

Die Spitzen der anderen Zigarren leuchteten auf, als die vier Männer daran zogen. Man lächelte und applaudierte diskret, aber von Herzen. Ramirez schnitt die Spitze seiner Zigarre ab und ließ sie in den Aschenbecher fallen. Dann entzündete er die kräftige Flamme des antiken Butangasfeuerzeugs auf dem Tisch und rollte die Zigarre hin und her, bis die Ränder rot glühten. Genußvoll sog er daran und ließ den Geschmack auf der Zunge zergehen. Erst als sich der Rauch im ganzen Mund verteilt hatte, atmete er aus.

»Señor Sanchez befindet sich im Augenblick in Madrid am Flughafen.« Ramirez verwendete den Namen, den der Killer für diese Mission angenommen hatte. »Er wird Bilbao in einer Stunde erreichen. Ich rufe das Werk an, damit ihn ein Fahrer der *familia* dort abholt. Dann wird man ihn wie geplant zur Jacht bringen.«

»Hoffentlich nicht für lange«, erklärte einer der Männer besorgt.

»Ganz gewiß nicht. Wenn Señor Sanchez hier eintrifft, werde ich an Deck gehen und ihn auszahlen.« Ramirez klopfte auf seine Westentasche, in der sich ein Umschlag mit Devisen befand. »Er wird niemanden sonst sehen, so kann er niemanden verraten.«

»Warum sollte er das auch tun?«

»Erpressung, Alfonso. Männer wie Sanchez, Soldaten, die an Geld gekommen sind, leben häufig über ihre Verhältnisse und denken nicht an die Zukunft. Wenn ihre Mittel erschöpft sind, kommen sie manchmal zurück und verlangen mehr.«

»Was, wenn er das doch tut?« wollte Alfonso wissen. »Wie wollen Sie sich dagegen schützen?«

Ramirez lächelte. »Einer meiner Männer hat den Anschlag mit einer Videokamera gefilmt. Wenn Sanchez mich verrät, landet die Kassette bei der Polizei. Doch genug. Der Plan sieht folgendermaßen aus: Nachdem ich Sanchez bezahlt habe, wird man ihn zum Flughafen zurückbringen, und er wird das Land wie vereinbart verlassen, bis die Untersuchung abgeschlossen ist.«

»Was ist mit dem Fahrer in Madrid?« erkundigte sich ein anderer Mann. »Wird er Spanien ebenfalls verlassen?«

»Nein, der Fahrer arbeitet für den Abgeordneten Serrador und ist ehrgeizig, also wird er den Mund halten. Der Tatwagen befindet sich bereits in einer Werkstatt, wo er verschrottet wird.« Zufrieden zog Ramirez an seiner Zigarre. »Vertrauen Sie mir, mein lieber Miguel. Es ist alles bis ins letzte durchdacht. Man wird den Anschlag nicht zu uns zurückverfolgen können.«

»Ich vertraue Ihnen, aber bei Serrador bin ich mir immer noch nicht sicher. Der Mann ist Baske.«

»Das ist der Killer auch, und trotzdem hat er seine Befehle ausgeführt. Bei Serrador wird es genauso sein, Carlos. Er ist ehrgeizig.«

»Auch ein ehrgeiziger Baske bleibt ein Baske.«

Ramirez lächelte erneut. »Abgeordneter Serrador will nicht den Rest seines Lebens als Sprecher von Fischern, Hirten und Bergleuten verbringen. Er will ihr Führer werden.«

»Von mir aus kann er sie über die Pyrenäen nach Frankreich führen«, erklärte Carlos. »Ich würde nicht einen von ihnen vermissen.«

»Ich auch nicht«, meinte Ramirez, »aber wer soll dann fischen, Schafe züchten und in den Bergwerken arbeiten? Ihre Bankmanager und Steuerberater vielleicht, Carlos? Die Reporter von Rodrigos Zeitungen oder Alfonsos Fernsehsendern? Die Piloten von Miguels Fluggesellschaft?«

Die anderen lächelten und nickten achselzuckend. Carlos errötete, senkte jedoch zustimmend den Kopf.

»Genug von unserem merkwürdigen Kumpan. Wichtig ist, daß die amerikanische Diplomatin tot ist. Die Vereinigten Staaten haben keine Ahnung, wer dafür verantwortlich ist und welches die Motive für den Anschlag sind, aber sie werden sich hüten, sich in die spanische Politik einzumischen. Serrador wird sie darüber hinaus warnen, wenn er sich später mit dem Rest der Amerikaner trifft. Er wird ihnen versichern, daß die Polizei alles tut, was in ihrer Macht steht, aber daß niemand garantieren kann, daß sich ein solcher Vorfall nicht wiederholt. Nicht in diesen unruhigen Zeiten.«

Carlos nickte und wandte sich an Miguel. »Wie läuft Ihr Part?«

»Hervorragend«, erklärte der stattliche, silberhaarige Manager der Fluggesellschaft. »Die Billigtarife von den USA

39

nach Portugal, Italien, Frankreich und Deutschland haben sich als großer Erfolg erwiesen. Die Reisen nach Madrid und Barcelona sind im Vergleich zum Vorjahr um elf beziehungsweise um acht Prozent zurückgegangen. Hotels, Restaurants und Autovermieter bekommen dies deutlich zu spüren. Indirekt sind zahlreiche Geschäftsleute davon betroffen.«

»Und diese Entwicklung wird sich noch verstärken«, meinte Ramirez, »wenn die amerikanische Öffentlichkeit erfährt, daß die ermordete Frau eine Touristin war, die rein zufällig erschossen wurde.«

Lächelnd zog er an seiner Zigarre. Auf dieses Detail seines Plans war er besonders stolz. Niemals würde die Regierung der USA die Identität der toten Frau preisgeben, da sie nicht dem Außenministerium angehörte, sondern einem Zentrum für Spionage und Krisenmanagement. Genausowenig durfte die Öffentlichkeit erfahren, daß sie sich in Madrid aufgehalten hatte, um mit einem einflußreichen Abgeordneten zu sprechen, der einen neuen Bürgerkrieg befürchtete. Wenn man in Europa erfuhr, daß sich eine Amerikanerin in einer solchen Position mit Serrador hatte treffen wollen, würde man die USA der Einflußnahme zugunsten eigener Interessen verdächtigen. Genau deswegen hatte Serrador diese Frau kommen lassen. Mit einem Schlag hatten Ramirez und seine Gruppe sowohl den spanischen Tourismus als auch das Weiße Haus in ihre Hand gebracht.

»Was den nächsten Schritt angeht«, sagte Ramirez, »wie sieht es damit aus, Carlos?«

Der schwarzhaarige junge Banker beugte sich vor, legte die Zigarre in den Aschenbecher und faltete die Hände auf dem Tisch. »Wie Sie wissen, waren die Unter- und Mittelschicht besonders von der ungünstigen Entwicklung auf dem Arbeitsmarkt in der letzten Zeit betroffen. In den vergangenen sechs Monaten hat Banquero Cedro das Kreditvolumen begrenzt, so daß unsere Partner bei dieser Operation« – er wies auf die anderen Männer am Tisch – »wie auch andere Geschäftsleute gezwungen waren, die Verbraucherpreise um nahezu sieben Prozent anzuheben. Gleichzeitig wurde die Produktion zurückgefahren, so daß fast acht Prozent weniger spanische Güter ins restliche Europa exportiert wurden. Das hat die Arbeiter schwer getroffen, obwohl wir die Kredite an sie bis jetzt nicht eingeschränkt haben. Im Gegenteil, wir haben uns sogar besonders großzügig gezeigt. Kredite zur Bezahlung alter Schulden wurden sogar in erhöhtem Umfang vergeben. Natürlich wird nur ein Teil dieses Geldes für die Begleichung der Schulden verwendet. Die Leute kaufen ein, weil sie annehmen, daß man ihnen auch weiterhin Kredit gewähren wird. Das Resultat ist, daß die Darlehenszinsen heute um achtzehn Prozent über dem Vorjahresniveau liegen.«

Ramirez lächelte. »Angesichts des Rückgangs beim Tourismus wird es ein harter Schlag sein, wenn es keinen Kredit mehr gibt.«

»Extrem hart«, stimmte Carlos zu. »Die Leute werden so hoch verschuldet sein, daß sie alles tun, um aus dieser Falle herauszukommen.«

»Aber sind Sie sicher, daß die Situation nicht außer Kontrolle geraten wird?« warf Alfonso ein.

»Absolut«, erwiderte Carlos. »Die Liquiditätsreserven meiner Bank und anderer Geldinstitute reichen aus, vor allem weil wir auch bei der Weltbank Kredit haben. Die Spitze der Wirtschaft wird kaum betroffen sein.« Er grinste. »Es ist wie im Alten Testament. Von den Plagen, die Ägypten befielen, waren die nicht betroffen, die gewarnt waren und ihre Krüge und Zisternen mit frischem Wasser gefüllt hatten.«

Ramirez lehnte sich zurück und zog lange und genußvoll an seiner Zigarre. »Ganz exzellent, meine Herren. Sobald alles vorbereitet ist, erhöhen wir den Druck, bis Unter- und Mittelschicht aufbegehren. Bis Basken und Kastilier, Andalusier und Galicier anerkennen, daß Spanien den Katalanen gehört. Dann wird der Ministerpräsident gezwungen sein, Neuwahlen auszurufen. Und wir werden bereit sein.« Seine kleinen dunklen Augen wanderten von einem Gesicht zum anderen und richteten sich schließlich auf den Lederordner vor ihm. »Wir werden bereit sein für eine neue Verfassung – und für ein neues Spanien.«

Die anderen nickten zustimmend, Miguel und Rodrigo applaudierten leise. Ramirez spürte das Gewicht der Geschichte auf seinen Schultern. Es war ein angenehmes Gefühl.

Von dem schäbig gekleideten Mann, der sich nur ein paar hundert Meter von ihm entfernt aufhielt und ein ganz anderes Geschichtsverständnis besaß, ahnte er nichts. Die Waffe, die diesem Mann zur Verfügung stand, war vollkommen anderer Art.

4

Montag, 18 Uhr 15 – Madrid, Spanien

Als Comisario Diego Fernandez eintraf, saß Aideen immer noch auf der Ledercouch. Der Beamte war mittelgroß und weder besonders breit noch auffällig schmal. Das Gesicht mit dem gesunden Teint war bis auf einen sorgfältig gestutzten Spitzbart glattrasiert. Sein schwarzes Haar war relativ lang, aber gepflegt, der Blick hinter der Brille mit dem Goldrand aufmerksam. Unter dem offenen schwarzen Trenchcoat, zu dem er schwarze Lederhandschuhe und schwarze Wildlederschuhe trug, lugte ein grauer Anzug hervor.

Ein untergeordneter Beamter schloß die Tür hinter ihm, und der Comisario begrüßte Aideen mit einer höflichen Verbeugung. »Ich möchte Ihnen unser tiefstes Mitgefühl und Bedauern ausdrücken.« Er besaß eine tiefe Stimme und sprach Englisch mit starkem Akzent. »Wenn ich und meine Abteilung etwas für Sie tun können, sagen Sie es mir bitte.«

»Danke, Comisario.«

»Ich darf Ihnen versichern, daß sich die gesamten Polizeikräfte von Madrid um die Aufklärung dieses entsetzlichen Vorfalls bemühen werden. Wir können dabei auf die Unterstützung sämtlicher Regierungsbehörden zählen.«

Aideen blickte ihn an. Es erschien ihr unmöglich, daß er

mit ihr sprach. Daß die Polizei den Mord an einem Menschen untersuchte, den sie gekannt hatte, konnte nicht wahr sein. In den Fernsehnachrichten und Schlagzeilen würde man von einer Frau sprechen, mit der sie sich vor nur einer Stunde in einem Hotelzimmer angekleidet hatte. Obwohl sie den Anschlag selbst miterlebt und Marthas leblosen Körper auf der Straße hatte liegen sehen, kam ihr der Vorfall unwirklich vor. Aideen war so sehr daran gewöhnt, Einfluß auf Dinge zu nehmen, indem sie zum Beispiel ein Band zurücklaufen ließ, wenn sie etwas genauer sehen wollte, oder Computerdaten löschte, die sie nicht benötigte, daß es ihr unmöglich war, die Endgültigkeit der Situation zu erfassen.

Doch ihr Verstand sagte ihr, daß sich nichts mehr rückgängig machen ließ, daß das Geschehen traurige Realität war. Nachdem man sie in dieses Büro gebracht hatte, hatte sie das Hotel angerufen und Darrell McCaskey informiert, der wiederum das Op-Center unterrichten wollte. Er hatte erstaunlich gelassen geklungen, aber vielleicht hatte sich Darrell immer unter Kontrolle. Um das zu beurteilen, kannte sie ihn nicht gut genug. Dann hatte sie hier gesessen und versucht, sich einzureden, es habe sich um einen zufälligen Terrorakt gehandelt und nicht um einen gezielten Mordanschlag ...

Vor zwei Jahren in Tijuana, das war etwas ganz anderes gewesen. Damals wurde ihr Freund Odin Gutierrez Rico buchstäblich zerfetzt, als ihn vier mit Sturmgewehren bewaffnete Killer aufs Korn nahmen. Aber Rico war oberster Richter in Baja California gewesen, eine Persönlichkeit im Licht der Öffentlichkeit, und hatte regelmäßig Todesdrohungen erhalten. Er hatte die mexikanischen Drogenhändler herausgefordert, und sein Tod war deshalb zwar ein tragischer Verlust, aber keine Überraschung. Schließlich galt es als offenes Geheimnis, daß die Unterwelt nicht gewillt war, die Strafverfolgung von Drogenhändlern zu tolerieren.

Martha dagegen war mit einer Tarnidentität unterwegs gewesen, von der nur eine Handvoll Regierungsbeamte wußten. Sie war nach Madrid gekommen, um den Abgeord-

43

neten Serrador bei der Ausarbeitung eines Planes zu unterstützen, wie er seine eigenen Leute, die Basken, daran hindern konnte, die ebenso nationalistischen Katalanen bei ihrem Versuch zu unterstützen, sich von Spanien zu lösen. Die Aktionen der Basken in den achtziger Jahren waren nicht konsequent genug gewesen, um Erfolg zu haben, aber ihre Gewalttätigkeit blieb unvergessen. Wie Serrador war auch Martha davon überzeugt gewesen, daß ein organisierter Aufstand von zweien der fünf großen ethnischen Gruppen verheerende Folgen haben konnte. Wenn diese besser bewaffnet und vorbereitet waren als in den Achtzigern, bestand durchaus die Möglichkeit, daß sie diesmal erfolgreich sein würden.

Wenn es vorsätzlicher Mord gewesen war, wenn man es wirklich auf Martha abgesehen gehabt hatte, mußte es ein Leck geben, und das bedeutete, daß der Frieden ernsthaft bedroht war. Welch grausame Ironie, daß Martha noch vor kurzem betont hatte, daß die Gespräche auf keinen Fall gefährdet werden durften.

Sie wissen, was auf dem Spiel steht ...

Deshalb war sie wegen Aideens Überreaktion auf offener Straße auch so beunruhigt gewesen.

Wenn das nur unser größtes Problem geblieben wäre, dachte Aideen. Wir schlagen uns mit Kleinigkeiten herum und sehen den Wald vor lauter Bäumen nicht ...

»Señorita?«

Aideen blinzelte. »Ja?«

»Ist alles in Ordnung?«

Sie hatte an Fernandez vorbei auf die dunklen Fenster gestarrt. Nun zwang sie sich, den Beamten anzusehen, der ein paar Schritte von ihr entfernt wartete und auf sie herunterlächelte.

»Ja, mir geht es gut. Bitte entschuldigen Sie, Comisario. Ich habe an meine Freundin gedacht.«

»Das verstehe ich. Dürfte ich Ihnen ein paar Fragen stellen, oder fühlen Sie sich dem nicht gewachsen?«

»Natürlich dürfen Sie das.« Aideen war in sich zusammengesunken, richtete sich nun aber hoch auf. »Zunächst einmal wüßte ich aber gern, ob die Auswertung der Überwachungskameras etwas ergeben hat, Comisario.«

»Leider nicht. Der Schütze stand außerhalb ihrer Reichweite.«

»Also wußte er, wie er sich positionieren mußte?«

»Offenbar, ja. Leider wird es eine Weile dauern herauszufinden, wem diese Information zugänglich war, und noch länger, diese Personen zu befragen.«

»Ich verstehe.«

Der Comisario zog ein kleines gelbes Notizbuch aus der Manteltasche. Das Lächeln auf seinem Gesicht erlosch, während er seine Aufzeichnungen durchging und einen Stift aus der Spiralheftung zog. Als er fertiggelesen hatte, blickte er Aideen an.

»Waren Sie und Ihre Begleiterin in Madrid auf Vergnügungsreise?«

»Ja, das ist richtig.«

»Sie haben dem Posten am Tor gesagt, man habe für Sie eine Privatbesichtigung des *Congreso de los Diputados* organisiert.«

»Das stimmt.«

»Wer hat diesen Besuch für Sie arrangiert?«

»Das weiß ich nicht.«

»Wie das?«

»Meine Freundin hat alles über einen Bekannten in den Vereinigten Staaten organisiert.«

»Könnten Sie mir den Namen dieses Bekannten nennen?«

»Leider nein. Ich kenne ihn nicht, weil ich mich erst in letzter Minute entschieden habe mitzukommen.«

»Vielleicht ein Arbeitskollege?« schlug der Comisario vor. »Oder ein Nachbar? Ein Lokalpolitiker aus ihrer Gegend?«

»Das weiß ich wirklich nicht. Es tut mir leid, aber mir ist nicht der Gedanke gekommen, daß es wichtig werden könnte.«

Der Comisario starrte sie an. Es dauerte lange, bis er den Blick senkte und ihre Antworten in sein Notizbuch schrieb.

Vermutlich glaubte er ihr nicht – das schloß sie zumindest aus den mißbilligend verzogenen Mundwinkeln und

45

der Falte, die auf seiner Stirn erschien. Es war ihr zutiefst zuwider, die Untersuchungen zu behindern, aber solange sie keine anderslautenden Anweisungen von Darrell McCaskey oder Serrador erhielt, mußte sie sich an die vereinbarte Geschichte halten.

Langsam und nachdenklich schlug Fernandez eine neue Seite in seinem Notizbuch auf. »Haben Sie den Mann gesehen, der Sie angegriffen hat?«

»Sein Gesicht konnte ich nicht erkennen, weil unmittelbar, bevor er nach seiner Waffe griff, das Blitzlicht seines Fotoapparates ausgelöst wurde.«

»Ist Ihnen sein Eau de Toilette oder Aftershave aufgefallen?«

»Nein.«

»Die Kamera? Wissen Sie, welche Marke er benutzte?«

»Nein, ich war zu weit entfernt, und das Blitzlicht hatte mich geblendet. Ich konnte nur seine Kleidung erkennen.«

»Aha.« Der Inspektor trat interessiert einen Schritt vor. »Können Sie sie beschreiben?«

Aideen holte tief Atem und schloß die Augen. »Er trug eine enge Jeansjacke, eine dunkelblaue oder schwarze Baseballkappe, deren Schirm er nach vorne gedreht hatte, und eine weite, khakifarbene Hose. Die Schuhe waren schwarz. Ich möchte behaupten, daß er jung war, aber ich bin mir nicht sicher.«

»Was hat Ihnen diesen Eindruck vermittelt?«

Aideen öffnete die Augen. »Seine Haltung. Er stand relativ breitbeinig, Schultern und Kopf hoch aufgerichtet, und wirkte sehr kraftvoll und selbstbewußt.«

»Haben Sie so etwas schon einmal gesehen?«

»Ja«, erwiderte sie. Der Mörder hatte sie an einen Striker erinnert, aber das konnte sie unmöglich sagen. »In der Nähe des Colleges, an dem ich studierte, befand sich eine Schule für Reserveoffiziere. Der Killer hielt sich wie ein Soldat oder zumindest wie jemand, der es gewohnt ist, mit Feuerwaffen umzugehen.«

Der Inspektor schrieb etwas in sein Notizbuch. »Hat der Schütze etwas zu Ihnen gesagt?«

»Nein.«

»Hat er etwas geschrien, irgendeine Parole oder Drohung?«

»Nein.«

»Ist Ihnen aufgefallen, was für eine Waffe er verwendete?«

»Tut mir leid, nein. Irgendeine Faustfeuerwaffe.«

»Einen Revolver?«

»Ich würde den Unterschied nicht erkennen«, log sie. Es war eine Automatik gewesen, aber der Comisario durfte nicht wissen, daß sie etwas davon verstand.

»Setzte er zwischen den Schüssen ab?«

»Ich glaube schon.«

»War es ein lautes Geräusch?«

»Nicht besonders, die Schüsse waren erstaunlich leise.« Die Waffe war mit einem Schalldämpfer versehen gewesen, aber auch das wollte sie ihm nicht sagen.

»Also vermutlich schallgedämpft«, erklärte der Comisario. »Haben Sie das Fluchtauto gesehen?«

»Ja. Eine schwarze Limousine, aber ich weiß nicht, welche Marke.«

»Sauber oder schmutzig?«

»Normal.«

»Wo kam der Wagen her?«

»Ich glaube, er hat weiter unten an der Straße auf den Mörder gewartet.«

»In welcher Entfernung?«

»Etwa zwanzig bis dreißig Meter. Ich vermute, das Fahrzeug kam ein paar Sekunden, bevor der Mörder das Feuer eröffnete, herangerollt.«

»Wurden aus dem Wagen Schüsse abgegeben?«

»Ich glaube nicht. Zumindest habe ich nur das Mündungsfeuer einer Waffe gesehen.«

»Nach den ersten Schüssen lagen Sie hinter dem zweiten Opfer, dem Postboten, und kümmerten sich um dessen Wunde. Vielleicht waren Sie zu beschäftigt, um einen zweiten Schützen zu bemerken.«

»Das glaube ich nicht. Ich lag ja erst hinter dem Mann,

als alles schon beinahe wieder vorbei war. Wie geht es ihm übrigens? Wird er es schaffen?«

»Bedauerlicherweise nein. Er ist tot, Señorita.«

Aideen blickte zu Boden. »Oh, das tut mir leid.«

»Sie haben alles getan, um ihm zu helfen. Sie haben sich nichts vorzuwerfen.«

»Außer, daß ich mich in seine Richtung bewegt habe. Hatte er Familie?«

»*Sí.* Señor Suarez sorgte für seine Frau, seinen kleinen Sohn und seine Mutter.«

Aideens Schläfen brannten, als ihr erneut die Tränen in die Augen stiegen. Nicht nur, daß sie Martha nicht geholfen hatte, ihr Instinkt, das Feuer auf sich zu ziehen, hatte einen unschuldigen Menschen das Leben gekostet. Wenn sie jetzt darüber nachdachte, hätte sie sich in Marthas Richtung werfen sollen. Vielleicht hätte sie sie mit ihrem Körper schützen oder die Verletzte hinter das Wachhäuschen ziehen können. Alles wäre besser gewesen als das, was sie tatsächlich getan hatte.

»Möchten Sie ein Glas Wasser?« erkundigte sich der Comisario.

»Danke, nein. Mir geht es gut.«

Fernandez nickte und begann, mit gesenktem Blick auf und ab zu gehen. Dann sah er sie erneut an. »Señorita, glauben Sie, daß es der Mörder auf Sie und Ihre Begleiterin abgesehen hatte?«

»Ja, davon bin ich überzeugt.« Aideen hatte die Frage erwartet. Jetzt war höchste Vorsicht geboten.

»Wissen Sie, warum?«

»Nein.«

»Haben Sie keinen Verdacht? Sind Sie politisch aktiv? Gehören Sie irgendeiner Organisation an?«

Sie schüttelte den Kopf.

Es klopfte an der Tür, doch der Comisario kümmerte sich nicht darum. Sein Blick war hart und durchdringend, als er Aideen schweigend betrachtete.

»Señorita Temblón«, sagte er schließlich, »es tut mir leid, daß ich Sie in solch einem Augenblick unter Druck setzen

48

muß, aber ein Mörder läuft frei in meiner Stadt herum, und ich will ihn kriegen. Können Sie sich nicht den geringsten Grund vorstellen, warum jemand Sie oder Ihre Freundin angreifen sollte?«

»Comisario, ich war noch nie in Spanien und kenne hier niemanden. Meine Begleiterin war vor Jahren einmal hier, aber soweit ich weiß, hat ... hatte sie in Madrid weder Freunde noch Feinde.«

Es klopfte erneut. Fernandez ging zur Tür und öffnete, ohne daß Aideen hätte sehen können, wer draußen stand.

»*Sí?*«

»Comisario«, sagte eine Männerstimme, »der Abgeordnete Serrador wünscht, daß man die Frau sofort in sein Büro bringt.«

»Tatsächlich?« Fernandez wandte sich um und blickte Aideen an. Seine Augen verengten sich. »Vielleicht möchte sich der Abgeordnete persönlich für diese entsetzliche Tragödie entschuldigen, Señorita.«

Aideen schwieg.

»Oder gibt es möglicherweise einen anderen Grund für diese Audienz?«

Sie erhob sich. »Wenn dies der Fall sein sollte, Comisario Fernandez, dann werde ich es erst erfahren, wenn ich den Abgeordneten sehe.«

Der Inspektor klappte sein Notizbuch zu und verbeugte sich höflich. Falls er wütend auf sie war, ließ er es sich nicht anmerken. Er dankte ihr erneut für ihre Unterstützung, entschuldigte sich noch einmal für den Vorfall und wies dann mit dem Arm auf die offene Tür. Aideen verließ den Raum und bemerkte, daß der Sargento, der sie hereingebracht hatte, draußen auf sie wartete. Er begrüßte sie mit einer Verbeugung. Gemeinsam gingen sie den Korridor entlang.

Bei dem Gedanken an Fernandez war ihr nicht wohl. Er mußte seine Untersuchung durchführen, und sie hatte ihn nicht im geringsten dabei unterstützt. Aber wie Martha gesagt hatte, galten für jede Gesellschaft und für jede Gesellschaftsschicht andere Regeln. Und ungeachtet der Verfassung existierten in jedem Land eigene Gesetze für die

Regierung, auch wenn einem das nicht paßte. Fielen die Worte ›Staatsgeheimnis‹ und ›Regierungsinteresse‹, verbaten sich Untersuchungen, die ansonsten vollkommen legal gewesen wären. Leider ließ sich das in vielen Fällen nicht verhindern – wie in diesem.

Das Büro des Abgeordneten Serrador war nicht weit entfernt von dem, in dem sich Aideen aufgehalten hatte, und ähnelte ihm in Größe und Ausstattung. Allerdings war es etwas persönlicher gestaltet. An drei Wänden hingen gerahmte Plakate der Stierkampfarena von Madrid, der Plaza de las Ventas. An der vierten Wand, hinter dem Schreibtisch, befanden sich gerahmte Titelseiten von Zeitungen, die über die baskischen Aktivitäten in den achtziger Jahren berichteten. Auf verschiedenen Regalen im Zimmer standen Familienfotos.

Als Aideen den Raum betrat, saß der Abgeordnete hinter seinem Schreibtisch; auch Darrell McCaskey war anwesend, er hatte sich auf dem Sofa niedergelassen. Beide erhoben sich, als sie sie sahen. Mit großer Geste kam Serrador hinter seinem Schreibtisch hervor – seine Arme streckten sich ihr entgegen, während ein Ausdruck tiefen Mitgefühls auf sein Gesicht trat. Die braunen Augen unter den grauen Brauen waren schmerzerfüllt, die hohe, dunkle Stirn legte sich unter dem mit Pomade geglätteten weißen Haar in Falten, und die Winkel des breiten Mundes verzogen sich kummervoll. Große, weiche Hände schlossen sich um die Hände Aideens.

»Miß Marley, es tut mir sehr, sehr leid, aber ich bin trotz meines Kummers erleichtert, Sie unverletzt zu sehen.«

»Danke, Herr Abgeordneter.« Aideen blickte McCaskey an. Der kleine, drahtige, vorzeitig ergraute Assistent des stellvertretenden Direktors wirkte unnatürlich steif. Seine vor dem Körper ineinanderliegenden Hände drückten nicht das diplomatische Mitgefühl aus, das Serrador zur Schau trug, und sein Gesicht war angespannt und ernst. »Darrell«, sagte sie, »wie geht es Ihnen?«

»Es ging mir schon besser, Aideen. Alles okay mit Ihnen?«

»Eigentlich nicht. Ich habe versagt, Darrell.«

»Was soll das heißen?«

»Ich hätte anders reagieren sollen.« Die Gefühle drohten Aideen zu überwältigen. »Ich wußte, was passieren würde, und habe versagt, Darrell. Einfach versagt.«

»Das ist Unsinn«, erwiderte McCaskey. »Sie hatten Glück, daß Sie überhaupt mit dem Leben davongekommen sind.«

»Auf Kosten eines Unbeteiligten.«

»Das ließ sich nicht vermeiden.«

»Mr. McCaskey hat recht«, warf Serrador ein, der immer noch ihre Hände in seinen hielt. »Sie dürfen sich nicht so quälen. Im ... wie sagt man? ... nachhinein weiß man immer, was man hätte besser machen sollen.«

»Ja, das sagt man.« McCaskey gelang es nur schlecht, seine Irritation zu verbergen. »Hinterher ist man immer klüger.«

Aideen blickte ihn fragend an. »Darrell, stimmt etwas nicht?«

»Nein – wenn man davon absieht, daß der Abgeordnete Serrador sich weigert, mit uns zu sprechen.«

»Wie bitte?«

»Das wäre im Moment höchst unangebracht«, behauptete Serrador.

»Da sind wir anderer Meinung«, erklärte McCaskey mit einem Blick auf Aideen. »Der Abgeordnete meint, seine Vereinbarung habe nur für Martha gegolten. Allein aufgrund ihrer Erfahrung und ihres ethnischen Backgrounds hätten sich Basken und Katalanen überhaupt bereit erklärt, eine Vermittlung der USA in Betracht zu ziehen.«

Aideen blickte Serrador prüfend an. »Martha war eine respektierte, hochqualifizierte Diplomatin ...«

»Eine bemerkenswerte Frau«, verkündete Serrador großspurig.

»Ja, eine begnadete Vermittlerin, aber nicht unersetzlich ...«

Mit mißbilligendem Blick wich Serrador zurück. »Sie enttäuschen mich, Señorita.«

»Tatsächlich?«

»Ihre Kollegin ist soeben *ermordet* worden!«

»Es tut mir leid, Herr Abgeordneter, aber das ist nicht das Thema unseres Treffens ...«

»Ganz recht. Hier geht es um Erfahrung und Sicherheit. Solange ich nicht davon überzeugt bin, daß beides gewährleistet ist, werden wir die Gespräche verschieben. Nicht absagen, Señor McCaskey, Señorita Marley, nur verschieben.«

»Herr Abgeordneter«, warf McCaskey ein, »Sie wissen so gut wie ich, daß möglicherweise keine Zeit mehr bleibt. Vor Miß Marleys Ankunft habe ich Ihnen ihre Referenzen genannt, um Sie davon zu überzeugen, daß die Gespräche durchaus stattfinden können. Miß Marley besitzt Erfahrung und ist keineswegs schüchtern, wie Sie bereits selbst feststellen konnten.«

Serrador blickte Aideen mißbilligend an.

»Wir müssen die Sache nicht abbrechen«, fuhr McCaskey fort. »Was die Sicherheit angeht, so lassen Sie uns einmal überlegen, was es bedeuten könnte, wenn etwas von dem Treffen durchgesickert ist und Martha Ziel eines Mordanschlags war. Das hieße doch, daß jemand amerikanische Diplomaten abschrecken will. Ihr Land soll auseinanderbrechen.«

»Vielleicht geht es auch gar nicht um ein politisches Ziel«, warf Aideen ein. »Martha ist ... Martha war der Ansicht, daß möglicherweise jemand finanziell von einer bewaffneten Auseinandersetzung profitieren will.«

Serrador räusperte sich und blickte auf seinen Schreibtisch.

»Ich bitte Sie, Herr Abgeordneter, setzen Sie sich mit uns zusammen«, fuhr McCaskey fort. »Sagen Sie uns, was Sie wissen. Wir werden die Informationen mit nach Hause nehmen und Ihnen helfen, einen Plan auszuarbeiten, bevor es zu spät ist.«

Langsam schüttelte Serrador den Kopf. »Ich habe bereits mit meinen Verbündeten im Abgeordnetenhaus gesprochen. Sie sind noch weniger gewillt als ich, Sie zum gegenwärtigen Zeitpunkt mit einzubeziehen. Wir haben bereits früher mit den verschiedenen separatistischen Parteien Gespräche geführt, und das werden wir auch weiterhin tun. Meine persönliche Hoffnung war, die Vereinigten Staaten könnten sich inoffiziell an der Diskussion beteiligen, um die Führer beider Seiten zu Konzessionen zu veranlassen und so Spanien zu retten. Doch ich fürchte, jetzt müssen wir dieses Problem intern lösen.«

»Und wie soll das enden?« wollte Aideen wissen.

»Das weiß ich nicht, aber Ihre Beteiligung an diesem Prozeß ist hiermit bedauerlicherweise beendet.«

»So ist das also«, entgegnete sie. »Weil ein Mensch gestorben ist, der mutig genug war, Verantwortung zu übernehmen – und ein anderer zu feige.«

»Aideen!« mahnte McCaskey.

Serrador hob die Hand. »Schon gut, Señor McCaskey. Señorita Marleys Nerven haben gelitten. Am besten bringen Sie sie zum Hotel zurück.«

Aideen funkelte ihn an. Diskretes, diplomatisches Verhalten nützte hier nichts. Sie würde sich nicht einschüchtern lassen, auf keinen Fall. »Also gut«, sagte sie. »Lassen Sie Vorsicht walten, Herr Abgeordneter. Aber eines kann ich Ihnen sagen: Bei meiner Arbeit mit revolutionären Gruppen in Mexiko habe ich einiges gelernt. Die Regierung versuchte immer, die Rebellen mit Gewalt zu unterdrükken, aber es gelang ihr nie ganz. Die Aufständischen gingen in den Untergrund. Vielleicht erreichten sie ihre Ziele nicht, aber das Problem war nicht beseitigt. Nur wer direkt ins Kreuzfeuer geriet, konnte eliminiert werden. Genauso wird es hier ablaufen, Herr Abgeordneter. Jahrhundertealte Ressentiments lassen sich nur mit großem Aufwand unterdrücken.«

»Ah, Sie können also in die Zukunft sehen?«

»Nein«, erwiderte Aideen in scharfem Ton. »Aber ich besitze einige Erfahrung mit der Psychologie der Unterdrükkung.«

»Vielleicht in Mexiko, aber nicht in Spanien. Hier gibt es nicht nur Besitzende und Besitzlose, hier geht es um das kulturelle Erbe.«

»Aideen.« McCaskeys Stimme klang energisch und gereizt. »Das genügt. Niemand weiß, was hier oder anderswo geschehen wird. Genau aus diesem Grund sollten die Gespräche stattfinden. Wir wollten Tatsachen eruieren, Ideen austauschen und nach einem friedlichen Weg zur Lösung der Spannungen suchen.«

»Vielleicht kommt es ja noch dazu.« Serrador war wieder ganz Diplomat. »Ohne gegenüber ihrer verstorbenen Kollegin respektlos zu sein, muß man sagen, daß mit ihr nur eine Möglichkeit verloren gegangen ist. Es gibt andere Wege, um Blutvergießen zu vermeiden. Zunächst einmal gilt es herauszufinden, wer für dieses Verbrechen verantwortlich ist und wo sich das Leck in meinem Büro befindet. Dann werden wir weitersehen.«

»Das kann Wochen, ja, Monate dauern«, wandte McCaskey ein.

»Überstürzte Aktionen könnten weitere Menschenleben kosten, Señor McCaskey.«

»Dieses Risiko würde ich eingehen«, erklärte Aideen. »Rückzug und Untätigkeit könnten uns weit teurer zu stehen kommen.«

Serrador kehrte hinter seinen Schreibtisch zurück. »Davon ist keine Rede. Hier geht es um gesunde Vorsicht.« Er drückte einen Knopf an seinem Telefon. »Ich habe um die Hilfe von Señorita Mackall gebeten, aber diese hervorragende Diplomatin ist von uns gegangen. Dennoch werde ich vielleicht weiterhin die Unterstützung der Vereinigten Staaten benötigen. Sollte dies der Fall sein, steht Ihr Angebot dann noch, Señor McCaskey?«

»Das wissen Sie doch, Herr Abgeordneter.«

Serrador neigte das Haupt. »*Gracias.*«

»*De nada*«, gab McCaskey zurück.

Die Tür öffnete sich, und ein junger Beamter im dunklen Anzug, der die Arme steif an den Körper gelegt hatte, trat ein.

»Hernandez«, befahl der Abgeordnete, »bitte führen Sie unsere Gäste durch den privaten Eingang hinaus, und sagen Sie meinem Fahrer, er möge dafür sorgen, daß sie sicher zu ihrem Hotel gelangen.« Er blickte McCaskey an. »Dort wollen Sie doch hin?«

»Für den Augenblick ja. Wenn möglich, möchte ich gerne an der Untersuchung des Anschlags beteiligt werden.«

»Ich verstehe. Wenn ich mich recht erinnere, besitzen Sie Erfahrung in der Polizeiarbeit.«

»Das ist richtig. In meiner Zeit beim FBI habe ich häufig mit Interpol zusammengearbeitet.«

Serrador nickte. »Selbstverständlich werde ich mich darum kümmern. Kann ich sonst noch etwas für Sie beide tun?«

McCaskey schüttelte den Kopf, doch Aideen rührte sich nicht. Innerlich kochte sie. Schon wieder Politik und Diplomatie, statt Vision und Führungsgabe, dachte sie. Das hier war nichts weiter als ein vorsichtiger kleiner ›T-Step‹, wie man zu Hause in Boston einen Tanzschritt nannte. Schade, daß sie nicht etwas *mierda de perro* für dieses Treffen aufgehoben hatte.

»Mein Wagen ist kugelsicher. Zwei der Wachen begleiten Sie, Sie sind also sicher. Inzwischen spreche ich mit meinen Kollegen, die an dem heutigen Treffen teilnehmen sollten. In ein paar Tagen werde ich mit Ihnen Kontakt aufnehmen, um Sie von der weiteren Vorgehensweise zu unterrichten. Ich nehme an, ich erreiche Sie in Washington?«

»Selbstverständlich«, erwiderte McCaskey.

»Ich danke Ihnen.« Der Abgeordnete lächelte dünn. »Vielen Dank.«

Damit streckte er die Hand über den großen Mahagonischreibtisch aus. McCaskey griff danach und schüttelte sie. Dann reichte Serrado Aideen die Hand, die die Berührung so kurz wie möglich hielt. Der kurze Blick, den sie dem Spanier zuwarf, war eisig.

McCaskey legte seine Hand auf Aideens Rücken und führte sie mit sanfter Gewalt zur Tür. Schweigend gingen sie den Gang hinunter.

Als sie im Wagen des Abgeordneten saßen, wandte er sich zu ihr um. »So.«

»So. Sagen Sie es schon. Mein Verhalten war unangemessen.«

»Ganz recht.«

»Ich weiß. Es tut mir leid, ich werde das nächste Flugzeug nach Hause nehmen.« Das Thema schien sie zu verfolgen. Vielleicht paßte sie, Aideen Marley, einfach nicht in den Elfenbeinturm der Diplomatie.

»Nein, das möchte ich nicht. Ihr Verhalten war unangemessen, aber Sie hatten recht. Ich glaube nicht, daß unser kleines Spiel mit verteilten Rollen funktioniert hat, aber unsere Zusammenarbeit läßt sich ausbauen.«

Sie starrte ihn an. »Sie sind meiner Meinung?«

»Im Prinzip, ja. Doch warten wir erst mal ab, bis wir zu Hause anrufen können, um zu hören, was unsere Leute sagen.«

Aideen nickte. Das war nicht der einzige Grund, warum McCaskey nicht weitersprechen wollte, soviel war klar. Man vergaß gerne, daß Chauffeure von Limousinen alles hörten und sahen. Selbst wenn Darrell die Trennscheibe hochfuhr, garantierte das nicht, daß sie unbelauscht blieben. Es bestand die Möglichkeit, daß sich im Fahrzeug Wanzen befanden und ihr Gespräch abgehört wurde. Daher schwiegen sie, bis sie McCaskeys Hotelzimmer betraten, wo er einen kleinen elektromagnetischen Generator installierte, den Matt Stoll, das Technikgenie des Op-Centers, entworfen hatte. Das Gerät besaß ungefähr die Größe eines tragbaren CD-Players und sandte Impulse aus, die elektronische Signale in einem Umkreis von drei Metern zu unverständlichem ›Gebrabbel‹ umwandelten, wie Stoll es nannte. Computer, Recorder und andere digitale Geräte außerhalb dieser Reichweite blieben unbeeinflußt.

McCaskey und Aideen ließen sich mit dem ›Ei‹, wie sie den Generator scherzhaft nannten, zwischen sich auf der Bettkante nieder.

»Serrador denkt, ohne seine Unterstützung wären wir hilflos«, bemerkte McCaskey.

»Allerdings«, sagte Aideen bitter.

»Möglicherweise erlebt er eine Überraschung.«

»Vielleicht werden wir gezwungen sein, ihn zu überraschen.«

»Da haben Sie recht. Noch etwas, bevor ich den Boß anrufe?«

Aideen schüttelte den Kopf, obwohl sie noch einiges zu sagen gehabt hätte. Ihre Erfahrung in Mexiko hatte sie gelehrt zu erkennen, wenn etwas faul war. Und diese Sache stank zum Himmel. Daß sie in Serradors Büro so in Rage geraten war, ließ sich nicht nur auf den Schock zurückführen, den Marthas Tod ausgelöst hatte. Der abrupte Wechsel des Abgeordneten von Kooperationsbereitschaft zu einer augenfälligen Behinderung ihrer Arbeit verlangte nach einer Erklärung. Wenn Martha Opfer eines gezielten Anschlags geworden war – und Aideens Gefühl sagte ihr, daß es so war –, fürchtete Serrador dann, er könnte der nächste sein? Wenn ja, warum ergriff er dann keine zusätzlichen Sicherheitsmaßnahmen? Warum waren die Gänge, die zu seinem Büro führten, menschenleer? Warum ging er so offenkundig davon aus, daß die Urheber des Attentats erfahren würden, daß die Gespräche abgesagt worden waren? Wie konnte er so sicher sein, daß diese Information weitergegeben werden würde?

McCaskey erhob sich und ging zum Telefon, das sich außerhalb des Einflußbereichs der Impulse befand. Das ›Ei‹ summte leise im Hintergrund, während Aideen durch das Fenster im zwölften Stock auf die fernen Lichter der Straße hinunterblickte. Noch war sie zu aufgewühlt, noch waren ihre Gefühle zu frisch, als daß sie der Angelegenheit auf den Grund gehen konnte. Doch eines war sicher: Dies mochten die Regeln sein, an die sich die führenden Männer Spaniens hielten, aber sie hatten schwerwiegende Fehler begangen. Man erschoß keine Menschen, die einem helfen wollten. Und wenn man dies gar plante, weil man sich davon Nutzen für die eigene Sache versprach, hatte man sich die Folgen selbst zuzuschreiben. Denn Amerikaner, und besonders diese, schossen zurück.

5

Montag, 20 Uhr 21 – San Sebastián, Spanien

Der Rumpf des kleinen Fischerbootes war frisch gestrichen, und der durchdringende Geruch der Farbe erfüllte die enge, dämmrige Kajüte. Weder die selbstgedrehte Zigarette, die Adolfo Alcazar rauchte, noch der starke, charakteristische Geruch von nassem Gummi, der von dem Naßanzug ausging, der an einem Haken hinter der geschlossenen Tür hing, kamen dagegen an. Eigentlich konnte sich der Fischer den Luxus eines frischen Anstrichs gar nicht erlauben, aber ihm war nichts anderes übriggeblieben. Dies würde nicht seine letzte Mission sein, da durfte er keine Zeit damit verlieren, im Dock zu liegen und verfaulte Planken zu ersetzen. Als er sich bereit erklärt hatte, mit dem General zusammenzuarbeiten, war Adolfo klar gewesen, daß das alte Boot durchhalten mußte, bis sie ihr Ziel erreicht hatten. Falls etwas schiefging, konnte das eine Weile dauern. Einen Putsch zu verhindern und eine Gegenrevolution zu inszenieren, das ließ sich nicht mit einem einzigen Schlag in einer einzigen Nacht erledigen, auch wenn der Schlag so mächtig war dieser.

Der General wird es zumindest versuchen, dachte Adolfo voll tiefer, ehrlicher Bewunderung. Wenn es jemanden gab, der an einem einzigen Tag die Regierung eines der mächtigen Länder dieser Erde stürzen konnte, dann war es der General.

Ein Klicken erklang. Der untersetzte, muskulöse Fischer hatte ins Leere gestarrt, doch jetzt blickte er auf den Kassettenrecorder, der auf einem Holztisch neben ihm stand. Er legte seine Zigarette in einem rostigen Blechaschenbecher ab und lehnte sich in seinem hölzernen Klappstuhl zurück, bevor er die PLAY-Taste drückte und die Kopfhörer aufsetzte, um sicherzugehen, daß die Richtantenne funktionierte. Der technische Offizier des Generals in Pamplona, der ihm das Gerät besorgt hatte, hatte ihm versichert, es arbeite mit höchster Präzision. Richtig eingestellt, zeichne es Stimmen

58

durch die Brandung des Meeres und das Dröhnen der Motoren des Fischerbootes hindurch auf.

Er hatte nicht zuviel versprochen.

Nach fast einer Minute Schweigen vernahm Adolfo Alcazar eine mechanisch klingende, aber deutliche Stimme. »*Es ist gelungen.*« Dann folgte ein Knacken und Knistern.

Nein, dachte Adolfo, als er genauer hinhörte, das waren keine Statikgeräusche, das war Applaus. Die Männer auf der Jacht klatschten.

Adolfo lächelte. Diese Leute waren reich, hatten ihr Vorhaben lange und gründlich geplant, besaßen langjährige Erfahrung als Oberhäupter blutrünstiger *familias*, und dennoch waren sie nichts weiter als naive Dummköpfe. Zufrieden stellte er fest, daß sie durch das Geld nicht klüger, sondern nur selbstzufriedener geworden waren. Er war froh, daß der General – wie immer – recht gehabt hatte. Um die Revolution in Gang zu bringen, hatte er die Basken bewaffnet, doch als diese begannen, sich gegenseitig zu bekriegen, als sich Separatisten gegen Antiseparatisten wandten, zog er sich zurück. Der blutige Bruderkrieg lenkte die Aufmerksamkeit von der wahren Revolution ab.

Das kleine schüsselförmige ›Ohr‹, das der Fischer oben auf der Kajüte, direkt hinter dem Positionslicht, installiert hatte, hatte jedes Wort des Gespräches zwischen Esteban Ramirez, der sich so *altivo*, so hochmütig gab, und seinen ebenso arroganten *compadres* an Bord der *Verídico* aufgezeichnet.

Adolfo hielt die Kassette an und spulte sie zurück. Das Lächeln verschwand von seinem Gesicht, als er sich einem weiteren Gerät zu seiner Rechten zuwandte, das etwas kleiner als der Kassettenrecorder war. Es handelte sich um einen länglichen Kasten, der etwa 35 Zentimeter lang, 15 Zentimeter breit und zehn Zentimeter tief war und aus Pittsburgh-Stahl bestand. Sollte er jemals gefunden werden, würde eine Untersuchung des Metalls Rückschlüsse auf das Ursprungsland zulassen. Schließlich besaß Ramirez, der Verräter, Verbindungen zur amerikanischen CIA. Wenn der General erst die Macht übernommen hatte, konnte er immer noch erklären, er habe einen Kollaborateur beseitigt, der nicht länger von Nutzen gewesen sei.

Oben an der Vorderseite des Kastens befanden sich zwei übereinander angeordnete Lämpchen, das obere grün und das untere rot. Das grüne Licht brannte. Direkt darunter waren zwei viereckige weiße Tasten. Unter der oberen, die bereits gedrückt war, stand auf einem Stück weißem Klebeband in blauer Tinte das Wort SCHARF. Die untere, noch nicht aktivierte Taste war mit einem Band mit der Aufschrift ZÜNDEN gekennzeichnet. Auch dieses Gerät hatte Adolfo zusammen mit einigen Platten Plastiksprengstoff und einer Sprengkapsel von dem Elektronikexperten des Generals erhalten. Bevor die Jacht den Hafen verlassen hatte, hatte der Fischer zweitausend Gramm C-4 und einen Zünder unterhalb der Wasserlinie am Rumpf angebracht. Wenn die Ladung hochging, würde sie das Schiff mit einer Geschwindigkeit von achtzig Kilometern pro Sekunde aufreißen, das war fast viermal so schnell wie bei der gleichen Menge Dynamit.

Der junge Mann fuhr sich mit der schwieligen Hand durch das lockige schwarze Haar. Dann blickte er auf die Uhr. Esteban Ramirez, dieser reiche Sack, der das Land durch die eiserne Hand seiner katalanischen Kohorten regieren wollte, hatte gesagt, der Mörder treffe in einer Stunde am Flughafen ein. Diese Information hatte Adolfo sofort über Funk an seine Partner in den nordwestlichen Pyrenäen, Daniela, Vicente und Alejandro, weitergegeben. Daraufhin waren sie zum Flughafen gerast, der sich hundert Kilometer weiter östlich außerhalb von Bilbao befand. Vor zwei Minuten hatten sie gemeldet, das Flugzeug sei gelandet, einer von Ramirez' kleinen Gaunern bringe den Mann zur Jacht. Mit den übrigen Mitglieder der *familia* würde man sich später beschäftigen, falls sie nicht ohnehin in Panik gerieten und sich von selbst in alle Winde zerstreuten. Anders als Adolfo fühlten sich viele dieser Gangster nur im Schutze großer Banden mutig genug.

Adolfo griff nach seiner Zigarette, zog noch einmal daran und drückte sie aus. Dann nahm er die Audiokassette aus dem Recorder und ließ sie unter dem schweren schwarzen Pullover in seine Hemdtasche gleiten. Dabei berührte seine Hand das Schulterholster mit der 9-mm-Beretta. Die Waffe war von den U.S. Navy SEALs im Irak verwendet worden und später den arabischen Verbündeten der Amerikaner in die Hände gefallen. Über den syrischen Untergrund war der General daran gelangt. Adolfo legte ein Band mit katalanischer Gitarrenmusik ein und drückte die PLAY-Taste. Das erste Stück war für zwei Gitarren und hieß ›Salou‹. Es beschrieb den prächtigen, erleuchten Brunnen in dieser schönen Stadt südlich von Barcelona. Einen Augenblick lang genoß er die bezaubernde Musik, summte die beschwingte Melodie mit, die von der einen Gitarre gespielt wurde, während die gezupften Klänge der zweiten das Geräusch fallender Wassertropfen imitierten.

Widerwillig schaltete er den Recorder aus, holte kurz Atem und griff nach dem Detonator. Dann löschte er die batteriebetriebene Lampe an dem Haken über seinem Kopf und stieg nach oben an Deck.

Der Mond hatte sich hinter einer schmalen Wolkenbank verborgen. Das war günstig. Vermutlich würde die Besatzung der Jacht einem Fischerboot, das sich mehr als zweihundert Meter backbord hinter ihrem Heck befand, ohnehin kaum Aufmerksamkeit schenken, da in diesen Gewässern häufig nachts gefischt wurde. Aber ohne Mond war die Wahrscheinlichkeit noch geringer, daß man ihn von der Jacht aus entdeckte. Adolfo warf einen prüfenden Blick auf sein Boot. Bis auf die Positionslichter und einen schwachen Schimmer hinter dem zugezogenen Vorhang des Bullauges der mittleren Kabine lag es in völliger Dunkelheit.

Nach einigen Minuten vernahm er das gedämpfte Motorengeräusch eines Bootes, das sich ihm von hinten, von der Küste her, näherte. Er wandte sich um und beobachtete, wie ein kleiner, dunkler Umriß mit etwa vierzig Meilen pro Stunde der Jacht näher kam. Der Rumpf schlug nur leicht auf die Wellen auf, woraus er schloß, daß es sich um ein kleines Boot für zwei Personen handeln mußte. Als es an der ihm zugewandten Seite der Jacht beidrehte, wurde vom Deck aus eine

61

Strickleiter heruntergelassen. Im Passagiersitz des schwankenden Bootes erhob sich unsicher ein Mann.

Das mußte der Killer sein.

Der Detonator in Adolfos schweißnasser Hand fühlte sich rutschig an. Sein Griff wurde fester, während sein Finger über der unteren Taste schwebte.

Die See war ungewöhnlich schwer. Wie die Zeiten, in denen sie lebten, brodelte und kochte es unter der Oberfläche. In Abständen von nur vier bis fünf Sekunden folgte Wellenkamm auf Wellenkamm. Doch Adolfo stand auf dem schwankenden Deck mit der gelassenen Sicherheit des Fischers, der sein Leben auf dem Meer verbracht hatte. Der General hatte ihn darauf hingewiesen, daß er direkte, ungehinderte Sichtverbindung zum Plastiksprengstoff benötige. Zwar gab es raffiniertere Auslöser als diesen Sender, aber Geräte wie das hier waren weitverbreitet und daher nicht so leicht zurückzuverfolgen.

Er beobachtete, wie die Jacht sanft von Seite zu Seite schaukelte. Unsicher begann der Killer, die kurze Leiter hinaufzuklettern. Das kleine Motorboot ging auf Abstand, um nicht ins Kielwasser der Jacht zu geraten. Auf dem Deck erschien ein dicker Mann, der eine Zigarre rauchte, und offenkundig nicht zur Besatzung gehörte. Adolfo wartete. Er wußte genau, wo er den Sprengstoff angebracht hatte, und kannte den Moment, in dem dieser durch die Bewegungen des Schiffes entblößt werden würde.

Die Jacht schwang nach backbord, auf ihn zu, legte sich dann auf die andere Seite. Er senkte den Daumen über der unteren Taste. Beim nächsten Rollen des Schiffes war es soweit. Einen Augenblick lang senkte sich das Schiff nach steuerbord und richtete sich dann graziös auf, um sich wieder nach backbord zu neigen. Der Rumpf hob sich aus dem Wasser, bis der Bereich direkt unter der Wasserlinie sichtbar wurde. Es war so dunkel, daß die Ladung, die Adolfo dort angebracht hatte, nicht zu erkennen war, aber er wußte, wo sie sich befand. Auf einen energischen Druck seines Daumens hin erlosch das grüne Licht, und das rote leuchtete auf.

Die Backbordseite des Rumpfes der Jacht explodierte in einem weißgelben Blitz, der in einer fast geraden Linie vom Bug zum Heck des Schiffes raste. Der Mann auf der Leiter schien praktisch zu verglühen, während der Dicke in die Dunkelheit geschleudert wurde. Das Deck fiel in sich zusammen, als die gesamte Jacht unter der Wucht der Explosion erbebte. Holzsplitter, Glasfaserfetzen und bizarre Metalltrümmer aus der mittleren Kabine flogen durch die Luft. Brennende Klumpen segelten wie Sternschnuppen über den Himmel, während Stücke, die in gerader Linie über das Meer geschleudert worden waren, zischend wenige Meter vor Adolfos Fischkutter im Wasser versanken. In dicken Schwaden stieg Rauch aus der Öffnung im Rumpf, der sich in Dampf verwandelte, als sich die Jacht erneut nach backbord neigte. Einen Augenblick lang schien das Schiff in einem merkwürdigen Winkel stehenzubleiben, während die Fluten durch das riesige Leck strömten. Bis zu Adolfo war das charakteristische, hohle Brüllen der eindringenden See zu vernehmen. Dann legte sich die Jacht langsam auf die Seite. Kaum eine halbe Minute später begann das Fischerboot heftig auf den Wellen zu schaukeln, die das kenternde Schiff ausgelöst hatte, doch Adolfo fiel es nicht schwer, das Gleichgewicht zu halten. In diesem Augenblick tauchte der Mond wieder hinter den Wolken auf. Sein helles Spiegelbild tanzte in einem schwindelerregenden Wirbel auf den Wellen.

Der junge Mann ließ den Detonator ins Wasser fallen und wandte sich ab. Eilig begab er sich in die Kajüte, wo er seinen Partnern über Funk meldete, daß sein Auftrag erledigt war. Dann ging er ins Ruderhaus, stellte sich ans Steuer und nahm Kurs auf das Wrack. Schließlich mußte er der Polizei sagen können, er habe sich sofort auf die Suche nach eventuellen Überlebenden begeben.

Unter seinem Pullover spürte er das Gewicht der 9-mm. Er würde dafür sorgen, daß es keine Überlebenden gab.

6

Montag, 13 Uhr 44 – Washington, D.C.

Der innerhalb des Op-Centers für die Geheimdienste zuständige Bob Herbert war trüber Stimmung, als er in Paul Hoods hell erleuchtetem, fensterlosem Büro im Untergeschoß eintraf. Diese düstere Verfassung, die nicht recht zu dem warmen Licht der Deckenlampen passen wollte, war ihm nur allzu vertraut. Erst vor kurzem hatten sie den Tod der Strikers Bass Moore, der in Nordkorea ums Leben gekommen war, und Lieutenant Colonel Charles Squires zu beklagen gehabt, der in Sibirien getötet worden war, wo er eine zweite russische Revolution verhindert hatte.

Herberts Umgang mit dem Tod war psychologisch höchst kompliziert. Wenn er von der Eliminierung von Feinden seines Landes erfuhr oder gar aktiv daran beteiligt war, wie am Anfang seiner Geheimdienstkarriere gelegentlich der Fall, hatte dies für ihn nie ein Problem dargestellt. Leben und Sicherheit seines Landes standen über allem. »Die Taten sind schmutzig, aber mein Gewissen ist rein«, hatte er häufig gesagt.

Doch diesmal lag die Sache anders.

16 Jahre waren vergangen, seit seine Frau Yvonne bei dem Bombenattentat auf die US-Botschaft in Beirut den Tod gefunden hatte, aber er trauerte immer noch um sie. Das Gefühl des Verlustes war frisch geblieben. Zu frisch, wie er fast jede Nacht seit dem Angriff dachte. Restaurants, Kinos, sogar eine Parkbank, auf der sie oft gesessen hatten, waren für ihn zu Heiligtümern geworden. Jede Nacht lag er im Bett und starrte auf das Foto auf seinem Nachttisch. Manchmal wurde die gerahmte Aufnahme vom Mondlicht erhellt, manchmal war nur eine dunkle Silhouette zu erkennen. Doch ganz gleich, ob ihr Bild hell oder dunkel, deutlich zu erkennen oder schemenhaft war, immer, unter allen Umständen, war Yvonne an seinem Bett präsent. Und nicht nur dort, auch in seinen Gedanken war sie allgegenwärtig. Seit langem hatte er sich daran gewöhnt, daß er seine Beine bei

der Explosion in Beirut verloren hatte. Rollstuhl und elektronische Hilfsmittel waren inzwischen zu einem Teil seines Körpers geworden. Doch den Verlust von Yvonne hatte er niemals verwunden.

Seine Frau war ebenfalls CIA-Agentin gewesen, eine furchtbare Feindin und treue Freundin, der witzigste Mensch, den er je gekannt hatte. Sie war die große Liebe seines Lebens gewesen. Wenn sie zusammen waren, ja, selbst wenn sie zusammenarbeiteten, schienen die physischen Grenzen des Universums zusammenzuschrumpfen. Sie wurden durch ihre Augen und die Biegung ihres Nackens bestimmt, durch ihre warmen Finger und die verspielten Zehen. Dennoch war es ein reiches, erfülltes Universum gewesen, so erfüllt, daß er morgens im Halbschlaf immer noch mit der Hand unter ihrer Decke nach der ihren suchte. Wenn er dann ins Leere griff, packte er das Kissen und verfluchte im stillen die Killer, die sie ihm genommen hatten. Bis heute waren die Mörder ungestraft geblieben und genossen vermutlich mit ihren Liebsten das Leben.

Nun hatte er den Verlust von Martha Mackall zu beklagen. Er fühlte sich schuldig, weil er in gewisser Weise zufrieden war, daß er diesmal nicht der einzige Leidtragende war. Trauer konnte ungeheuer einsam machen. Allerdings hielt er nichts von der Devise, von Toten nur gut zu sprechen. In den nächsten Tagen und Wochen würde er sich genug Lobreden anhören müssen, die teilweise durchaus ihre Berechtigung hatten – aber eben nur teilweise.

Seit der Gründung des Op-Centers war Martha eine der Säulen der Organisation gewesen. Was auch immer ihr Motiv gewesen war, sie hatte stets ihr Bestes gegeben. Herbert würde ihre Intelligenz, ihre Auffassungsgabe und ihr berechtigtes Selbstbewußtsein vermissen. Bei der Regierungsarbeit war es gelegentlich unwichtig, ob ein Mensch im Recht oder im Unrecht war. Was zählte, war Führungsgabe, die Fähigkeit, Leidenschaft zu wecken. Von ihrem ersten Tag in Washington an hatte Martha dies zweifellos getan.

Aber er hatte sie in den fast zwei Jahren ihrer Bekanntschaft häufig als aggressiv und herablassend empfunden.

Oft ließ sie sich die Arbeit ihrer Leute als eigenes Verdienst anrechnen – eine Sünde, die in Washington weitverbreitet war, auch wenn das Op-Center eigentlich eine Ausnahme darstellte. Aber Martha engagierte sich auch nicht ausschließlich für das Op-Center. Schon als er sie das erstemal im Außenministerium getroffen hatte, hatte sie vor allem an einer Sache gearbeitet, die bei ihr oberste Priorität genoß: an der Karriere von Martha Mackall. Seit mindestens fünf oder sechs Monaten hatte sie verschiedene Botschafterposten im Auge gehabt und kein Geheimnis daraus gemacht, daß ihre Stelle beim Op-Center für sie nur ein Sprungbrett darstellte.

Andererseits war Ehrgeiz ein annehmbarer Ersatz, wenn Patriotismus nicht ausreichte, um einen Menschen zu Höchstleistungen anzuspornen, dachte Herbert. Solange die Arbeit erledigt wurde, wollte er nicht den ersten Stein werfen.

Sein Zynismus verflog schlagartig, als er über die Schwelle in Hoods kleines, holzvertäfeltes Büro rollte. Das war die Wirkung von ›Papst Paul‹ auf andere Menschen. Hood glaubte an das Gute im Menschen, und diese Überzeugung konnte so ansteckend sein wie sein ausgeglichenes Temperament.

Hood goß sich gerade ein Glas Wasser aus einer Karaffe auf seinem Schreibtisch ein. Nun erhob er sich und ging zur Tür. Herbert war als erster eingetroffen und wurde mit einem Handschlag und feierlich zusammengepreßten Lippen begrüßt. Er vermißte das energische Funkeln in den Augen des Direktors, war aber nicht überrascht. Schlechte Nachrichten von Agenten auf geheimer Mission zu erhalten, das war eine Sache. Statistisch gesehen ließen sich Verluste nicht vermeiden, so daß man stets darauf vorbereitet war. Jedesmal, wenn ein geheimer Telefon- oder Faxanschluß klingelte, blieb einem fast das Herz stehen, weil man halb mit einer Meldung wie ›Der Aktienmarkt ist zusammengebrochen‹ oder ›Kreditkarte verloren, lösen Sie das Konto auf‹ rechnete.

Doch vom Tod eines Teammitglieds zu erfahren, das sich in Friedenszeiten auf einer ruhigen, diplomatischen Mission in einem befreundeten Land aufhielt, das war etwas anderes. Es nahm einen mit, ganz gleich, was man von dem Toten gehalten hatte.

Hood ließ sich auf der Kante seines Schreibtischs nieder und verschränkte die Arme. »Was gibt es Neues aus Spanien?«

»Haben Sie meine E-Mail über die Explosion vor der Küste von San Sebastián im Norden des Landes gelesen?«

Hood nickte.

»Das ist der letzte Stand«, fuhr Herbert fort. »Die örtliche Polizei holt immer noch Leichenteile und Schiffstrümmer aus der Bucht und versucht, die Leute zu identifizieren. Bis jetzt hat niemand die Verantwortung für den Anschlag übernommen. Wir hören den kommerziellen und privaten Funkverkehr ab, für den Fall, daß sich die Verantwortlichen melden.«

»In Ihrer Nachricht hieß es, die Explosion seit mittschiffs erfolgt«, erklärte Hood.

»Das haben zumindest zwei Augenzeugen ausgesagt, die den Vorfall von der Küste aus beobachtet haben. Offiziell gibt es noch keine Stellungnahme.«

»Die wird es vermutlich auch nicht geben. Spanien kümmert sich am liebsten selbst um seine internen Angelegenheiten. Läßt diese Beobachtung Rückschlüsse zu?«

Herbert nickte. »Die Explosion erfolgte nicht in der Nähe der Maschinen, was mit ziemlicher Sicherheit auf Sabotage schließen läßt. Der Zeitpunkt könnte ebenfalls von Bedeutung sein. Der Anschlag ereignete sich kurz nach dem Attentat auf Martha.«

»Also gibt es womöglich eine Verbindung.«

»Wir untersuchen das.«

»Welche Anhaltspunkte haben wir bis jetzt?«

Hoods Fragen wirkten drängender als sonst, aber das war nicht weiter überraschend. Herbert war es nach Beirut kaum anders ergangen. Man wollte nicht nur den Mörder finden und seiner gerechten Strafe zuführen, sondern sich unbedingt beschäftigen. Die Alternative bedeutete, sich Trauer und Schuldgefühlen zu auszuliefern.

67

»Der Anschlag auf Martha paßt zur Arbeitsweise von *Heimat und Freiheit*, einer Gruppierung, die 1997 Emperador ermordete, einen Richter am obersten Gerichtshof Spaniens. Er wurde vor der Tür seines Hauses in den Kopf geschossen.«

»Was hat das mit Martha zu tun?«

»Emperador war Arbeitsrichter und weder mit Terrorismus noch mit politischen Aktivitäten befaßt.«

»Wo ist da der Zusammenhang?«

Herbert legte die Hände zusammen und erklärte geduldig: »Wie in vielen anderen Ländern erhalten auch in Spanien die für Terrorismus zuständigen Richter Leibwächter, und zwar echte Bodyguards, die ihr Handwerk verstehen. Daher konzentriert sich *Heimat und Freiheit* auf Freunde und Partner der eigentlichen Zielpersonen, um diese indirekt zu treffen. Zumindest hat man sich seit 1995 bei einem halben Dutzend Schießereien an dieses Muster gehalten. Damals hatte man versucht, König Juan Carlos, Kronprinz Felipe und den Ministerpräsidenten zu ermorden. Der Fehlschlag dieser Operationen wirkte wie eine kalte Dusche.«

»Daher verzichtete man in Zukunft auf direkte Angriffe.«

»So ist es. Man hielt sich an Opfer aus der zweiten Reihe, hinter den wichtigen Persönlichkeiten, um die Strukturen der Unterstützer zu erschüttern.«

Während Herbert sprach, waren zwei weitere Personen eingetroffen.

»Wir reden gleich darüber«, erklärte Hood. Er nahm einen Schluck Wasser und erhob sich, weil die Psychologin des Teams, Liz Gordon, und Pressesprecherin Ann Farris hereinkamen. Anns Miene war düster. Herbert bemerkte, daß ihre Augen den Blick Hoods suchten. In den Chefbüros des Op-Centers war es ein offenes Geheimnis, daß die junge, geschiedene Frau eine Schwäche für ihren verheirateten Vorgesetzten hatte. Hood dagegen ließ sich nicht in die Karten sehen – eine Fähigkeit, die er vermutlich als Bürgermeister von Los Angeles entwickelt hatte. Allerdings war bekannt, daß die zahlreichen Überstunden im Op-Center seine

Ehe mit Sharon ziemlich belasteten. Und Ann war äußerst attraktiv und zuvorkommend.

Einen Augenblick später traf Marthas Stellvertreter ein, Ron Plummer, der offenbar noch unter Schock stand. In seiner Begleitung befanden sich der Anwalt des Op-Centers, Lowell Coffey II., und Carol Lanning vom Außenministerium. Die schlanke, grauhaarige, 64jährige Lanning war eine enge Freundin und Mentorin Marthas gewesen. Offiziell war dies jedoch nicht der Grund für ihre Anwesenheit. Hood hatte Lanning ins Op-Center gebeten, weil eine amerikanische ›Touristin‹ im Ausland erschossen worden war. Schließlich war ihre Abteilung für alles, was das Ausland betraf, verantwortlich – von gefälschten Pässen bis zu außerhalb der USA inhaftierten Amerikanern. Als Verbindungsstelle zu ausländischen Polizeibehörden war es die Aufgabe von Lanning und ihren Leuten, Angriffe auf amerikanische Bürger zu untersuchen. Wie Hood war auch Lanning von Natur aus ausgeglichen und optimistisch; daher beunruhigte es Herbert um so mehr zu sehen, daß ihre hellen Augen gerötet waren und sich der dünne, gerade Mund nach unten verzog.

Als letzter traf Mike Rodgers ein. Mit raschen Schritten betrat er den Raum. Sein Blick war wach, die Brust wölbte sich, die Uniform war wie immer tadellos gebügelt, und die polierten Schuhe glänzten.

Gott segne den General, dachte Herbert. Zumindest nach außen hin schien er der einzige zu sein, der noch einen gewissen Kampfgeist besaß. Es freute ihn, daß Rodgers nach den Erlebnissen im Libanon offenbar seinen Biß wiedergefunden hatte. Die anderen würden sich von ihm anstecken lassen müssen, wenn sie ihre Arbeit hier weiterführen und Darrell McCaskey und Aideen Marley in Spanien neuen Mut einflößen wollten.

Hood ging zu seinem Schreibtisch zurück und setzte sich. Die anderen folgten seinem Beispiel, bis auf Rodgers, der sich breitschultrig und mit verschränkten Armen hinter Carol Lannings Stuhl postierte.

»Wie Sie alle inzwischen wissen«, begann Hood, »wurde

Martha Mackall um etwa siebzehn Uhr Ortszeit in Madrid ermordet.«

Obwohl sich Hood an die Anwesenden im Raum wandte, hob er den Blick nicht von seinem Schreibtisch. Herbert verstand ihn. Ein Augenkontakt hätte ihn die Beherrschung kosten können, und er mußte dies hier möglichst rasch hinter sich bringen.

»Die Schüsse fielen, als Martha und Aideen vor einem Wachhäuschen vor dem Palacio de las Cortes in Madrid standen«, fuhr Hood fort. »Ein einzelner Mann gab von der Straße aus mehrere Schüsse ab und entkam dann in einem wartenden Fahrzeug. Martha starb noch an Ort und Stelle, während Aideen unverletzt blieb. Darrell hat sie im Palast abgeholt. Von dort wurden beide unter Polizeischutz in ihr Hotel zurückgebracht.«

Hood hielt inne und schluckte mühsam.

Herbert übernahm für ihn. »Die Polizeieskorte bestand aus handverlesenen Interpolbeamten. Interpol wird sich während ihres Aufenthalts in Spanien auch weiterhin um die beiden kümmern. Die nachlässigen Sicherheitsvorkehrungen am Palast legen den Verdacht nahe, daß zumindest einige der Wachen an der Verschwörung beteiligt sein könnten. Daher wollten wir uns nicht an von der Regierung benannte Polizeibeamte halten, sondern haben Darrells Freunde bei Interpol um Schutz gebeten. Über sie erhielten wir Hintergrundinformationen, die wir Darrells früherer Zusammenarbeit mit der Interpolbeamtin María Corneja hier in Washington verdanken. Ich denke, um die Sicherheit von Darrell und Aideen brauchen wir uns von nun an keine Sorgen mehr zu machen.«

»Danke, Bob.« Hood blickte auf. Seine Augen schimmerten feucht. »Marthas Leiche ist unterwegs zur Botschaft und wird so bald wie möglich zurückgeflogen. Für Mittwoch vormittag, zehn Uhr, ist ein Gottesdienst in der Baptistenkirche von Arlington geplant.«

Carol Lanning wandte den Blick ab und schloß die Augen. Herbert hatte die Hände auf dem Schoß gefaltet und blickte jetzt auf sie hinunter. Bevor er das jährliche Op-Center-Training für sensibles Verhalten absolviert hatte, hätte er die Beamtin aus dem Außenministerium einfach in die Arme genommen. Jetzt mußte er sie fragen, ob sie etwas wünsche, wenn er sie trösten wollte.

Hood kam ihm zuvor. »Miß Lanning, hätten Sie gern ein Glas Wasser?«

Sie öffnete die Augen. »Nein, danke. Es geht schon. Bringen wir es hinter uns.«

Ihre Stimme klang überraschend scharf. Verstohlen blickte Herbert sie an. Carols Mund war ein gerader Strich, ihre Augen hatten sich zu Schlitzen verengt. Für ihn sah sie nicht so aus, als bräuchte sie Wasser, sondern eher, als dürstete sie nach Blut. Er konnte es ihr nachfühlen. Nach dem Bombenanschlag von Beirut hätte er ohne Skrupel die gesamte Stadt hochgehen lassen, wenn er damit die Mörder seiner Frau erwischt hätte. Trauer war kein freundliches Gefühl.

Hood blickte auf die Uhr und lehnte sich dann in seinem Stuhl zurück. »Darrell wird in fünf Minuten anrufen.« Er blickte Plummer an. »Ron, was ist mit der Mission? Ist Aideen qualifiziert genug, um die Arbeit fortzusetzen?«

Plummer beugte sich vor, und Herbert betrachtete ihn prüfend. Er war klein, und das braune Haar über den großen Augen begann schütter zu werden. Auf der großen Hakennase saß eine dicke Brille mit schwarzem Gestell. Sein dunkelgrauer Anzug bedurfte dringend der Reinigung, die schwarzen Schuhe waren abgewetzt, die Socken hingen lose um die Knöchel. Herbert hatte noch nicht viel mit dem früheren Analytiker der CIA für Westeuropa zu tun gehabt, aber er mußte gut sein, denn niemand, der sich so nachlässig kleidete, konnte ohne ein außergewöhnliches Talent Karriere machen. Außerdem hatte Herbert die psychologische Beurteilung gelesen, die Liz Gordon anläßlich von Plummers Einstellung erarbeitet hatte. Wie er selbst hatte auch Plummer seinen Chef beim CIA verabscheut. Das schien ihm eine ausreichende Empfehlung.

»Ich weiß nicht, in welcher Gemütsverfassung sie sich gegenwärtig befindet«, erklärte Plummer mit einem Nicken zu Liz Gordon. »Unabhängig davon würde ich sagen, daß sie hervorragend für die Fortsetzung der Mission qualifiziert ist.«

»Ihrer Akte nach besitzt sie keine große diplomatische Erfahrung«, wandte Carol Lanning ein.

»Das ist richtig«, gab Plummer zurück. »Miß Marleys Methoden sind deutlich weniger diplomatisch als die Marthas, aber möglicherweise ist das genau das, was wir jetzt brauchen.«

»Das klingt gut.« Herbert sah Paul an. »Sie haben sich also entschlossen, die Mission fortzuführen?«

»Das kann ich erst entscheiden, wenn ich mit Darrell gesprochen habe. Aber ich tendiere dazu, die beiden in Spanien zu lassen.«

»Warum?« wollte Liz Gordon wissen.

Herbert war sich nicht sicher, ob dies eine Frage war oder ob Liz ihn provozieren wollte. Manchmal schüchterte ihn ihre Art ein.

»Weil wir möglicherweise keine Wahl haben«, gab Hood zurück. »Wenn es sich um eine zufällige Schießerei handelte, was nicht auszuschließen ist, weil Aideen ja noch am Leben ist und es sich bei dem zweiten Opfer um einen Madrider Postboten handelt, dann war Marthas Tod tragisch, hatte aber nichts mit den Verhandlungen zu tun. In diesem Fall gibt es keinen Grund, die Gespräche nicht fortzusetzen. Doch auch wenn die Schüsse gegen uns gerichtet waren, können wir uns einen Rückzug nicht erlauben.«

»Wäre es nicht klüger, wenn wir uns zurückhielten, bis wir Gewißheit haben?« erkundigte sich Liz.

»Die amerikanische Außenpolitik wird immer noch von der Regierung und nicht von Schußwaffen bestimmt«, erklärte Lanning. »Ich stimme Mr. Hood zu.«

»Darrell kann dafür sorgen, daß sich seine Leute bei Interpol um die Sicherheitsmaßnahmen kümmern«, sagte Hood. »Einen zweiten Vorfall dieser Art wird es nicht geben.«

Liz gab nicht auf. »Paul, hier geht es nicht um logistische Fragen. Bevor Sie entscheiden, ob Aideen weiterhin mit von der Partie sein soll, müssen Sie sich eines klar machen.«

»Und das wäre?«

»Wahrscheinlich erholt sie sich augenblicklich von ihrer ersten Reaktion auf das entsetzliche Erlebnis. Auf den Schock, den sie erlitten hat, wird fast unmittelbar eine gegenteilige Reaktion folgen, bei der die Produktion von Hormonen der Nebennierenrinde schlagartig zunimmt. Das heißt, ihr Körper ist mit Steroiden vollgepumpt.«

»Das ist doch gut, oder?« meinte Hood.

»Nein, das ist es nicht. Danach folgt eine Phase der Stabilisierung und emotionalen Erholung, aber Aideen wird versuchen, die aufgestauten Energien abzureagieren. Wenn sie schon in normalem Zustand nicht diplomatisch ist, könnte sie zu einer Zeitbombe werden. Aber das ist noch nicht das Schlimmste.«

»Und was wäre das?«

Liz zog die breiten Schultern nach vorne und beugte sich näher zu der Gruppe, die Ellbogen auf die Knie stützend. »Aideen hat einen Anschlag überlebt, bei dem ihre Partnerin ums Leben kam. Eine solche Situation verursacht starke Schuldkomplexe. Sie wird unter Umständen das Gefühl haben, daß sie ihre Mission um jeden Preis zu Ende bringen muß. Möglicherweise wird sie nicht mehr schlafen und auch nichts essen. Zusammen mit der gegenläufigen Reaktion auf den Schock könnte dies nach relativ kurzer Zeit zum Zusammenbruch führen.«

»Was verstehen Sie unter ›kurz‹?« erkundigte sich Herbert.

»Zwei oder drei Tage, das hängt von der betreffenden Person ab. Danach tritt ein Zustand klinischer Erschöpfung ein, der zu einem geistigen und körperlichen Zusammenbruch führt. Wenn sie bis dahin unbehandelt bleibt, wird unser Mädchen mit großer Wahrscheinlichkeit einen langen Erholungsaufenthalt in einem ruhigen Sanatorium benötigen.«

»Wie hoch ist das Risiko?« fragte Herbert.

»Ich würde sagen, vierundsechzig Prozent, daß es zu einem Zusammenbruch kommt.«

Hoods Telefon klingelte. Sobald Liz geendet hatte, nahm

er ab. Es war ›Bugs‹ Benet, sein erster Assistent, der ihm mitteilte, er habe Darrell McCaskey in der Leitung. Hood legte das Gespräch auf Lautsprecher um.

Herbert lehnte sich in seinem Rollstuhl zurück. Bis vor kurzem wäre ein Anruf wie dieser über eine ungesicherte Leitung unmöglich gewesen. Doch Matt Stoll, dem Logistikoffizier und Computergenie des Op-Centers, war es gelungen, einen digitalen Verzerrer zu entwickeln, den man in eine gewöhnliche Telefonbuchse stecken konnte. Falls jemand das Gespräch belauschte, würde er nur Statikgeräusche hören. Ein kleiner Lautsprecher, der an McCaskeys Ende der Leitung an dem Verzerrer angebracht war, filterte den Lärm heraus, so daß dieser das Gespräch deutlich verstehen konnte.

»Guten Abend, Darrell«, begann Hood leise. »Ich habe Sie auf Lautsprecher gelegt.«

»Wer ist noch da?«

Hood sagte es ihm.

»Sie können sich nicht vorstellen, was es bedeutet zu wissen, daß ein Team wie Sie hinter uns steht.« McCaskeys Stimme brach. »Danke.«

»Das hier geht uns alle an.«

Hood biß sich auf die Lippen. Noch nie hatte Herbert seinen Chef so erlebt – Paul Hood stand kurz davor, die Fassung zu verlieren.

Doch schon war der Augenblick vorüber. »Wie geht es Ihnen beiden? Brauchen Sie irgend etwas?«

Sein Mitgefühl war echt. Herbert war immer der Ansicht gewesen, daß Hoods Aufrichtigkeit unter Regierungsbeamten einzigartig war.

»Wir können es immer noch nicht fassen, doch das dürfte Ihnen ebenso gehen. Aber wir kommen schon in Ordnung. Aideen scheint mir sogar richtig kampflustig zu sein.«

Liz nickte mit wissender Miene. »Die Reaktion auf den Schock.«

»Was meinen Sie damit?« wollte Hood wissen.

»Nun, Sie ist geradezu über Serrador hergefallen, weil er

kalte Füße bekommen hat. Ich habe sie zur Ordnung gerufen, aber ehrlich gesagt, war ich ziemlich stolz auf sie. Er hatte es verdient.«

»Darrell, ist Aideen bei Ihnen?«

»Nein. Ich habe Sie bei Gawal, dem stellvertretenden amerikanischen Botschafter, gelassen. Die beiden telefonieren mit meinem Freund Luis von Interpol und besprechen, welche Sicherheitsmaßnahmen zu ergreifen sind, falls Sie uns hier lassen. Wie gesagt, sie ist ziemlich aufgebracht, und ich wollte ihr Zeit geben, sich wieder zu fassen, ohne daß sie sich kaltgestellt fühlt.«

»Gute Idee«, lobte Hood. »Darrell, fühlen Sie selbst sich denn in der Lage, jetzt mit uns zu sprechen?«

»Es muß sein, und ich möchte es lieber hinter mich bringen. Wenn mir die Tragweite der Ereignisse einmal bewußt ist, werde ich mich erst recht schlecht fühlen.«

Liz reckte den Daumen nach oben, um Hood ihre Zustimmung zu signalisieren.

Herbert nickte. Er kannte das Gefühl.

»Gut«, sagte Hood. »Darrell, wir besprechen gerade, ob wir Sie beide vor Ort lassen sollen. Was meinen Sie dazu – und welches Problem haben Sie mit dem Abgeordneten Serrador?«

»Ehrlich gesagt, würde ich gerne hierbleiben, aber das ist nicht der Punkt. Aideen und ich kommen gerade aus dem Büro des Abgeordneten. Er hat uns eindeutig zu verstehen gegeben, daß die Zusammenarbeit für ihn beendet ist.«

»Warum?«

»Kalte Füße bekommen«, warf Herbert ein.

»Nein, Bob, das glaube ich nicht«, erwiderte McCaskey. »Serrador hat gesagt, er wolle zuerst mit der Polizei und seinen Kollegen sprechen, bevor er entscheide, ob er die Gespräche mit uns fortsetzt. Aber als alter FBI-Mann habe ich den Verdacht, daß er uns an der Nase herumführt. Aideen hatte übrigens auch diesen Eindruck. Ich glaube, er möchte uns aus dem Weg haben.«

»Darrell, hier spricht Ron Plummer. Der Abgeordnete hat diese Gespräche über Botschafter Neville doch selbst ange-

75

regt. Welchen Vorteil könnte er sich von ihrem Abbruch versprechen?«

»Abbruch?« schimpfte Herbert. »Der Dreckskerl hat doch noch nicht einmal angefangen zu reden.«

Hood bedeutete ihm mit einer Geste, ruhig zu sein.

»Ich weiß nicht genau, was er davon hat, Ron«, gab McCaskey zurück. »Aber ich stimme Bob zu – das waren doch Sie gerade, oder, Bob?«

»Na, wer sonst?«

»Ich glaube, was Serrador sagte, ist wichtig«, fuhr McCaskey fort. »Seit Av Lincoln den Kontakt zwischen Serrador und Martha hergestellt hat – vergessen wir nicht, daß dies auf Wunsch des Abgeordneten geschah –, hat dieser größten Wert darauf gelegt, ausschließlich mit ihr zu sprechen. Jetzt ist sie tot, und Serrador will nicht mehr reden. Daraus könnte man den auf der Hand liegenden Schluß ziehen, daß jemand, dem Serradors Ziele bekannt sind und der außerdem Zugang zu seinem Terminkalender hat, Martha ermordet hat, um ihn einzuschüchtern.«

»Nicht nur, um ihn einzuschüchtern«, warf Plummer ein, »sondern auch, um seine Leute zum Schweigen zu bringen, die sich wie er für die Einheit Spaniens einsetzen.«

»Das stimmt«, erklärte McCaskey. »Durch den Mordanschlag auf Martha gibt man außerdem unseren Diplomaten zu verstehen, daß sie sich besser aus der Sache heraushalten. Trotzdem werde ich das Gefühl nicht los, daß wir genau das glauben sollen. Ich kann mir nicht vorstellen, daß es sich dabei um das wahre Motiv für den Mord handelt.«

»Mr. McCaskey, hier ist Carol Lanning vom Außenministerium.« Carols Stimme klang gefaßt, obwohl es sie offenbar Mühe kostete, ruhig zu bleiben. »Ich habe einen ziemlichen Informationsrückstand im Vergleich zu den anderen. Was geht hier vor? Warum sollte jemand unsere Diplomaten aus dem Weg schaffen wollen?«

»Diese Frage übernehme ich, Darrell«, warf Hood ein, während er seinen Blick auf Carol Lanning richtete. »Wie Sie wissen, Mrs. Lanning, hat es in Spanien in den vergangenen Monaten mehrfach schwere Unruhen gegeben.«

»Ich habe die täglichen Lageberichte gelesen. Es handelt sich jedoch hauptsächlich um Auseinandersetzungen zwischen separatistischen und antiseparatistischen Basken.«

»Das sind die Fälle, die in der Öffentlichkeit bekannt sind«, bestätigte Hood. »Möglicherweise wissen Sie nicht, wie besorgt führende Persönlichkeiten Spaniens angesichts bestimmter Vorfälle in letzter Zeit sind. Es hat gewalttätige Übergriffe auf die großen ethnischen Gruppen des Landes gegeben. Die Regierung hat sich bemüht, dies so geheim wie möglich zu halten. Ann? Bitte. Sie besitzen vertrauliche Informationen zu diesem Thema.«

Das Nicken der schlanken, attraktiven brünetten Pressesprecherin war von professioneller Sachlichkeit, doch ihre goldbraunen Augen strahlten Hood an, was Herbert nicht entging. Er fragte sich, ob ›Papst‹ Paul es ebenfalls bemerkt hatte.

»Die spanische Regierung hat sich sehr bemüht, Presse und Fernsehen von der Veröffentlichung abzuhalten.«

»Tatsächlich?« warf Herbert ein. »Wie das? Diese Geier sind doch noch schlimmer als die Washingtoner Presse.«

»Ehrlich gesagt, sie bezahlt dafür«, erwiderte Ann. »Ich weiß von drei konkreten Vorfällen, die vertuscht wurden. Das Büro eines katalanischen Verlegers brannte nieder, nachdem er einen neuen Roman herausgegeben hatte, in dem Kastilien heftig attackiert wurde. Im kastilischen Segovia wurde eine andalusische Hochzeitsgesellschaft beim Verlassen der Kirche angegriffen. Und schließlich wurde ein führender Aktivist der antiseparatistischen Basken während eines Krankenhausaufenthaltes von baskischen Separatisten ermordet.«

»Hört sich nach vereinzelten Bränden an«, erklärte Plummer.

»So ist es«, stimmte Hood zu. »Aber falls sie sich zu einem Großbrand vereinigen, könnte dies das Ende Spaniens bedeuten.«

»Deshalb sind die örtlichen Reporter bestochen worden, damit sie Stillschweigen über diese Vorfälle bewahren«, fuhr Ann fort. »Ausländische Journalisten hat man von den

Schauplätzen des Verbrechens ferngehalten. UPI, ABC, die *New York Times* und die *Washington Post* haben sich bei der Regierung beschwert, doch ohne Erfolg. Das geht jetzt seit ungefähr einem Monat so.«

»Wir sind seit etwa drei Wochen in die Entwicklung in Spanien involviert«, erläuterte Hood. »Damals kam es zu einem geheimen Treffen zwischen Serrador und Botschafter Neville in Madrid. Es handelte sich um eine sehr diskrete Besprechung in der amerikanischen Botschaft. Serrador teilte dem Botschafter mit, man habe einen Ausschuß unter seinem Vorsitz eingesetzt, um die zunehmenden Spannungen zwischen den fünf großen Bevölkerungsgruppen Spaniens zu untersuchen. Er erklärte, während der vorangegangen vier Monate sei es nicht nur zu den von Ann erwähnten Verbrechen gekommen, sondern es seien auch mehr als ein Dutzend Führer ethnischer Gruppen ermordet oder verschleppt worden. Serrador bat um Hilfe bei der geheimdienstlichen Observierung verschiedener Gruppen. Neville setzte sich mit Av Lincoln in Verbindung, der uns und damit Martha informierte.« Langsam senkte Hood den Blick.

»Vergessen Sie eines nicht«, warf Herbert hastig ein, »Serrador verlangte ausdrücklich Martha, sobald er einen Blick auf die Liste unseres diplomatischen Personals geworfen hatte. Und sie stürzte sich sofort begeistert auf diese Sache. Wagen Sie es also nicht, sich Selbstvorwürfen hinzugeben.«

»Hören Sie, Paul?« fragte Ann Farris leise.

Hood blickte auf. Sein Blick zeigte den beiden, wie dankbar er für diese Worte war. Dann sah er Carol Lanning an. »Wie auch immer, so fing es jedenfalls an.«

»Was für Ziele verfolgen diese Gruppierungen?« erkundigte sich Lanning. »Wollen sie die Unabhängigkeit?«

»Einige von ihnen.« Hood rief das Dokument über Spanien auf seinem Computer auf. »Laut Serrador gibt es zwei hauptsächliche Probleme. Einmal sind die Basken in zwei Parteien gespalten. Sie stellen nur zwei Prozent der Bevölkerung und sind zudem untereinander zerstritten. Der Großteil ist strikt gegen separatistische Tendenzen und will bei Spanien bleiben. Nur ein kleiner Prozentsatz, unter zehn Prozent, ist separatistisch eingestellt.«

»Das sind nur 0,2 Prozent der spanischen Bevölkerung«, meinte Lanning. »Nicht gerade viel.«

»Das ist richtig«, gab Hood zu. »Es gibt allerdings auch ein Problem mit den Kastiliern in Zentralspanien, das schon seit langem latent vorhanden ist. Etwa zweiundsechzig Prozent der spanischen Bevölkerung gehören zu den Kastiliern, die sich immer für die eigentlichen Spanier gehalten und auf die anderen herabgesehen haben.«

»Die anderen Bevölkerungsgruppen werden als Eindringlinge betrachtet«, meinte Herbert.

»So ist es. Serrador hat uns davon unterrichtet, daß die Kastilier versucht haben, die separatistische Fraktion der Basken zu bewaffnen, um die spanischen Minderheiten gegeneinander aufzubringen. Erst die Basken, dann die Galicier, die Katalanen und die Andalusier. Das Ergebnis ist, laut Serradors Informationen, daß die anderen Gruppen sich unter Umständen zu politischen oder militärischen Maßnahmen gegen Kastilien zusammenschließen könnten. Sozusagen ein Präventivschlag.«

»Die Entwicklung ist auch nicht ausschließlich auf Spanien begrenzt«, erklärte McCaskey. »Meine Quellen bei Interpol haben mich davon unterrichtet, daß die Franzosen die antiseparatistischen Basken unterstützen. Sie fürchten, die Separatisten könnten zu mächtig werden, was wiederum die französischen Basken dazu bringen könnte, ebenfalls ihren eigenen Staat auszurufen.«

»Besteht dieses Risiko wirklich?« wollte Herbert wissen.

»Durchaus«, gab McCaskey zurück. »Ab Ende der sechziger bis zur Mitte der siebziger Jahre unterstützte die Viertelmillion französischer Basken die zwei Millionen Basken in Spanien beim Kampf gegen Franco. Das Zusammengehörigkeitsgefühl zwischen den baskischen Separatisten beiderseits der Grenze ist so groß, daß die Basken in Spanien und Frankreich einfach vom nördlichen und südlichen Baskenland sprechen.«

»Basken und Kastilier waren die beiden Bevölkerungsgruppen, mit denen wir uns auf Serradors Wunsch sofort beschäftigen sollten«, erläuterte Hood. »Wir dürfen aber auch die Katalanen in Westspanien nicht vergessen, die sechzehn Prozent der Bevölkerung stellen und extrem wohlhabend und einflußreich sind. Ein Großteil der katalanischen Steuern wird für die Unterstützung anderer Minderheiten, vor allem der Andalusier in Südspanien, verwendet. Man hätte daher nichts dagegen, wenn die übrigen ethnischen Gruppen einfach verschwänden.«

»Wie stark ist dieser Wunsch?« wollte Lanning wissen. »So stark, daß man ihm aktiv Nachdruck verleihen würde?«

»Denken Sie an Völkermord?« fragte Hood.

Lanning zuckte die Achseln. »Ein paar Schreihälse genügen häufig, um Mißtrauen und Haß so zu schüren, daß es dazu kommt.«

»Die Männer auf der Jacht waren Katalanen«, sagte McCaskey.

»Und die Katalanen waren immer Separatisten«, warf Lanning ein. »Im Spanischen Bürgerkrieg vor sechzig Jahren kam ihnen eine Schlüsselrolle zu.«

»Das ist zwar richtig«, gab Ron Plummer zu bedenken, »aber was andere Völker angeht, zeichnen sich die Katalanen durch eine Bunkermentalität aus. Völkermord geht zumeist von einer dominierenden Kraft aus, die den Zorn der Öffentlichkeit gegen ein spezifisches Ziel richten will.«

»Ich neige dazu, Ron zuzustimmen«, meinte Hood. »Für die Katalanen wäre es einfacher, finanziellen Druck auszuüben, als zum Völkermord zu schreiten.«

»Darüber werden wir mehr wissen, wenn wir in Erfahrung gebracht haben, wer sich noch an Bord der Jacht aufhielt«, erklärte Herbert zuversichtlich.

Hood nickte und wandte sich erneut seinem Computermonitor zu. »Außer Basken, Kastiliern und Katalanen gibt es noch die Andalusier, die rund zwölf Prozent der Bevölkerung ausmachen und sich aufgrund ihrer finanziellen Abhängigkeit auf die Seite des Gewinners schlagen werden. Die Galicier stellen etwa acht Prozent der Einwohner Spaniens. Sie sind landwirtschaftlich orientiert, sehr spanisch und traditionell unabhängig, was bedeutet, daß sie sich aus Unruhen vermutlich heraushalten würden.«

»Die Lage auf der iberischen Halbinsel ist also äußerst komplex«, faßte Lanning zusammen. »Angesichts der schwierigen Beziehungen zwischen den einzelnen Volksgruppen kann ich verstehen, daß jeder Konflikt vermieden werden soll. Was Mr. Herbert vorhin sagte, leuchtet mir jedoch nicht recht ein: Warum wollte dieser Abgeordnete Serrador unbedingt mit Martha sprechen?«

»Serrador schien Wert auf ihre Kenntnis des Landes und seiner Sprache zu legen«, meinte Hood. »Außerdem gefiel ihm, daß sie eine Frau war und einer ethnischen Minderheit angehörte. Er sagte, er könne auf ihre Diskretion und ihr Mitgefühl zählen.«

»Alles richtig«, mischte sich Herbert ein. »Aber ich werde den Gedanken nicht los, daß sie zufällig auch das ideale Opfer für eine der Volksgruppen war.«

Alles starrte ihn an.

»Was meinen Sie damit?« fragte Hood.

»Offen gesagt, die Katalanen sind Machos und hassen Afrikaner. Diese Animosität besitzt eine neunhundertjährige Geschichte, sie geht auf die Kriege mit den afrikanischen Mauren zurück. Wenn jemand die Katalanen auf seine Seite ziehen wollte – und wer wollte das angesichts ihrer Finanzkraft nicht? –, dann wäre eine schwarze Frau das ideale Opfer.«

Einen Augenblick lang herrschte Schweigen.

»Finden Sie das nicht etwas weit hergeholt?« erkundigte sich Lanning.

»Nicht unbedingt«, gab Herbert zurück. »Da haben sich schon wildere Vermutungen bestätigt. Die traurige Wahrheit ist, daß ich kaum jemals enttäuscht worden bin, wenn ich in der Gosse der menschlichen Natur nach Schmutz gesucht habe.«

»Zu welcher ethnischen Gruppe gehört Serrador?« wollte Mike Rodgers wissen.

»Er ist Baske, General«, meldete sich McCaskey über den Lautsprecher. »Von ihm ist nicht die geringste antispanische

Aktivität bekannt. Wir haben ihn überprüft. Ganz im Gegenteil, er hat stets gegen jedes separatistische Gesetz gestimmt.«

»Vielleicht ist er ein Maulwurf«, gab Lanning zu bedenken. »Der sowjetische Spion, der im Außenministerium den größten Schaden überhaupt angerichtet hat, wuchs im durch und durch weißen Darien in Connecticut auf und hatte für Barry Goldwater gestimmt.«

»Ich sehe, Sie haben angebissen.« Herbert grinste. Niemand vertrat seine Überzeugung so leidenschaftlich wie ein Neubekehrter.

Lanning blickte Hood an. »Je mehr ich über Mr. Herberts Worte nachdenke, desto beunruhigter bin ich. Es wäre nichts Neues, daß wir von ausländischen Kräften in eine Falle gelockt werden. Nehmen wir einmal an, dies wäre der Fall, und man hat Martha nach Spanien gelockt, um sie dort zu ermorden. Der Grund dafür spielt im Augenblick kein Rolle. Um das herauszufinden, müßten wir umfassenden Zugang zu den Untersuchungen erhalten. Ist das möglich, Mr. McCaskey?«

»Darauf würde ich nicht zählen. Serrador wollte sich darum kümmern, aber man hat Aideen und mich in unser Hotel gekarrt, und seitdem haben wir nichts mehr gehört.«

»Ja, die spanische Regierung ist nicht immer sehr entgegenkommend, wenn es um innere Angelegenheiten geht«, erklärte Herbert. »Im Zweiten Weltkrieg stellte dieses angeblich neutrale Land die Wachen für die Zug- und Wagenladungen von Nazibeute, die von der Schweiz nach Portugal transportiert wurden. Zum Glück erhielten sie nie die Gegenleistungen, die sie sich dafür erwartet hatten.«

»Das war Francos Werk«, meinte Ron Plummer. »Sozusagen eine höfliche Geste unter Berufskollegen, von Diktator zu Diktator. Das bedeutet nicht, daß das spanische Volk so ist.«

»Stimmt«, gab Herbert zu, »aber die spanische Führung sehr wohl. In den achtziger Jahren heuerte der Verteidigungsminister Drogenschmuggler als Söldner an, die baskische Separatisten töten sollten. Die Regierung kaufte die

Waffen für diese Truppe in Südafrika und überließ sie ihnen. Nein, ich würde nicht darauf zählen, daß eine spanische Regierung die Vereinigten Staaten in irgendeiner Weise unterstützt.«

Hood hob beide Hände. »Wir kommen vom Thema ab, Darrell. Im Augenblick interessieren mich weder Serrador noch seine Motive oder welche geheimdienstliche Unterstützung er benötigt. Ich will herausfinden, wer Martha ermordet hat und warum. Mike« – er blickte Rodgers an – »Sie haben Aideen eingestellt. Was halten Sie von ihr?«

Rodgers, der immer noch hinter Carol Lanning stand, löste die vor der Brust verschränkten Arme und verlagerte sein Gewicht. »Sie hat sich mit einigen ziemlich üblen Drogenhändlern in Mexico City angelegt. Die Frau hat ein Rückgrat aus Stahl.«

»Ich weiß, was Sie im Sinn haben, Paul«, mischte sich Liz ein, »aber ich muß Sie warnen. Aideen steht unter einem enormen emotionalen Streß. Wenn man sie jetzt an einer verdeckten Polizeiaktion beteiligt, könnte ihr das den Rest geben.«

»Aber vielleicht ist es genau das, was sie jetzt braucht«, gab Herbert zu bedenken.

»Vollkommen richtig«, stimmte Liz zu. »Jeder Mensch ist anders. Es geht aber nicht darum, was Aideen braucht. Wenn sie in den Untergrund geht und zusammenbricht, könnte das katastrophale Folgen haben.«

Herbert wandte sich an Hood. »Außerdem könnten wir sehr viel Zeit verlieren, bis jemand anderes die Spur aufnehmen kann.«

»Darrell«, fragte Hood, »haben Sie mitgehört?«

»Ja.«

»Was meinen Sie?«

»Das läßt sich nicht in einem Wort sagen. Mike hat recht. Die Lady ist wirklich aus Stahl. Sie sprang Serrador geradezu ins Gesicht, ohne auch nur die geringste Furcht zu zeigen. Vom Gefühl her stimme ich Bob zu, ich würde sie gerne auf die Spanier loslassen. Aber die Einwände, die Liz erhoben hat, sind keineswegs zu vernachlässigen. Wenn Sie

83

einverstanden sind, würde ich gerne zuerst mit Aideen sprechen. Dann werde ich ziemlich schnell wissen, ob sie ihrer Aufgabe gewachsen ist.«

Hoods Augen wanderten zur Psychologin des Teams. »Liz, worauf sollte Darrell achten, um Aideens Zustand zu beurteilen? Gibt es körperliche Symptome?«

»Extreme Ruhelosigkeit. Hastiges Sprechen, Aufklopfen mit dem Fußballen, Knacken mit den Knöcheln, tiefe Seufzer. Das können Anzeichen sein. Sie muß sich konzentrieren. Wenn ihre Gedanken abschweifen und sie sich in Schuld- und Verlustgefühlen verliert, wird sie in ein tiefes Loch stürzen, aus dem sie so schnell nicht wieder herauskommt.«

»Noch Fragen, Darrell?« erkundigte sich Hood.

»Nein.«

»Sehr gut. Darrell, Bob und sein Team werden alle neuen Informationen überprüfen, die hier eingehen. Wenn sie auf etwas Nützliches stoßen, geben sie Ihnen Bescheid.«

»Ich werde hier ebenfalls ein paar Anrufe tätigen«, erklärte McCaskey. »Bei Interpol gibt es Leute, die uns behilflich sein könnten.«

»Ausgezeichnet«, erklärte Hood. »Sonst noch etwas?«

»Mr. Hood«, begann Carol Lanning, »dies ist zwar nicht mein Fachgebiet, aber ich würde gerne eine Frage stellen.«

»Tun Sie das. Aber bitte – mein Name ist Paul.«

Carol nickte und räusperte sich. »Darf ich fragen, ob Sie nach Informationen suchen, die Sie an die spanische Regierung weiterleiten können oder ...« Sie zögerte.

»Oder was?«

»... oder sind Sie auf Rache aus?«

Hood überlegte einen Augenblick. »Ehrlich gesagt, Mrs. Lanning, ich will beides.«

»Gut.« Sie erhob sich, strich ihren Rock glatt und richtete sich gerade auf. »Ich habe gehofft, daß ich nicht die einzige bin.«

7

Montag, 22 Uhr 56 – San Sebastián, Spanien

Niemand hatte die Explosion auf der Jacht von Ramirez überlebt.

Das hatte Adolfo auch nicht anders erwartet. Das Schiff war von der Druckwelle zur Seite gekippt worden, bevor sich irgend jemand in Sicherheit bringen konnte. Wer nicht bei der Explosion ums Leben gekommen war, ertrank, als die Jacht kenterte. Nur der Fahrer des Motorbootes entkam. Adolfo kannte ihn. Juán Martinéz war ein führendes Mitglied der *familia* Ramirez und galt als einfallsreich und seinem Boß treu ergeben. Martinéz und die anderen Gauner, die für Ramirez arbeiteten, verursachten Adolfo kein großes Kopfzerbrechen. Bald schon würde die *familia* nicht mehr existieren, zumindest nicht als Gegner. Die anderen *familias* würden es sich eine Lehre sein lassen und sich hüten, dem General in die Quere zu kommen. Merkwürdig, wie wenig Macht zählte, wenn es ums nackte Überleben ging.

Gemeinsam mit den beiden Trawlern, die noch spätabends unterwegs gewesen waren, hatte Adolfo am Tatort auf die Polizei gewartet, um als Augenzeuge von der Explosion zu berichten. Als die beiden jungen Beamten von der Hafenpolizei an Bord seines Bootes kamen, zeigte er sich von den Ereignissen des Abends völlig ›verstört‹, beruhigte sich aber auf ihre Bitten hin ein wenig. Er behauptete, in Richtung Hafen geblickt zu haben, als das Schiff explodierte. Daher habe er nur noch den verglühenden Feuerball gesehen, aus dem die Trümmer zischend und dampfend auf das Wasser regneten. Er sei sofort zum Ort der Katastrophe gefahren. Einer der Polizisten schrieb eifrig mit, während der andere die Fragen stellte. Beide schienen den dramatischen Vorfall vor ihrem Hafen höchst aufregend zu finden.

Die Beamten notierten Adolfos Namen, Adresse und Telefonnummer. Damit war er entlassen. Inzwischen hatte er sich angeblich so weit beruhigt, daß er ihnen alles Gute für

85

ihre Untersuchung wünschen konnte. Dann ging er zum Ruderhaus und gab Gas. Der Motor tuckerte laut, als das alte Boot Kurs auf den Hafen nahm.

Während das Schiff durch die kabbelige See schnitt, holte Adolfo eine handgerollte Zigarette aus seiner Hosentasche. Er zündete sie an und inhalierte tief. Noch nie in seinem Leben war er so zufrieden mit sich selbst gewesen. Dies war nicht seine erste Mission für ihre Sache. Im vergangenen Jahr hatte er eine Briefbombe für eine Zeitung vorbereitet und das Auto eines Fernsehreporters so präpariert, daß es explodierte, wenn man den Tankdeckel entfernte. Beide Male war er erfolgreich gewesen, aber dies hier war sein bisher wichtigster Auftrag gewesen. Alles war perfekt gelaufen. Am besten war, daß er allein gearbeitet hatte. Der General hatte aus zwei Gründen Wert darauf gelegt. Zunächst einmal hätten sie in dieser Region nur einen Kämpfer verloren, wenn Adolfo gefaßt worden wäre. Zum zweiten hätte der General gewußt, wer die Verantwortung trug, falls Adolfo versagt hätte. Das war von großer Bedeutung. Angesichts der wichtigen Aufgaben, die sie noch zu bewältigen hatten, war kein Platz für Inkompetenz.

Adolfos Hand ruhte auf dem Steuerrad, während sich das Schiff mit hoher Geschwindigkeit der Küste näherte. Mit der Linken hielt er die abgewetzte Schnur der alten Glocke, die außen am Ruderhaus angebracht war. Schon als kleiner Junge hatte er auf dem Boot seines Vaters in diesen Gewässern gefischt. Der undeutliche, leise Klang der Glocke gehörte zu den beiden Wahrnehmungen, die ihn in jene Zeit zurückversetzten. Die andere war der Geruch des Hafens, auf den er nun zuhielt. Je mehr er sich der Küste näherte, desto stärker schien die Luft nach Meer zu riechen. Das war ihm immer merkwürdig vorgekommen, bis er es seinem Bruder gegenüber erwähnt hatte. Norberto erklärte ihm, daß das, was den Geruch verursache – Salz, tote Fische, verfaulender Seetang –, immer an Land gespült werde und dieser deshalb an der Küste stärker sei als auf dem Ozean selbst.

»Pater Norberto«, seufzte Adolfo. »So gelehrt und doch

so unwissend.« Sein älterer Bruder war ein Jesuitenpriester, der auch niemals etwas anderes hatte sein wollen. Nach seiner Ordination vor sieben Jahren war er Pfarrer der örtlichen Gemeinde St. Ignatius geworden. Norberto wußte viel, deshalb nannten ihn die Mitglieder seiner Pfarrei liebevoll ›den Gelehrten‹. Er konnte ihnen sagen, woher das Meer seinen Geruch hatte, warum sich die Sonne orange färbte, wenn sie unterging, oder warum man Wolken sehen konnte, obwohl sie nur aus Wassertropfen bestanden.

Von Politik allerdings verstand er nichts. Einmal hatte er an einem Protestmarsch gegen die spanische Regierung teilgenommen, der man vorwarf, Todesschwadronen zu finanzieren, die Mitte der achtziger Jahre Hunderte von Menschen ermordet hatten. Aber dabei handelte es sich eher um einen humanitären als um einen politischen Kreuzzug. Nicht einmal von Kirchenpolitik verstand er etwas. Norberto haßte es, seine Pfarrei verlassen zu müssen. Zwei- bis dreimal pro Jahr gab Pater González, der oberste Jesuitenprälat Spaniens, in Madrid Audienzen oder veranstaltete Essen für die Würdenträger der Kirche. Norberto nahm an diesen Veranstaltungen nur teil, wenn er ausdrücklich dazu aufgefordert wurde, was allerdings selten der Fall war. Sein mangelndes Interesse an seiner Karriere hatte dazu geführt, daß Macht und Finanzmittel seiner Provinz an Pater Iglesias im benachbarten Bilbao gegangen waren.

Nein, Adolfo war der Experte für Politik, auch wenn Norberto das nicht zugeben wollte. Die Brüder stritten sich selten, schon als Kinder hatten sie sich umeinander gekümmert. Aber wenn es um Politik ging, kam es zu leidenschaftlichen Auseinandersetzungen. Norberto glaubte an eine vereinte Nation.

»Es ist schlimm genug, daß die Christenheit gespalten ist«, erklärte er einmal voller Bitterkeit. »Gottes Spanier«, wie er sie nannte, sollten seiner Meinung nach friedlich zusammenleben.

Im Gegensatz zu Norberto glaubte Adolfo weder an Gott noch an die Spanier. Wenn Gott existierte, so meinte er, wäre es besser um die Welt bestellt, gäbe es weder Krieg noch

Hunger. Was die sogenannten ›Spanier‹ anging, so war ihr Land immer ein zerbrechliches Gebilde aus verschiedenen Kulturen gewesen. Das war schon vor Christi Geburt so, als Basken, Iberer, Kelten, Karthager und andere zum erstenmal unter der Herrschaft Roms vereint wurden, galt im Jahre 1469, als Aragón und Kastilien durch die Heirat von Ferdinand II. mit Isabella I. zusammengeführt wurden, und ebenso 1939, als Francisco Franco nach einem verheerenden Bürgerkrieg zum Caudillo, zum Führer der Nation, wurde. Bis heute hatte sich nichts daran geändert.

Innerhalb dieses Staatengebildes hatten die Kastilier stets die größten Opfer gebracht. Da sie die größte Bevölkerungsgruppe stellten, waren sie gefürchtet und wurden immer als erste in die Schlacht geschickt oder von den Reichen ausgebeutet. Ironischerweise waren die Kastilier die wahren Spanier, falls es so etwas überhaupt gab. Sie waren von Natur aus fleißig, verstanden es aber auch zu feiern, arbeiteten im Schweiße ihres Angesichts und zeichneten sich durch ihre Leidenschaftlichkeit aus. Musik, Liebe und Lachen bestimmten ihr Leben. Ihre Heimat waren die weiten Ebenen mit ihren Windmühlen und Burgen unter dem endlosen blauen Himmel, das Land des Cid.

Adolfo war stolz auf dieses Erbe, und er genoß das Bewußtsein, heute nacht dafür gekämpft zu haben. Doch als er nun in den Hafen einfuhr, richtete er seine Aufmerksamkeit auf die dort ankernden Boote. Der Hafen lag hinter dem gewaltigen Ayuntamiento, dem Rathaus aus dem 19. Jahrhundert. Er war froh, daß es dunkel war, denn er haßte den Anblick der Souvenirshops und Restaurants. Katalanisches Geld hatte den Fischerort San Sebastián in eine Touristenstadt verwandelt.

Vorsichtig und gekonnt manövrierte Adolfo sein Schiff um die zahlreichen im Hafen liegenden Jachten herum. Die Fischerboote versperrten selten den Weg, sie ankerten nahe am Kai, damit der Fisch leichter ausgeladen werden konnte. Die Jachten dagegen warfen Anker, wo immer es ihren Besitzern einfiel, die dann in Dingis an Land ruderten. Jeden Tag wurde Adolfo so aufs neue daran erinnert, daß die

Bedürfnisse der arbeitenden Klasse den Reichen gleichgültig waren. Den einflußreichen, wohlhabenden Katalanen und den Touristen, die sie mit ihren Fluggesellschaften zu ihren Hotels und Restaurants transportierten, war egal, was die Fischer brauchten.

Als er den Kai erreicht hatte, machte er am gleichen Platz wie immer fest. Dann warf er seinen Seesack über die Schulter und bahnte sich den Weg durch die Touristen und Einheimischen, die zum Hafen geströmt waren, nachdem sie die Explosion gehört hatten. Einige der am Kai Stehenden, die beobachtet hatten, wie er aus der Bucht hereingekommen war, fragten, was vorgefallen sei. Er beschränkte sich darauf, die Achseln zu zucken und den Kopf zu schütteln, während er über den Kiesweg an einer Reihe von Souvenirläden und dem neuen Aquarium vorbeiging. Es war immer ein Fehler, wenn man sich nach Erledigung eines Auftrags mit Menschen unterhielt. Die Versuchung war groß, sich dabei belehrend oder überheblich zu geben, und das konnte tödlich sein. Ein loses Mundwerk war schon vielen zum Verhängnis geworden.

Adolfo folgte dem Weg, der durch den für den Autoverkehr gesperrten Stadtpark Monte Urgull führte. Hier befanden sich die alten Festungsanlagen mit ihren ausgemusterten Kanonen und einem britischen Friedhof, der auf den Feldzug Wellingtons gegen die Franzosen im Jahre 1812 zurückging. Als Kind hatte Adolfo hier gespielt, zu einer Zeit, als man die Ruinen noch als unkrautbedeckten Schutt und nicht als denkmalgeschützte historische Reste betrachtet hatte.

Damals hatte er sich vorgestellt, er sei ein berittener Soldat, der allerdings nicht gegen die imperialistischen Franzosen, sondern gegen die ›bastardos aus Madrid‹ kämpfte, wie er sie nannte, gegen die Exportfirmen, die seinen Vater in den frühen Tod getrieben hatten. Diese Leute kauften überall auf der Welt tonnenweise Fisch und ermutigten unerfahrene Fischer, die Gewässer vor San Sebastián auszubeuten. Dabei ging es ihnen nicht um regelmäßige Lieferungen. Es war ihnen gleichgültig, ob sie das ökologische

Gleichgewicht in der Region zerstörten. Bestechungsgelder an die Beamten sorgten dafür, daß die Regierung ein Auge zudrückte. Das einzige, was sie interessierte, war die Dekkung der neu entstandenen Nachfrage nach Fisch, den Europäer und Nordamerikaner anstelle von Rindfleisch zu verzehren begannen. Fünf Jahre später, 1975, begannen die Exportfirmen, ihren Fisch in Japan zu kaufen. Die Opportunisten verließen die Gegend, und die Küstengewässer gehörten erneut den Einheimischen. Doch für seinen Vater war es zu spät. Ein Jahr später starb der alte Alcazar. Der Kampf ums Überleben war zu lang und zu hart gewesen. Adolfos Mutter folgte ihm wenige Monate später. Seit damals bestand seine Familie nur aus Norberto.

Und natürlich dem General.

Hinter dem Museum von San Telmo, dem früheren Dominikanerkloster, verließ er den Park und schritt eilig die dunkle, verlassene Calle Okendo hinunter. Nur die gedämpften Stimmen aus den Fernsehgeräten drangen aus den geöffneten Fenstern.

Adolfos winzige Wohnung im zweiten Stock befand sich in einer kleinen Seitenstraße zwei Blocks weiter südöstlich. Überrascht stellte er fest, daß die Tür unversperrt war. Vorsichtig betrat er das Ein-Zimmer-Apartment. Hatte der General jemanden geschickt, oder wartete die Polizei auf ihn?

Weder noch. Erleichtert stellte er fest, daß sein Bruder auf dem Bett lag.

Norbert schloß das Buch, in dem er gelesen hatte, das *Handbüchlein der Moral* von Epiktet. »Guten Abend, Dolfo«, meinte er freundlich. Die Federn des alten Bettes quietschten klagend, als er sich aufsetzte. Der Priester war um einiges älter, etwas größer und schwerer als sein Bruder und hatte sandfarbenes Haar. Die braunen Augen hinter der Brille mit dem Drahtgestell wirkten gütig. Da er nicht ständig der Sonne ausgesetzt war wie sein Bruder, war sein Teint heller und zeigte keine Falten.

»Guten Abend, Norberto. Welch angenehme Überraschung.« Adolfo warf seine abgenutzte Tasche auf den kleinen Küchentisch und zog seinen Pullover aus. Die kühle

Luft, die durch das offene Fenster hereinströmte, fühlte sich angenehm an.

»Wir haben uns eine Weile nicht gesehen, also bin ich hergekommen.« Norberto blickte auf die tickende Uhr auf dem Küchenschrank. »Halb zwölf. Ist das nicht ziemlich spät für dich?«

Adolfo nickte, während er in seine Tasche griff und nasse Kleidungsstücke hervorholte. »Es gab einen Unfall in der Bucht. Eine Explosion auf einer Jacht. Ich bin noch geblieben, um die Fragen der Polizisten zu beantworten.«

»Aha.« Norberto erhob sich. »Ich habe den Knall gehört und mich gefragt, was los ist. Wurde jemand verletzt?«

»Leider ja. Es gab mehrere Tote.« Mehr sagte Adolfo nicht. Norberto wußte von den politischen Aktivitäten seines Bruders, aber ihm war nicht bekannt, daß er für den General und dessen Leute arbeitete. Und Adolfo legte größten Wert darauf, daß sich daran nichts änderte.

»Waren die Männer aus San Sebastián?« erkundigte sich Norberto.

»Das weiß ich nicht. Als die Polizei kam, bin ich zurückgefahren. Ich konnte nichts mehr für sie tun.« Während er sprach, ohne seinen Bruder anzusehen, begann er, die nassen Kleidungsstücke über eine Leine vor dem offenen Fenster zu hängen. Er nahm stets Wäsche zum Wechseln mit auf das Boot, so daß er trockene Kleidung anziehen konnte.

Norberto ging mit langsamen Schritten zu dem alten, eisernen Ofen, auf dem ein kleiner Topf stand. »Ich habe im Pfarrhaus *cocido* gekocht und mitgebracht. Den magst du doch.«

»Ich habe mich schon gefragt, was so gut riecht. Meine Klamotten können es ja nicht sein.« Adolfo lächelte. »Danke, Berto.«

»Ich werde ihn für dich aufwärmen, bevor ich aufbreche.«

»Ist schon gut, das kann ich selbst tun. Warum gehst du nicht nach Hause? Du hattest sicher einen langen Tag.«

»Du aber auch. Einen langen Tag und einen langen Abend.«

Adolfo schwieg. Hatte Norberto Verdacht geschöpft?

»Ich habe gerade gelesen, daß gute Taten genauso wie Gott Gutes hervorbringen.« Norberto lächelte. »Laß mich dir also etwas Gutes tun.« Er ging zum Herd und entzündete mit einem hölzernen Streichholz die Flamme. Dann schüttelte er das Streichholz, bis es erlosch, und nahm den Deckel vom Topf.

Adolfo lächelte zögernd. »Wie du willst, *mi hermano*. Tu Gutes. Wenn man allerdings nach der allgemeinen Meinung geht, reichen deine guten Taten für uns beide. Du besuchst die Kranken, liest den Blinden vor, hütest in der Kirche Kinder, wenn deren Eltern unterwegs sind ...«

»Das ist mein Beruf.«

Adolfo schüttelte den Kopf. »Du bist zu bescheiden. Auch wenn du nicht zum Priester berufen wärst, würdest du so handeln.«

Der Duft des Lammes erfüllte den Raum, als sich der Eintopf mit einem Blubbern zu erwärmen begann. Das Geräusch erinnerte Adolfo an seine Kindheit, wenn Norberto und er am Tisch saßen und aßen, was ihre Mutter für sie auf den Herd gestellt hatte. Es schien ewig her zu sein, daß sie so zusammen gesessen hatten. So vieles hatte sich in Spanien verändert – und in ihnen.

Er achtete darauf, daß seine Bewegungen keine Hast verrieten. Auch wenn er keine Zeit hatte, wollte er Norberto nicht beunruhigen.

Norberto blickte seinen Bruder an, während er den Eintopf umrührte. Im gelben Licht der nackten Glühbirne über seinem Kopf wirkte er blaß und müde. Jedes Jahr schienen seine Schultern ein wenig mehr nach unten zu sinken. Schon vor langer Zeit war Adolfo zu dem Schluß gekommen, daß es mühselig sein mußte, Gutes zu tun. Man nahm Kummer und Schmerzen anderer auf sich, ohne sich jemandem anvertrauen zu können – außer Gott. Dazu brauchte man eine Charakterstärke, die Adolfo fehlte, und einen Glauben, den er ebenfalls nicht besaß. Wenn man auf Erden litt, dann unternahm man etwas dagegen. Man bat Gott nicht um Kraft, die Prüfungen zu ertragen, sondern um die Kraft, etwas zu verändern.

»Sag mir, Adolfo«, begann Norbert, ohne sich umzuwenden, »stimmt das, was du gerade eben gesagt hast?«

»Wie bitte? Ob was stimmt?«

»Muß ich gut genug für uns beide sein?«

Adolfo zuckte die Achseln. »Nein. Nicht, wenn du mich fragst.«

»Und wenn ich Gott frage? Würde er sagen, du bist gut?«

Adolfo hängte seine nassen Socken über die Leine. »Keine Ahnung. Da mußt du dich schon an *ihn* wenden.«

»Leider antwortet er mir nicht immer, Dolfo.« Norberto drehte sich um. »Deshalb frage ich dich.«

Adolfo wischte seine Hände an der Hose ab. »Ein schlechtes Gewissen habe ich nicht, wenn es das ist, was du meinst.«

»Nein?«

»Nein. Warum stellst du diese Fragen? Stimmt etwas nicht?«

Norberto nahm eine Schale aus dem Regal, die er mit Eintopf füllte und auf den Tisch stellte. »Iß«, meinte er mit einer auffordernden Geste.

Adolfo trat zu ihm, griff nach dem Eintopf und nippte daran. »Heiß. Und sehr gut.« Während er vorsichtig aß, ließ er seinen Bruder nicht aus den Augen. Norberto verhielt sich merkwürdig.

»Hast du heute nacht etwas gefangen?«

»Einiges.«

»Du riechst nicht nach Fisch.«

Adolfo kaute auf einem dicken Fleischstück herum. Er deutete auf die Wäscheleine. »Ich habe mich umgezogen.«

»Deine Kleider riechen auch nicht nach Fisch.« Norberto blickte zu Boden.

Plötzlich wurde Adolfo klar, was nicht stimmte. Sein Bruder versuchte, ihn auszuhorchen. »Was ist los?«

»Die Polizei hat mich angerufen.«

»Und?«

»Es hieß, es habe eine entsetzliche Explosion auf einer Jacht gegeben, und meine Anwesenheit sei möglicherweise erforderlich, wegen der Sterbesakramente. Ich kam hierher, um näher am Kai zu sein.«

»Man braucht dich nicht. Diese Explosion kann niemand überlebt haben.«

Norbert blickte ihn prüfend an. »Weißt du das so genau, weil du die Detonation beobachtet hast? Oder gibt es noch einen anderen Grund dafür?«

Adolfo blickte ihn an. Der Verlauf, den das Gespräch nahm, gefiel ihm nicht. Er setzte die Schale ab und fuhr sich mit der Rückseite seiner Hand über den Mund. »Ich muß jetzt los.«

»Wohin?«

»Ich treffe mich heute nacht mit Freunden.«

Norberto trat vor seinen Bruder, legte die Hände auf seine Schultern und blickte ihm in die Augen. Adolfos Gesicht war verschlossen, eine ausdruckslose Maske.

»Hast du mir etwas zu sagen?«

»Worüber?«

»Egal worüber.«

»Egal? Aber klar. Ich liebe dich, Berto.«

»Das habe ich nicht gemeint.«

»Ich weiß. Ich kenne dich, Norberto. Was bereitet dir Kummer? Oder soll ich es dir sagen? Du willst wissen, was ich heute nacht getan habe? Geht es darum?«

»Du hast bereits gesagt, du seist fischen gewesen. Warum sollte ich dir nicht glauben?«

»Weil du genau weißt, was für eine Explosion das war, auch wenn du es nicht zugibst. Du wolltest nicht näher am Meer sein, Berto, du bist hergekommen, um nachzusehen, ob ich zu Hause bin. Also gut, das war ich nicht. Du weißt auch, daß ich nicht fischen war.«

Wortlos nahm Norberto die Hände von Adolfos Schultern. Seine Arme fielen schwer herab.

»Du hast immer in mein Innerstes sehen können«, erinnerte Adolfo ihn, »hast immer gewußt, was ich denke und fühle. Als Teenager bin ich oft von einer Nacht bei den Huren oder vom Hahnenkampf nach Hause gekommen und habe dir vorgelogen, ich hätte Fußball gespielt oder wäre

94

im Kino gewesen. Aber wenn du in meine Augen sahst, hast du dort immer die Wahrheit gelesen, selbst wenn du geschwiegen hast.«

»Damals warst du ein Kind, Dolfo, du mußtest erst erwachsen werden. Jetzt bist du ein Mann ...«

»Das stimmt, Norberto«, unterbrach Adolfo ihn. »Ich bin ein Mann. Einer, der kaum Zeit für Hahnenkämpfe hat, ganz zu schweigen von den Huren. Du siehst, Bruder, es gibt keinen Grund zur Sorge.«

Norberto kam näher. »Wenn ich dir heute in die Augen sehe, kann ich das kaum glauben.«

»Es ist mein Problem, nicht deines.«

»Das ist nicht wahr. Wir sind Brüder, wir teilen unseren Schmerz, unsere Geheimnisse, unsere Liebe. Das war schon immer so. Bitte, Dolfo, sprich mit mir.«

»Worüber? Über meine Aktivitäten? Meinen Glauben? Meine Träume?«

»Über all das. Setz dich. Rede mit mir.«

»Ich habe keine Zeit dafür.«

»Wenn es um deine Seele geht, mußt du dir die Zeit nehmen.«

Adolfo blickte seinen Bruder einen Augenblick lang an. »Ich verstehe. Und wenn ich nun die Zeit hätte, würdest du mir als Bruder zuhören oder als Priester?«

»Als Norberto. Ich kann das eine nicht vom anderen trennen.«

»Das heißt, du würdest als mein Gewissen auftreten.«

»Ich fürchte, daß dies bitter nötig ist.«

Adolfo blickte ihn einige Sekunden lang an, bevor er sich abwandte. »Willst du wirklich wissen, was ich heute nacht getan habe?«

»Ja, das will ich.«

»Dann werde ich es dir sagen, weil ich will, daß du weißt, warum ich so gehandelt habe, falls irgend etwas geschieht.« Er wandte sich erneut um und senkte die Stimme, damit ihn die Nachbarn nicht durch die dünnen Wände hörten. »Die Katalanen auf dem untergegangenen Schiff, Ramirez und seine Kumpane, haben die Exekution einer amerikanischen

95

Diplomatin in Madrid geplant und ausgeführt. In meiner Tasche befindet sich eine Kassette, auf der ihr Gespräch über diesen Mord aufgezeichnet ist.« Die Kassette schepperte, als er auf seinen Pullover klopfte. »Die Aufzeichnung stellt im Grunde ein Geständnis dar, Norberto. Mein Kommandant, der General, hatte mit seiner Einschätzung dieser Männer recht. Es handelte sich um die Anführer einer Gruppe, die unsere Nation in den Bankrott führen will, um die Macht zu übernehmen. Die Diplomatin wurde ermordet, um sicherzustellen, daß die USA ihnen bei der Eroberung Spaniens nicht in die Quere kommen.«

»Politik interessiert mich nicht, das weißt du.«

»Vielleicht sollte es das aber. Die einzige Hilfe, die die Armen in deiner Pfarrei erhalten, kommt von Gott, und das macht sie nicht satt. Das ist nicht richtig.«

»Nein«, stimmte der junge Priester zu. »Aber vergiß nicht: ›Selig, die arm sind vor Gott, denn ihnen gehört das Himmelreich.‹«

»Das gilt für deinen Beruf, nicht für den meinen«, gab Adolfo wütend zurück.

Er wollte gehen, doch Norberto griff nach seinem Arm und hielt ihn zurück. »Du mußt es mir sagen, Adolfo. Welche Rolle hast du bei diesem Anschlag gespielt?«

»Welche Rolle?« Dann brach es aus Adolfo heraus. »Ich habe ihn durchgeführt. Ich habe die Jacht in die Luft gejagt.«

Norberto wich zurück, als hätte er ihn ins Gesicht geschlagen.

»Millionen Menschen hätten leiden müssen, wenn diese Monster am Leben geblieben wären.«

Norbert bekreuzigte sich. »Aber das waren keine Monster, Adolfo, es waren Menschen.«

»Es waren rücksichtslose, gefühllose Ungeheuer«, zischte Adolfo. Er hatte nicht erwartet, daß sein Bruder ihn verstehen würde. Norberto war Jesuit, ein Mitglied der Gesellschaft Jesu, die seit fünfhundert Jahren ihre Anhänger als Soldaten der Tugend ausbildete, damit sie den Glauben der Katholiken stärkten und den Andersgläubigen das Evangelium predigten.

»Du täuschst dich.« Norberto zitterte, während sich seine Hand noch fester um Adolfos Arm schloß. »Diese ›Ungeheuer‹, wie du sie nennst, waren Menschen mit einer unsterblichen, von Gott geschaffenen Seele.«

»Dann solltest du mir dankbar sein, Bruder, denn ich habe dafür gesorgt, daß ihre unsterblichen Seelen zu Gott zurückkehren.«

In den Augen des Priesters standen Tränen. »Du nimmst dir zuviel heraus. Nur Gott hat das Recht, eine Seele zu sich zu holen.«

»Ich muß jetzt gehen.«

»Und die Millionen, von denen du sprichst, hätten nur in dieser Welt gelitten. Bei Gott hätten sie das vollkommene Glück erfahren. Aber du, du riskierst die ewige Verdammnis.«

»Dann bete für mich, Bruder, denn ich werde meine Arbeit fortsetzen.«

»Nein, Adolfo! Das darfst du nicht.«

Sanft löste sich Adolfo aus dem Griff seines Bruders und drückte seine Hand liebevoll, bevor er sie sinken ließ.

»Dann laß mich wenigstens deine Beichte hören«, drängte Norberto.

»Ein andermal.«

»Dann könnte es zu spät sein.« Norbertos Stimme klang bewegt, seine Augen verrieten den Aufruhr, in dem sich seine Gefühle befanden. »Du weißt, welche Strafe dir droht, wenn du stirbst, ohne deine Sünden zu bereuen. Du wirst von Gott getrennt werden.«

»Gott hat mich vergessen. Er hat uns alle vergessen.«

»Nein!«

»Es tut mir leid.« Adolfo wandte den Blick ab, um nicht den Schmerz in den Augen seines Bruders sehen zu müssen. Er wollte nicht wissen, daß er die Ursache dafür war, nicht jetzt, wo er noch so viel zu erledigen hatte. Noch einmal nippte er an dem Eintopf und dankte seinem Bruder für das Essen. Dann nahm er eine Zigarette aus dem zerknitterten Päckchen in seiner Hosentasche. Es war die letzte, er würde neue kaufen müssen. Er zündete sie an und ging zur Tür.

»Adolfo, bitte!« Norberto packte ihn an der Schulter und drehte ihn zu sich. »Bleib bei mir. Sprich mit mir, bete mit mir.«

»Ich habe auf dem Hügel etwas zu erledigen. Ich habe dem General versprochen, das Band bei dem Radiosender dort abzuliefern. Die Leute sind Kastilier, sie werden die Kassette abspielen, damit die ganze Welt erfährt, daß Katalonien Menschenleben nicht achtet, gleich ob es sich um Spanier oder um Angehörige anderer Nationalitäten handelt. Die Regierung und die Weltgemeinschaft werden uns helfen, der finanziellen Unterdrückung ein Ende zu setzen, die sie uns aufgezwungen haben.«

»Und was wird die Welt von dem Kastilier denken, der diese Männer ermordet hat?« Bei dem Wort ›ermordet‹ senkte Norberto die Stimme, damit man ihn nicht hörte. »Wird sie für deine Seele beten?«

»Ich will ihre Gebete nicht«, gab Adolfo ohne Zögern zurück. »Mir genügt ihre Aufmerksamkeit. Ich hoffe, man wird meinen Mut anerkennen. Ich habe keine unbewaffnete Frau auf offener Straße erschossen, um mein Ziel zu erreichen, sondern das Herz dieser teuflischen Verschwörung herausgeschnitten.«

»Und nun werden die Katalanen dein Herz herausschneiden wollen.«

»Sie können es versuchen. Vielleicht gelingt es ihnen sogar.«

»Und wo soll dies enden? Wenn alle tot sind? Wenn alle Herzen gebrochen wurden?«

»Wir erwarten nicht, daß ein Schlag genügt, um ihre Pläne zu durchkreuzen. Auch Kastilien wird Verluste hinnehmen müssen. Doch das Blutvergießen wird nicht allzu lange dauern. Bis die Katalanen ihre Verbündeten mobilisiert haben, wird es zu spät sein, uns aufzuhalten.«

Norbertos breite Schultern sanken nach vorne, als er langsam den Kopf schüttelte. Tränen strömten aus seinen Augen. Er wirkte plötzlich völlig erschöpft. »Großer Gott, Dolfo«, schluchzte er. »Was habt ihr vor? Sag es mir, damit ich für deine Seele beten kann.«

Adolfo starrte seinen Bruder an. Er hatte Norberto so gut wie nie weinen gesehen – bei der Beerdigung ihrer Mutter, und noch einmal, als ein junges Mitglied seiner Pfarrei starb. Es fiel ihm schwer, bei diesem Anblick ungerührt zu bleiben. »Meine Kameraden und ich, wir wollen Spanien dem kastilischen Volk zurückgeben. Nach tausend Jahren der Unterdrückung wollen wir den Körper Spaniens mit seinem Herzen vereinigen.«

»Dieses Ziel läßt sich auch mit anderen Mitteln erreichen. Ohne Gewalt.«

»Das hat man bereits versucht, aber es hat nicht funktioniert.«

»Unser Herr hat niemals das Schwert erhoben oder ein Leben genommen.«

Adolfo legte ihm die Hand auf die Schulter. »Bruder«, sagte er mit einem Blick in Norbertos tränengefüllte Augen, »wenn du dafür sorgst, daß Er uns hilft, dann werde ich nicht ein Menschenleben mehr nehmen, das schwöre ich.«

Norberto sah aus, als wollte er etwas sagen, überlegte es sich jedoch anders. Mit einem Lächeln fuhr Adolfo ihm über die Wange. Dann wandte er sich ab, öffnete die Tür und trat auf die Straße. Dort blieb er mit gesenktem Haupt stehen.

Adolfo glaubte an einen gerechten Gott, nicht an einen, der die bestrafte, die nach Freiheit strebten. Von dem Glauben seines Bruders durfte er sich nicht beeinflussen lassen. Doch er hatte es mit Norberto zu tun, einem guten Menschen, der sich als Kind um ihn gekümmert hatte und sich auch um den erwachsenen Bruder noch sorgte und ihn liebte, was immer er tat. Er konnte ihn nicht in seinem Schmerz zurücklassen.

Er blickte zurück, lächelte seinen Bruder an und berührte erneut dessen weiche Wange. »Bete nicht für mich, Norberto. Bete für unser Land. Wenn Spanien verdammt ist, wäre meine Errettung unverdient, und ich würde nicht glücklich darüber sein.«

Er zog an seiner Zigarette und eilte die Stufen hinunter. Zurück blieben eine Spur von Rauch und sein stumm weinender Bruder.

8

Montag, 16 Uhr 22 – Washington, D.C.

Wie immer am späten Nachmittag überprüfte Paul Hood die Namensliste auf seinem Computermonitor. Nur wenige Minuten zuvor hatte er seinen Daumen auf den Scanner neben dem Computer gelegt. Das Lasergerät, das zehn mal zwanzig Zentimeter maß, hatte seinen Fingerabdruck identifiziert und seinen persönlichen Zugangscode verlangt. 1,7 Sekunden später erschien das geschlossene Dokument mit den Berichten der im Einsatz befindlichen Agenten. Über die Tastatur gab er den Mädchennamen seiner Frau ein: Kent. Dann öffnete er das Dokument, und die Namen erschienen auf dem Bildschirm.

Insgesamt befanden sich neun Männer und Frauen im Einsatz vor Ort. Dabei handelte es sich um Einheimische, die auf der Gehaltsliste des Op-Centers standen. Neben den Namen erschienen Aufenthaltsort und Auftrag, eine von Bob Herbert erstellte Zusammenfassung des letzten Berichts (die ausführliche Version befand sich in der Akte) und der Standpunkt des nächsten Fluchthauses beziehungsweise die Fluchtroute. Sollte einer der Agenten entdeckt werden, würde das Op-Center an diesen Orten nach ihnen suchen und alles unternehmen, um sie in Sicherheit zu bringen. Bis jetzt war dieser Fall glücklicherweise noch nie eingetreten.

Drei der Spione waren in Nordkorea stationiert. Sie hatten den Auftrag, die Entwicklung nach der Zerstörung der geheimen Raketenabschußrampe in den Diamond Mountains durch die Strikers zu verfolgen und sicherzustellen, daß die Abschußvorrichtungen nicht wiederaufgebaut wurden. Zwar ging der Bau der ursprünglichen Basis auf einen abtrünnigen südkoreanischen Offizier zurück, doch Nordkorea war es durchaus zuzutrauen, daß es die Gelegenheit beim Schopf packte und die zurückgelassenen Geräte nutzte, um eine neue Raketenabschußrampe zu bauen.

Zwei der Op-Center Agenten waren in der libanesischen Bekaa-Ebene, zwei weitere in Damaskus in Syrien stationiert. Beide Teams hatten ihre Basis in geheimen Lagern terroristischer Gruppen, von wo aus sie über die politischen Konsequenzen der Aktivitäten des Op-Centers in dieser Region berichteten. Die Tatsache, daß Agenten des Op-Centers geholfen hatten, einen Krieg zwischen Syrien und der Türkei zu vermeiden, war keineswegs auf Wohlwollen gestoßen. Im Mittleren Osten war man der Ansicht, daß sich jede Nation um ihre eigenen Probleme kümmern solle, selbst wenn dies Krieg bedeutete. Ein Frieden, der auf ausländische Mächte zurückging, wurde als unzulässig und unehrenhaft empfunden, vor allem, wenn es sich dabei um die Vereinigten Staaten handelte.

Die letzten beiden Agenten befanden sich in Kuba, wo sie die politische Entwicklung im Auge behielten. Ihren Berichten zufolge begann der alternde Castro Schwäche zu zeigen. So groß auch die Nachteile von dessen Regime sein mochten, seine eiserne Faust hatte ironischerweise für eine gewisse Stabilität im gesamten karibischen Raum gesorgt. Gleich welcher Tyrann auf Haiti, Grenada, Antigua oder einer der anderen Inseln an die Macht kam, ohne die Zustimmung Castros konnte er weder Waffen noch Drogen schmuggeln, ja nicht einmal Streitkräfte aufbauen, die diesen Namen verdienten.

Es war bekannt, daß der kubanische Führer jeden Rivalen ermorden würde, der zu mächtig zu werden drohte. Man rechnete damit, daß nach dem Abtreten Castros auf der Insel und in der Region ein Chaos ausbrach, das jedes Streben nach Demokratie im Keim erstickte. Die Vereinigten Staaten hatten einen Notfallplan dafür entwickelt, die sogenannte ›Operation Keel‹. Mit militärischen Mitteln und Wirtschaftshilfen wollte man das Machtvakuum ausgleichen und die Situation unter Kontrolle bringen. Den Agenten des Op-Centers kam eine Schlüsselrolle innerhalb des Frühwarnsystems zu, das die Durchführung des Plans ermöglichen sollte.

Neun Menschenleben, dachte Hood, und von jedem hingen vielleicht noch einmal zwei bis vier weitere ab. Diese Verantwortung durfte man nicht auf die leichte Schulter nehmen. Er ging die Berichte vom Nachmittag durch und stellte fest, daß die Situation relativ stabil und unverändert war. Daraufhin schloß er das Dokument.

Diese ausländischen Agenten vertrauten darauf, daß ihre Akten und ihre Kommunikation mit dem Op-Center absolut sicher waren. Mit dem Op-Center setzten sie sich über eine Telefonnummer in Verbindung, die zu einem Büro in Washington gehörte, das Geschäftsräume vermietete. Der Anschluß war unter Caryn Nadler International Travel Consultants registriert, was auf ein Reisebüro schließen ließ. Die Agenten meldeten sich in ihrer Muttersprache; jedes Wort hatte im Englischen eine andere Bedeutung. So konnte die arabische Frage »Kann ich einen Flug nach Dallas buchen?« auf englisch »Der syrische Präsident ist ernsthaft erkrankt« bedeuten. Die Akten mit den Übersetzungen waren geheim. Außer Paul Hood hatten sieben weitere Personen Zugang dazu, die auch die Identität der Agenten kannten. Bob Herbert und Mike Rodgers waren zwei von ihnen, Darrell McCaskey der dritte. Ihnen vertraute Hood blind.

Doch was war mit den übrigen vier, von denen zwei zu Herberts Büro gehörten, einer zu McCaskeys Gruppe und einer zu Rodgers Team? Zwar hatten alle die Standardsicherheitsüberprüfung durchlaufen, aber war sie gründlich genug? Und waren die Codes so sicher, daß ein ausländischer Geheimdienst sie nicht knacken konnte? Unglücklicherweise erfuhr man die Antwort immer erst, wenn jemand verschwand, eine Mission sabotiert wurde oder ein Team in einen Hinterhalt geriet. Spionage- und Geheimdiensttätigkeit waren immer gefährlich, an dieser Tatsache ließ sich nicht rütteln. Aus dem Blickwinkel der Agenten verlieh das ihrer Tätigkeit sogar einen gewissen Reiz. Auch wenn Martha in Spanien ermordet worden war – das Op-Center tat alles, um das Risiko für seine Agenten so gering wie möglich zu halten.

Im Augenblick wurde der Mord an Martha von Darrell McCaskey, Aideen Marley und der spanischen Sektion von Interpol untersucht. Mike Rodgers und Bob Herbert gingen in Washington die Geheimdienstberichte durch, und Ron

Plummer sprach mit ausländischen Diplomaten in den USA und im Ausland. Carol Lanning stand mit den Verbindungsleuten des Außenministeriums in Kontakt. NASA, Pentagon und Op-Center – bei den Aufräumarbeiten waren sie alle gleich gründlich.

Warum scheinen die Vorbereitungen rückwirkend nie sorgfältig genug gewesen zu sein? fragte sich Hood. Weil man hinterher immer klüger war – das lag auf der Hand. Im nachhinein wußte man, was schiefgelaufen war.

Wo hatte der Fehler diesmal gelegen? Das Op-Center hatte Martha schicken *müssen*. Nachdem Av Lincoln sie vorgeschlagen und Serrador zugestimmt hatte, war ihnen keine andere Wahl geblieben. Und daß Aideen anstelle von Darrell als ihre Assistentin fungierte, war ebenfalls sinnvoll gewesen. Aideen sprach Spanisch, Darrell nicht. Außerdem stammte sie wie Serrador aus einfachen Verhältnissen. Hood hatte gehofft, das würde die Kommunikation erleichtern. Selbst wenn Darrell bei ihnen gewesen wäre, hätte das Martha vermutlich nicht geholfen. Nicht wenn sie die Zielperson gewesen war.

Es beschämte ihn, daß das System unter seiner Leitung versagt hatte, und in die Scham mischte sich Wut, die so heftig wurde, daß er sich kaum noch auf einen Gedanken konzentrieren konnte. Er war empört darüber, wie leichtfertig ein Menschenleben geopfert worden war. Hood haßte Mord, ganz gleich, was das Motiv war. Nachdem er zum Op-Center gekommen war, hatte er eine geheime CIA-Akte über eine kleine Todesschwadron gelesen, die während der Kennedy-Ära geschaffen worden war. Zwischen 1961 und 1963 war über ein Dutzend ausländischer Generäle und Diplomaten ermordet worden. Die Existenz eines solchen Teams war politisch vermutlich gerechtfertigt, aber moralisch fiel es ihm schwer, sie zu akzeptieren, selbst wenn dadurch auf lange Sicht Leben gerettet wurden.

Doch gerade das war das Tragische an Marthas Tod. Hier hatte man keinen Despoten beseitigt, um anderen Menschen ein besseres Leben zu ermöglichen, keinen Terroristen eliminiert, um einen Anschlag zu verhindern. Jemand hatte

Martha erschossen, einzig und allein um seinen Standpunkt zu verdeutlichen.

Und er war wütend auf die spanische Regierung. Erst hatte sie um Hilfe bei der Überwachung terroristischer Aktivitäten durch Satelliten gebeten, die ihr auch gewährt worden war, und jetzt zeigte sie sich zu keiner Kooperation bereit. Falls sie Informationen über den Anschlag besaß, behielt sie sie für sich. Die wenigen Tatsachen, die dem Op-Center bekannt waren, stammten von Darrell, der sie über seine Quellen bei Interpol erfahren hatte.

Niemand hatte die Verantwortung für die Ermordung übernommen, was Herberts Überwachung des Funkverkehrs und der Faxübertragungen zwischen Regierungs- und Polizeibehörden bestätigt hatte. Das Fluchtauto war noch nicht gefunden worden, Suchaktionen mit Helikopterunterstützung waren ergebnislos geblieben, selbst dem Nationalen Büro für Aufklärung des Pentagon, dem NRO, war es nicht gelungen, das Fahrzeug über Satellit ausfindig zu machen. Die spanische Polizei suchte nach einem bestimmten *cortacarro*, einer Schrottpresse. Wenn die Verbrecher so vorgingen, würde man den Wagen kaum finden, bevor er vollständig zerlegt war. Die Kugeln wurden chemischen Tests unterzogen, um ihren Ursprungsort herauszufinden. Doch bis man diesen aufgespürt hatte, würde die Spur kalt sein, selbst wenn sich der Käufer identifizieren ließe. Und zu allem Überfluß hatte McCaskey berichtet, der Postbote, der ums Leben gekommen war, habe keinerlei kriminelle Vergangenheit. Offenbar handelte es sich um einen bedauernswerten Unbeteiligten.

Außerdem war Hood wütend auf sich selbst. Er hätte genügend Voraussicht besitzen müssen, um Martha und Aideen nicht ohne Schutz in eine Undercoveraktion marschieren zu lassen. Zumindest hätten ein oder zwei Leute ihnen den Rücken freihalten müssen. Vielleicht hätte man den Schützen nicht aufhalten, ihn aber zumindest gefangennehmen können. Nur weil die Mission so sauber ausgesehen, weil es sich um eine Besprechung in einem Büro und vermeintlich nicht um Spionage und Aufklärung gehandelt hatte, hatte er die beiden allein gelassen. Keiner, auch er nicht, hatte mit Schwierigkeiten gerechnet. Der Sicherheitsdienst des spanischen Parlaments besaß einen ausgezeichneten Ruf, es hatte keinen Grund gegeben, an seiner Effizienz zu zweifeln.

Martha hatte für seine Sorglosigkeit bezahlt.

Ann Farris trat durch die offenstehende Tür in sein Büro, und Hood blickte auf. Sie trug einen grauen Hosenanzug, das braune Haar war kinnlang. Auf ihrem Gesicht lag ein Ausdruck des Mitgefühls, ihre Augen waren weich.

Hood starrte wieder auf den Monitor, damit er es nicht sehen mußte. »Hi.«

»Hi«, gab Ann zurück. »Wie fühlen Sie sich?«

»Lausig.« Er öffnete eine Akte über Serrador, die er von Herbert erhalten hatte. »Wie läuft es bei Ihnen?«

»Ein paar Reporter haben Martha mit dem Op-Center in Verbindung gebracht, aber nur Jimmy George von der *Post* ist zu dem Schluß gekommen, daß sie vermutlich nicht als Touristin unterwegs war. Er ist bereit, die Story ein bis zwei Tage zurückzuhalten, wenn wir ihm Exklusivberichte garantieren.«

»Okay, er kann die Fotos aus der Leichenhalle haben«, erklärte Hood bitter. »Das steigert die Auflage.«

»Er ist in Ordnung, Paul. Er spielt fair.«

»Vermutlich tut er das. Zumindest sprechen Sie beide miteinander. Sie haben miteinander geredet und sind zu einem vernünftigen Ergebnis gelangt. Wissen Sie noch, Ann? Vernunft? Vernunft, Gespräche, Verhandlungen – sagt Ihnen das etwas?«

»Das tut es, und das gilt für viele andere Menschen auch.«

»Aber längst nicht für alle. Als ich Bürgermeister von Los Angeles war, führte ich eine Fehde mit Gouverneur Essex – wir nannten ihn ›Lord Essex‹. Er mochte meine unorthodoxe Vorgehensweise nicht, wie er sich ausdrückte. Er meinte, er könne mir nicht vertrauen.« Hood schüttelte den Kopf. »Tatsache ist, daß ich mir über die Lebensqualität in Los Angeles Gedanken machte, während er davon träumte, Präsident zu werden. Diese beiden Ziele ließen sich nicht mit-einander vereinbaren. Also sprach er nicht mehr mit mir. Wir mußten uns über Lieutenant Governor Whiteshire ver-ständigen. Der Witz dabei: Los Angeles bekam das Geld nicht, das die Stadt brauchte, und Essex wurde nicht wie-dergewählt. Eine dumme Geschichte. Politiker sprechen nicht miteinander, manchmal sprechen nicht mal Familien-mitglieder miteinander, und dann wundern wir uns, wenn alles auseinanderbricht. Ich entschuldige mich, Ann, und gratuliere Ihnen dazu, daß Sie mit Mr. George sprechen.«

Ann ging zu ihm und beugte sich über den Schreibtisch. Sie streckte die rechte Hand aus und strich mit den Finger-spitzen über Hoods Handrücken, eine sanfte und sehr weib-liche Berührung. »Paul, ich weiß, wie Sie sich fühlen.«

»Das ist mir klar«, gab er leise zurück. »Wenn jemand es weiß, dann Sie.«

»Trotzdem müssen Sie mir glauben, daß niemand diesen Anschlag vorhersehen konnte.«

»Das stimmt nicht.« Er entzog ihr seine Hand. »Wir ha-ben versagt. *Ich* habe versagt.«

»Niemand hat versagt. Es war nicht vorherzusehen.«

»Wir *haben* es nur nicht vorhergesehen. Wir besitzen Si-mulationen für den Kampf, für terroristische Attentate, ja sogar für Mordanschläge. Wenn ich einen Knopf an diesem Computer drücke, zeigt er uns zehn verschiedene Arten, den Kriegsherrn des Monats gefangenzunehmen oder zu töten. Aber einfache Sicherheitsprobleme sind in unserem System nicht vorgesehen. Das hat Martha das Leben geko-stet.«

Ann schüttelte den Kopf. »Selbst wenn unsere Sicher-heitsleute sie beschattet hätten, Paul, hätten sie ihre Ermor-dung nicht verhindern können. Dafür war keine Zeit, das wissen Sie so gut wie ich.«

»Zumindest hätten wir den Mörder vielleicht gefaßt.«

»Vielleicht. Aber das hätte Martha auch nicht wieder le-bendig gemacht.«

Hood war nicht überzeugt, aber er hatte seine Analyse der Ereignisse auch noch nicht abgeschlossen. »Gibt es weitere Fragen, die bezüglich der Presse zu klären sind?« fragte er, als sein Telefon zweimal klingelte. Das bedeutete, daß es sich um einen internen Anrufer handelte. Hood sah auf das Display. Bob Herbert.

»Nichts.« Ann preßte die Lippen zusammen, als hätte sie noch etwas sagen wollen, schwieg aber.

Soviel zur internen Kommunikation, dachte Hood zynisch, während er den Hörer abnahm. »Ja, Bob?«

»Paul, wir haben was.«

»Schießen Sie los.«

»Wir haben eine Übertragung von einem kleinen Privatradio in Tolosa aufgefangen. Ich schicke sie Ihnen über VB. Wir konnten die Echtheit des Bandes, das Sie hören werden, noch nicht überprüfen, aber in etwa einer Stunde sollten wir soweit sein. Im Moment lassen wir uns Sprachproben von einem Sprecher eines spanischen Fernsehsenders schicken, um die Stimmen zu vergleichen. Mein Gefühl sagt mir, daß die Aufnahme authentisch ist, aber in etwa einer Stunde werden wir Gewißheit haben.

Die erste Stimme ist die des örtlichen Radiosprechers, der das Band ankündigt, die zweite stammt von der Kassette selbst. Ich schicke Ihnen die Übersetzung ebenfalls per E-Mail.«

Hood bestätigte, schloß die Akte über Serrador und wählte Herberts E-Mail an. Dann drückte er die VB-Taste auf der Tastatur. ›VB‹ stand für ›Voice Box‹, einer Art Audio-E-Mail. Die Geräusche wurden digital gescannt und durch ein Computerprogramm gefiltert, das ›Wunderkind‹ Matt Stoll entwickelt hatte. Der Ton, den der VB-Simulator lieferte, war sehr realistisch. Dank der digitalen Codierung war es sogar möglich, Geräusche im Hinter- beziehungsweise im Vordergrund zu isolieren und getrennt abzuspielen.

Ann kam um den Schreibtisch herum und beugte sich über Hoods Schulter. Ihre Nähe und Wärme wirkten tröstlich auf ihn. Während die Botschaft lief, las er die Übersetzung mit.

»*Guten Abend, meine Damen und Herren*«, begann der Sprecher. »*Wir unterbrechen das Programm für einen weiteren*

107

Bericht über die Explosion der Jacht in der Bucht von La Concha heute nacht. Es hat sich eine neue Entwicklung ergeben. Vor wenigen Minuten wurde hier im Studio ein Band abgegeben, und zwar von einem Mann, der sich als Mitglied des Ersten Volkes Spaniens *vorstellte. Die Aufnahme stammt angeblich von einem Gespräch, das an Bord der als* Verídico *identifizierten Jacht stattfand, wenige Augenblicke, bevor diese in die Luft flog. Mit der Übergabe des Bandes übernimmt die Gruppierung* Erstes Volk Spaniens *die Verantwortung für den Anschlag und erklärt gleichzeitig, daß Spanien den Spaniern gehört und nicht der katalanischen Elite. Wir senden die Aufnahme in voller Länge.«*

Dazu hatte Herbert eine kurze Erläuterung eingefügt: *Das* Erste Volk Spaniens *ist eine Vereinigung von Kastiliern, die seit zwei Jahren aggressive Deklarationen veröffentlicht und Mitglieder rekrutiert. Außerdem hat sie die Verantwortung für zwei terroristische Akte gegen katalanische und andalusische Ziele übernommen. Größe der Gruppe und Identität des Anführers oder der Anführer sind unbekannt.*

Mit angespanntem Gesicht verfolgte Hood die Untertitel, als die Aufnahme begann. Er lauschte der kühlen, gelassenen Stimme von Esteban Ramirez, der über die Pläne sprach, die die Katalanen mit Spanien hatten, und mit dem Anschlag auf Martha Mackall prahlte, den seine Gruppe mit Hilfe des Kongreßabgeordneten Isidro Serrador ausgeführt hatte.

»Großer Gott«, zischte Hood durch die zusammengebissenen Zähne. »Bob – ist das denn möglich?«

»Nicht nur möglich«, gab dieser zurück. »Es erklärt, warum Serrador nicht gewillt war, die Gespräche mit Darrell und Aideen fortzusetzen. Der Dreckskerl hat uns hereingelegt, Paul.«

Hood blickte Ann an. Während der knapp zwei Jahre, die sie nun zusammenarbeiteten, hatte er sie schon oft in düsterer Stimmung erlebt, aber so wie jetzt hatte er sie noch nie gesehen. Verschwunden war der Ausdruck des Mitgefühls auf ihrem Gesicht, ihre Lippen waren zu einem dünnen Strich zusammengepreßt, und sie atmete deutlich vernehmbar durch die Nase. Ihre Augen glänzten hart, die Wangen waren gerötet.

»Was wollen Sie tun, Paul?« wollte Herbert wissen. »Bevor Sie antworten, denken Sie daran, daß die spanischen Gerichte sich nicht wegen einer illegalen Bandaufnahme mit einem führenden Politiker anlegen werden, schon gar nicht, wenn diese Aufnahme von jemandem stammt, der genauso viel, wenn nicht mehr Dreck am Stecken hat als Serrador. Vermutlich werden sie ein langes, ausführliches Gespräch mit ihm führen und eine eingehende Untersuchung vornehmen. Aber wenn er Freunde hat – und da bin ich mir eigentlich sicher –, werden sie behaupten, man habe ihm eine Falle gestellt. Man wird alles unternehmen, um die Arbeit der Justiz zu behindern.«

»Ich weiß.«

»Ich weiß, daß Sie das wissen. Unter Umständen könnten sich die Richter bereit erklären, gewisse Anklagepunkte fallenzulassen, wenn er sich in anderen schuldig bekennt, um seine Wähler nicht zu verärgern. Vielleicht läßt man ihn auch laufen. Oder man gibt ihm die Gelegenheit zur Flucht, und er verläßt das Land. Damit will ich nur sagen, daß wir die Sache wohl selbst in die Hand nehmen müssen. Wenn sich herausstellt, daß Serrador Terroristen unterstützt, sollten wir nicht zimperlich sein.«

»Ich habe verstanden.« Hood überlegte einen Augenblick. »Ich will den Dreckskerl haben, und wenn das nicht legal geht, müssen wir ihn eben anders erledigen.«

Soviel zur höheren Moral, dachte er. Serrador durfte nicht entkommen, aber unglücklicherweise hatten sie nur zwei Agenten vor Ort, nämlich Darrell und Aideen. Ob diese ihn im Auge behalten konnten, bis die Strikers oder ein anderes Team eingriffen und sich den Bastard vorknöpften, war fraglich. Darüber mußte er mit Darrell sprechen. In der Zwischenzeit benötigte er weitere Informationen.

»Bob, bitte setzen Sie jede Möglichkeit zur elektronischen Aufklärung ein.«

»Schon erledigt. Wir sind dabei, seine Telefone im Büro und zu Hause, seine Faxleitungen, Modem und E-Mail anzuzapfen.«

»Gut.«

»Was haben Sie mit Darrell und Aideen vor?«

»Ich werde mit Darrell sprechen und ihm die Entscheidung überlassen. Da er sich vor Ort befindet, ist er der Mann der Stunde. Vorher möchte ich mich jedoch mit Carol Lanning unterhalten, vielleicht kann uns das Außenministerium ein besseres Bild von dem vermitteln, was in Spanien wirklich vorgeht.«

»Was, glauben Sie, ist das?« erkundigte sich Ann.

»Wenn ich mich nicht täusche«, gab Hood zurück, »handelte es sich bei der Ermordung von Martha und ihren Killern nicht um Warnschüsse.«

»Um was dann?«

Hood blickte sie an, während er sich erhob. »Ich fürchte, es waren die Eröffnungssalven eines Bürgerkriegs.«

9

Montag, 23 Uhr 30 – Madrid, Spanien

Während der Sitzungsmonate des Abgeordnetenhauses lebte Serrador in einer Drei-Zimmer-Wohnung im eleganten Madrider Stadtteil Parque del Retiro. Die kleinen Zimmer im siebenten Stock gingen auf den prächtigen See mit seinen Booten und die schönen Gartenanlagen hinaus. Wenn man sich aus dem Fenster lehnte, war im Südwesten die einzige Statue des Teufels zu erkennen, die in Europa auf einem öffentlichen Platz zu finden war. Das 1880 geschaffene Monument erinnerte an den Ort, an dem die spanischen Damen zwar illegal, aber durch die Tradition sanktioniert, im 18. Jahrhundert im Duell ihre Ehre verteidigen durften. Allerdings hatten nur wenige Frauen von diesem Recht Gebrauch gemacht. Nur Männer waren so eitel, ihr Leben zu riskieren, um eine Beleidigung zu rächen. Von dem Sofa aus, auf dem Serrador saß, blickte man durch ein Fenster auf den von Laternen erhellten Park.

Nachdem er den Rest des Tages mit Routinearbeiten im

Kongreß verbracht hatte, war der Abgeordnete in dem Bewußtsein nach Hause gekommen, daß alles genau nach Plan gelaufen war. Er hatte sich ein heißes Bad gegönnt, bei dem er kurz eingenickt war. Danach hatte er den Ofen angeschaltet, um das Abendessen aufzuwärmen, das seine Haushälterin für ihn bereitgestellt hatte. Nun genoß er einen Weinbrand, während Schweinebraten, gekochte Kartoffeln und Zuckererbsen vor sich hinbrutzelten.

Während des Essens würde er sich die Fernsehnachrichten ansehen. Er fragte sich, wie die Journalisten die Ermordung der amerikanischen ›Touristin‹ interpretierten. Danach wollte er den Anrufbeantworter abhören und gegebenenfalls zurückrufen, wenn es nicht bereits zu spät war. Im Moment hatte er keine Lust, mit jemandem zu sprechen, sondern wollte nur seinen Triumph genießen.

Die Nachrichten werden sicher amüsant werden, dachte er.

Die Experten würden über die Auswirkungen des Anschlags auf den Tourismus sprechen, ohne die geringste Ahnung zu haben, was wirklich vor sich ging und was in den nächsten Wochen noch geschehen würde. Es war erstaunlich, wie wenig Aussagekraft politische und wirtschaftliche Voraussagen von Experten besaßen. Für jede Behauptung gab es jemanden, der eine gegenteilige Ansicht vertrat. Offenbar handelte es sich nur um eine Übung, ein Spiel.

Sein Rücken ruhte bequem in den dicken Polstern, die bloßen Füße hatte er auf dem Couchtisch vor sich gekreuzt. Noch spürte er die Wärme des Weinbrands in seiner Kehle, während er genüßlich über die Ereignisse des Tages nachsann.

Der Plan war genial. Zwei Minderheiten, die Basken und die Katalanen, schlossen sich zusammen, um die Kontrolle über Spanien zu erlangen. Die Basken brachten ihre Waffen, ihre Kämpfer und ihre Erfahrung mit terroristischer Taktik ein. Die Katalanen würden ihren wirtschaftlichen Einfluß nutzen und Politiker an sich ziehen, indem sie mit einer massiven Depression drohten. Sobald die Katalanen an der Regierung waren, würden sie dem Baskenland Autonomie gewähren und damit die Unabhängigkeit, nach der Serrador und seine Gesinnungsgenossen strebten. Dagegen würden die reichen Katalanen über den Handel weiterhin den Rest Spaniens kontrollieren.

Ja, der Plan war genial – und gleichzeitig idiotensicher.

In diesem Moment klingelte das Telefon, und nahezu gleichzeitig klopfte es an der Tür. Serrador fuhr zusammen, als seine Tagträumerei gleich zweifach unterbrochen wurde. Mit einem ungehaltenen Murren fuhr er in seine Pantoffeln und erhob sich. Während er zum Telefon schlurfte, brüllte er zur Tür, der Anklopfer solle sich gedulden. Niemand kam hier herauf, ohne vom Portier angemeldet worden zu sein. Daher konnte es sich nur um einen der Nachbarn handeln, der um einen Gefallen bitten wollte. War es der Besitzer der Lebensmittelkette, der seine Geschäfte erweitern wollte? Oder hatte der kastilische Fahrradfabrikant vor, seine Exporte nach Marokko zu steigern, der alte Gauner? Der Lebensmittelhändler zahlte zumindest für die Gefallen, die man ihm erwies, wogegen der Fahrradfabrikant es für ausreichend hielt, daß sie auf demselben Stockwerk wohnten. Serrador half ihnen, weil er sich keine Feinde machen wollte. Man wußte nie, ob die Nachbarn nicht etwas Kompromittierendes sahen oder hörten.

Serrador fragte sich, warum ihn nie eine der schönen Mätressen, die hier lebten, besuchte. Mindestens drei von ihnen kannte er, sie waren Geliebte von Ministern der Regierung, die jeden Abend zu ihren Ehefrauen nach Hause gingen.

Das altmodische Telefon stand auf einem Klapptisch im mit Teppichboden ausgelegten Flur. Serrador band die rote Schärpe um seine Smokingjacke und nahm den Hörer ab. Sollten die Leute an der Tür ruhig warten. Sein Tag war lang und anstrengend gewesen.

»*Sí?*«

Das Klopfen an der Tür wurde drängender. Jemand rief seinen Namen, aber er erkannte die Stimme nicht.

So konnte er den Anrufer unmöglich verstehen. Verärgert wandte er sich zur Tür und brüllte: »Einen Augenblick!« Dann sprach er erneut ins Telefon. Sein Ton klang mürrisch. »Ja? Was ist?«

»Hallo?«

»Ja?«

»Ich rufe wegen Ramirez an.«

Serrador fröstelte plötzlich. »Wer ist da?«

»Mein Name ist Juan Martinez, Señor. Sind Sie der Abgeordnete Serrador?«

»Wer ist Juan Martinez?« wollte Serrador wissen. *Und wer ist da an der Tür? Was, zum Teufel, geht hier vor?*«

»Ich gehöre zur *familia.*«

Ein Schlüssel drehte sich im Schloß, der Riegel glitt zurück. Wütend starrte Serrador auf die sich öffnende Tür, in der der Hausmeister erschien. Hinter ihm folgten zwei Polizeibeamte und ein Sargento.

»Es tut mir leid, Herr Abgeordneter«, entschuldigte sich der Portier, während die anderen Männer eintraten. »Diese Leute mußte ich herauflassen.«

»Was tun Sie hier?« wollte Serrador empört wissen. Sein Blick war hart. Da hörte er, daß am anderen Ende der Leitung aufgelegt wurde. Das Freizeichen ertönte. Erstarrt drückte er den summenden Hörer an sein Ohr. Plötzlich wurde ihm klar, daß etwas vollkommen schiefgelaufen sein mußte.

»Abgeordneter Isidro Serrador?« fragte der Sargento.

»Ja …«

»Bitte begleiten Sie uns.«

»Warum?«

»Wir haben einige Fragen bezüglich der Ermordung einer amerikanischen Touristin.«

Serrador preßte die Lippen zusammen und blies den Atem deutlich vernehmbar durch die Nase. Er wollte nichts sagen, nichts fragen, überhaupt nichts tun, bevor er nicht mit seinem Anwalt gesprochen hatte. Außerdem mußte er nachdenken. Wer unüberlegt redete, war von Anfang an verloren.

Er nickte knapp. »Ich möchte mich anziehen, dann werde ich Sie begleiten.«

Der Sargento wies einen seiner Männer an, sich an der Schlafzimmertür zu postieren. Es wurde Serrador untersagt, diese zu schließen, aber er ging nicht darauf ein. Wenn er jetzt die Beherrschung verlor, war es um ihn geschehen. Am besten ließ er die Demütigung gelassen über sich ergehen und blieb so vernünftig wie möglich.

Die Männer brachten Serrador durch den Keller und die Tiefgarage hinaus – vermutlich um ihm die Peinlichkeit zu ersparen, vor den Augen der Nachbarn abgeführt zu werden. Zumindest hatte man ihm keine Handschellen angelegt. In einem zivilen Polizeifahrzeug fuhr man ihn zur städtischen Polizeidienststelle auf der anderen Seite des Parks. Dort brachte man ihn in einen fensterlosen Raum, in dem ein Foto des Königs an der Wand hing. An der Decke befand sich eine Hängelampe mit drei Birnen unter weißen, tulpenförmigen Schirmen, darunter stand ein alter Holztisch mit einem Telefon. Man sagte ihm, er könne so viele Anrufe tätigen, wie er wolle. In Kürze werde jemand kommen, um ihn zu befragen.

Dann wurde die Tür geschlossen und versperrt. Serrador ließ sich auf einem der vier Holzstühle nieder.

Er rief seinen Anwalt, Antonio, an, aber der war nicht zu Hause.

Vermutlich war er mit einer seiner jungen Geliebten ausgegangen, wie es sich für einen wohlhabenden Junggesellen gehörte. Serrador hinterließ keine Nachricht. Er legte keinen Wert darauf, daß eine geschwätzige Nymphe mithörte, und diese Gefahr bestand, wenn Antonio nach Hause kam. Zumindest hatten keine Reporter draußen gewartet, also wurde die Angelegenheit diskret behandelt.

Es sei denn, die Journalisten standen *vor* dem Haus, überlegte er. Vielleicht hatte man ihn deshalb durch das Garagentor hinausgeführt. Was hatte der Portier gesagt? *Diese Leute mußte ich herauflassen.* Die Presse versuchte häufig, an Bewohner des Gebäudes heranzukommen, und das Personal besaß Erfahrung darin, bekannte Mieter abzuschirmen. Da seine Telefonnummer ständig geändert wurde, war er für Journalisten nicht zu erreichen.

Aber der Anrufer hatte seine Nummer gehabt. Er fragte sich, wer der Mann gewesen war, und wovor er ihn hatte warnen wollen. Niemand konnte wissen, daß er an der Ermordung der Amerikanerin beteiligt war. Abgesehen von Esteban Ramirez, und der würde niemandem davon erzählen.

Dann kam ihm der Gedanke, den Anrufbeantworter in seinem Büro über Telefon abzuhören. Vielleicht hatte man die Leitung angezapft, aber dieses Risiko mußte er eingehen, schließlich blieb ihm keine Wahl.

Doch noch bevor er die Nummer eingeben konnte, öffnete sich die Tür, und zwei Männer kamen herein.

Sie waren nicht von der Polizei.

10

Dienstag, 0 Uhr 04 – Madrid, Spanien

Die Internationale kriminalpolizeiliche Organisation – besser bekannt unter dem Namen Interpol – wurde 1923 in Wien gegründet und sollte ursprünglich als weltweite Clearingstelle für polizeiliche Informationen fungieren. Nach dem Zweiten Weltkrieg wurde die Organisation erweitert. Nun konzentrierte sich ihre Arbeit vor allem auf Schmuggel, Drogenhandel, Fälschungen und Entführungen. Heute beliefern 177 Nationen die Organisation, die über Büros in den meisten großen Städten dieser Welt verfügt, mit Informationen. In den Vereinigten Staaten ist die Ansprechstelle für Interpol das United States National Central Bureau, das dem für polizeiliche Maßnahmen zuständigen Staatssekretär im Finanzministerium berichtet.

Während seiner Jahre beim FBI hatte Darrell McCaskey häufig mit verschiedenen Interpolbeamten zusammengearbeitet. Besonders eng war der Kontakt mit zwei spanischen Agenten gewesen. Eine von ihnen war die bemerkenswerte María Corneja, eine Einzelkämpferin und Beamtin für Spezialoperationen, die sieben Monate lang in Amerika mit ihm zusammengelebt hatte, während sie die Methoden des FBI studierte. Der andere war Luis García de la Vega, der Leiter des Madrider Interpolbüros.

Luis war ein dunkelhäutiger, schwarzhaariger, knallharter großer Mann, ein andalusischer Zigeuner, der in seiner Freizeit Flamenco unterrichtete. Wie der Tanz, war auch der 37jährige Luis spontan, dramatisch und temperamentvoll. Er stand an der Spitze eines der am straffsten organisierten und am besten informierten Interpolbüros in Europa. Seine Effizienz hatte ihm die eifersüchtige Mißgunst, aber auch den tiefen Respekt der örtlichen Polizeikräfte eingetragen.

Luis hatte sofort nach dem Anschlag auf Martha ins Hotel kommen wollen, aber aufgrund der Ereignisse in San Sebastián hatte sich sein Besuch verzögert. Daher traf er erst kurz nach 23 Uhr 30 ein, als McCaskey und Aideen gerade ihr Essen beendeten.

Darrell begrüßte seinen alten Freund mit einer herzlichen Umarmung.

»Mein aufrichtiges Beileid«, sagte Luis in rauchigem Englisch.

»Danke«, gab McCaskey zurück.

»Ich muß mich auch für die Verspätung entschuldigen«, setzte Luis hinzu, als er sich endlich aus der Umarmung löste. »Ich sehe, daß Sie sich den spanischen Tischsitten angepaßt haben: ein spätes Essen und dann ein tiefer Schlaf.«

»Eigentlich hatten wir nur keine Gelegenheit, den Zimmerservice eher zu rufen. Außerdem bin ich mir nicht sicher, ob jemand von uns heute nacht schlafen wird, ganz gleich, wieviel wir essen.«

»Ich verstehe.« Luis legte seinem Freund den Arm um die Schultern und drückte ihn. »Ein schrecklicher Tag, es tut mir wirklich sehr leid.«

»Möchten Sie etwas, Luis? Vielleicht ein wenig Wein?«

»Nicht im Dienst, das wissen Sie doch. Aber bitte tun Sie beide sich keinen Zwang an.« Sein Blick fiel auf Aideen. Er lächelte. »Sie sind Señorita Marley.«

»Ja.« Aideen erhob sich und reichte ihm die Hand. Trotz

116

ihrer physischen und emotionalen Erschöpfung spürte sie etwas Besonderes, als sie seine Hand berührte. Er sah sehr gut aus, aber das war nicht der Grund. Nach allem, was heute geschehen war, fühlte sie sich zu abgestumpft, zu leer, um sich dafür zu interessieren. Doch Luis strahlte das Gefühl aus, vor nichts Angst zu haben. Diese Eigenschaft hatte sie an Männern immer angezogen.

»Ich bedaure Ihren Verlust«, sagte er, »aber ich bin froh, daß Ihnen nichts geschehen ist. Es geht Ihnen doch gut?«

»Ja«, erwiderte sie, während sie sich wieder setzte. »Danke.«

»*Mi delicia*, es ist mir ein Vergnügen.« Luis zog einen Sessel heran und ließ sich am Tisch nieder.

McCaskey wandte sich wieder dem scharf gewürzten Rebhuhn zu. »Also?«

»Riecht ausgezeichnet.«

»Schmeckt auch so.« McCaskeys Augen verengten sich. »Sie wollen mich hinhalten, Luis.«

Luis rieb sich den Nacken. »*Sí.* ›*Big time*‹, wie ihr Amerikaner sagt. Aber nicht, weil ich etwas Konkretes in der Hand hätte. Das Gegenteil ist der Fall. Nichts als Gedanken, Ideen.«

»Ihre Überlegungen sind normalerweise so gut, wie bei jemand anderem Tatsachen«, meinte McCaskey. »Können Sie uns davon erzählen?«

Luis nahm einen Schluck aus McCaskeys Wasserglas, dann wies er mit einer vagen Geste auf das Fenster. »Da draußen ist es furchtbar, Darrell. Und es wird immer schlimmer. Es hat Unruhen in Ávila, Segovia und Soria gegeben, die sich gegen Basken und Katalanen richteten.«

»Das sind kastilische Städte«, warf Aideen ein.

»Stimmt. Es sieht nicht so aus, als würde die Polizei alles tun, was in ihrer Macht steht, um diese Ausbrüche zu verhindern.«

»Die Polizisten identifizieren sich mit ihrer jeweiligen ethnischen Gruppe«, meinte McCaskey.

Luis nickte bedächtig. »Ich habe so etwas noch nie gesehen, ich weiß gar nicht, wie ich es nennen soll.«

»Massenhysterie«, schlug Aideen vor.

Luis blickte sie an. »Das verstehe ich nicht.«

»Die Psychologen warnen schon lange davor, daß die Jahrtausendwende ein solches Phänomen auslösen könnte. Die Leute haben Angst, weil sie wissen, daß uns etwas Neues bevorsteht, dessen Ende niemand von uns erleben wird. Ihre Sterblichkeit wird ihnen bewußt, und das löst Panikgefühle aus, Angst und Gewalttätigkeit.«

Luis nickte zustimmend. »Ja, das ist richtig. Man hat das Gefühl, die Menschen wären von einem geistigen und körperlichen Fieber gepackt. Meine Männer sagen, in den betroffenen Regionen sind Haß und Erregung so stark, daß man sie geradezu körperlich fühlen kann. Sehr merkwürdig.«

McCaskey runzelte die Stirn. »Ich hoffe, Sie wollen nicht behaupten, Marthas Ermordung sei das Resultat einer Massenpsychose.«

Luis verwarf diese Vorstellung mit einer Bewegung seiner Hand. »Nein, natürlich nicht. Ich stelle nur fest, daß dort draußen etwas Merkwürdiges vorgeht, etwas, das ich noch nie erlebt haben.« Er beugte sich näher an das ›Ei‹ heran, das seine Worte für jeden Lauscher unverständlich machte. »Es braut sich etwas zusammen, meine Freunde, etwas, das mir hervorragend geplant zu sein scheint.«

»Und was ist das?« erkundigte sich McCaskey.

»Das Schiff, das in San Sebastián gesunken ist, wurde durch C-4 zerstört. Auf einigen Trümmern wurden Spuren des Sprengstoffs gefunden.«

»Das haben wir von Bob Herbert gehört.« McCaskey blickte Luis erwartungsvoll an. »Sprechen Sie weiter. Ihrer Stimme entnehme ich, daß noch mehr dahintersteckt.«

Luis nickte. »Einer der toten Männer, Esteban Ramirez, war früher CIA-Kurier. Die Jachten seiner Firma schmuggelten Waffen und Menschen zu Verbindungsstellen in der gesamten Welt. Man hat schon eine Weile darüber gemunkelt, aber jetzt werden diese Stimmen immer lauter werden. Es wird heißen, Ramirez sei von amerikanischen Agenten ermordet worden.«

»Glauben Sie denn, daß die CIA in den Angriff verwickelt ist, Luis?« wollte Aideen wissen.

»Nein. Dort wäre man nie so auffällig vorgegangen. Außerdem kam der Anschlag zu schnell, als daß er Vergeltung für den Mord an Ihrer Kollegin hätte sein können. Aber in politischen Kreisen wird man ausgiebig darüber tratschen. Niemand ist geschwätziger als die Mitglieder der Regierung, das wissen Sie selbst, Darrell.«

McCaskey nickte.

»Das heißt, auch das spanische Volk wird davon erfahren«, setzte Luis hinzu. »Viele werden dem Gerücht Glauben schenken und sich gegen die Amerikaner in Spanien wenden.«

»Laut Bob Herbert, mit dem ich vorhin gesprochen habe, ist die CIA von dem Attentat auf die Jacht genauso überrascht wie alle anderen. Und Bob durchschaut das diplomatische Geschwätz der Geheimdienste. Er weiß, wann man ihn an der Nase herumführt.«

»Ich bin auch der Ansicht, daß die CIA vermutlich nichts damit zu tun hat«, gab Luis zu. »Ein mögliches Szenario könnte folgendermaßen aussehen: Eine amerikanische Diplomatin wird ermordet, um Ihrer Regierung zu verstehen zu geben, daß sie sich aus den Angelegenheiten Spaniens heraushalten soll. Dann werden die Killer selbst eliminiert. Durch das Gespräch auf der Kassette erfährt ganz Spanien, daß die toten Katalanen und ihr baskischer Komplize, der Abgeordnete Serrador, skrupellose Mörder sind. Das wird den Rest der Nation gegen diese beiden Volksgruppen aufbringen.«

»Aber wozu? Wer profitiert schon von einem Bürgerkrieg? Dabei wird die Wirtschaft ruiniert, so daß jeder darunter leidet.«

»Darüber habe ich bereits nachgedacht. Das Gesetz sieht bei Hochverrat die Todesstrafe und Beschlagnahme des Besitzes vor. Wenn den Katalanen ihre Firmen abgenommen werden, würde dies für eine gleichmäßigere Verteilung der Macht unter den verschiedenen Volksgruppen sorgen. Voraussichtlich würden sowohl Kastilier als auch Andalusier und Galicier davon profitieren.«

»Einen Moment«, unterbrach Aideen. »Was hätten Kata-

119

lanen und Galicier bei einer Zusammenarbeit zu gewinnen?«

»Die Katalanen kontrollieren das Herz der spanischen Wirtschaft«, gab Luis zurück, »und bei dem Kern der baskischen Separatisten handelt es sich um Terroristen mit langjähriger Erfahrung. Diese beiden Trümpfe ergänzen sich hervorragend, wenn man ein Land lähmen will, um die Macht zu übernehmen.«

»Also ein Angriff auf die physische und finanzielle Infrastruktur«, ergänzte McCaskey. »Dann greift man ein und spielt sich als Retter auf.«

»Ganz recht. Außerdem verfügen wir seit einiger Zeit über geheimdienstliche Informationen, denen zufolge eine gemeinsame Aktion geplant war. Leider stammen diese Berichte nicht aus erster Hand und waren auch nicht aussagekräftig genug, als daß wir hätten handeln können.«

»Wer ist Ihre Quelle?«

»Ein langjähriges Besatzungsmitglied auf Ramirez' Jacht. Ein guter, zuverlässiger Mann, der bei der Explosion ums Leben kam. Er berichtete über häufige Treffen zwischen Ramirez und führenden Persönlichkeiten aus der Industrie. Außerdem wurden regelmäßig Törns in der Biskaya unternommen.«

»... die zum Baskenland gehört«, ergänzte McCaskey.

Luis nickte. »Dabei ging Ramirez häufig an Land. Unserem Informanten zufolge immer in Begleitung eines Leibwächters, der zu seiner *familia* gehörte. Er hatte keine Ahnung, mit wem Ramirez sich dort traf und warum. Das einzige, was er wußte, war, daß sich die Treffen in den letzten Monaten häuften, bis sie statt einmal im Monat einmal pro Woche stattfanden.«

»Besteht die Möglichkeit, daß Ihr Informant nicht nur für eine Seite arbeitete?«

»Sie meinen, ob er diese Informationen auch an andere verkauft hat?«

»Genau.«

»Das ist nicht auszuschließen. Offensichtlich erfuhr eine dritte Person oder Gruppe von den Plänen, die Ramirez und seine Leute hegten, und durchkreuzte sie. Die Frage ist nur: wer? Wer auch immer Ramirez und seine Leute eliminiert hat, wußte, daß ihre Diplomatin ermordet werden würde, soviel ist klar.«

»Wie kommen Sie zu diesem Schluß?«

»Weil die Wanzen auf der Jacht und der Sprengstoff schon vor dem Mordanschlag angebracht wurden. Man nahm das Geständnis auf, wartete, bis Marthas Killer an Bord war, und jagte das Schiff in die Luft.«

»Okay«, sagte McCaskey. »Saubere, professionelle Arbeit.«

»Alles an dieser Affäre ist sauber und professionell. Wissen Sie, meine Freunde, wenn wir schon beim Thema sind, es gibt Leute, die glauben, der Bürgerkrieg sei noch immer nicht zu Ende, die Differenzen seien nur ... wie nennen Sie das noch ...«

»... übertüncht?« schlug Aideen vor.

Luis nickte. »Genau.«

Aideen schüttelte den Kopf. »Können Sie sich vorstellen, was für Auswirkungen es womöglich hat, wenn sich eine Person – nicht eine Gruppe, sondern ein einzelner Mensch – zum Ziel gesetzt hat, diesen Konflikt ein für allemal zu beenden?«

Die beiden Männer blickten sie an.

»Ein neuer Franco«, meinte Luis.

»Genau«, bestätigte sie.

»Ein entsetzlicher Gedanke«, warf McCaskey ein.

»Es ist wie der alte Trick, den man in Boston bei den Wahlen anwandte. Mein Vater hat mir davon erzählt, als ich ein Kind war«, fuhr Aideen fort. »Jemand heuert ein paar Gauner an, die die Ladenbesitzer terrorisieren. Dann steht dieser Jemand plötzlich mit einer Baseballkappe vor einem Fisch- oder Schuhgeschäft oder einem Zeitungsstand und verjagt die Gangster. Dafür werden die natürlich auch bezahlt. Ehe man sich's versieht, bewirbt sich der Bursche um ein öffentliches Amt. Auf die Stimmen der Unterschicht kann er rechnen.«

»Vielleicht läuft es hier ähnlich«, stimmte Luis zu.

Aideen nickte nachdenklich. »Möglich wäre es.«

»Kennen Sie jemanden, der in dieses Bild paßt, Luis?« erkundigte sich McCaskey.

»*Madre de Dios*, es gibt ganze Heerscharen von Politikern, Beamten und Geschäftsleuten, denen man das zutrauen könnte. Sicher ist folgendes: Jemand hat die Jacht vor San Sebastián zerstört und das Band dem Rundfunksender übergeben. Auch wenn sich diese Personen nicht mehr im Ort selbst aufhalten sollten, müssen sie Spuren hinterlassen haben. Wir haben eine Kollegin gebeten, sich noch heute nacht dort umzusehen.« Luis blickte auf die Uhr. »In zwei Stunden geht ihr Hubschrauber.«

»Ich möchte sie begleiten«, erklärte Aideen, legte die Serviette auf den Tisch und erhob sich.

»Von mir aus gern.« Luis warf einen zögernden Blick auf McCaskey. »Das heißt, wenn Sie nichts dagegen haben.«

McCaskeys Gesicht zeigte einen merkwürdigen Ausdruck. »Wer ist diese Kollegin?«

»María Corneja«, erwiderte Luis leise.

Ganz ruhig ließ McCaskey Messer und Gabel auf seinen Teller sinken. Ein merkwürdiges Unbehagen schien den sonst so stoischen früheren FBI-Mann zu erfassen, das Aideen nicht entging. Seine Mundwinkel verzogen sich, ein trauriger Blick trat in seine Augen.

»Ich wußte nicht, daß sie wieder für Sie arbeitet.« McCaskey fuhr sich mit der Serviette über die Lippen.

»Sie ist vor ungefähr sechs Monaten zurückgekehrt. Ich habe sie geholt.« Luis zuckte die Achseln. »Sie brauchte das Geld, um ihr kleines Theater in Barcelona zu finanzieren. Und ich brauchte sie, weil – *pues*, sie ist einfach die Beste.«

McCaskey starrte immer noch in die Ferne. Er schien weit von ihnen entfernt zu sein. Dann zwang er sich zu einem schwachen Lächeln. »Sie ist gut.«

»Absolute Spitze.«

Endlich hob er den Blick. Lange sah er Aideen an, die keine Ahnung hatte, was in ihm vorgehen mochte. »Ich muß mich mit Paul absprechen«, sagte er dann, »aber ich bin dafür, daß einer von uns sich den Tatort ansieht. Verwenden

Sie Ihre Touristendokumente.« Er sah Luis an. »Wird María als Interpolbeamtin agieren?«

»Das bleibt ihr überlassen. Sie hat die Handlungsfreiheit, die sie braucht.«

McCaskey nickte und verfiel erneut in Schweigen.

Aideen wandte sich an Luis. »Ich werde ein paar Sachen packen. Wie kommen wir nach San Sebastián?«

»Mit einem Hubschrauber vom Flughafen. Wenn Sie dort sind, wird ein Mietwagen bereitstehen. Ich werde María anrufen, um ihr zu sagen, daß Sie sie begleiten. Dann bringe ich Sie hin.«

McCaskey blickte Luis an. »Weiß sie, daß ich hier bin?«

»Ich habe mir erlaubt, sie zu informieren.« Der Spanier tätschelte seinem Freund die Hand. »Es ist schon in Ordnung. Sie wünscht Ihnen alles Gute.«

McCaskeys Gesicht war erneut von Trauer erfüllt. »Das glaube ich gern.«

11

Dienstag, 0 Uhr 07 – San Sebastián, Spanien

Während sich Juan Martinez mit seinem kleinen, schnellen Motorboot von der Jacht entfernt hatte, war dem 29jährigen Seemann und Navigator nicht bewußt gewesen, daß ihm dies das Leben retten sollte.

Nachdem er etwa 25 Meter zurückgelegt hatte, riß ihn die Explosion von den Beinen, ohne daß das Boot gekentert wäre. Sobald sich die erste Wucht der Detonation gelegt hatte, warf er das Steuer herum und hielt auf das Schiff zu, das inzwischen schwere Schlagseite zeigte.

Esteban Ramirez, sein Arbeitgeber und das Oberhaupt der mächtigen *familia*, zu der auch Juan gehörte, trieb etwa 15 Meter von der Jacht entfernt mit dem Gesicht nach oben im Wasser. Sein Körper wies die furchtbaren Spuren der Explosion und der Flammen auf. Juan ergriff eine Leine und sprang in die aufgewühlte See. Während er sich mit einer Hand an dem Tau festhielt, paddelte er mit der anderen und den Füßen bis zu Ramirez, packte den Verletzten und zog ihn in Richtung Boot.

Sein Chef atmete noch.

»Señor Ramirez, ich bin es, Juan Martinez. Ich bringe sie zu meinem Motorboot und dann ...«

»Hör mir zu ...« zischte Ramirez.

Juan fuhr zusammen, als eine Hand nach seinem Arm tastete und sich mit überraschend kräftigem Griff darum schloß.

»Serrador ... warnen ...« stieß Ramirez hervor.

»Serrador? Den kenne ich nicht, Señor Ramirez ...«

»Büro ... Lesebrille.«

»Bitte, Señor Ramirez, Sie dürfen sich nicht anstrengen!«

»Du mußt anrufen, versprich es mir ...«

»In Ordnung, ich gebe Ihnen mein Wort.«

Ramirez wurde von einem krampfartigen Zittern geschüttelt. »Wir müssen sie erwischen ... sonst ... ist es um uns geschehen ...«

»Von wem reden Sie?«

Plötzlich vernahm er das Stampfen eines Motors auf der anderen Seite der Jacht. Ein greller weißer Lichtkegel glitt über das Wasser. Ein Suchscheinwerfer. Offenbar näherte sich ein Boot. Auch wenn Juan nicht viel von den Geschäften seines Arbeitgebers verstand, wußte er doch, daß die mächtige *familia* zahlreiche Feinde hatte. Obwohl nicht sicher war, daß das Boot einem von ihnen gehörte, ging er besser kein Risiko ein.

Bevor er seinen Boß an Bord des Motorbootes hieven konnte, öffnete dieser ein letztes Mal den Mund. Mit einem sanften Zischen entwich die Luft aus seiner Lunge, dann erstarrten seine Züge, ohne daß sich die Lippen noch einmal geschlossen hätten.

Juan schloß ihm die Augen. Er würde die Leiche zurücklassen müssen. Das gefiel ihm nicht, weil er es respektlos fand, aber der Attentäter – wer auch immer das war – hielt sich möglicherweise noch in der Nähe auf, vielleicht sogar

124

an Bord des sich nähernden Schiffes. Es konnte gefährlich werden, wenn man ihn hier fand. Deshalb kletterte er rasch in sein Motorboot und jagte davon. Als er so weit draußen war, daß man ihn nicht mehr sehen konnte, stellte er den Motor ab und wartete, bis die Polizei eintraf. Dann nahm er Kurs auf die Küste, wobei er den Ort des Unglücks in einem weiten Bogen umging.

Am Kai angelangt, rief er über einen Münzfernsprecher den Nachtwächter von Ramirez' Jachtwerft an und bat ihn, ihm einen Wagen zu schicken. Durchnäßt und frierend begab er sich in der Firma sofort zum Büro von Ramirez, wo er die Tür aufbrach und sich hinter dem Schreibtisch niederließ.

In der obersten Schublade entdeckte er die Lesebrille, von der sein Boß gesprochen hatte. Bei genauerem Hinsehen stellte er fest, daß die unauffälligen Zahlen auf der Innenseite des Rahmens keine Seriennummer darstellten, sondern vier durch Buchstaben gekennzeichnete Telefonnummern ergaben.

Genial, dachte er. Der Boß brauchte gar keine Brille – *hatte* keine Brille gebraucht, korrigierte er sich bitter –, aber hier würde niemand nach kodierten Nachrichten oder Telefonnummern suchen.

Er wählte die Nummer mit dem ›S‹ davor. Serrador antwortete, er klang verärgert und unhöflich. Nach den Geräuschen zu urteilen, die aus dem Hörer drangen, steckte er in Schwierigkeiten. Bevor man das Gespräch zurückverfolgen konnte, hängte Juan auf.

Ohne sich von dem Schreibtisch in dem geräumigen Büro im ersten Stock zu erheben, starrte er durch die Fenster auf das weitläufige Gelände der Jachtwerft hinaus. Viele Jahre lang hatte Esteban Ramirez sich als sein Wohltäter erwiesen. Auch wenn Juan nicht zu seinen engsten Vertrauten gezählt hatte, war er doch ein Mitglied der *familia,* und die Loyalität zu ihr reichte über den Tod hinaus.

Erneut betrachtete er die Brille und wählte dann die übrigen Nummern, unter denen sich Bedienstete mit dem Namen der Familie meldeten, für die sie tätig waren. Die Hausherren hatten sich an Bord der Jacht aufgehalten, wie Juan wußte, weil er sie selbst dorthin gebracht hatte.

Da war etwas faul, ganz wie Señor Ramirez gesagt hatte. Irgend jemand hatte sich große Mühe gegeben, jeden auszulöschen, der mit dem Boß und seinem neuen Projekt in Verbindung stand. Für ihn war es eine Sache der Ehre, den Schuldigen aufzuspüren und die Morde zu rächen.

In der Fabrik ging unter den Arbeitern der Nachtschicht bereits das Gerücht um, ihr Arbeitgeber sei tot. Außerdem sprach man von einer Bandaufnahme, die soeben vom örtlichen Radiosender abgespielt worden war. Angeblich hatte der Boß darin seine Verwicklung in die Ermordung der amerikanischen Touristin gestanden.

Juans Wut war zu groß, als daß er sich von seiner Trauer hätte überwältigen lassen. Nachdem er sich mit zwei Wachleuten und dem Leiter der Nachtschicht abgesprochen hatte, die ebenfalls zur *familia* gehörten, beschloß er, den Radiosender aufzusuchen, um herauszufinden, ob dieses Band wirklich existierte.

Wenn ja, würde er in Erfahrung bringen, wer es abgeliefert hatte.

Dem Überbringer würde es leid tun, daß er sich jemals dort hatte blicken lassen.

12

Montag, 17 Uhr 09 – Washington, D.C.

Paul Hood fühlte sich deprimiert. Das kam in letzter Zeit häufig vor und hatte zumeist dieselbe Ursache.

Soeben hatte er mit seiner Frau telefoniert, um ihr mitzuteilen, daß er heute abend nicht mit der Familie würde essen können.

»Wie üblich«, hatte Sharons Kommentar gelautet, bevor sie sich knapp von ihm verabschiedete und aufhängte.

Hood versuchte, Verständnis für die Enttäuschung seiner Frau aufzubringen. Schließlich wußte sie nicht, daß er Martha verloren hatte. Angelegenheiten, die das Op-Center betrafen, durften unter keinen Umständen über eine öffentliche Telefonleitung diskutiert werden. Außerdem war Sharon eher wegen der beiden Kinder als um ihrer selbst willen verärgert. Obwohl Osterferien waren, war der elfjährige Alexander früh aufgestanden und hatte ganz allein seinen neuen Scanner installiert. Natürlich brannte er darauf, seinem Vater die Bilder zu zeigen, die er auf dem Computer gemorpht hatte. Meistens kam Hood so spät nach Hause, daß Alexander zu müde war, um das System zu booten und ihm zu zeigen, an was er gerade arbeitete, obwohl er das so gerne getan hätte.

Die 13jährige Harleigh übte jeden Tag nach dem Abendessen eine Stunde lang Geige. Sharon hatte ihm erzählt, daß das Haus seit einigen Tagen – seit seine Tochter ihr neues Stück beherrschte – bei Sonnenuntergang von dem Zauber der Musik Tschaikowskijs erfüllt war. Noch zauberhafter hätte Sharon es allerdings gefunden, wenn Paul sich ab und zu daheim hätte blicken lassen.

Auf der einen Seite fühlte er sich schuldig, doch das lag nicht nur an Sharon. Selbst in der Werbung wurde die Bedeutung der Familie gebetsmühlenartig wiederholt. Aber war er andererseits nicht auch Washington, dem Präsidenten und der Nation verpflichtet? Er trug Verantwortung gegenüber den Menschen, deren Leben und Wohlergehen von seinem Fleiß, seiner Urteilskraft, seiner Konzentration abhingen.

Hatten sie die Regeln nicht beide gekannt, bevor er diesen Job annahm? Sharon hatte doch darauf bestanden, daß er sich aus der Politik zurückzog. Es hatte sie zutiefst gestört, daß er als Bürgermeister von Los Angeles keinerlei Privatleben mehr besaß, selbst wenn er mit seiner Familie zusammen war. Er war eben kein Schuldirektor, der den ganzen Sommer über frei hatte, wie Sharons Vater.

Auch die Zeit bei der Bank, als er von halb neun bis halb sechs arbeitete und höchstens einmal in der Woche zu einem Geschäftsessen ging, lag hinter ihm. Vielleicht wünschte sie sich ja einen reichen Winzer, der andere für sich arbeiten ließ, wie den abenteuerlustigen, aufgeblasenen Italiener Stefano Renaldo, mit dem sie um die Welt gesegelt war, bevor sie Hood geheiratet hatte.

Paul Hood liebte seine Arbeit und die Verantwortung, die damit verbunden war. Außerdem brachte sie ihm Vorteile, die er sehr genoß. Jeden Morgen ging er, nachdem er in der Stille des Hauses aufgestanden war, nach unten und kochte sich Kaffee. Wenn er ihn dann in seinem Arbeitszimmer trank und sich umsah, dachte er: Das habe ich erreicht.

Seine Familie profitierte ebenfalls davon. Wenn er nicht so hart arbeiten würde, gäbe es weder Computer noch Geigenunterricht, nicht einmal ein schönes Haus, in dem man seine Anwesenheit vermißte. Sharon hätte Vollzeit arbeiten müssen, statt gelegentlich in einer Kochsendung im Kabelfernsehen aufzutreten. Dafür erwartete er keinen Dank, aber war es nötig, daß sie so hart mit ihm umsprang? Er verlangte nicht, daß sie sich freute, wenn er unterwegs war, aber mußte sie es ihm unnötig schwermachen? Auch er litt schließlich darunter.

Seine Augen ruhten auf seinen Fingern, die immer noch auf dem Telefon lagen. All dies abzuwägen hatte nur wenige Augenblicke in Anspruch genommen. Nun hob er die Hand und lehnte sich mit einem säuerlichen Ausdruck auf dem Gesicht zurück.

Es war nicht so, daß diese Gefühle neu oder daß er sich ihrer nicht bewußt gewesen wäre. Auch die Bitterkeit, die in ihm aufstieg, war ihm wohlvertraut. Warum konnte Sharon ihn nicht unterstützen, statt ihn zu verurteilen? Deswegen wäre er zwar auch nicht eher nach Hause gekommen, weil das bei seiner Tätigkeit einfach unmöglich war. Aber zumindest hätte er das Gefühl gehabt, ein Heim zu besitzen. Im Moment hatte er eher den Eindruck, an Seminaren über die Fehler von Paul Hood teilzunehmen.

Nancy Bosworth, seine alte Flamme, kam ihm in den Sinn. Erst vor kurzem hatte er sie zufällig in Deutschland wiedergetroffen. Es spielte keine Rolle mehr, daß sie ihn vor Jahren verlassen, ihm fast das Herz gebrochen hatte. Als er sie dann in Hamburg sah, fühlte er sich erneut unwiderstehlich von ihr angezogen, weil sie ihn wollte, ohne an ihm herumzukritisieren. Alles, was sie sagte, klang liebevoll und schmeichelhaft.

Natürlich, meldete sich Hoods Gewissen, das offenkundig auf Sharons Seite stand, Nancy kann es sich leisten, großzügig zu sein. Sie muß schließlich nicht mit dir leben, deine Kinder aufziehen und mit ihnen leiden, weil ihr Dad nicht da ist.

Trotzdem änderte das nichts daran, daß er Nancy Jo Bosworth in seinen Armen halten wollte und sich wünschte, von ihr gehalten zu werden. Er wollte sich zu ihr flüchten, weil sie ihn begehrte. In seiner Ehe war die Leidenschaft verlorengegangen – er wurde nur noch belohnt, wenn er ein guter Vater war.

Dann fiel ihm Ann Farris ein, seine Pressesprecherin. Sie war schön und sexy, und sie verehrte ihn, er war ihr wichtig. Bei ihr fühlte er sich mit sich selbst im reinen. Außerdem mochte er sie. Wie oft hatte er kaum der Versuchung widerstehen können, die Hand auszustrecken und ihr Haar zu berühren? Aber wenn er diese Linie auch nur um eine Winzigkeit überschritt, gäbe es kein Zurück mehr. Jeder im Op-Center, ganz Washington würde davon erfahren, und schließlich würde es unweigerlich auch Sharon zu Ohren kommen.

Na und? fragte er sich. Warum soll man eine Ehe aufrechterhalten, die ohnehin nicht so funktioniert, wie man sich das vorstellt?

Die Worte bohrten sich in sein Gehirn, wie eine unangenehme medizinische Diagnose. Er haßte sich dafür, daß er mit dem Gedanken an Scheidung gespielt hatte, denn er liebte Sharon trotz allem. Schließlich hatte sie sich für ihn und gegen Renaldo entschieden, hatte versprochen, *mit* ihm zu leben, nicht ein Leben um ihn herum aufzubauen. Manche Dinge waren für Frauen eben wichtiger als für Männer, wie zum Beispiel Kinder. Das würde auch immer so sein. Deswegen war sie nicht im Recht, er nicht im Unrecht, war sie nicht gut, er nicht schlecht. Sie unterschieden sich einfach voneinander, das war alles. Kein Problem, das man nicht hätte lösen können.

Der Gedanke an die enormen Unterschiede zwischen ihren beiden Persönlichkeiten milderte seine Bitterkeit. Sie war die Träumerin, er der Pragmatiker. Deshalb wurde er nach Maßstäben beurteilt, die eher romantisch als realistisch waren.

Doch darum mußte er sich später kümmern, die harte Wirklichkeit verlangte im Augenblick seine volle Aufmerksamkeit. Außerdem würden ihm seine Frau und seine Kinder verzeihen, weil sie eben seine Familie waren.

Zumindest hoffte er das.

Als um 17 Uhr 15 Mike Rodgers, Bob Herbert und Ron Plummer zu einem Informationsaustausch eintrafen, war Hood mit seinem Gewissen ziemlich im reinen und fast so konzentriert wie gewöhnlich. Bis zur offiziellen Neubesetzung von Marthas Stelle fungierte Plummer kommissarisch als Leiter des diplomatischen Büros. Einen Nachfolger für Martha würde man erst nach dem Ende der aktuellen Krise bestimmen. Wenn Plummer den richtigen Biß für den Job hatte, würde sich das schnell genug herausstellen. Die Ernennung wäre dann nur noch Formsache.

»Schlechte Nachrichten«, verkündete Herbert, während er mit seinem automatischen Rollstuhl ins Büro fuhr. »Soeben haben die Deutschen ein wichtiges Fußballspiel abgesagt, das im Olympiastadium in Barcelona stattfinden sollte. Angeblich sind sie wegen der ›gewalttätigen Stimmung‹ in Spanien beunruhigt.«

»Wird es deshalb zu Sanktionen gegen die Deutschen kommen?« wollte Hood wissen.

»Gute Frage. Leider nein.« Herbert zog einen Computerausdruck aus einer Seitentasche seines Rollstuhls. »Die FIFA hat folgendes entschieden: Wenn in einem Land – ich zitiere – ›die Infrastruktur stark beeinträchtigt ist oder begründete Sorge um die Sicherheit besteht, kann die Gastmannschaft die Verschiebung bis zum Ende besagter Unruhen beantragen.‹ Diese Voraussetzung ist durch die Ereignisse in Spanien gegeben.«

»Die Fans werden toben, und das wird die Situation weiter verschlimmern«, mutmaßte Plummer.

»Damit ist eigentlich alles gesagt«, fuhr Herbert fort. »Morgen früh wird der Ministerpräsident im Fernsehen sprechen und die Bevölkerung auffordern, Ruhe zu bewahren. Inzwischen hat man jedoch bereits das Militär in die wichtigsten Städte dreier kastilischer Provinzen entsandt, um die Ordnung aufrechtzuerhalten, weil sich die Polizei untätig verhalten hat. Die Leute dort mochten die Katalanen und Basken, die bei ihnen arbeiten, noch nie. Nun hat die Affäre mit Serrador und der Gruppe in San Sebastián dem Faß den Boden ausgeschlagen.«

»Die Frage ist: Wie geht es weiter?«

»Nach der Ansprache des Ministerpräsidenten werden wir mehr wissen«, gab Plummer zurück.

»Was denken Sie?« Hood gab nicht auf.

»Die Situation wird sich weiter verschlechtern. Spanien war schon immer ein Flickenteppich aus höchst unterschiedlichen Völkern – gar nicht soviel anders als damals die Sowjetunion. Wenn wie jetzt ein Konflikt zur Polarisierung zwischen den ethnischen Gruppen führt, ist das verdammt heikel.«

Hood blickte Rodgers an. »Mike?«

Der General, der an der Wand lehnte, verlagerte langsam sein Gewicht von einem Fuß auf den anderen. Offensichtlich bereitete ihm die Bewegung Schmerzen. »Die Militärs in Portugal, mit denen ich gesprochen habe, sind in höchstem Grade beunruhigt. Sie können sich nicht erinnern, daß es jemals so offensichtlich zu Spannungen dieses Ausmaßes gekommen wäre.«

»Sicher ist Ihnen bekannt, daß das Weiße Haus sich mit unserem Botschafter in Spanien in Verbindung gesetzt hat«, sagte Herbert. »Er wurde angewiesen, die Botschaft weitgehend abzuriegeln.«

Hood nickte. Eine halbe Stunde zuvor hatte ihn der Nationale Sicherheitsberater, Steve Burkow, angerufen, um ihm mitzuteilen, daß die Botschaft in Madrid in Alarmbereitschaft versetzt worden war. Für das militärische Perso-

131

nal herrschte Ausgangssperre, die zivilen Angestellten waren angewiesen worden, das Gelände nicht zu verlassen. Einerseits fürchtete man weitere Angriffe auf Amerikaner, doch die größte Sorge war, daß diese in die gewalttätigen Unruhen verwickelt werden könnten, die sich zusammenzubrauen schienen.

»Ist die NATO für solche Fälle zuständig?« wollte Hood wissen.

»Nein«, gab Rodgers zurück, »weil es sich um interne Angelegenheiten Spaniens handelt, bei denen die NATO nicht den Polizisten spielen kann. Das habe ich bereits mit General Roche, dem Oberkommandierenden der Alliierten in Mitteleuropa, geklärt. Er scheint ziemlich konservativ zu denken. Offenbar ist er nicht bereit, auch nur einen Millimeter vom Reglement abzuweichen.«

»Falls die Basken attackiert werden, bleibt es nicht lange eine interne Angelegenheit Spaniens, weil die französischen Basken eingreifen werden«, meinte Plummer.

»Das ist richtig«, stimmte Rodgers zu. »Dennoch will sich die NATO an ihr oberstes Mandat halten, und das lautet, Konflikte zwischen Mitgliedstaaten friedlich beizulegen.«

»Ich kenne William Roche«, warf Herbert ein. »Man kann ihm keinen Vorwurf machen. Die NATO ist 1994 aus dem serbisch-bosnischen Konflikt schwer angeschlagen hervorgegangen. Damals mißachteten die Serben in eklatanter Weise die ausgewiesenen Sicherheitszonen, obwohl die NATO mit begrenzten Luftschlägen gedroht hatte. Wenn man nicht mit vollem Einsatz spielen will, hält man sich besser raus.«

»Auf jeden Fall besteht die Gefahr einer Eskalation«, erklärte Rodgers. »Wenn Portugal, Frankreich oder eine andere Nation in der Region die Truppen in Alarmbereitschaft versetzt, könnte dies die Krise beschleunigen.«

»Die Spanier sind in dieser Hinsicht etwas schwierig«, erläuterte Herbert. »Es könnte zu Unruhen kommen, nur weil sie darüber beleidigt sind, daß jemand denkt, sie suchen Streit.«

»Sprechen Sie von Lynchjustiz?« erkundigte sich Hood.

»Möglicherweise wird man portugiesische oder französische Staatsbürger belästigen und verprügeln«, meinte Herbert. »Dann werden deren Regierungen natürlich eingreifen müssen.«

Hood schüttelte den Kopf.

»Wenn es darum geht, Öl ins Feuer zu gießen, sind die Menschen schon immer groß gewesen. Die einen schießen im amerikanischen Bürgerkrieg auf Fort Sumter oder jagen das Schlachtschiff *Maine* in die Luft, die anderen ermorden Erzherzog Ferdinand oder bombardieren Pearl Harbour. Wo ein Funke ist, entsteht zumeist auch ein Feuer.«

»Das ist die Vergangenheit.« Hood klang angespannt. »Unsere Aufgabe ist es, diese Dinge unter Kontrolle zu bringen und die Krisen zu entschärfen.« Seine Worte hatten härter geklungen, als beabsichtigt. Er holte tief Atem. Unter keinen Umständen durfte er zulassen, daß seine persönlichen Probleme sich auf diese berufliche Krise auswirkten. »Nun, damit wären wir bei Darrell und Aideen. Darrell hat empfohlen, Aideen mit einer Interpolbeamtin nach San Sebastián zu schicken. Ich habe zugestimmt. Die beiden werden verdeckte Ermittlungen über den Ursprung der Kassette von der Jacht anstellen und versuchen herauszufinden, wie und warum es zu dieser Aufnahme kam.«

»Wer ist die Interpolbeamtin?« wollte Herbert wissen.

»María Corneja«, erwiderte Hood.

»Au weh. Das wird unangenehm.«

Erneut kamen Hood Nancy Bosworth und ihre Wiederbegegnung in den Sinn. »Der Kontakt wird sich auf ein Minimum beschränken. Damit kann Darrell umgehen.«

»Ich rede von *ihr*. Hoffentlich läßt sie es nicht an Aideen aus.«

Vor zwei Jahren war María bis über beide Ohren in McCaskey verliebt gewesen. Ihre Romanze erregte damals nahezu ebensoviel Aufsehen, wie die erste Krise, mit der sich das Op-Center konfrontiert sah – an Bord des Space Shuttle *Atlantis* war eine Bombe gefunden worden, die entschärft werden mußte.

»Das beunruhigt mich nicht weiter«, erklärte Hood. »Pro-

133

blematischer ist die Frage, wie wir Aideen einen Fluchtweg offenhalten, für den Fall, daß etwas schiefgeht. Heute nacht fliegen die beiden nach San Sebastián. Darrell meint, Interpol leide unter der gleichen Krankheit wie der Rest der spanischen Polizei: Die Beamten fühlen sich ihrer Volksgruppe gegenüber zur Loyalität verpflichtet.«

»Das heißt, daß Aideen und María auf sich selbst gestellt sind«, warf Rodgers ein.

»Weitgehend«, stimmte Hood zu.

»Dann benötigen wir meines Erachtens die Strikers«, fuhr Rodgers fort. »Ich kann sie auf dem NATO-Flugplatz bei Saragossa absetzen lassen, das liegt etwa hundertsechzig Kilometer südlich von San Sebastián. Colonel August kennt die Gegend gut.«

»Sie sollen sich vorbereiten«, befahl Hood. »Ron, Sie werden mit dem Kongreß darüber sprechen müssen. Setzen Sie sich mit Lowell zusammen.«

Plummer nickte. Mit dem Geheimdienstausschuß des Kongresses hatte Martha Mackall stets persönlich verhandelt, aber der Anwalt des Op-Centers, Lowell Coffey, kannte die Ausschußmitglieder und würde Plummer die notwendige Unterstützung geben können.

»Noch etwas?« erkundigte sich Hood.

Die Männer schüttelten den Kopf. Hood dankte ihnen, und man verabredete sich für 18 Uhr 30, kurz bevor die Nachtschicht eintraf. Obwohl die Tagschicht offiziell das Kommando hatte, wenn sich ihre Mitglieder auf dem Gelände aufhielten, ermöglichte ihnen die Anwesenheit ihrer Stellvertreter, etwas Ruhe zu finden, falls eine Krise die Nacht über andauerte. Solange sich die Situation nicht stabilisiert hatte oder ein offener Krieg ausbrach, vor dem jedes Krisenmanagement versagen mußte, hielt Hood es für seine Pflicht, vor Ort zu bleiben.

Meine Pflicht, dachte er. Jeder hatte eine unterschiedliche Vorstellung davon, was Pflicht war und wem er Loyalität schuldete. Für Hood kam sein Land an erster Stelle. So dachte er, seit er in einer Walt-Disney-Sendung im Fernsehen Davy Crockett am Alamo sterben gesehen hatte, so fühl-

134

te er, seit er zur Zeit von Mercury, Gemini und Apollo im Fernsehen verfolgt hatte, wie Astronauten in den Weltraum flogen. Ohne Hingabe, ohne Opfer gab es keine Nation, und ohne ein sicheres, wohlhabendes Land hatten seine Kinder keine Zukunft.

Das Problem war nicht, Sharon davon zu überzeugen – sie war hochintelligent. Das Problem war, daß sie nicht glaubte, daß sein persönliches Opfer eine Bedeutung besaß.

Nein, er konnte die Angelegenheit nicht auf sich beruhen lassen. Wider besseres Wissen griff Hood nach dem Telefon und rief zu Hause an.

13

Dienstag, 0 Uhr 24 – Madrid, Spanien

Mit versteinertem Blick beobachtete Isidro Serrador, wie die Männer eintraten.

Der Abgeordnete war nervös und mißtrauisch. Er hatte keine Ahnung, warum man ihn zur Polizeistation gebracht hatte, und wußte nicht, was ihn erwartete. Brachte man ihn mit dem Tod der amerikanischen Diplomatin in Verbindung? Die einzigen, die davon wußten, waren Esteban Ramirez und dessen Kameraden. Wenn die ihn verrieten, würde er sie ans Messer liefern, also kamen sie nicht in Frage.

Serrador kannte die Männer nicht. Die Streifen auf den Ärmeln ihrer schneidigen braunen Uniformen verrieten ihm, daß er einen General und einen Generalmajor der Armee vor sich hatte. Aus dem dunklen Teint, den schwarzen Haaren und Augen sowie dem geschmeidigen Körperbau des Generals schloß er, daß dieser kastilischer Abstammung sein mußte.

Einige Schritte von ihm entfernt blieb der Generalmajor stehen. Der General näherte sich Serrador weit genug, daß er die weißen Buchstaben auf dem kleinen schwarzen Namensschild an dessen Brusttasche lesen konnte. Zumindest kannte er nun seinen Namen: Amadori.

Amadori hob die weiß behandschuhte Hand und bedeutete dem Generalmajor, ohne sich umzuwenden, mit einer scharfen Geste, einen Kassettenrecorder auf dem Tisch abzusetzen. Sein Untergebener kam der Aufforderung nach und verließ dann den Raum, wobei er die Tür hinter sich schloß.

Serrador starrte Amadori an, konnte jedoch den Gesichtsausdruck des Generals nicht deuten. Seine ausdruckslosen Züge wirkten gelassen und so formell, wie die Bügelfalten in seiner Uniform. »Bin ich verhaftet?« erkundigte er sich schließlich mit leiser Stimme.

»Nein.« Amadoris Stimme und Wesen wirkten steif – wie das schmale Gesicht, die makellose Uniform, das glatte, knarrende Leder der neuen Stiefel und der beiden Pistolenholster an seinem Gürtel.

»Was geht dann hier vor?« Serrador schöpfte neuen Mut. »Was hat ein Armeeoffizier auf einer Polizeidienststelle verloren? Und was bedeutet *das*?« Sein dicker Finger wies mit einer verächtlichen Bewegung auf den Recorder. »Soll ich verhört werden? Erwarten Sie von mir eine wichtige Aussage?«

»Nein, Sie sollen nur zuhören.«

»Was soll ich mir anhören?«

»Eine Aufnahme, die vor kurzem im Radio übertragen wurde.« Amadori trat näher an den Tisch heran. »Wenn Sie damit fertig sind, können Sie sich entscheiden, ob Sie diesen Raum verlassen oder das hier benutzen wollen.« Er griff nach einer Llama M-82-DA-Pistole, einer 9 x 19 mm Parabellum, die er Serrador lässig zuwarf. Dieser fing sie unwillkürlich auf, stellte fest, daß sie keinen Ladestreifen enthielt und legte sie auf den Tisch zwischen ihnen.

Schlagartig wurde Serrador übel. »Diese Waffe benutzen? Sind Sie verrückt geworden?«

»Hören Sie sich das Band an, und vergessen Sie dabei nicht, daß die Männer, deren Stimmen Sie hören werden, inzwischen wie die amerikanische Diplomatin nicht mehr unter uns weilen. Offenbar ist es gefährlich, mit Ihnen bekannt zu sein, Abgeordneter Serrador.« Amadori kam näher und lächelte zum erstenmal. Dann beugte er sich zu Serrador und sagte mit einer Stimme, die kaum mehr als ein Flüstern war: »Es gibt noch etwas, woran Sie denken sollten. Ihr Versuch, in Spanien die Regierung zu übernehmen, ist gescheitert. Meiner dagegen wird erfolgreich sein.«

»Ihrer?« wiederholte Serrador mißtrauisch.

Amadoris dünnes Lächeln wurde breiter. »Ein kastilischer Plan.«

»Lassen Sie mich Ihnen helfen. Ich bin Baske, die anderen waren Katalanen, die mich ohnehin nicht wirklich dabeihaben wollten. Für sie zählte nur meine Stellung, ich war Ausführender, ohne die gleichen Rechte zu besitzen. Lassen Sie mich für Sie arbeiten.«

»Es gibt keinen Platz für Sie«, gab Amadori kalt zurück.

»Das ist unmöglich. Ich besitze hervorragende Kontakte, ich bin mächtig.«

Amadori richtete sich auf und zog den Saum seiner Uniformjacke glatt. Dann wies er mit einem Nicken auf den Kassettenrecorder. »Das ist vorbei.«

Serrador blickte auf das Gerät. Schweißtropfen sammelten sich unter seinen Armen und über seinen Lippen, als er die PLAY-Taste drückte.

»*Was ist mit dem Fahrer in Madrid?*« hörte er jemanden fragen, der wie Carlos Saura, der Direktor des Banco Moderno, klang. »*Wird er Spanien ebenfalls verlassen?*«

»*Nein, der Fahrer arbeitet für den Abgeordneten Serrador ...*« Das war Esteban Ramirez, dieser Dreckskerl. Serrador lauschte weiter, während die Männer auf dem Band von dem Wagen sprachen und davon, daß der Abgeordnete Baske sei. Ein ehrgeiziger Baske, der alles tun werde, was der Sache und ihm selbst diene.

Dieser blöde, unvorsichtige Trottel, dachte Serrador. Er hielt das Band an, faltete die Hände und blickte Amadori an. »Das bedeutet gar nichts. Verstehen Sie denn nicht, daß man mich wegen meiner Abstammung in Mißkredit bringen will? Es handelt sich um Erpressung.«

»Die Männer wußten nicht, daß ihr Gespräch aufgezeichnet wurde. Außerdem hat Ihr Fahrer bereits gestanden, weil wir ihm Straffreiheit zugesagt haben.«

»Er lügt«, meinte Serrador abfällig. Etwas schien in seiner Kehle steckengeblieben zu sein. Er schluckte. »Ich verfüge immer noch über eine starke, loyale Wählerschaft. Mit dieser Angelegenheit werde ich fertig.«

Amadori lächelte erneut. »Nein, das werden Sie nicht.«

»Sie unbedeutendendes Schwein!« Serradors Angst verwandelte sich in Wut. »Wer sind Sie denn?« Keine Frage, sondern eine Beleidigung. »Sie bringen mich mitten in der Nacht hierher und zwingen mich, mir eine höchst fragwürdige Tonbandaufnahme anzuhören. Dann beschimpfen Sie mich als Verräter. Ich werde für mein Leben und meine Ehre kämpfen. Sie *können* nicht gewinnen!«

Amadori grinste. »Aber ich habe bereits gewonnen.« Er trat zurück, zog die zweite Waffe und zielte auf Serradors Stirn.

»Wovon reden Sie?« wollte dieser wissen. Sein Magen rebellierte, und Schweißperlen glitzerten auf seiner Stirn.

»Sie haben mir die Waffe weggenommen und mich damit bedroht.«

»*Was?*« Serrador blickte auf die Pistole. Dann wurde ihm klar, was geschehen war, warum man ihn hergebracht hatte.

Er hatte recht, er hätte damit argumentieren können, daß die Katalanen ihn hereingelegt und den Fahrer bestochen hätten, damit er gegen ihn aussage. Wenn man ihm erlaubt hätte, sich zu verteidigen, hätte er die Öffentlichkeit möglicherweise davon überzeugen können, daß er nichts mit dem Tod der Amerikanerin zu tun habe. Mit Hilfe eines cleveren Anwalts hätte er vielleicht auch dem Gericht weismachen können, daß man ihn hereingelegt habe, um das Volk gegen ihn und seine baskischen Anhänger aufzubringen. Schließlich waren Ramirez und die anderen tot und konnten sich nicht mehr verteidigen.

Aber das war nicht im Interesse Amadoris. Für dessen Zwecke mußte Serrador als das dastehen, was er wirklich

war: ein Baske, der sich mit den Katalanen zusammenge-
schlossen hatte, um die spanische Regierung zu stürzen.
Amadori brauchte für seine Pläne einen baskischen Verräter.

»Warten Sie einen Augenblick, bitte«, flehte Serrador.

Sein entsetzter Blick fiel auf die Waffe auf dem Tisch, die
er berührt hatte, ganz wie der General sich das vorgestellt
hatte. Seine Fingerabdrücke waren auf dem verdammten ...

Der General zog den Abzug durch. Der Kopf des Abgeordneten Isidro Serrador, den dieser leicht gedreht gehalten
hatte, wurde von der Wucht des Einschlags nach hinten gerissen, als die Kugel sich in seine Schläfe bohrte. Noch bevor sein Gehirn den Schmerz registrierte, der Knall sein Ohr
erreichte, war er tot.

Die Wucht des Aufschlags warf ihn rückwärts zu Boden.
Noch bevor der Lärm des Schusses verklungen war, hatte
Amadori die erste Pistole genommen, einen vollen Ladestreifen eingelegt und sie auf den Boden neben Serrador gelegt. Dann beobachtete er einen Augenblick lang, wie sich
das dunkle Blut des Abgeordneten in einer Pfütze um dessen Kopf sammelte.

Einen Augenblick später drängten sich die Adjutanten
des Generals zusammen mit den Polizeibeamten in den
Raum. Hinter ihnen tauchte ein massiger Polizeiinspektor
auf.

»Was ist geschehen?« wollte er wissen.

Amadori steckte seine Pistole in das Holster zurück. »Der
Abgeordnete hat mir meine Waffe abgenommen«, erklärte
er gelassen, während er auf die Pistole auf dem Boden deutete. »Ich befürchtete, er könnte versuchen, Geiseln zu nehmen oder zu fliehen.«

Der Polizeibeamte blickte von der Leiche zu Amadori.
»General, diese Angelegenheit muß untersucht werden.«

Amadoris Gesicht zeigte keinerlei Regung.

»Wo können wir Sie finden, wenn es Fragen gibt?« erkundigte sich der Beamte.

»Hier in Madrid, bei meinem Kommando.«

Der Polizist wandte sich an die hinter ihm stehenden
Männer. »Sargento Blanco, rufen Sie den Polizeipräsiden-

ten an, und berichten Sie ihm von dem Vorfall. Sagen Sie ihm, ich warte auf weitere Instruktionen. Sein Büro soll sich um die Presse kümmern. Sargento Sebares, benachrichtigen Sie den Gerichtsmediziner. Er soll sich die Leiche ansehen.«

Beide Männer salutierten und verließen den Raum. Amadori wandte sich um und folgte ihnen langsam. Hinter ihm ging der Generalmajor.

Die anderen starrten ihm nach. Ihre Augen verrieten, daß sie ihn fürchteten, ob sie seine Geschichte nun glaubten oder nicht. Offenbar war ihnen klar, daß hier soeben eine Exekution stattgefunden hatte. Ein General hatte den ersten, kühnen Schritt auf dem Weg zur Militärdiktatur getan.

14

Dienstag, 2 Uhr 00 – Madrid, Spanien

María Corneja wartete bereits an einer dunklen, grasbestandenen Ecke des Rollfeldes, als Aideen, Luis García de la Vega und Darrell McCaskey in einem zivilen Interpolfahrzeug eintrafen. Der Helikopter, der sie nach Norden bringen würde, ließ etwa zweihundert Meter von ihnen entfernt auf dem Rollfeld die Motoren warmlaufen.

Der Luftverkehr war extrem dünn. In sechs Stunden würde der Ministerpräsident in seiner Rede an die Nation verkünden, daß man die Flüge von und nach Madrid aus Sicherheitsgründen um 65 Prozent reduziere. Die ausländischen Regierungen waren bereits kurz nach Mitternacht von diesem Plan informiert worden und hatten ihre Flüge teilweise schon gestrichen oder umgeleitet.

Aideen war in ihr Hotelzimmer gegangen und hatte einige Kleidungsstücke und Requisiten ihrer Touristenausrüstung zusammengepackt. Dazu gehörten die Kamera und der Walkman, die ihr auch zu Aufklärungszwecken dienlich sein würden. Dann begleitete sie Luis ins Hauptquartier von Interpol, während McCaskey Paul Hood anrief.

140

Luis ging mit ihr Landkarten der Region durch, erklärte ihr die Mentalität der Menschen im Norden und gab die letzten Informationen des Geheimdienstes an sie weiter. Dann fuhren sie ins Hotel zurück, holten McCaskey ab, der inzwischen Hoods Zustimmung zu Aideens Beteiligung an der Mission erhalten hatte, und begaben sich zum Flughafen.

Aideen hatte keine Ahnung, was von María zu erwarten war. Sah man von dem kurzen Wortwechsel im Hotelzimmer ab, hatten sie kaum über sie gesprochen. Daher war ihr nicht klar, ob sie María willkommen sein würde, oder ob es gegen sie sprach, daß sie Frau und Amerikanerin war.

María hatte rauchend auf ihrem Zehn-Gang-Fahrrad gesessen. Jetzt ließ sie die Zigarette auf den Asphalt fallen und klappte den Ständer des Rades herunter. Dann kam sie langsam, mit der geschmeidigen Eleganz einer Athletin, auf sie zu. Obwohl nur knapp einen Meter siebzig groß, wirkte sie durch die stolze, entschlossene Haltung ihres Kopfes mit dem energischen Kinn hochgewachsen. Das lange braune Haar, in dessen seidigen Strähnen der Wind spielte, hing ihr über den Rücken. Die beiden obersten Knöpfe des Jeanshemdes über dem grünen Wollpullover standen offen, die engen Jeans steckten in abgetragenen Cowboystiefeln. Ihre blauen Augen glitten über Luis und Aideen hinweg und richteten sich auf McCaskey.

»Buenas noches«, sagte sie mit rauchiger Stimme.

Aideen wußte nicht, ob dies eine Begrüßung oder eine Verabschiedung sein sollte. Offenbar erging es McCaskey nicht besser. Steif, mit ausdruckslosem Gesicht stand er neben dem Wagen. Luis hatte ihn nicht zum Flughafen mitnehmen wollen, aber Darrell hatte es für seine Pflicht gehalten, Aideen zu begleiten.

Sie beobachteten, wie María sich näherte, wobei sie den Blick unverwandt auf Darrell gerichtet hielt. Luis legte die Hand auf Aideens Arm und führte sie mit sanftem Druck auf María zu.

»María, das ist Aideen Marley vom Op-Center. Sie war bei der Schießerei dabei.«

Marías tiefliegende Augen wanderten für einen Augen-

141

blick zu Aideen, doch dann ging sie an ihr vorüber und blieb vor Darrell stehen.

Luis sagte hinter ihr her: »María, Aideen wird Sie nach San Sebastián begleiten.«

Die 38jährige Spanierin nickte, ohne den Blick von McCaskey zu lösen, dem sie sich jetzt bis auf wenige Zentimeter genähert hatte.

»Hallo, María«, sagte Darrell.

María atmete langsam. Ihre dichten Augenbrauen hatten sich zu einer harten Linie zusammengezogen, die sich in dem sonst so sinnlichen Bogen ihrer geschwungenen, blassen Lippen wiederholte. »Ich habe gebetet, daß ich dich nie wiedersehen muß.« Wie ihre Stimme klang auch ihr Akzent schwer und rauchig.

McCaskeys Züge verhärteten sich ebenfalls. »Wahrscheinlich hast du nicht genug gebetet.«

»Vielleicht. Dafür mußte ich zuviel weinen.«

Diesmal antwortete McCaskey nicht.

Marías Augen glitten prüfend über ihn hinweg, ansonsten blieben ihre Züge unbewegt. Es schien Aideen, als suchte sie nach etwas – nach dem Mann, den sie einst geliebt hatte, nach Erinnerungen, die den Haß mildern konnten? Oder wollte sie ihrer Wut neuen Nährstoff bieten, indem sie den Körper studierte, den sie einst in ihren Armen gehalten und liebkost hatte?

Einen Augenblick später wandte María sich um und ging zu ihrem Fahrrad zurück, wo sie ihren Seesack aus dem Korb hinter dem Sattel zog.

»Passen Sie für mich darauf auf, Luis.« Sie deutete auf das Fahrrad, bevor sie zu Aideen ging und ihr die Hand reichte. »Ich entschuldige mich für meine Unhöflichkeit, Miß Marley. Ich bin María Corneja.«

Aideen erwiderte den Händedruck. »Nennen Sie mich Aideen.«

»Freut mich, Sie kennenzulernen, Aideen.« María blickte Luis an. »Noch etwas, das ich wissen muß?«

Luis schüttelte den Kopf. »Die Codes kennen Sie. Wenn etwas passiert, rufe ich Sie auf Ihrem Mobiltelefon an.«

142

María nickte und blickte Aideen an. »Gehen wir.« Damit schritt sie auf den Helikopter zu, wobei sie es vermied, McCaskey noch einmal anzusehen.

Aideen warf sich ihren Rucksack über die Schulter und lief ihr nach.

»Viel Glück«, wünschte McCaskey den Frauen, als sie an ihm vorübergingen.

Nur Aideen wandte sich um und dankte ihm.

Die Kawasaki-Chopper ließ den Motor aufheulen, während Aideen und María darauf zueilten. Angesichts des Lärms hätten sie einander zwar ohnehin nicht verstanden, dennoch irritierte Aideen das verbitterte Schweigen Marías. Außerdem fühlte sie sich hin- und hergerissen. Als McCaskeys Kollegin hätte sie ihn gern verteidigt, aber als Frau hatte sie den Eindruck, sie hätte ihn ebenfalls ignorieren sollen. Am liebsten hätte sie alle Männer verflucht, wo sie schon einmal dabei war. Angefangen bei ihrem Vater, dem Alkoholiker, über die Drogendealer, die in Mexiko Leben ruinierten, Familien zerstörten und Witwen und Waisen zurückließen, bis zu ihren gelegentlichen Liebhabern, die nur allzu schnell ihren wahren Charakter zeigten, sobald sie ihr Ziel erreicht hatten ...

Die beiden Frauen kletterten an Bord, und nach kaum einer Minute befanden sie sich in der Luft. Obwohl sie in dem engen, lärmenden Cockpit dicht nebeneinander saßen, dauerte das Schweigen an, bis Aideen endlich genug davon hatte.

»Ich habe gehört, Sie hätten sich eine Weile von der Polizeiarbeit zurückgezogen. Was haben Sie getan?«

»Ein kleines Theater in Barcelona geleitet. Um die Langeweile zu bekämpfen, fing ich mit dem Fallschirmspringen an und spielte in einigen Stücken mit. Die Schauspielerei hat mir immer gefallen, deshalb arbeite ich auch gerne undercover.« Marías Worte klangen aufrichtig, ihr Blick war offen. Vielleicht hatte sie die Erinnerungen, die sie am Rollfeld gequält hatten, hinter sich gelassen.

»Dafür waren Sie Spezialistin?«

María nickte. »Weil es so theatralisch ist. Das liebe ich.«

143

Sie klopfte auf ihren Seesack. »Selbst die Codes stammen aus Theaterstücken. Luis verwendet Zahlen, die sich auf Akte, Szenen, Zeilen und Worte beziehen. Wenn ich außerhalb von Madrid arbeite, gibt er sie mir telefonisch durch. In der Stadt hinterläßt er mir oft Zettel, die er unter Steinen deponiert. Manchmal schreibt er sie sogar offen als Graffiti an die Wände. Einmal hat er sie, als Telefonnummern von Prostituierten getarnt, an eine Telefonzelle geschmiert.«

»Hört sich witzig an.«

Zum erstenmal lächelte María. Die letzten Spuren ihrer Wut waren wie ausgelöscht. Aideen lächelte zurück.

»Sie hatten einen entsetzlichen Tag. Wie fühlen Sie sich?« erkundigte sich María.

»Ich stehe immer noch unter Schock. Im Grunde kann ich es noch gar nicht richtig fassen.«

»Das Gefühl kenne ich. So endgültig der Tod auch ist, er scheint immer unwirklich. Kannten Sie Martha Mackall gut?«

»Nicht besonders. Ich hatte erst seit ein paar Monaten mit ihr gearbeitet. Es war nicht einfach, sie kennenzulernen.«

»Das stimmt. Als ich in Washington lebte, habe ich sie öfter getroffen. Sie war intelligent, aber sehr förmlich.«

»Ja, allerdings.«

Die Erwähnung ihres Amerikaaufenthaltes schien Marías Stimmung zu trüben. Das Lächeln verschwand, und die Augen unter den dichten Brauen verdüsterten sich erneut. »Das von vorhin tut mir leid«, sagte sie.

»Schon gut.«

María starrte vor sich hin und sprach weiter, ohne auf Aideens Worte einzugehen. »Mack und ich, wir waren eine Weile zusammen. Er war der fürsorglichste und aufmerksamste Mann, den ich je gekannt habe. Wir wollten für immer zusammenbleiben. Aber er wollte, daß ich meine Arbeit aufgab, weil er sie für zu gefährlich hielt.«

Aideen fühlte sich unbehaglich. Sprachen alle Spanierinnen mit Fremden offen über ihr Liebesleben? In Boston wäre das undenkbar gewesen.

María blickte zu Boden. »Er wollte, daß ich aufhöre zu

rauchen, weil es ungesund ist. Er wollte, daß ich Jazz mag, amerikanischen Football und italienisches Essen. Er liebte diese Dinge leidenschaftlich, genau wie mich. Aber er konnte sie nicht so mit mir teilen, wie er sich das wünschte, und deshalb wollte er am Ende lieber allein bleiben, als ständig enttäuscht zu werden.« Sie blickte Aideen an. »Verstehen Sie?«

Aideen nickte.

»Ich erwarte nicht, daß Sie ihn kritisieren, schließlich arbeiten Sie ja mit ihm zusammen. Aber ich wollte es Ihnen erklären, weil Sie auch mit mir zusammenarbeiten werden. Ich habe erst erfahren, daß er hier ist, als man mir mitteilte, daß Sie mich begleiten würden. Es war schwierig für mich, ihn wiederzusehen.«

»Ich verstehe.« Aideen mußte praktisch schreien, um den Lärm der Rotoren zu übertönen.

Ein halbes Lächeln erschien auf Marías Gesicht. »Luis hat mir erzählt, daß sie in Mexico Drogendealer gejagt haben. Dazu muß man sehr mutig sein.«

»Ehrlich gesagt, war es bei mir eher Empörung als Mut.«

»Sie sind zu bescheiden.«

Aideen schüttelte den Kopf. »Das ist die Wahrheit. Drogen haben mein Viertel ruiniert, als ich ein Kind war. Kokain hat einen meiner besten Freunde das Leben gekostet. Heroin hat meinen Cousin Sam getötet, der ein brillanter Kirchenorganist war. Er starb auf offener Straße. Als ich etwas Erfahrung gesammelt hatte, wollte ich nicht mehr nur die Hände ringen und jammern.«

»Genauso ging es mir mit der Kriminalität«, erklärte María. »Mein Vater besaß ein Kino in Madrid. Er wurde bei einem Raubüberfall ermordet. Aber unsere Empörung hätte uns nichts genutzt, wenn wir nicht mutig und entschlossen und zudem noch clever wären. Diese Eigenschaften besitzt man, oder man besitzt sie nicht – aber man braucht sie.«

»Entschlossen und clever, das kann ich unterschreiben. Es gibt noch eine Fähigkeit, die man braucht. Wenn man etwas in Erfahrung bringen will, muß man lernen, seine Reflexe zu beherrschen.«

»Das verstehe ich nicht.«

»Man muß seine Gefühl zurückstellen«, erläuterte Aideen. »Nur deswegen konnte ich mich unerkannt auf den Straßen herumtreiben, als leidenschaftslose Beobachterin. Anders kann man nichts in Erfahrung bringen, weil einen der Haß auffrißt. Man muß sich gleichgültig geben, wenn man mit den Straßenhändlern spricht, um die Namen der Gruppen in Erfahrung zu bringen, die sie vertreten. In Mexico City gab es die ›Wolken‹, die Marihuana verkauften. Die ›Piraten‹ handelten mit Kokain, die ›Engel‹ mit Crack und die ›Jaguare‹ mit Heroin. Man muß lernen, zwischen Leuten, die gelegentlich Drogen nehmen, und Süchtigen zu unterscheiden.«

»Die Süchtigen sind immer Einzelgänger, stimmt's?«

Aideen nickte.

»Es ist überall das gleiche«, meinte María.

»Dagegen sind Leute, die nur gelegentlich zu Drogen greifen, immer in Gruppen unterwegs. Dann muß man wissen, wie man Dealer erkennt, falls sie nicht von selbst reden wollen, muß lernen, wie man ihnen zu den großen Fischen folgt. Die Dealer trugen ihre Ärmel hochgerollt, weil sie darin das Geld versteckt hatten. In ihren Taschen dagegen befanden sich Pistolen oder Messer. Ich hatte im Einsatz immer Angst, María. Ich hatte Angst um mein Leben und davor, welche Abgründe sich im Leben anderer Menschen auftun würden. Wenn ich nicht so wütend gewesen wäre, weil man mein altes Viertel zerstört hatte, wenn mir die Familien der an Drogen zugrundegegangenen Menschen nicht so leid getan hätten, hätte ich niemals durchgehalten.«

Marías Lächeln kam nun von ganzem Herzen. Es war bezaubernd und voller Respekt für ihre zukünftige Partnerin. »Mut ohne Angst ist Dummheit«, erklärte sie. »Ich glaube immer noch, daß Sie diese Eigenschaft besitzen, und bewundere Sie nur um so mehr. Wir werden ein gutes Team sein.«

»Da wir gerade davon sprechen«, unterbrach Aideen, »wie sehen unsere Pläne für San Sebastián aus?« Ihr war sehr daran gelegen, das Thema zu wechseln. Es hatte sie immer nervös gemacht, wenn sich die Aufmerksamkeit auf sie konzentrierte.

»Zunächst einmal werden wir den Radiosender aufsuchen.«

»Als Touristinnen?« fragte Aideen verwirrt.

»Nein. Wir müssen herausfinden, wer die Kassette überbracht hat. Dann werden wir diese Leute in unserer Verkleidung aufspüren und beobachten. Wir wissen, daß die Toten eine Verschwörung planten. Die Frage ist, ob sie sterben mußten, weil sie sich untereinander zerstritten hatten, oder ob jemand von ihren Plänen erfahren hatte. Jemand, der sich noch nicht gemeldet hat.«

»Das heißt, wir wissen noch nicht, ob wir es mit Freund oder Feind zu tun haben.«

»Korrekt. Wie in Ihrer Regierung, gibt es auch in Spanien zahlreiche Gruppierungen, die Ihre Informationen nicht unbedingt mit anderen teilen wollen.«

Noch während sie sprach, übergab der Pilot dem Co-Piloten den Steuerknüppel, lehnte sich zurück und nahm die Kopfhörer ab.

»Agente Corneja!« brüllte er. »Ich habe soeben eine Nachricht vom Chef erhalten. Ich soll Ihnen ausrichten, daß Isidro Serrador heute nacht in einer städtischen Polizeidienststelle in Madrid getötet wurde.«

»Wie?«

»Er wurde erschossen, als er versuchte, einem Offizier der Armee die Waffe wegzunehmen.«

»Einem Armeeoffizier? Für diesen Fall ist das Militär nicht zuständig.«

»Ich weiß«, gab der Pilot zurück. »Der Chef versucht herauszufinden, um wen es sich handelte und was er dort zu suchen hatte.«

María dankte ihm. Nachdem er sich wieder seinen Instrumenten zugewandt hatte, blickte sie Aideen an. »Hier ist etwas faul«, erklärte sie mit ernster Stimme. »Ich fürchte, was der armen Martha zugestoßen ist, war nur der erste Schuß in einem langen, tödlichen Kampf.«

15

Dienstag, 2 Uhr 55 – San Sebastián, Spanien

Die *familia* war eine Institution, die auf das späte 19. Jahrhundert zurückging. Sie war Teil der mediterranen Kultur, aus der die kriminellen Familien Siziliens, der Türkei und Griechenlands geboren worden waren. Bei der spanischen Variante galt die Loyalität des Familienmitglieds seinem legalen Arbeitgeber, der üblicherweise ein Fabrikbesitzer war oder zum Beispiel eine Gruppe Maurer oder Eisverkäufer beschäftigte. Damit dieser Arbeitgeber sich nicht die Hände besudeln mußte, wurde aus handverlesenen Angestellten ein Kader zusammengestellt und darauf trainiert, den Clan-Chef gegen Akte von Gewalt oder Sabotage zu schützen und solche Anschläge gegen seine Rivalen durchzuführen. Ziel waren fast immer Fabrikanlagen oder Geschäftsräume; Anschläge auf Heim und Angehörige des Gegners galten als unzivilisiert. Gelegentlich verlegten sich auch Mitglieder der *familia* auf Schmuggel und Erpressung, aber das war selten.

Als Gegenleistung für ihre Dienste erhielten die Angehörigen der *familia* gelegentlich eine spezielle Prämie, oder man finanzierte das Studium ihrer Kinder. Zumeist jedoch mußten sie sich mit dem Dank ihres Arbeitgebers und einer lebenslang garantierten Stellung zufriedengeben.

Juan Martinéz hielt den Angriff auf die Jacht für unzivilisiert. Einen Anschlag dieses Ausmaßes hatte es noch nie gegeben, noch nie waren so viele Mitglieder einer *familia* auf einmal getötet worden. In den Jahren, in denen er im Dienst von Señor Ramirez gestanden hatte, hatte Juan nie vor Gewalt zurückgescheut. Wenn andere Bootswerften angegriffen wurden, wie dies vor allem zu Beginn seiner Tätigkeit der Fall gewesen war, wurden normalerweise Schiffe, Maschinen oder Gebäude zerstört. Ein- oder zweimal war ein Arbeiter angegriffen worden, aber niemals der Besitzer der Fabrik oder ein leitender Angestellter. Auf das Attentat von heute nacht mußte angemessen reagiert werden, und Juan, der seit zwölf Jahren für Señor Ramirez arbeitete und als Straßenkind in Manresa aufgewachsen war, brannte darauf, die Morde zu rächen. Doch zunächst brauchte er ein Ziel. Bei dem Radiosender konnte man ihm mit Sicherheit weiterhelfen.

Juan und drei seiner Kollegen fuhren zu dem kleinen Privatradio, der auf einem dreihundert Meter hohen Hügel nördlich der La-Concha-Bucht lag. Eine schmale, asphaltierte Straße führte auf den Gipfel hinauf, in dessen Nähe sich hinter hohen Zäunen eine Enklave teurer Villen mit Sicht auf die Bucht verbarg.

Wie viele Familienoberhäupter wohl hier leben? fragte sich Juan, der sich auf dem Beifahrersitz niedergelassen hatte. Er trug einen Rucksack, den er in der Fabrik gepackt hatte. Noch nie war er hier oben gewesen, und der spektakuläre, heitere Anblick der Küste verursachte ihm Unbehagen. Er war ein Mann, der Arbeit brauchte, der sich nützlich machen mußte. Hier fühlte er sich ebenso fehl am Platz, wie er es in den vom Mondlicht erhellten Gärten gewesen wäre, die direkt hinter den Toren zu erkennen waren.

Der Rest der Straße war unbefestigt und wurde hauptsächlich von Motorradfahrern und Wanderern genutzt. Die Sicht auf die Bucht war durch eine Kehre versperrt, das Gras war nicht gepflegt und üppig, sondern struppig und spärlich.

Hier fühlte Juan sich wieder zu Hause. Vor seinen Augen lag am oberen Ende der Straße ein niedriges Betongebäude. Um das Gelände lief ein zweieinhalb Meter hoher Maschendrahtzaun, der oben mehrfach mit Stacheldraht gesichert war.

Bei Radio Nacional de Público handelte es sich um einen kleinen Sender, der mit zehn Kilowatt arbeitete und dessen Reichweite sich im Süden bis nach Pamplona und im Norden bis nach Bordeaux erstreckte. Normalerweise wurde tagsüber Musik, Nachrichten und der regionale Wetterbericht ausgestrahlt, während man sich abends mit Angelegenheiten befaßte, die für die Basken von Interesse waren. Bei den Besitzern handelte es sich um Basken von betont antiseparatistischer Haltung, auf die schon mehrfach geschossen worden war. Einmal hatte man sogar ein Bombenattentat auf sie verübt. Aus diesem Grund bestand das Gebäude aus Beton und lag weit hinter dem befestigten Zaun. Mitten auf dem Dach erhob sich die Rundfunkantenne, ein etwa fünfzig Meter hoher, skelettartiger Turm aus roten und weißen Trägern, der von einem roten Blinklicht gekrönt wurde.

Während sie sich der Anlage näherten, schaltete der Fahrer der *familia*, Martín, die Scheinwerfer aus. Etwa dreihundert Meter vom Tor entfernt fuhr er an den Straßenrand und parkte den Wagen in der Nähe der Hügelkuppe. Die vier Männer stiegen aus. Juan holte ein Fahrrad aus dem Kofferraum, warf sich einen Rucksack über die Schulter und sprenkelte Wasser aus einer Flasche über sein Gesicht, das ihm wie Schweiß über Wangen und Hals lief. Dann marschierte er ungedeckt auf das Tor zu, während die anderen Schalldämpfer an ihren Pistolen befestigten und ihm im Abstand von dreißig Metern folgten. Juan keuchte deutlich vernehmbar und trat betont laut auf, teils um die Schritte der anderen zu übertönen, teils um sicherzugehen, daß man ihn hörte.

Wie erwartet, war die Anlage bewacht. Hinter dem Zaun standen drei mit Gewehren bewaffnete Männer, bei denen es sich offensichtlich nicht um professionelle Sicherheitskräfte handelte. Sie schienen geholt worden zu sein, um die Anlage im Auge zu behalten, falls es nach der Übertragung Schwierigkeiten gab. Juan und die anderen hatten entschieden, daß eventuelles Wachpersonal auf dem Gelände in aller Stille und gleichzeitig ausgeschaltet werden mußte.

Er zwang sich, ruhig zu bleiben. Die Männer durften nicht sehen, daß er zitterte. Diese Operation leitete er, und die anderen Mitglieder der *familia* sollten nicht denken, daß er nervös war.

Kurz vor dem Tor blieb er stehen. »Verdammter Mist«, stieß er aus.

Einer der Posten hörte ihn und kam mit hastigen Schritten auf ihn zu, während die anderen beiden im Hintergrund blieben, um ihm Deckung zu geben.

»Was wollen Sie?« erkundigte sich der Posten, ein langer, schlaksiger Mann mit braunen Locken.

Juan gab sich verwirrt. Es dauerte eine Weile, bis er antwortete. »Ich hätte gern gewußt, wo ich hier bin.«

»Wo wollen Sie hin?«

»Ich suche den Iglesias-Campingplatz.«

Der Posten ließ ein freudloses Kichern vernehmen. »Da haben Sie noch ein ganzes Stück vor sich. Genauer gesagt, Sie müssen den ganzen Weg zurück und sich dann östlich halten.«

»Was soll das heißen?«

Der Wachmann wies mit dem Daumen nach rechts. »Der Campingplatz liegt auf dem nächsten Hügel, auf dem mit …«

Hinter Juan war mehrfach ein kurzes Plop-plop zu vernehmen, als die anderen Mitglieder der *familia* auf die Posten feuerten. Geräuschlos sanken die Männer zu Boden, während auf ihrer Stirn häßliche rote Löcher erschienen.

Juans Leute rückten vor. Er selbst stellte das Fahrrad ab, nahm den Rucksack vom Rücken und ging an die Arbeit.

Am einfachsten gelangte man auf das Grundstück, indem man sich über die Sprechanlage anmeldete und wartete, bis sich das Tor öffnete. Diese Alternative schied aus, aber es war nicht die einzige. Juan nahm ein Hemd und ein Brecheisen aus dem Rucksack. Sein Unterhemd war vom Schweiß durchnäßt, und die kühle Nachtluft kam ihm eiskalt vor, als er den Zaun links vom Tor halb hinaufkletterte.

Er befestigte das Brecheisen an einem Ärmel seines Hemdes, hielt den anderen fest und warf die Stange über den Zaun. Das Hemd landete oben auf dem Stacheldraht. Juan faßte mit Zeige- und Mittelfinger durch die nächste Masche, griff nach der Brechstange und zog sie zu sich herüber. Dann entfernte er das Eisen und band die Ärmel zusammen. Als er damit fertig war, nahm er das Hemd von Ferdinand, dem muskulösen Nachtwächter, und wiederholte die Prozedur, so daß sich zwei Lagen Stoff über dem Stacheldraht befanden. Die Männer kletterten über den so entschärften Bereich und ließen sich auf der Innenseite des Zauns leise

151

zu Boden fallen, wo sie einen Augenblick warteten, um sicherzugehen, daß sie nicht gehört worden waren. Als niemand kam, liefen sie mit schnellen, aber vorsichtigen Schritten auf die Metalltür vorne am Gebäude zu, wobei sie sich so ruhig wie möglich verhielten.

Die anderen drei waren ebenfalls mit Brechstangen ausgerüstet, Ferdinand trug außerdem in seiner tiefen rechten Hosentasche einen .38-Revolver. In der linken Tasche befand sich zusätzliche Munition, die er in ein Taschentuch eingewickelt hatte, damit die Patronen keine Geräusche verursachten.

Juan und seine Leute hatten nicht die Absicht, noch mehr Menschen zu töten, aber nach dem, was man Señor Ramirez angetan hatte, wollten sie ihre Mission um jeden Preis erfüllen.

Sie hatten sich darauf eingestellt, daß die Tür versperrt sein würde. Juan, der größte, setzte seine Brechstange oben links zwischen Tür und Türstock an. Martín bückte sich und plazierte sein Eisen links unten, während sich Sancho die Stelle links vom Türgriff vornahm. Ferdinand zog die Waffe aus der Tasche und trat zurück, um im Falle eines Angriffs feuerbereit zu sein.

Die drei Männer trieben ihre Brecheisen so weit wie möglich in die Spalten. Wenn sich die Tür nicht beim ersten Mal öffnete, würden sie gemeinsam dagegendrücken und es erneut versuchen. Ihrer Berechnung nach mußten zwei kräftige Stöße genügen. Martín, der auf dem Bau gearbeitet hatte, war der Ansicht gewesen, daß die Tür zwar zweifach verriegelt sein mochte, der Türstock jedoch nicht stahlverstärkt sein würde, da geerdetes Metall Rundfunkübertragungen störte.

Juan zählte bis drei. Mit aller Kraft legten sich die Männer ins Zeug. Schon beim ersten Versuch flog die Tür auf, wobei große Holzsplitter aus dem Türstock gerissen wurden. Sobald Ferdinand das Signal gegeben hatte, daß die Luft rein war, stürzten sie in den Raum, in dem sich drei Personen aufhielten.

Ein Mann befand sich in einer schalldichten Kabine, während ein weiterer Mann und eine Frau vor einer Konsole saßen. Wie geplant, suchte Martín nach dem Sicherungskasten, den er ohne Schwierigkeiten fand. Er stellte den Strom ab, so daß der Sender tot war, bevor der Sprecher den Vorfall melden konnte. Im Licht zweier batteriebetriebener Notlampen an der Decke rannten Juan und Sancho auf die Techniker zu, die einen harten Schlag gegen das Schlüsselbein erhielten. Schreiend stürzten sie zu Boden. Während Ferdinand sie in Schach hielt, drang Juan in die Kabine ein. Gelassen trat er auf den Sprecher zu.

»Ich will wissen, wer Ihnen das Band gegeben hat, das Sie vorhin abgespielt haben.«

Der schlanke, bärtige junge Mann starrte ihn empört an, während er seinen fahrbaren Stuhl so weit wie möglich nach hinten schob.

»Ich frage noch einmal.« Juan hob die Brechstange. »Wer hat Ihnen die Bandaufnahme gegeben?«

»Ich weiß nicht, wer der Mann war.« Die Stimme des Sprechers klang hoch und schrill. Er räusperte sich. »Ich weiß es wirklich nicht.«

Juan schwang die Brechstange gegen den linken Trizeps des Mannes, der erschrocken nach seinem Arm griff. Aus seinem geöffneten Mund entwich zischend der Atem, während Tränen in seine aufgerissenen Augen traten.

»Wer hat Ihnen das Band gegeben?«

Der Mann versuchte, den Mund zu schließen, doch es schien ihm nicht zu gelingen. Der Stuhl stieß gegen die Wand und blieb stehen.

Juan folgte ihm. Er blickte auf die Finger der rechten Hand des Mannes, die sich um den Oberarm geschlossen hatten, und holte erneut aus.

Die Eisenstange schlug direkt unterhalb der Knöchel auf den Handrücken. Es krachte hörbar, als splitterten Hühnerknochen. Die Hand sank in den Schoß des Mannes. Unter der Haut sammelte sich Blut, das zu einer sofortigen Schwellung führte. Diesmal schrie der Mann auf. »Adolfo!« drang es aus seinem weit geöffnetem Mund.

»Wer?«

»Adolfo Alcazar! Der Fischer!« Der Mann nannte ihm die Adresse. Juan bedankte sich höflich, bevor er erneut die Brechstange schwang, gerade fest genug, um dem Sprecher den Kiefer zu brechen. Martín und Sancho folgten seinem Beispiel. Sie hatten keine Zeit, nach Mobiltelefonen zu suchen, doch Juan wollte nicht, daß der Fischer gewarnt wurde.

Fünf Minuten später waren die vier auf dem Rückweg nach San Sebastián.

16

Montag, 20 Uhr 15 – Washington, D.C.

Als Hood zu Hause anrief, gingen weder Sharon noch die Kinder ans Telefon. Statt dessen schaltete sich nach viermaligem Klingeln der Anrufbeantworter ein. Harleighs Stimme, die am Tag zuvor den Text gesprochen hatte, erklang.

»Hallo, Sie sind hier bei Familie Hood. Im Moment sind wir nicht zu Hause. Aber wir haben nicht die Absicht, Ihnen zu sagen, daß Sie eine Nachricht hinterlassen sollen. Wenn Sie das nicht selbst wissen, wollen wir nämlich nicht mit Ihnen sprechen.«

Hood seufzte. Wie oft hatte er den Kindern gesagt, daß sie keine superschlauen Ansagen auf das Band sprechen sollten. Vielleicht hätte er darauf bestehen sollen. Sharon behauptete ja immer, daß er nicht streng genug sei.

»Hallo, Leute, ich bin's.« Der lockere Ton fiel ihm schwer. »Ich fürchte, im Büro wird es etwas später. Ich hoffe, der erste Tag der Osterferien war schön für euch und ihr seid jetzt im Kino oder im Einkaufszentrum oder amüsiert euch sonst irgendwie. Sharry, könntest du mich bitte anrufen, wenn ihr zurück seid? Danke. Ich liebe euch alle. Bis dann.«

Als er auflegte, überkam ihn für einen Augenblick Verzweiflung. Er mußte unbedingt mit Sharon sprechen. Er haßte es, wenn diese Wand zwischen ihnen stand, und wollte die Dinge unbedingt in Ordnung bringen. Zumindest wollte er Frieden schließen, bis er die Ruhe hatte, alles mit ihr zu klären. Also versuchte er es mit Sharons Mobiltelefon, landete aber ebenfalls beim Anrufbeantworter. Diesmal hinterließ er keine Nachricht.

Kaum hatte er den Hörer aufgelegt, läutete sein Privatanschluß. Es war Sharon. Er lächelte. Eine Zentnerlast schien von seiner Brust zu fallen.

»Hallo, du«, begrüßte er sie. Diesmal fiel es ihm nicht schwer, herzlich und unbeschwert zu klingen. Im Hintergrund hörte man laute Gespräche und Bruchstücke von Ansagen. »Seid ihr im Einkaufszentrum?«

»Nein, Paul. Wir sind am Flughafen.«

Hood hatte sich erschöpft in seinen großen Ledersessel sinken lassen, aber jetzt richtete er sich abrupt auf. Einen Augenblick lang sagte er nichts; das hatte sich während seiner Laufbahn als Politiker häufig bewährt.

»Ich habe mich entschlossen, mit den Kindern nach Connecticut zu fliegen. Diese Woche hättest du sie ohnehin kaum gesehen, und meine Familie hat uns eingeladen.«

»Oh. Wie lange wirst du bleiben?«

Seine Stimme klang ruhig, aber im Inneren war ihm ganz anders zumute. Als er auf das gerahmte Foto von seiner Familie blickte, das auf seinem Schreibtisch stand, hatte er den Eindruck, das Lächeln auf den vier Gesichtern gehörte zu einem anderen Zeitalter, obwohl das Bild erst drei Jahre alt war.

»Ehrlich gesagt, ich weiß es nicht.«

In diesem Augenblick trafen Ron Plummer und Bob Herbert ein. Hood hob den Finger. Als Herbert sah, daß er auf seiner Privatleitung sprach, nickte er. Die beiden machten kehrt und blieben vor der Tür stehen. Ann Farris, die einen Augenblick später eintraf, wartete mit den beiden Männern im Gang.

»Das hängt davon ab ...« Sharons Stimme brach ab.

»Wovon? Von mir? Davon, ob ich euch hier haben will? Du kennst die Antwort.«

»Ich kenne sie, aber ich habe keine Ahnung, warum. Du

155

bist nie da. Wenn wir in Urlaub fahren, verschwindest du am ersten Tag wieder.«

»Das ist *einmal* passiert.«

»Aber nur, weil wir gar nicht erst versucht haben, wieder zusammen in Urlaub zu fahren. Ich wollte sagen, meine Rückkehr nach Washington hängt davon ab, ob ich es weiter mit ansehen will, wie die Kinder immer und immer wieder enttäuscht werden – oder ob ich dem ein für allemal ein Ende setzen will.«

»Du redest nur von dir.« Er bemerkte, daß er laut geworden war, und senkte hastig die Stimme. »Hast du sie gefragt, was sie wollen? Ist das überhaupt von Bedeutung?«

»Natürlich ist es von Bedeutung. Sie wollen ihren Vater, genau wie ich. Aber wenn wir ihn nicht haben können, dann sollten wir vielleicht klare Verhältnisse schaffen, statt die Sache ewig zu verschleppen.«

Herbert hatte sich umgedreht. Seine Lippen waren gespitzt, und er hatte die Augenbrauen hochgezogen. Offenbar hatte er ihm etwas Wichtiges mitzuteilen. Als er ihm wieder den Rücken zuwandte, stellte Hood fest, daß er am liebsten noch einmal von vorne begonnen hätte, diesen Tag, das Jahr, sein gesamtes Leben.

»Bleib, bitte. Wir finden einen Weg, sobald die Lage hier unter Kontrolle ist.«

»Ich dachte mir, daß du das sagen würdest.« Sharons Stimme klang keineswegs hart, aber entschlossen. »Wenn du zu einer Entscheidung gekommen bist, weißt du, wo du uns findest. Ich liebe dich. Wir sprechen uns, okay?«

Damit hängte sie ein. Hood starrte immer noch durch die Tür auf die Rücken seiner Mitarbeiter. Immer waren Bob, Mike und besonders Darrell für ihn wie Familienmitglieder gewesen – doch jetzt waren sie auf einmal seine einzige Familie. Und das genügte ihm nicht.

Er legte auf. Bob hörte das Geräusch und wandte sich um. Gefolgt von den anderen, rollte er herein, ohne Hood aus den Augen zu lassen. »Alles in Ordnung?« erkundigte er sich.

Plötzlich traf Hood die Erkenntnis mit voller Wucht. Seine Frau hatte soeben ihr gemeinsames Heim verlassen und die Kinder mitgenommen. Am liebsten hätte er jemanden zum Flughafen geschickt, um sie aufzuhalten. Aber Sharon würde ihm nie verzeihen, wenn er sie zu etwas zwang, und ob er selbst das könnte, wußte er auch nicht.

»Darüber sprechen wir später. Was haben Sie für mich?«

»Ärger und nochmals Ärger. Ich wollte nur sichergehen, daß Sie Darrell und Aideen noch vor Ort lassen wollen.«

»Paul.« Ann klopfte auf das Notizbuch in ihrer geöffneten Hand. »Geben Sie mir eine Minute, und Sie sind mich los.«

Hood sah Herbert an.

Der nickte. »Kann ich hierbleiben?«

Ann bejahte.

»Okay«, meinte Hood zu Ann gewandt.

»Danke.«

Hoods Blick fiel auf Anns feingliedrige Finger unter dem Notizblock, die mit den langen, rotlackierten Nägeln besonders feminin wirkten. Er sah beiseite. In seiner Wut auf Sharon fühlte er sich von Ann, die ihn begehrte, besonders angezogen. Obwohl er sich selbst dafür haßte, wußte er nicht, was er dagegen hätte tun können.

»Ich habe soeben einen Anruf von der BBC erhalten. Sie ist im Besitz einer Videoaufnahme, die ein Tourist vor dem Kongreß in Madrid gedreht hat. Man sieht, wie Marthas Leiche entfernt wird …«

»Diese Aasgeier«, schimpfte Herbert.

»Es sind Journalisten«, hielt Ann ihm entgegen, »und ob es uns gefällt oder nicht, das hier ist eine Story.«

»Dann sind es eben *journalistische* Aasgeier.«

»Lassen Sie's gut sein, Bob.« Hood war nicht in der Stimmung für einen weiteren Familienstreit. »Um was geht es, Ann?«

Sie warf einen Blick auf ihre Notizen. »Sie haben ein Bild von Marthas Gesicht durch ihre Datenbank laufen lassen und sind auf ein Foto von ihr gestoßen, das von ihrem Treffen mit Nelson Mandelas Rivalen, Mangosuthu Buthelezi von der Inkatha-Partei, im Jahre 1994 in Johannesburg stammt. Jimmy George von der *Washington Post* sagt, er könne sein Wissen nicht länger als bis morgen zurückhalten, sonst kommt ihm die BBC zuvor.«

Hood rieb sich die geschlossenen Augen mit den Handflächen. »Weiß jemand, daß Aideen mit ihr dort war?«

»Bis jetzt nicht.«

»Was empfehlen Sie?«

»Lügen«, riet Herbert.

Anns Stimme klang leicht gereizt. »Wenn wir versuchen, die Sache zu vertuschen, indem wir behaupten, Martha sei zwar als Diplomatin für Krisensituationen zuständig gewesen, habe sich jedoch im Urlaub befunden, wird uns niemand glauben. Also wird man erst recht herumschnüffeln. Daher schlage ich vor, wir beschränken uns auf die elementarsten Informationen, bleiben aber bei der Wahrheit.«

»Wie elementar?« erkundigte sich Hood.

»Wir könnten sagen, sie habe spanischen Abgeordneten, die wegen der zunehmenden ethnischen Spannungen beunruhigt waren, ihre Erfahrung zur Verfügung gestellt. Schließlich kannte sie sich auf diesem Gebiet aus. Das ist die blanke Wahrheit.«

»So viel können Sie der Presse unmöglich sagen«, protestierte Herbert.

»Ich muß.«

»Dann vermuten sie womöglich, daß sie nicht allein war. Vielleicht kommen die Schweine, die Martha erschossen haben, zurück und knöpfen sich Aideen vor.«

»Ich dachte, die Mörder lägen alle auf dem Grunde des Meeres«, wandte Ann ein.

»Vielleicht«, erklärte Hood. »Aber was ist, wenn Bob recht hat? Was, wenn sie nicht tot sind?«

»Das weiß ich nicht«, gab Ann zu. »Aber wenn ich lüge, könnte das ebenso tödlich sein, Paul.«

»Weshalb?«

»Die Presse wird herausfinden, daß sich Martha in Begleitung einer gewissen Señorita Temblón befand. Man wird versuchen, diese Person aufzuspüren, und bald feststellen, daß sie gar nicht existiert. Dann werden die Journalisten auf eigene Faust versuchen, die geheimnisvolle Frau ausfindig zu machen. Außerdem wird man wissen wollen, wie sie nach Spanien gelangt ist und wo sie sich aufhält. Die Nachforschungen der Reporter könnten die Killer direkt auf ihre Spur bringen.«

»Da haben Sie nicht unrecht«, gab Herbert zu.

»Danke. Paul, es gibt keine optimale Lösung. Aber wenn ich soviel sage, wird die Presse bei der Überprüfung der Informationen zumindest feststellen, daß wir ihr die Wahrheit geliefert haben. Ich werde zugeben, daß sie eine Begleiterin hatte, die aber aus Sicherheitsgründen inzwischen unbemerkt das Land verlassen hat. Das werden sie mir abkaufen.«

»Sind Sie da sicher?« wollte Hood wissen.

Ann nickte. »Die Presse gibt nicht immer alles weiter. Den Journalisten gefällt es, wenn man sie mit einbezieht. Wenn man ihnen auf Cocktailpartys das Gefühl gibt, sie seien über alles im Bilde, hat man sie in der Tasche.«

»Ich habe mich geirrt«, war Herberts Kommentar. »Das sind nicht nur Aasgeier, das sind *oberflächliche* Aasgeier.«

»Jeder hat seine Fehler«, meinte Ann.

Herbert runzelte die Stirn, aber Hood verstand. Auch seine eigene Integrität hatte in den letzten Stunden gelitten.

»Also gut«, erklärte Hood. »Ich bin einverstanden, aber ich möchte, daß Sie die Sache unter Kontrolle halten, Ann. Niemand darf erfahren, wo sich Darrell und Aideen aufhalten. Erklären Sie der Presse, daß sie unter strengsten Sicherheitsvorkehrungen in die USA zurückgebracht werden.«

»Das werde ich. Was soll ich sagen, wenn man mich nach einem Nachfolger für Martha fragt? Diese Frage wird kommen.«

»Teilen Sie ihnen mit, daß Ronald Plummer kommissarisch das Amt des Beauftragten für Politik und Wirtschaft übernommen hat«, erklärte Hood ohne Zögern.

Plummer warf ihm einen dankbaren Blick zu. Wenn er in einer offiziellen Stellungnahme erwähnt wurde, ohne daß im Zusammenhang mit dem Amt ein anderer Name fiel, sprach Hood ihm damit sein Vertrauen aus. Wenn er keine Fehler beging, gehörte der Job ihm.

Ann dankte Hood und verschwand.

Er blickte ihr nicht nach, sondern wandte sich sofort Herbert zu. »Also, wo gibt es Ärger?«

»Aufstände. Sie brechen überall aus.« Bob zögerte. »Geht es Ihnen gut?«

»Ich bin in Ordnung.«

»Sie sehen aus, als hätten Sie andere Probleme.«

»Nein, es ist alles okay. Danke, Bob. Wie steht's mit einem Überblick?«

Herberts Gesicht verriet, daß er ihm nicht glaubte, aber er fuhr fort. »Die Aufstände haben sich über das Gebiet um Ávila, Segovia und Soria in Kastilien hinaus ausgebreitet. Ron, Sie haben die neuesten Informationen.«

»Das hier kam gerade vom US-Konsulat in Barcelona. Inzwischen dürften allerdings mehrere Nachrichtenagenturen an der Sache dran sein. Die Nachricht von dem abgesagten Fußballspiel ist durchgesickert, was nicht weiter überraschen kann, wenn man bedenkt, daß die deutsche Mannschaft vergeblich versuchte, die Stadt unbemerkt zu verlassen. Wütende Fans blockierten mit ihren Autos die Autobahn, auf der der Bus mit den Spielern zum Flughafen El Prat unterwegs war. Man rief die Policía Nacional, die spanische Bundespolizei, zu Hilfe, um die Sportler zu befreien. Als diese mit Steinen beworfen wurde, griffen die Mossos d'Escuadra ein.«

»Das ist die autonome katalanische Polizei«, ergänzte Herbert. »Ihre Aufgabe ist es vor allem, Regierungsgebäude zu schützen. Sie ist dafür bekannt, daß sie keine Gefangenen macht.«

»Diesmal schon«, fuhr Plummer fort, »und zwar über zwanzig. Nachdem die Mossos d'Escuadra sie zur Polizeistation gebracht hatte, wurde diese vom Mob angegriffen. Über die Stadt wird in Kürze der Ausnahmezustand verhängt. Das ist der aktuelle Stand.«

»Barcelona liegt über dreihundert Kilometer von San Sebastián entfernt und ist eine Großstadt, kein Seebad«, warf

160

Herbert ein. »Die Aufstände dürften sich daher nicht allzu schnell ausbreiten.« Er beugte sich vor. »Was mir allerdings Sorgen bereitet, Paul, ist die Wirkung, die die Erklärung des Ausnahmezustandes auf das Bewußtsein der Spanier haben wird.«

»Warum?« wollte Hood wissen.

»Das läßt sich mit einem Wort sagen: Franco. Die Erinnerungen an seine militaristische, faschistische Falangepartei sind heute noch so lebendig und bitter wie eh und je. Wenn nun die Regierung zum erstenmal in fast einem Vierteljahrhundert auf militärische Gewalt zurückgreift, dann wird das heftige Reaktionen auslösen, darauf können Sie sich verlassen.«

»Die Ironie dabei ist«, mischte sich Plummer ein, »daß die Deutschen Franco im Spanischen Bürgerkrieg unterstützt haben. Wenn sich der Konflikt nun an Deutschen entzündet, dürfte das die Ressentiments weiter schüren.«

»Was hat das mit unseren Leuten zu tun? Wollen Sie damit sagen, daß sie sich ruhig verhalten sollen, bis wir die weitere Entwicklung einschätzen können?«

Herbert schüttelte den Kopf. »Nein. Ich empfehle, sie dort herauszuholen, die Strikers zurückzupfeifen und den Präsidenten mit Nachdruck zu bitten, alles amerikanische Personal zu evakuieren, dessen Anwesenheit nicht unbedingt erforderlich ist. Wer in Spanien bleiben muß, sollte soweit wie möglich abgeschirmt werden.«

Hood sah ihn lange an. Herbert neigte nicht zu Überreaktionen. »Wie schlimm wird es werden, was meinen Sie?«

»Sehr schlimm. Es sind tiefe politische Gräben aufgebrochen. Vielleicht haben wir hier eine neue Sowjetunion oder ein neues Jugoslawien vor uns.«

Hood wandte sich an Plummer. »Ron?«

Plummer faltete das Fax zusammen und strich es mit den Fingerspitzen glatt. »Ich fürchte, diesmal muß ich mich Bobs Meinung anschließen, Paul. Wahrscheinlich wird Spanien als Nation auseinanderbrechen.«

17

Dienstag, 3 Uhr 27 – San Sebastián, Spanien

Als Adolfo Alcazar endlich aufs Bett fiel, war er vollkommen erschöpft.

Er schlief auf einer kleinen, durchgelegenen, dünnen Matratze in einer Ecke seines Ein-Zimmer-Apartments. Der alte Metallrahmen in der Nähe des Ofens, auf dem sie sich befand, hatte wegen der Seeluft, die durch das Fenster hereindrang, bereits Rost angesetzt. Bis auf das schwache Glimmen des Ofens, in dem noch die letzte Glut lohte, lag der kleine Raum in völliger Dunkelheit.

Lächelnd betrachtete Adolfo die Matratze, auf der er schon als kleiner Junge herumgesprungen war. Als er sich nun nackt dort ausstreckte, kam ihm in den Sinn, wie unschuldig dieser Akt doch gewesen war. Ein Kind, das auf einem Bett herumsprang, scherte sich weder um die Vergangenheit noch um die Zukunft, sondern drückte auf eine in sich geschlossene, sich selbst genügende Weise seine Freude an der Freiheit aus.

Als er älter wurde und mehr Lärm verursachte, mußte er mit dem Herumspringen aufhören, weil sich die Nachbarn unter ihnen beschwerten. Daran erinnerte er sich noch gut, weil es ihm als Kind so schwergefallen war zu lernen, daß er nicht frei war. Doch das war nur die erste Lektion dieser Art gewesen. Bis er den General kennenlernte, bestand sein Leben aus einer Reihe von Niederlagen und Kompromissen, durch die andere glücklich oder reich wurden.

Als er sich auf das Bett legte, auf dem er sich einst so frei gefühlt hatte, spürte er eine Ahnung davon, wie es sein würde, wenn ihm keine Regierung mehr vorschrieb, welche Fische er fangen durfte, wenn die Multinationalen nicht mehr bestimmten, wann und wo er fischen durfte, damit er sie nicht störte, wenn sein Hafen nicht mehr durch Jachten blockiert wurde, weil die Werftindustrie in Madrid mehr Einfluß besaß als die kleinen Fischer. Mit Hilfe des Generals würde er sein Brot in einem Land verdienen können, das wieder dem Volk gehörte, *seinem* Volk. Dem General war es gleich, ob man Kastilier wie Adolfo, Katalane, Baske oder Galicier war. Wenn man sich von der Vorherrschaft Madrids befreien wollte, wenn man dafür war, daß sich jedes Volk selbst regierte, dann folgte man ihm. Wer dagegen den Status quo erhalten oder andere ausbeuten wollte, der mußte eliminiert werden.

Nachdem Adolfo lange auf dem Rücken liegend in die Dunkelheit gestarrt hatte, schloß er schließlich die Augen. Heute hatte er gute Arbeit geleistet. Der General würde mit ihm zufrieden sein.

Das Krachen der Tür, die nach innen aufflog, riß ihn aus seinen Träumen. Bevor er noch völlig wach war, hatten sich mehrere Männer auf ihn gestürzt. Während der eine die Tür schloß, rissen ihn die anderen mit dem Gesicht nach unten auf den Boden. Seine Arme wurden zur Seite, die Handflächen nach unten gezwungen, dann nagelten ihn Knie und Hände in dieser Position fest.

»Sind Sie Adolfo Alcazar?«

Adolfo antwortete nicht. Er blickte nach links, auf den Ofen. Jemand zog den Mittelfinger seiner rechten Hand langsam nach hinten, bis er mit einem scharfen Knacken brach.

»Ja!« brüllte er, bevor er vor Schmerzen aufstöhnte.

»Sie haben heute viele Menschen getötet«, erklärte einer der Männer.

Adolfos Gedanken rasten wirr durcheinander, bis er nur noch klar und deutlich den Schmerz wahrnahm. Bevor er sich sammeln konnte, wurde sein rechter Zeigefinger nach hinten gezerrt, bis auch er brach. Als der Schmerz bis zu seinem Ellbogen hinaufjagte und dann wieder in seine Hand zurückkehrte, schrie er auf. Jemand stopfte ihm grob etwas zwischen die Zähne. Eine seiner Socken.

»Sie haben das Oberhaupt unserer *familia* ermordet.«

Sein Ringfinger wurde nach hinten gebogen und brach. Der Mann ließ seine Hand los. Seite an Seite lagen die drei gebrochenen Finger auf dem Boden. Sie waren angeschwollen, aber inzwischen war jedes Gefühl darin erstorben.

163

Adolfos Hand bebte, als man den kleinen Finger zurückzwang und, gebrochen wie die anderen, niedersinken ließ. Dann spürte er etwas Hartes und Kaltes auf seinem Daumen. Man zwang seinen Kopf herum, bis er auf eine Brechstange blickte, deren gekrümmtes Ende auf der Spitze seines Daumens ruhte. Das Eisen hob sich und fuhr mit aller Gewalt herab. Sein Daumen brannte, als die Haut aufplatzte und der Knochen brach. Sein Peiniger holte erneut aus, doch diesmal traf die Stange sein Handgelenk, erst in der Mitte, dann links und rechts. Mit jedem Schlag jagte eine heiße Welle des Schmerzes durch seinen Arm bis in Schulter und Hals. Dann blieb nur noch ein schweres, pulsierendes Gewicht auf seinem Unterarm zurück, als läge er unter einem Amboß.

»Nie wieder werden Sie die Hand gegen uns erheben«, sagte der Mann.

Dann ließen sie ihn los und drehten ihn um. Er versuchte, den rechten Arm zu bewegen, aber der sank kraftlos zu Boden, als wäre er eingeschlafen. Aus dem Augenwinkel sah er, wie Blut an seinem Unterarm herablief, aber er spürte es erst, als es seinen Ellbogen erreichte.

Als die Männer ihn über den Boden zerrten und dann erneut festhielten, leistete er kaum noch Widerstand. Diesmal lag er auf dem Rücken, aber die Socke steckte immer noch in seinem Mund. Es war dunkel, und in seinen Augen standen Tränen des Schmerzes, so daß er seine Peiniger nicht sehen konnte. Wieder versuchte er, sich zu befreien, aber seine Bemühungen waren so fruchtlos wie die eines Fisches, der in einem seiner Netze zappelte.

»Sparen Sie sich die Mühe«, sagte der Mann. »Sie gehen nirgendwohin außer in die Hölle, wenn Sie uns nicht sagen, was wir wissen wollen. Verstanden?«

Adolfo blickte in das dunkle Gesicht, das über ihm hing. Er versuchte, die Socke auszuspucken, aber nicht um zu antworten, sondern um seiner Verachtung Ausdruck zu verleihen.

Der Mann packte ihn am Haar und zog seinen Kopf zu sich heran. »Verstanden?«

Adolfo antwortete nicht. Der Mann nickte einem der anderen zu, der Adolfos Knie mit dem seinen gegen den Boden preßte. Einen Augenblick später fühlte er, wie sein rechtes Bein angehoben wurde. Jede Faser seines Körpers schien aufzuschreien, als sein nackter Fuß in den Ofen auf den Rost über der ersterbenden Glut gedrückt wurde. Schlagartig kam Leben in ihn. Er schrie unter dem Knebel und versuchte auszuweichen, doch die Männer hielten ihn fest.

»Verstanden?« wiederholte der Mann über ihm gelassen.

Verzweifelt nickend, trat er um sich, wand sich, versuchte, sich loszureißen. Der Mann drehte sich zu den anderen um, die seinen Fuß zurückzogen und absetzten. Das tobende Fleisch riß Adolfo aus der Benommenheit. Zumindest war er jetzt hellwach. Er keuchte unter der Socke und wand sich im Griff seiner Peiniger. Mit weit aufgerissenen Augen starrte er in das dunkle Gesicht, das über ihm schwebte.

Der Mann entfernte die Socke, hielt sie aber dicht über Adolfos Mund. »Für wen arbeiten Sie?«

Adolfo atmete schwer. Sein Fuß fühlte sich gleichzeitig eiskalt und heiß an, als hätte man ihn mit einem schweren Sonnenbrand in Meerwasser getaucht.

Das andere Bein wurde angehoben.

»Für wen arbeiten Sie?«

»Für einen General«, stieß er hervor. »Einen General der Luftstreitkräfte namens Pintos. Roberto Pintos.«

»Wo ist er stationiert?«

Adolfo antwortete nicht. Er würde ein wenig warten, bis er die nächste Lüge von sich gab. Nur einmal hatte er General Amadori getroffen, den echten General, nicht den erfundenen Pintos. Das war bei einem Treffen ziviler Mitarbeiter in einem Flugzeughangar in Burgos gewesen. Damals hatte der General sie vor diesem Tag gewarnt, ihnen vor Augen geführt, daß man ihnen möglicherweise auf die Spur kommen werde. Man werde sie verhören, aber wenn der Krieg erst begonnen habe, sei es gleichgültig, was sie sagten. Doch es sei wichtig, daß sie um ihrer eigenen Ehre willen so lange wie möglich durchhielten.

»Die meisten Menschen kann man brechen«, hatte der

General gesagt. »Das Wichtige ist, daß es euch gelingt, den Feind zu verwirren. Wenn man euch gefangennimmt, werdet ihr der Folter nicht entgehen. Dann müßt ihr reden, dem Feind Lügen erzählen, solange es geht, bis er nicht mehr weiß, was wahr und was falsch ist, brauchbare Informationen nicht mehr von Hirngespinsten unterscheiden kann.«

»Wo ist General Pintos stationiert?«

Adolfo schüttelte den Kopf. Man stopfte ihm erneut die Socke in den Mund und zerrte an seinem linken Fuß, bis er die unerträgliche Hitze spürte. Wieder kämpfte er verzweifelt. Doch obwohl der Schmerz so entsetzlich war, daß ihm am ganzen Körper der Schweiß ausbrach, spürte er, wie die Pein in seinem rechten Fuß nachließ, und fühlte sich getröstet. Er klammerte sich an diesen Gedanken, bis der Schmerz in seinem linken Fuß ihn auslöschte und die Qual seinen ganzen Körper erfaßte. Nur in seiner rechten Hand fühlte er nichts davon. Gar nichts spürte er dort, nicht einmal Schmerz. Das jagte ihm Angst ein. Der Tod schien damit ein wenig nähergerückt zu sein.

Sie zogen seinen Fuß aus dem Ofen und ließen ihn fallen, hielten ihn dann erneut fest. Das dunkle Gesicht näherte sich, doch durch die Tränen in Adolfos Augen wirkte es wie ein verschwommener schwarzer Fleck.

»Wo ist Pintos stationiert?«

Die Wellen des Schmerzes waren einem konstanten Brennen gewichen, das ihm jedoch erträglicher vorkam. Er wußte, daß er die nächste Runde überstehen konnte, wie auch immer sie aussehen mochte, und war stolz auf sich. Auf merkwürdige Weise hatte er den Eindruck, frei zu sein. Frei zu leiden oder Widerstand zu leisten. Die Entscheidung lag bei ihm.

»Ba… Barcelona«, stöhnte er.

»Das ist eine Lüge!«

»N… nein!«

»Wie alt ist er?«

»Z…: zweiundfünfzig.«

»Welche Haarfarbe?«

»Braun.«

Sein Folterer schlug ihm ins Gesicht. »Das ist gelogen!«

Adolfo blickte auf und schüttelte den Kopf. »Nein. Ich sage ... die Wahrheit.«

Einen Augenblick lang hing das Gesicht reglos über ihm. Dann wurde ihm die Socke erneut in den Mund gesteckt, man riß ihn zur Seite, packte seinen linken Arm und stieß seine Hand in den Ofen.

Unter dem Knebel schrie er auf, während sich seine Finger zur Faust ballten und darum kämpften, dem Feuer zu entkommen. Dann wurde es schwarz um ihn.

Als er erwachte, hielt ihn jemand über das Waschbecken. Wasser lief über seinen Hinterkopf. Er hustete und erbrach den Eintopf, bevor man ihn erneut auf den Rücken warf. Jeder Zentimeter Fleisch an seinen Füßen und seiner linken Hand pulsierte in brennendem Schmerz.

Wieder stopfte man ihm die Socke in den Mund.

»Sie sind stark«, sagte das dunkle Gesicht, »aber wir haben Zeit, und für mich ist es nicht das erstemal. Alle lügen am Anfang, aber wir werden nicht aufhören, bis wir bei der Wahrheit angelangt sind.« Er beugte sich weiter herab. »Sagen Sie uns, für wen Sie arbeiten!«

Adolfo zitterte. Die Körperteile, die nicht verbrannt oder gebrochen waren, fühlten sich eiskalt an. Merkwürdig, daß er etwas so Banales registrierte. Er schüttelte zweimal den Kopf.

Diesmal ließ man ihn liegen, stieß ihm jedoch den Knebel noch tiefer in den Mund und hielt ihn dort fest. Eine der Brechstangen hob sich und sauste auf Adolfos rechte Schulter herab. Mit einem häßlichen Geräusch brach der Knochen. Sein Schrei erstickte in der Socke. Erneut hob sich das Brecheisen, diesmal traf es ihn etwas tiefer, zwischen Schulter und Ellbogen. Wieder zersplitterte ein Knochen, wieder schrie er auf. Jeder Schlag bedeutete unerträglichen Schmerz, ein Wimmern und dann Taubheit.

Und jeder Schrei untergrub seine Willenskraft. Den Schmerz konnte er von sich selbst trennen, aber jedes Wimmern war eine Niederlage und unterminierte seinen Kampfgeist. Seine Reserven näherten sich dem Ende.

»Wenn Sie reden, hören die Schläge auf«, sagte die Stimme.

Jetzt nahmen sie sich seine linke Seite vor. Bei jedem Schlag bäumte er sich auf und schrie. Er fühlte, wie seine Widerstandskraft bröckelte. Und dann geschah etwas Merkwürdiges mit ihm. Plötzlich war er nicht mehr er selbst. Sein zerstörter Körper schien ihm nicht mehr zu gehören, ebensowenig wie sein gebrochener Wille. Er war eine andere Person, und diese Person wollte reden.

Er murmelte etwas in die Socke hinein. Das Gesicht neigte sich zu ihm, die Schläge hörten auf, und man entfernte den Knebel.

»Am… Am…«

»Was?«

»Ama… dori.«

»Amadori?« wiederholte das Gesicht.

»A-ma-do-ri.« Mit jedem Atemzug stieß er eine Silbe hervor. Er konnte nicht anders, Hauptsache, der Schmerz hörte auf. »Ge-ne-ral.«

»General Amadori. Für den arbeiten Sie?«

Adolfo nickte.

»Gibt es sonst noch jemanden?«

Adolfo schüttelte den Kopf und schloß die Augen.

»Glaubst du ihm?« fragte eine Stimme.

»Schaut ihn euch an, der ist nicht mehr in der Lage zu lügen«, antwortete eine andere.

Adolfo fühlte, wie man ihn losließ. Wie gut es tat, einfach nur auf dem Rücken zu liegen. Er öffnete die Augen und blickte zu den dunklen Gestalten auf, die um ihn herumstanden.

»Was fangen wir mit ihm an?« fragte einer der Männer.

»Er hat Señor Ramirez getötet«, entgegnete ein anderer. »Dafür muß er sterben, und zwar langsam.«

Damit war das Urteil gesprochen – nicht weil die anderen zugestimmt hätten, sondern weil der Sprecher die Brechstange auf Adolfos Kehle niedersausen ließ. Sein Kopf wurde nach oben geschleudert und sank dann zurück. Die Arme lagen bewegungslos neben dem Körper. Nach Atem ringend, fühlte er den Geschmack von Blut in seinem Mund. Mit dem zerschmetterten Kehlkopf bekam er gerade genug Luft, um bei Bewußtsein zu bleiben, ohne jedoch seine Lungen füllen zu können.

Der Schmerz wurde zu einem ständigen Toben, das ihn bei Bewußtsein hielt. Nun war er wieder Adolfo Alcazar, aber die Pein in seinen Gliedern und in seiner Kehle verhinderte jeden klaren Gedanken. Er konnte sich nicht entscheiden, ob er mutig war, weil er so lange durchgehalten hatte, oder ein Feigling, weil er zuletzt doch aufgegeben hatte. In ihm stieg die vage Vorstellung auf, tapfer gewesen zu sein, doch gleich darauf erlosch der Gedanke wieder. Und dann verlor all dies an Bedeutung, als er zitternd in den Klauen des Schmerzes lag. Manchmal wollte ihn der Schmerz verschlingen wie die Flut, manchmal umspielte er ihn wie die Brecher auf See. Den kleinen Wellen konnte er standhalten, aber die großen erschienen ihm unerträglich. Sein ganzer Körper bebte.

Er hatte keine Ahnung, wie lange er so dagelegen hatte und ob seine Augen dabei geöffnet oder geschlossen gewesen waren. Doch plötzlich sah er. Der Raum war hell. Neben ihm kniete eine Gestalt.

Sein Bruder, Berto.

Norberto weinte und sagte etwas, während er über seinem Gesicht das Kreuz schlug. Adolfo versuchte den Arm zu heben, doch dieser reagierte nicht. Er versuchte zu sprechen.

»A-ma-do-ri.«

Hörte Norberto ihn? Verstand er?

»Stadt … Kir… Kirche.«

»Adolfo, du darfst nicht sprechen! Ich habe einen Arzt gerufen! Oh, mein Gott!«

Norberto fuhr in seinem Gebet fort.

»Warn … Ge-ner-nal … sie … wissen …«

Norberto legte eine Hand auf die Lippen seines Bruders, um ihn zum Schweigen zu bringen. Adolfo lächelte schwach. Die Hand seines Bruders war sanft und liebevoll. Der Schmerz schien zu weichen.

Dann fiel sein Kopf zur Seite. Seine Augen schlossen sich, und der Schmerz fand ein Ende.

18

Dienstag, 4 Uhr 19 – San Sebastián, Spanien

Der Helikopter setzte María und Aideen südlich der Stadt ab, wo er auf einer Anhöhe in einer einsamen Windung des Flusses Río Urumea landete, an dem San Sebastían lag. Hier wartete ein Mietwagen auf sie, den ein örtlicher Polizeibeamter, der für Interpol arbeitete, für sie besorgt hatte. Auch der Beamte selbst, ein Mann mit mächtigem Schnurrbart namens Jorge Sorel, befand sich vor Ort.

Während des Fluges hatte María eine Landkarte studiert, die sie mitgebracht hatte. Nun kannte sie den Weg zum Rundfunksender, und es war offensichtlich, daß sie darauf brannte, dort hinzukommen. Bedauerlicherweise mußte Jorge ihnen, noch während María sich die erste Zigarette anzündete, mitteilen, daß die Fahrt überflüssig geworden war.

»Was soll das heißen?« wollte sie wissen.

»Jemand hat das Personal vor etwas über einer Stunde angegriffen.«

»Jemand? Wer?«

»Das wissen wir noch nicht.«

»Profis?« fragte sie ungeduldig.

»Höchstwahrscheinlich. Die Angreifer wußten offenbar sehr genau, was sie taten. Es gab jede Menge gebrochene Gliedmaßen und Kiefer.«

»Was wollten sie?«

Jorge schüttelte den Kopf. »Auch hier können wir bloß spekulieren. Wir sind nur hingefahren, weil der Sender plötzlich ausgefallen war.«

Wütend fluchte María vor sich hin. »*Maravilloso*. Wundervoll. Gibt es denn gar keine Hinweise?«

Jorge verneinte erneut. »Die Opfer waren nicht in der

Lage zu sprechen. Inzwischen haben die Ärzte sie ruhigge-
stellt. Wir gehen davon aus, daß die Angreifer nach dem
Überbringer der Kassette suchten.«

»Idioten«, zischte María. »Das hätten sie sich doch denken können. Haben sie keine Vorsichtsmaßnahmen getroffen?«

»Doch. Die Ironie dabei ist, daß sie sehr gut vorbereitet
waren, weil der Sender wegen seiner politischen Haltung
vielen schon immer ein Dorn im Auge war. Die Mitarbeiter
waren der Regierung gegenüber höchst kritisch eingestellt,
wie Sie wissen. Die Anlage wird durch einen Stacheldraht-
zaun geschützt und ist sicher wie ein Bunker. Sogar die Tür
ist aus Metall. Das Personal innerhalb des Gebäudes ist bewaffnet. Aber ein entschlossener Angreifer läßt sich nicht
so leicht abschrecken, und diese Leute waren entschlossen.«

»Haben Sie eine Vorstellung davon, wer das Band überbracht hat?« erkundigte sich Aideen geduldig.

Jorge warf María einen unbehaglichen Seitenblick zu.
»Ich fürchte, die Antwort lautet wiederum nein. Zwei Pa-
trouillen halten in den umliegenden Dörfern nach Gruppen
Ausschau, die nach dem Überbringer beziehungsweise den
Überbringern der Kassette suchen. Aber wir sind erst relativ spät am Ort des Geschehens eingetroffen. Bis jetzt haben
wir niemanden gefunden.«

»Vermutlich haben sich die Angreifer getrennt, um nicht
das Risiko einzugehen, daß man alle gleichzeitig festnimmt.
Auf keinen Fall sind sie noch zusammen, wenn sie die Person inzwischen gefunden haben, die sie suchen.« María zog
an ihrer Zigarette und stieß den Rauch durch die Nase aus,
während sie Jorge nicht aus den Augen ließ. »Und mehr
können Sie uns wirklich nicht sagen?«

»Wirklich nicht.« Sein Blick hielt ihrem stand.

»Wie stehen die Chancen, daß die Person mit dem Band
hier aus der Gegend stammt?« mischte sich Aideen ein.

»Gut. Zur Ausführung des Attentats brauchte man jemanden, der mit den Gewässern vertraut war, in denen die
Jacht zerstört wurde. Außerdem kannte der Betreffende offenbar die Stadt und die Leute vom Sender.« María blickte

171

Jorge an. »Geben Sie mir einen Anhaltspunkt. Wo soll ich anfangen zu suchen?«

Jorge zuckte die Achseln. »Die Stadt ist klein, jeder kennt jeden. Was die Gewässer angeht, sprechen Sie am besten mit den Fischern.«

María blickte auf die Uhr. »Die werden in etwa einer Stunde auslaufen. Wir können am Kai mit ihnen reden.« Sie zog heftig an ihrer Zigarette. »Wer segnet die Boote der Fischer?«

»Pater Norberto Alcazar. Aber er kümmert sich nur um die alten Familien, nicht um die großen Gesellschaften.«

»Wo finden wir ihn?«

»Vermutlich in der Jesuitenkirche in den Hügeln südlich von Cuesta de Aldapeta, westlich des Flusses, unmittelbar außerhalb von San Sebastián.«

María dankte ihm, zog noch ein letztes Mal an ihrer Zigarette, bevor sie sie fallen ließ und mit einer energischen Fußbewegung austrat. Noch während sie den Rauch ausstieß, ging sie zum Auto. Aideen folgte ihr.

»Pater Alcazar ist ein sehr angenehmer Mann«, rief Jorge ihnen nach, »aber ich weiß nicht, ob er über seine Gemeindemitglieder sprechen wird. Er versucht immer, sich vor sie zu stellen.«

»Dann können wir nur hoffen, daß er sie auch davor schützen will, ermordet zu werden.«

»Da haben Sie nicht unrecht. Rufen Sie mich über Ihr Mobiltelefon an, wenn Sie fertig sind. Der Helikopter wird Sie dann wieder hier abholen. Der Flughafen ist klein und für zivile Flüge gesperrt. Eine reine Vorsichtsmaßnahme.«

María nickte ihm knapp zu, während sie hinter das Lenkrad glitt und den Motor anließ. Erde und Grasklumpen spritzten auf, als sich der Wagen vom Fuß der Anhöhe entfernte.

»Sie wirken unzufrieden«, stellte Aideen fest, während sie die Karte aus ihrem Rucksack nahm und auseinanderfaltete. In ihrem Gepäck befand sich auch eine geladene .38er, die Martha ihr während des Fluges übergeben hatte.

»Ich hätte ihm am liebsten in den Hintern getreten«,

schimpfte María. »Was soll das heißen, die Polizei fuhr nur hin, weil der Sender ausfiel? Man hätte wissen müssen, daß das Radio angegriffen werden würde.«

»Vielleicht war es genau das, was die Polizei wollte«, meinte Aideen. »Bei Bandenkriegen halten sich die Behörden häufig heraus und warten, daß sich die Gangster gegenseitig umbringen.«

»Wahrscheinlicher ist, daß man ihnen befohlen hat, sich nicht blicken zu lassen«, gab María zurück. »Die Männer, die auf der Jacht ums Leben gekommen sind, waren einflußreiche Geschäftsleute, die Oberhäupter ihnen ergebener *familias*. Ihre Angestellten würden alles für sie tun, Mord eingeschlossen. Die Polizei wird dafür bezahlt, daß sie sich raushält.«

»Meinen Sie, der Polizeibeamte …«

»Ich weiß es nicht«, gab María zu. »Ich bin nicht sicher. Das kann man in Spanien nie sein.«

Aideen fiel ein, daß Martha gesagt hatte, die Madrider Polizei arbeite mit den Männern zusammen, die Frauen auf der Straße belästigten. Vielleicht war auch das Diplomatie, dachte sie, aber es stank zum Himmel. Unwillkürlich fragte sie sich, ob die Polizei in Madrid überhaupt ernsthaft an der Aufklärung von Marthas Tod interessiert war.

»Das ist einer der Gründe, warum ich Interpol verlassen habe«, fuhr María fort, während sie am Fluß entlang nach Norden rasten. »Mit diesen Leuten arbeiten zu müssen, ist einfach frustrierend.«

»Aber jetzt sind Sie wieder dabei. Wegen Luis?«

»Nein, aus dem gleichen Grund, aus dem ich weggegangen bin. Bei so viel Korruption darf man nicht aufgeben. Selbst für mein kleines Theater in Barcelona mußte ich Abgaben an die Polizei, an das Gesundheitsamt, an praktisch jeden bis auf den Postboten entrichten. Ich war gezwungen, dafür zu bezahlen, daß sie die Arbeit erledigten, für die sie bereits bezahlt worden waren.«

»Auf diese Weise sichern sich also die Beamten ab, während die Industriearbeiter zu den Familien gehören«, faßte Aideen zusammen. »Wer unabhängig bleiben will, muß entweder Schmiergelder zahlen oder sich auf einen Kampf einlassen.«

María nickte. »Deswegen bin ich hier. Es ist wie in der Liebe. Man gibt nicht einfach auf, nur weil es das erstemal nicht geklappt hat. Man lernt die Regeln, man erfährt etwas über sich selbst, und dann stürzt man sich erneut in die Arena, um den Stier bei den Hörnern zu packen.«

Das erste fahle Licht der Morgenröte erhellte den Himmel, gegen den sich die dunklen Hügelkuppen abzeichneten. Während sie nach Osten blickte, sann Aideen darüber nach, wie merkwürdig es war, daß sie María mochte und bewunderte, obwohl sie nicht weniger selbstbewußt und aggressiv war als Martha. Doch wenn man von dem Zusammenstoß mit Darrell am Flughafen absah, zeichnete sich die Spanierin durch Selbstlosigkeit aus. Und daß sie Darrell noch einmal die Meinung hatte sagen wollen, konnte Aideen ihr kaum übelnehmen. Vielleicht war keiner von beiden im Recht, aber das Wiedersehen war mit Sicherheit nicht einfach gewesen.

In weniger als dreißig Minuten hatten sie die Randbezirke von San Sebastián erreicht und die Brücke bei María Cristina überquert. Dann hielten sie auf die Kirche zu, die sich südwestlich davon befand. Einmal fragten sie einen Schafhirten nach dem Weg. Als die Sonne über dem Hügel erschien, erreichten sie das kleine steinerne Gebäude.

Das Portal stand offen. Im Inneren stießen sie auf zwei Gemeindemitglieder, Fischer, aber der Priester war nicht zu entdecken.

»Manchmal geht er mit seinem Bruder an die Bucht«, erklärte ihnen einer der Fischer. Er beschrieb ihnen den Weg, den Pater Alcazar normalerweise nahm, wenn er zu Adolfos Wohnung ging. Sie stiegen erneut ins Auto und fuhren nach Norden. María öffnete das Fenster, zündete sich eine weitere Zigarette an und paffte wütend drauflos.

»Ich hoffe, es stört Sie nicht«, meinte sie, zu Aideen gewandt. »Es heißt, Passivrauchen sei gesundheitsschädlich, aber ich sage Ihnen, meine Zigaretten haben schon viele Leben gerettet.«

»Wie das?«

»Weil sie mich daran hindern, allzu wütend zu werden.«
Es klang nicht wie ein Scherz.

Sie fanden die Calle Okendo und folgten ihr über zwei
Kreuzungen nach Südosten. Die Straße war so schmal, daß
María auf dem Gehweg vor dem zweistöckigen Haus par-
ken mußte, weil sonst kein Fahrzeug mehr durchgekommen
wäre. Aideen steckte die .38er in die Tasche ihrer Windjak-
ke, bevor sie aus dem Wagen glitt, während María ihre Zigarette wegwarf und die Waffe hinten in den Bund ihrer
Jeans schob.

Die Haustür besaß kein Schloß. Als sie das dunkle Treppenhaus betraten, stieg Aideen der jahrhundertealte Geruch
von Fisch und Staub in die Nase. Die Stufen knarrten wie
trockene alte Bäume im Wind und neigten sich schräg zu
der schmutzigen weißen Wand hin. Im zweiten Stock befanden sich zwei Wohnungen. Die Tür zu der einen stand
einen Spalt weit offen. Mit dem Zeh versetzte María ihr einen Stoß, so daß sie sich, in den Angeln kreischend, öffnete.

Pater Alcazar kniete mit dem Rücken zu ihnen neben
dem nackten Körper eines Mannes und weinte hemmungs-
los. Von Aideen gefolgt, betrat María den Raum. Falls der
Priester sie hörte, ließ er es nicht erkennen.

»Pater Alcazar?« fragte María sanft.

Der Priester wandte ihnen das Gesicht zu, in dem sich
die roten Augen scharf von der blaßrosa Haut abhoben.
Dunkle Flecken zeichneten sich auf dem von Tränen durchnäßten Kragen ab. Er wandte sich erneut der Leiche zu und
erhob sich dann. Gegen das grelle Licht des Morgens wirkte
sein schwarzes Gewand flach wie eine Silhouette. Wie in
Trance ging er auf sie zu, nahm eine Jacke von einem Haken
hinter der Tür, kehrte zu dem Toten zurück und bedeckte
den Körper damit.

Dabei hatte er den Blick auf die Leiche freigegeben.
Aideen stellte fest, daß das Opfer gefoltert worden war, aber
nicht aus Rache, denn der Rumpf zeigte weder Verbrennun-
gen noch Messerstiche. Augen, Ohren, Brust und Lenden
schienen intakt zu sein, nur die Gliedmaßen hatte man sich

175

vorgenommen. Die Peiniger hatten also Informationen aus ihm herausholen wollen. Der Mann war langsam gestorben, weil sein Kehlkopf eingedrückt worden war. Wenn man jemanden schnell töten wollte, versetzte man ihm einen Schlag auf den Kopf.

Aideen hatte so etwas schon öfter gesehen, in Mexiko. Kein schöner Anblick, aber besser als das, was die Drogenkönige den Leuten antaten, die sie verraten hatten. Merkwürdigerweise gab es dennoch immer wieder Menschen, die die mexikanischen *Señoríos*, wie sie genannt wurden, hintergingen. Die toten Männer und Frauen waren davon überzeugt gewesen, daß man sie niemals erwischen würde.

Der Priester drehte sich zu den Frauen um. »Ich bin Pater Alcazar.«

María trat auf ihn zu. »Mein Name ist María. Ich bin von Interpol.«

Aideen war nicht überrascht, daß María ihre wahre Identität enthüllte. Jetzt, wo sich die Morde häuften, war nicht die Zeit für verdeckte Ermittlungen.

»Kannten Sie diesen Mann?« wollte María wissen.

Der Priester nickte. »Er war mein Bruder.«

»Ich verstehe. Es tut mir leid, daß wir nicht eher hier sein konnten.«

Norberto Alcazar wies mit einer schwachen Geste hinter sich, während wieder Tränen aus seinen Augen strömten. »Ich habe versucht, ihm zu helfen. Ich hätte mir mehr Mühe geben sollen. Aber Adolfo wußte, worauf er sich eingelassen hatte.«

María trat auf den Priester zu. Sie war so groß wie er und blickte ihm direkt in die blutunterlaufenen Augen. »Pater, bitte, helfen Sie uns. Worauf hatte Adolfo sich eingelassen?«

»Ich weiß es nicht. Als ich hier eintraf, war er verletzt und fantasierte.«

»Er war noch am Leben? Sie müssen sich erinnern, Pater. Was hat er gesagt? Alles ist wichtig: Worte, Namen, Orte, einfach alles.«

»Etwas über die Stadt. Über eine Kirche. Er erwähnte einen Ort oder einen Namen: Amadori.«

Marías Augen bohrten sich in die seinen. »General Amadori?«

»Das ist möglich. Er … er sprach von einem General. Ich weiß es nicht, er war schwer zu verstehen.«

»Natürlich. Pater, ich weiß, wie schwer das für Sie ist, aber es ist wichtig. Haben Sie eine Ahnung, wer das hier getan haben könnte?«

Schluchzend schüttelte er den Kopf. »Gestern nacht wollte Adolfo zum Radiosender. Mehr weiß ich nicht. Außer daß er eine Kassette abliefern wollte, hat er mir nichts gesagt. Heute morgen war ich auf dem Weg zum Meer, um das Wasser zu segnen, und wollte nach ihm sehen. Da habe ich ihn so vorgefunden.«

»Sie haben niemanden kommen oder gehen gesehen?«

»Nein.«

Mit gerunzelter Stirn starrte María ihn an. Ihre Augen funkelten. »Noch eine Frage, Pater. Können Sie uns sagen, wo wir die Jachtwerft von Ramirez finden?«

»Ramirez«, wiederholte der Priester. Sein Atem kam zitternd. »Dolfo erwähnte diesen Mann. Er behauptete, Ramirez und seine Freunde seien für die Ermordung einer Amerikanerin verantwortlich.«

»Das ist richtig.« Mit dem Daumen wies María über ihre Schulter. »Sie haben die Partnerin dieser Frau hier ermordet.«

»Oh, das tut mir sehr leid«, sagte Norberto zu Aideen, bevor sich sein Blick erneut auf María richtete. »Aber Ramirez ist tot. Mein Bruder … hat dafür gesorgt.«

»Ich weiß.«

»Was wollen Sie von diesen Leuten?«

»Mit Ihnen reden. In Erfahrung bringen, ob sie für das hier verantwortlich sind.« Mit dem Kopf wies sie auf Adolfo. »Vielleicht können wir weitere Morde und eine Eskalation der Kämpfe verhindern.«

»Halten Sie das für möglich?«

»Wenn wir sie rechtzeitig finden. Wenn wir herausbekommen, was sie über Amadori und seine Leute wissen. Bitte, Pater, wir müssen uns beeilen. Wissen Sie, wo die Werft ist?«

Erneut holte Norberto tief Luft. »Nordöstlich von hier an der Küste. Lassen Sie mich mitkommen.«

»Nein.«

»Aber es ist meine Gemeinde ...«

»Das ist richtig, und die benötigt dringend Ihre Hilfe – im Gegensatz zu mir. Wenn hier Panik ausbricht, wenn die Touristen verschreckt werden, können Sie sich die Folgen für diese Gegend selbst ausmalen.«

Norberto stützte die Stirn in die Hand.

»Mir ist bewußt, was das für Sie in diesem Augenblick bedeutet«, fuhr María fort, »aber es muß sein. Auf der Werft will ich mit den Arbeitern sprechen. Wenn ich mit meiner Vermutung recht habe, weiß ich, wer der Feind ist. Vielleicht ist es noch nicht zu spät, ihn aufzuhalten.«

Norberto blickte auf. Ohne sich umzuwenden, deutete er hinter sich. »Dolfo dachte, er wüßte, wer der Feind ist. Dafür hat er mit dem Leben bezahlt, vielleicht mit seiner Seele.«

María sah ihn unverwandt an. »Wenn ich mich nicht beeile, werden vielleicht Tausende sein Schicksal teilen. Ich werde vom Auto aus die örtliche Polizei benachrichtigen, die wird sich um Ihren Bruder kümmern.«

»Dann bleibe ich solange bei ihm.«

»Selbstverständlich.« María wandte sich zu Aideen.

»Und ich werde für Sie beide beten.«

»Danke.« María blieb stehen und drehte sich noch einmal um. »Wenn Sie schon dabei sind, Pater, beten Sie für Spanien – es braucht Ihre Gebete am meisten.«

Kaum zwei Minuten später saßen sie wieder im Auto und fuhren in Richtung Nordosten über den Fluß.

»Wollen Sie wirklich nur mit den Werftarbeitern reden?«

María nickte kurz. »Würden Sie mir einen Gefallen tun? Rufen Sie Luis an, seine Nummer ist unter Stern sieben gespeichert. Bitten Sie ihn, General Rafael Amadori aufzuspüren. Sagen Sie ihm, warum.«

»Unverschlüsselt?«

María schüttelte den Kopf. »Wenn Amadori mithört und uns verfolgt, um so besser. Damit erspart er uns die Mühe, nach ihm zu suchen.«

Aideen gab den Code ein. Luis meldete sich sofort auf seinem Mobiltelefon. Aideen gab Marías Bitte weiter und berichtete ihm von Adolfo. Luis versprach, sich sofort um die Angelegenheit zu kümmern und zurückzurufen.

»Wer ist Amadori?« fragte sie, als sie das Telefon zugeklappt hatte.

»Ein Gelehrter. Außerdem ist er auch General, aber über seine militärische Laufbahn bin ich nicht weiter informiert. Mir sind nur die Artikel bekannt, die er über die Geschichte Spaniens veröffentlicht hat.«

»Offenkundig sind Sie deswegen in höchstem Maße beunruhigt.«

»Allerdings«, María zündete sich eine Zigarette an. »Was wissen Sie über El Cid, unseren legendären Nationalhelden?«

»Nur, daß er die Mauren zurückdrängte und zur Vereinigung Spaniens im Jahre 1100 beitrug. Und daß es einen Film mit Charlton Heston über ihn gibt.«

»Er ist auch der Held eines Epos und eines Theaterstükkes von Corneille, das ich einmal in meinem Theater inszeniert habe. Aber Sie haben nicht ganz unrecht. Rodrigo Díaz de Vivar war ein Ritter, der von 1065 an bis zu seinem Tode im Jahre 1099 den christlichen König, Sancho II., und seinen Nachfolger, Alfonso VI., bei der Rückeroberung des Königreiches von Kastilien unterstützte. Die Mauren nannten ihn *el cid,* den Herrn.«

»Von seinen Feinden geachtet«, erklärte Aideen. »Sehr beeindruckend.«

»Eher gefürchtet. Genau das war seine Absicht. Als sich die maurische Festung von Valencia ergab, mißachtete der Cid die Friedensbedingungen, metzelte Hunderte von Menschen nieder und ließ den Anführer bei lebendigem Leibe verbrennen. Er war keineswegs der edle Ritter, als den ihn die Legende hinstellt. Um seine Heimat zu schützen, schreckte er vor nichts zurück. Daß er für die Einheit Spaniens kämpfte, ist ebenfalls ein Mythos, ihm ging es nur um Kastilien. Solange die übrigen Königreiche mit Alfonso Frieden hielten und ihm Tribute entrichteten, interessierten sich weder der Cid noch sein König für ihr Schicksal. General Amadori ist eine Autorität bezüglich der Geschichte des Cid, aber seinen Veröffentlichungen nach gehen seine Wünsche noch weiter.«

»Sie meinen, er selbst will El Cid sein.«

María schüttelte den Kopf. »El Cid war ein Söldner und Abenteurer, den die Legende verherrlicht hat. General Amadori will nicht einfach nur den Krieg. Wenn man seine Essays in den politischen Journalen studiert, stellt man fest, daß er den sogenannten ›milden Militarismus‹ befürwortet.«

»Hört sich wie ein Euphemismus für ›Polizeistaat‹ an.«

»So ist es.« María zog noch einmal ausgiebig an ihrer Zigarette und warf sie dann aus dem Fenster. »Aber das Konzept orientiert sich nicht an Nazideutschland oder dem stalinistischen Rußland, sondern geht weiter in die Vergangenheit zurück. Amadoris Ideal ist der Militarismus ohne Eroberung. Wenn eine Nation stark ist, hat sie es seiner Meinung nach nicht nötig, andere Länder zu erobern, weil diese sich ihr freiwillig nähern werden, um Handel zu treiben, Schutz zu suchen und sich im Licht ihrer Größe zu sonnen. Seine Machtbasis soll nicht durch Krieg, sondern durch allmählichen Anschluß wachsen.«

»General Amadoris Vorbild ist also nicht Hitler, sondern König Alfonso«, faßte Aideen zusammen.

»Genau. Möglicherweise erleben wir gerade mit, wie Amadori versucht, die unumschränkte Herrschaft über Kastilien zu erringen. Es wird das militärische Herz des neuen Spaniens darstellen, das den anderen Regionen seinen Willen diktiert. Amadori hat diesen Augenblick gewählt ...«

»... weil Truppenbewegungen bei der Bekämpfung einer Gegenrevolution vollauf gerechtfertigt sind. So kann er unauffällig Einfluß auf die Ereignisse nehmen«, ergänzte Aideen.

María nickte.

Aideen blickte zum rasch heller werdenden Himmel hinauf und betrachtete dann den schönen Fischerort, der so friedlich, so anziehend wirkte und doch vom Bösen zerfressen war. In weniger als einem Tag waren ein Dutzend Menschen gestorben oder schwer verletzt worden. Sie fragte sich, ob das Leben immer solch ein Kampf gewesen war, seit die Menschen von den Bäumen gestiegen waren und mit der Zerstörung des Gartens Eden begonnen hatten.

»Amadoris Traum wird viel Blut kosten.« María schien Aideens Gedanken gelesen zu haben. »Ich bin Andalusierin. Mein Volk und die anderen werden sich wehren, nicht weil uns soviel an der Einheit Spaniens läge, sondern weil wir verhindern wollen, daß Kastilien das Herz eines neuen Spaniens wird. Diese Rivalität reicht bis in die Zeit des Cid zurück, und wenn es uns nicht gelingt, Männer wie Amadori aufzuhalten, wird sie uns noch lange überleben.«

Nein, dachte Aideen, die Menschen hatten andere Völker und andere Sitten nie bereitwillig akzeptiert. Dafür war zu wenig Zeit vergangen, seit sie von den Bäumen herabgestiegen waren, und es gab zu viele Männchen, die gerne eine größere Horde geführt hätten.

Dann fiel ihr Pater Alcazar ein. Dieser Mann hatte trotz seines persönlichen Leides das Werk Gottes nicht aus den Augen verloren. Auch unter den Fleischfressern, die ihr Revier verteidigten, gab es gute Menschen. Warum nur waren sie nicht an der Macht?

Doch wenn sie an der Macht wären, würden sie dann damit umgehen wie alle anderen?

Sie kannte die Antwort nicht, und nach fast 24 Stunden ohne Schlaf würde sie vermutlich auch nicht auf die Lösung stoßen. Während sie mit zusammengekniffenen Augen zum blaugoldenen Himmel hinaufblickte und über Marías Worte sinnierte, erinnerte sie sich an eine andere Frage.

»Denken Sie über eines nach«, hatte Martha noch in den Vereinigten Staaten zu ihr gesagt. »Überlegen Sie, wie Sie den Plänen eines Gegners begegnen wollen.«

Genau wie Rodgers es ihr empfohlen hatte – mit einem besseren Plan.

Die Frage war nur, woher sie den nehmen sollte.

19

Montag, 21 Uhr 21 – Washington, D.C.

Rein vom Verstand her wußte Paul Hood natürlich, daß es sich bei den Vereinten Nationen um eine sinnvolle Einrichtung handelte. Sein Gefühl hatte allerdings nicht viel Respekt vor dieser Institution, die sich in Kriegszeiten als wenig effizient erwiesen hatte – und im Frieden sah es nicht viel besser aus. Er betrachtete sie als Forum zur Selbstdarstellung, vor dem Anschuldigungen vorgetragen und die Ansichten eines Landes mit der größtmöglichen Wirkung in die Presse gebracht wurden.

Der kühle Verstand des neuen Generalsekretärs allerdings, des Italieners Massimo Marcello Manni, nötigte ihm größte Bewunderung ab. Der frühere NATO-Offizier, Senator im italienischen Parlament und Botschafter in Rußland hatte im vergangenen Jahr enorme Anstrengungen unternommen, um in Italien einen Bürgerkrieg zu vermeiden, wie er jetzt Spanien bevorzustehen schien.

Auf Mannis Bitte hatte der Nationale Sicherheitberater, Steve Burkow, für 23 Uhr eine Telefonkonferenz organisiert. Der Generalsekretär der UNO hatte die sich verschlechternde Situation in Spanien mit den Geheimdienst- und Sicherheitschefs aller Mitgliedstaaten im Sicherheitsrat besprochen. Burkow, Carol Lanning vom Außenministerium und der neue Direktor der CIA, Marius Fox, ein Cousin von Senatorin Barbara Fox, standen abrufbereit.

Kurz bevor Burkows Büro ihn um 20 Uhr 50 angerufen hatte, waren Bob Herbert und Ron Plummer von Hood darüber informiert worden, daß Darrell in Madrid und Aideen vor Ort bleiben sollten. »Wenn Spanien auseinanderbricht«, hatte er seinem Team mitgeteilt, »wird es wichtiger denn je, Agenten im Feld zu haben.« Er bat Herbert, dafür zu sorgen, daß Stephen Viens mit seinen loyalen Kollegen vom NRO, dem Büro für Aufklärung – die Abkürzung stand für National Reconnaissance Office –, in Kontakt blieb. Viens war ein langjähriger Freund von Matt Stoll und hatte sich während aller bisheriger Aufklärungsaktionen als zuverlässiger Verbündeter erwiesen. Obwohl Viens von seinen Pflichten im Pentagon vorübergehend suspendiert war, weil im Senat eine Untersuchung wegen angeblichen Mißbrauchs von Finanzmitteln gegen ihn lief, hatte Hood ihm diskret ein Büro im Op-Center zur Verfügung gestellt. Anders als die meisten Menschen in Washington fand er, daß man Gleiches mit Gleichem vergelten solle.

Etwa vierzig Minuten zuvor hatte eine Satellitenaufklärungsaktion des NRO stattgefunden, bei der die Bewegungen des spanischen Militärs aufgezeichnet worden waren. Diese Fotos sollten auf Hoods Wunsch in Herberts Datenbank eingegeben werden. Kopien der Bilder würden über die amerikanische Botschaft in Madrid an McCaskey in Spanien und an das Striker-Team gehen, das sich noch in der Luft befand. Bei anderen Geheimdienstorganisationen in Washington neigten die Abteilungsleiter dazu, einen Informationsvorsprung zur politischen Selbstdarstellung ihrer Einheiten zu nutzen. Hood dagegen enthielt seinen Leuten sowenig wie möglich vor. Für ihn und das einzigartige Team, das mit ihm arbeitete, ging es nicht um persönlichen Ruhm, sondern um Amerika und dessen nationale Interessen.

Zusätzlich zu den Spionagesatelliten nutzte das Op-Center auch internationales Nachrichtenmaterial. Besonders ungeschnittene Fernsehaufnahmen hatten sich als wertvoll erwiesen. Man fing die Satellitenübertragungen auf, bevor sie für die Sendungen bearbeitet wurden. Das ungeschnittene Material wurde dann von Herberts Team und Laurie Rhodes vom Fotoarchiv analysiert. Häufig ging Militäraktionen der Bau getarnter Bunker mit Waffenlagern voraus. Diese Anlagen waren vom Weltraum aus nicht immer sichtbar, verrieten sich jedoch häufig durch leichte Veränderungen der Topographie, die sich feststellen ließen, in dem man Aufnahmen der Erdoberfläche verglich.

Hood gönnte sich eine kurze Essenspause in der Cafeteria, wo er die Comics aus der Sonntagszeitung las, die jemand liegen gelassen hatte. Es war schon eine Weile her, daß er die Geschichten zu Gesicht bekommen hatte, und es überraschte ihn, wie wenig sich seit seiner Kindheit verändert hatte. Die *Peanuts, B.C., Tarzan, Terry und die Piraten* und *Der Zauberer von Os* waren immer noch vertreten. Dieser Besuch bei alten Freunden wirkte beruhigend.

Nach dem Essen traf er sich zu einer kurzen Informationsrunde mit Mike Rodgers in dessen Büro. Von Rodgers erfuhr er, daß die Strikers Madrid kurz nach 11 Uhr 30 spanischer Zeit erreichen würden. Optionen für deren Einsatz würden Hood vorgelegt werden, sobald sie zur Verfügung standen.

Danach sah Hood nach der Nachtschicht. Während sich die Tagschicht weiter um die Lage in Spanien kümmerte, hatten Curt Hardaway, Lieutenant General Bill Abram und der Rest der ›PM-Squad‹, wie sie sich nannten, die nationalen und internationalen Routineaktivitäten des Op-Centers übernommen. Leutnant General Abram, Mike Rodgers' Gegenstück, war vor allem mit dem regionalen Op-Center befaßt. An der mobilen Einheit waren nach ihrer Erprobung im Mittleren Osten Reparaturen und eine weitere Feineinstellung fällig. Alles schien unter Kontrolle zu sein, und Hood kehrte daher in sein Büro zurück und versuchte, etwas Ruhe zu finden.

Er schaltete das Licht aus, schleuderte die Schuhe von sich und legte sich auf die Couch. Während er gegen die dunkle Decke starrte, gingen ihm Sharon und die Kinder nicht aus dem Sinn. Die Leuchtziffern der Uhr, die Sharon ihm zu ihrem ersten Hochzeitstag geschenkt hatte, verrieten ihm, daß sie bald auf dem internationalen Flughafen von Bradley landen würden. Er spielte mit dem Gedanken, sich von der Armee einen Hubschrauber zu leihen und nach Old Saybrook zu fliegen. Über dem Haus seiner Schwiegereltern würde er seine Frau über Megaphon bitten, zu ihm zurückzukehren. Man würde ihn feuern, aber zum Teufel damit. Zumindest hätte er dann ausreichend Zeit für seine Familie.

Im Grunde hatte er natürlich nicht die geringste Absicht, diesen Gedanken in die Tat umzusetzen. Er war romantisch genug, um den modernen Ritter spielen zu wollen, aber es mangelte ihm an Tollkühnheit. Und was sollte er in Old Saybrook, wenn er nicht versprechen konnte, weniger zu arbeiten? Sein Beruf *gefiel* ihm, und eine kürzere Arbeitszeit war mit seiner Tätigkeit nicht vereinbar. Vielleicht nahm Sharon ihm auch übel, daß sie auf ihre Karriere hatte verzichten müssen, um sich um die Kinder zu kümmern. Doch selbst wenn er seinen Job hätte aufgeben wollen, um die Kinder zu erziehen – was nicht der Fall war –, von Sharons Gehalt hätten sie nicht leben können. Das war eine Tatsache.

Er schloß die Augen und bedeckte sie mit dem Arm. *Aber in solchen Situationen zählen nicht immer die Tatsachen, das weißt du doch.*

Seine Gedanken ließen ihn nicht zur Ruhe kommen. Einmal fühlte er sich wütend, dann wieder gewannen Schuldgefühle und Verärgerung die Oberhand. Er beschloß, den Versuch zu schlafen aufzugeben und sich lieber eine Kanne Kaffee zu kochen.

Er goß die dampfende Flüssigkeit in die Tasse, die an das dahingegangene Baseballteam der Washington Senators erinnerte, und ging, ohne Milch und Zucker hinzuzugeben, mit der Tasse zu seinem Schreibtisch zurück, wo er sich dem Studium der Computerdateien über die sezessionistischen Bestrebungen in Italien widmete. Es interessierte ihn, ob irgendein Geheimdienst daran beteiligt war, daß der Zerfall Italiens gerade noch verhindert worden war.

Zumindest fand er keine Aufzeichnungen darüber. Der Prozeß, der sich über fast sechs Jahre hingezogen hatte, nahm seinen Anfang im Jahre 1993, als die Wähler angesichts der zunehmenden Korruptionsskandale unter Politikern immer unzufriedener wurden. Kleinere Gemeinden klagten damals, sie seien im Parlament nicht angemessen vertreten. Daher wechselte man dort von der Verhältniswahl zum Mehrheitsprinzip. Dies führte dazu, daß kleine Gruppierungen immer mehr Einfluß bekamen, während die großen Parteien an Macht verloren. Auch die Bedeutung der Neofaschisten und der sezessionistischen Liga Nord wuchs. Sie unterstützten den Industriellen Silvio Berlusconi von der Sammelbewegung Forza Italia, der 1995 die Regierungsverantwortung übernahm.

Der Zusammenbruch Jugoslawiens sorgte in der Umgebung der norditalienischen Region Istrien für Unruhe, mit der die Forza Italia, deren Basis sich in Rom befand, nicht fertig wurde. Ministerpräsident Berlusconi ersuchte daher die Parteien um Hilfe, deren Machtzentren in der Region selbst lagen, darunter die Liga Nord. Diese verfolgten jedoch eigene Interessen und unterstützten die Unruheherde. Der sezessionistische Gedanke breitete sich von Triest nach Westen bis nach Venedig aus und erreichte schließlich so weit südlich gelegene Städte wie Livorno und Florenz.

Angesichts der sich rapide verschlechternden Lage rief man kurz darauf Manni, der aus Mailand stammte, aus Moskau zurück. Seine Lösung bestand darin, Norditalien weitgehende politische und wirtschaftliche Autonomie zuzugestehen. Anstelle der politischen Vertretung im Parlament in Rom wurde die Regierung von einem Kongreß in Mailand geführt. Beide Volksvertretungen arbeiteten unabhängig voneinander mit dem gewählten Ministerpräsidenten zusammen. Obwohl die Steuern der Italiener, die nördlich der Apenninen lebten, nach Mailand gingen, verwendeten sie dieselbe Währung wie der Süden. Beide Regionen besaßen weiterhin eine gemeinsame Armee, und das Land nannte sich nach wie vor Italien.

Weder hatte Rom Militäraktionen unternommen, noch hatten ausländische Geheimdienste eine nennenswerte Rolle gespielt. Die sogenannte ›italienische Entente‹ war als Modell für Spanien ungeeignet. Mannis Bemühungen war nur deshalb von Erfolg gekrönt gewesen, weil er es mit lediglich zwei Fraktionen, nämlich dem Norden und dem Süden, zu tun hatte. Im Fall Spaniens dagegen standen sich mindestens ein halbes Dutzend ethnische Gruppierungen gegenüber, die noch nie besonders gut miteinander ausgekommen waren.

Der Anruf kam mit zehn Minuten Verspätung. Hood ließ Rodgers holen, damit er über Lautsprecher mithörte. Als der General Platz genommen hatte, erklärte Manni auf englisch die Verzögerung damit, daß Portugal soeben die Vereinten Nationen um Hilfe gebeten habe.

»Im Grenzgebiet zwischen Salamanca und Zamora ist es zu gewalttätigen Ausschreitungen gekommen«, erläuterte er.

Hood warf einen Blick auf die Karte in seinem Computer. Salamanca lag südlich von Zamora im Nordwesten Zentralspaniens. Beide Regionen zusammen besaßen eine etwa dreihundert Kilometer lange gemeinsame Grenze mit Portugal.

»Die Unruhen begannen vor etwa drei Stunden, als sich antikastilisch eingestellte Demonstranten mit Kerzen vor dem Postigo de la Traición, dem ›Tor des Verräters‹, versammelten. Dort wurde 1072 der kastilische König Sancho II. an der Stadtmauer ermordet. Als die Polizei die Demonstration auflösen wollte, flogen Steine und Flaschen. Die Beamten gaben mehrere Schüsse in die Luft ab. Aus der Menge wurde zurückgefeuert, wobei ein Polizist verletzt wurde. Die Polizei, die hauptsächlich aus Kastiliern besteht, ging sofort gegen die Unruhestifter vor – allerdings nicht in ihrer Eigenschaft als Ordnungshüter, sondern als Vertreter ihrer Volksgruppe.«

»Kamen Waffen zum Einsatz?« erkundigte sich Hood.

»Ich fürchte, ja.«

»Das nenne ich ›Öl in die Flammen gießen‹«, kommentierte Burkow, der adlernasige Sicherheitsberater.

»Da haben Sie völlig recht, Mr. Burkow«, gab Manni zu. »Die Aufstände haben sich wie ein Feuersturm in Richtung Portugal ausgebreitet. Die Polizei hat militärische Unterstützung aus Madrid angefordert, die bereits unterwegs ist, aber Lissabon fürchtet, daß sich die Kämpfe damit nicht unter Kontrolle bringen lassen und daß die Grenzregion von

Flüchtlingen überschwemmt wird. Daher hat man die Vereinten Nationen soeben gebeten, eine Pufferzone einzurichten.«

»Was halten Sie von dieser Anfrage, Herr Generalsekretär?« fragte Carol Lanning.

»Ich bin dagegen.«

»Das kann ich Ihnen nicht verdenken«, stimmte Burkow zu. »Lissabon besitzt schließlich selbst eine Armee, Luftstreitkräfte und eine Marine, die die Portugiesen einsetzen können.«

»Nein, Mr. Burkow, ich möchte überhaupt keine Armee an der Grenze sehen«, gab Manni zurück. »Damit würde die Krise offiziellen Charakter erhalten, ihre Existenz sozusagen legitimiert werden.«

»Aber sie *existiert* doch«, wandte Lanning ein.

»Natürlich, aber Millionen Spanier halten sie immer noch für ein lokal begrenztes Problem«, fuhr Manni fort. »Für sie handelt es sich um Vorfälle auf regionaler, nicht auf nationaler oder internationaler Ebene. Offiziell ist die Situation immer noch unter Kontrolle. Wenn nun bekannt wird, daß sich an der Grenze eine Armee sammelt, gleich welcher Herkunft, werden die Gerüchte überhandnehmen. Wir müssen mit chaotischen Verhältnissen und Panik rechnen, und das wird die Lage weiter verschlimmern.«

»Mr. Manni«, mischte sich Burkow ein, »es handelt sich hier möglicherweise um eine rhetorische Frage. Ist Ihnen bekannt, daß Ministerpräsident Aznar Präsident Lawrence um amerikanische Militärpräsenz vor der Küste gebeten hat?«

»Ja. Offiziell soll dies die Sicherheit amerikanischer Touristen garantieren und ihre eventuelle Evakuierung ermöglichen.«

»Offiziell«, stimmte Burkow zu.

»Hat der Präsident bereits eine Entscheidung getroffen?«

»Noch nicht, aber es kann nicht mehr lange dauern. Er wartet auf weitere Informationen, um zu entscheiden, ob tatsächlich amerikanische Interessen bedroht sind. Paul? Marius? Hat einer von Ihnen etwas dazu zu sagen?«

Als der ranghöhere Offizier antwortete Hood zuerst. »Abgesehen von dem Anschlag auf Martha sind keine Feindseligkeiten gegen amerikanische Touristen bekannt. Wir rechnen auch nicht damit. Die Spanier werden alles tun, um die Beziehungen nicht weiter zu belasten. Außerdem leben alle spanischen Regionen vom Tourismus, und es ist höchst unwahrscheinlich, daß man in dieser Beziehung ein Risiko eingehen will. Weitere politische Anschläge gegen Amerikaner sind deswegen nicht zu erwarten, weil Martha wegen ihrer Tätigkeit für das Op-Center ermordet wurde. Wir nehmen an, daß es sich um eine Warnung an die Vereinigten Staaten handelt, damit sie genau das nicht tun, was wir hier diskutieren, nämlich sich in die spanische Politik einmischen. Solange wir politisch und militärisch auf Distanz bleiben, sind keine weiteren Anschläge zu erwarten.«

»Da kann ich Paul nur zustimmen«, ergänzte Marius. »Wir haben die Aktionen von Polizei und Militär in Spanien genau verfolgt. Gewalt in Touristenzentren wird schnell im Keim erstickt. Dies könnte sich allerdings ändern, falls die Konflikte eine Eigendynamik entwickeln oder die Polizei wie am ›Tor des Verräters‹ provoziert wird …«

»Genau das ist des Pudels Kern«, unterbrach Burkow. »Deswegen denkt der Präsident überhaupt daran, Truppen zu entsenden. Bei jedem internen Konflikt können Proteste irgendwann in offenen Krieg umschlagen, wenn nämlich Emotionen die Oberhand über die Vernunft gewinnen, wenn es nicht mehr um den Lebensstandard, sondern ums nackte Überleben geht. Wenn das geschieht …«

»*Falls* das geschieht«, korrigierte Manni.

»Auch gut«, fuhr Burkow fort. »Falls es geschieht, wird niemand mehr auf Touristen, gleich welcher Nationalität, Rücksicht nehmen.«

Während Burkow sprach, erhielt Hood über eine sichere Leitung eine E-Mail von McCaskey. Er winkte Rodgers zu sich heran, damit er mitlesen konnte.

Paul, hieß es dort, *die Agenten vor Ort berichten, der Verantwortliche für den Anschlag auf die Jacht, ein Baske, sei von einem katalanischen Team ermordet worden. Die Agenten wer-*

den mit den Killern sprechen. Ihrer Einschätzung nach handelt es sich um Rache, vermutlich gibt es keine politischen Motive. Ich habe die Agenten gewarnt, daß eine von ihnen möglicherweise immer noch in Gefahr ist, falls man sie als Überlebende des Anschlags auf MM identifiziert. Ihrer Ansicht nach wird dieser Plan jedoch nicht weiterverfolgt. Ich bin ebenfalls der Meinung, daß wir es mit veränderten Rahmenbedingungen zu tun haben. Informieren Sie mich, wenn ich sie zurückrufen soll.

Der Urheber des Bombenattentats auf die Jacht wurde vermutlich von einem Armeegeneral namens Amadori unterstützt, den ich im Moment überprüfe. Die vorhandenen NATO-Unterlagen sind offenbar gesäubert worden, was mich nicht weiter überrascht.

Hood schickte eine Bestätigung, in der er Aideen und María zu ihren Erfolgen gratulierte. Der Gedanke, daß sie mit der Gruppe, die Martha ermordet hatte, Kontakt aufnehmen wollten, mißfiel ihm, besonders nachdem er selbst Aideen und Martha unabsichtlich in Gefahr gebracht hatte. Aber María war eine Spitzenagentin. Mit ihr als Rückendeckung – und Aideen, um sie zu unterstützen – war das Risiko kalkulierbar. Deshalb teilte er Darrell sein Einverständnis mit.

»Mr. Burkow, ich verstehe Ihre begründete Sorge«, sagte Manni gerade. »Aber ich glaube, wir sollten abwarten, ob die spanische Regierung selbst mit der Situation fertig wird.«

»Bis jetzt hat sie keine Glanzleistungen vollbracht.« Burkow klang nicht überzeugt. »Es ist ihr nicht einmal gelungen, den Abgeordneten Serrador so lange am Leben zu halten, daß man ihn verhören kann.«

»Es gab Fehler«, stimmte Manni zu, »weil die Entwicklung überraschend kam, aber das ist kein Grund, weitere Fehler zu begehen.«

»Paul Hood hier. Was empfehlen Sie, Herr Generalsekretär?«

»Mein Rat, Mr. Hood, lautet, dem Ministerpräsidenten noch einen Tag Zeit zu geben. Er hat seinen Militärberater für zivile Unruhen von der Leine gelassen. Man ist dabei, einen Plan auszuarbeiten, der alle Eventualitäten berücksichtigt.«

Rodgers beugte sich näher ans Telefon. »Sir, hier spricht General Mike Rodgers, der stellvertretende Leiter des Op-Centers. Sollten der Ministerpräsident oder seine Beamten militärische oder geheimdienstliche Unterstützung benötigen, ist mein Büro bereit, dies sehr diskret zu übernehmen.«

»Ich danke Ihnen, General Rodgers«, gab Manni zurück, »und werde Ministerpräsident Aznar und General Amadori von ihrem großzügigen Angebot informieren.«

Hood blickte Rodgers an. Mit einem Schlag war die Hoffnung in den Augen der beiden erloschen. Bei der unerwarteten Erwähnung des Namens Amadori hatte sie die Enttäuschung gepackt. Ihr Kampfgeist wich einem unbestimmten Gefühl der Lähmung. Hood fühlte sich wie ein Raubtier, das plötzlich feststellt, daß seine Beute viel schlauer, wilder und gefährlicher ist als erwartet.

Der Augenblick der Ohnmacht dauerte nicht lange. Hood drückte auf die Stummschaltung. »Mike …«

»Ich weiß, bin schon unterwegs.« Rodgers hatte sich bereits erhoben.

»Wenn es derselbe Mann ist, stehen wir vor einem ernsthaften Problem.«

»*Spanien* steht vor einem Problem, und damit jedes Land, das seine Bürger dort so schnell wie möglich herausholen will.«

Während Rodgers aus dem Büro eilte, lauschte Hood gelangweilt dem politischen Gerede zwischen Manni, Burkow und Lanning. Die drei waren sich darüber einig, daß Spanien die Situation selbst in den Griff bekommen müsse, wobei die Vereinigten Staaten allerdings ihren Standpunkt verdeutlichen und notfalls auch vor militärischem Eingreifen nicht zurückschrecken sollten. Eine solche Aktion würde als ›Verteidigungsmaßnahme‹ bezeichnet werden, hätte aber im Grunde das Ziel, die legitime Regierung Spaniens zu retten …

Alles notwendig, fand Hood, aber in Wirklichkeit doch

nur Selbstpräsentation, wie bei den Vereinten Nationen. Die Arbeit würde in den nächsten paar Stunden erledigt werden müssen, weil man unbedingt klären mußte, ob Amadori hinter den Unruhen steckte. Wenn ja, mußte man herausfinden, wie weit die Regierung bereits unterminiert war. Falls es nicht schon zu spät dafür war, würden US-Geheimdienst und -Militär gemeinsam mit der spanischen Führung nach einem Weg suchen müssen, den General aufzuhalten. Diskretion war dabei schwierig, aber nicht unmöglich, schließlich hatte es in Haiti, Panama und anderen Staaten Modellfälle für ein solches Vorgehen gegeben.

Die Alternative dazu bereitete Hood gewaltiges Kopfzerbrechen. Wenn Amadoris Einfluß sich bereits wie ein Krebsgeschwür überall im Lande ausgebreitet hatte, dann ließe sich der Tumor vielleicht nicht mehr entfernen, ohne daß der Patient daran zugrundeginge. Dieses Phänomen war aus Jugoslawien bekannt, wo beim Zerfall der Nation Tausende von Menschen ums Leben gekommen und die soziopolitischen und wirtschaftlichen Auswirkungen immer noch nicht bewältigt waren.

Spaniens Bevölkerung war fast viermal so groß wie die Jugoslawiens. Außerdem fanden sich in den Nachbarstaaten Freunde und Feinde der einzelnen ethnischen Gruppen. Wenn Spanien auseinanderbrach, konnte dies zu ähnlichen Entwicklungen in ganz Europa führen und aufgrund des Nachahmungseffektes andere multikulturelle Nationen, wie Frankreich, Großbritannien und Kanada, in Mitleidenschaft ziehen.

Selbst die Vereinigten Staaten wären nicht dagegen gefeit.

Die Konferenz endete mit der Vereinbarung, daß das Büro des Generalsekretärs das Weiße Haus stündlich über die neuesten Entwicklungen unterrichten werde. Burkow wiederum wollte Manni jede Änderung der Regierungspolitik unverzüglich mitteilen.

Als er auflegte, fühlte Hood sich so hilflos wie noch nie in seiner Zeit beim Op-Center. Manchmal waren seine Missionen Erfolge gewesen, manchmal Fehlschläge. Sein Team hatte Terroristen bezwungen und Staatsstreiche verhindert. Doch noch nie hatte er sich mit einer Situation konfrontiert gesehen, die möglicherweise den Geist eines neuen Jahrhunderts bestimmen würde. Offenbar sollte Zersplitterung nicht mehr die Ausnahme, sondern die Norm werden. Vielleicht handelte es sich bei den Nationen, wie die Welt sie kannte, um eine vom Aussterben bedrohte Spezies.

20

Dienstag, 4 Uhr 45 – Madrid, Spanien

Die Nachricht von der brutalen Ermordung Adolfo Alcazars, die María Corneja an Luis García de la Vega weitergeleitet hatte, erreichte Darrell McCaskey schnell. Wie gesetzlich vorgeschrieben, informierte Luis außerdem das Justizministerium in Madrid. Dort leitete ein hoher Beamter der Nachtschicht die Information diskret an Antonio Aguirre, den langjährigen persönlichen Adjutanten General Amadoris, weiter. Aguirre, ein früherer Stabsoffizier Francos, ging persönlich zum Büro des Generals im Verteidigungsministerium, wo er einmal klopfte und wartete, bis er hereingerufen wurde. Dann unterrichtete er den General von dem Vorfall.

Dieser schien nicht überrascht. Um Adolfo trauerte er nicht. Wie konnte er, er hatte ihn ja gar nicht gekannt. Jeder überflüssige Kontakt zwischen ihnen war tunlichst vermieden worden, die Kommunikation hatte sich auf ein Minimum beschränkt. Wenn man Adolfo verhaftet und zum Reden gezwungen hätte, so hätte es, abgesehen von dessen Aussage, keinerlei Beweise für eine Verbindung zu ihm gegeben – keine aufgezeichneten oder registrierten Telefonate, keine Notizen, keine Fotos.

Aber Adolfo Alcazar war ein mutiger, ihm ergebener Kämpfer gewesen, der seinen Beitrag zur Revolution geleistet hatte. Daher schwor der General vor Antonio Aguirre, daß sein Tod nicht ungerächt bleiben werde. Die Mörder müßten dafür mit dem Leben bezahlen.

Er wußte, an wen er sich zu halten hatte – an die *familia* Ramirez. Niemand sonst verfügte über Motiv und Mittel, Adolfo zu beseitigen. Ihr Tod würde andere lehren, daß Widerstand bei ihm auf unnachgiebige Härte stieß.

Außerdem diene die Exekution der gesamten *familia* Ramirez noch einem weiteren Zweck, erklärte der General Antonio. Falls die anderen *familias* daran dächten, seine Pläne zu durchkreuzen, schrecke diese Aktion sie ab und zerschmettere eventuelle Bündnisse. Daher mußte der Schlag in aller Öffentlichkeit stattfinden und so dramatisch wie möglich ausfallen.

Der General erteilte Antonio den Befehl, dafür zu sorgen. Dieser salutierte zackig, drehte sich auf dem Absatz um und verließ das Büro wortlos. Er begab sich direkt an seinen Schreibtisch und rief General Americo Hoss von der Militärbasis Tagus bei Toledo an, dem er die Befehle des Generals übermittelte. Wie Adolfo würde auch General Hoss alles für den General tun.

Es war noch dunkel, als vier betagte HA-15 Helikopter aufstiegen. Wie bei den meisten Hubschraubern der spanischen Armee, waren die dreißig Jahre alten Chopper eher für Transport- als für Kampfzwecke geeignet. Aber man hatte an den Seitentüren 20-mm-Gewehre montiert, die bis jetzt allerdings nur bei Übungen abgefeuert worden waren.

Diesmal jedoch handelte es sich nicht um ein Manöver.

Die Hubschrauber waren mit jeweils zehn Soldaten besetzt, von denen jeder entweder mit einer Z-62-Maschinenpistole oder mit einem Gewehr vom Typ Modelo L-1-003 bewaffnet war, das man für M16-Standardmagazine adaptiert hatte.

Der Kommandant der Mission, Alejandro Gómez, hatte den Auftrag, die Ramirez-Werft einzunehmen und die Namen der Mörder in Erfahrung zu bringen. Die Wahl der Mittel blieb ihm überlassen. Man rechnete damit, daß er Gefangene mitbrachte; doch notfalls würde er die Schuldigen auch in Leichensäcken nach Madrid transportieren.

21

Dienstag, 5 Uhr 01 – San Sebastián, Spanien

Als María vor dem Wachhäuschen der Werft von Ramirez hielt, zückte sie ihren Interpolausweis, da sie unterwegs beschlossen hatte, in diesem Fall nicht als Touristin aufzutreten. Vermutlich würde der Posten den Direktor telefonisch vor ihr und Aideen warnen. Der wiederum würde die Mörder informieren, falls sie sich auf dem Gelände aufhielten. Damit bestand das Risiko, daß sie die Flucht ergriffen oder sich verbargen. Deshalb hatte María es für klüger gehalten, den Wachmann vom Zweck ihres Besuches zu unterrichten.

»Wir befinden uns außerhalb unseres Zuständigkeitsbereiches, aber wir möchten nur mit den Mitgliedern der *familia* sprechen.«

»Aber Señorita Corneja«, erwiderte der kräftige, graubärtige Posten, »es gibt keine *familia.*«

Diese offenkundige Lüge erinnerte Aideen an die Drogenhändler, die immer behauptet hatten, noch nie von *el Señorío*, dem ›Gutsherrn‹, gehört zu haben, der sie mit dem Heroin versorgte, das sie in Mexico City verkauften.

»Da sind Sie ein wenig voreilig.« María legte den Leerlauf ein. »Aber ich fürchte, daß binnen kurzem tatsächlich keine *familia* mehr existieren wird.«

Der Posten warf ihr einen schwer zu deutenden Blick zu, doch offenbar war es ihr gelungen, ihn zu verwirren. Er trug das Tapferkeitsband und zeigte die schroffe, unerschütterliche Miene des militärischen Ausbilders. Wie anderswo auch, rekrutierte sich in Spanien das Sicherheitspersonal aus früheren Soldaten und Polizisten, die es nur selten zu schätzen wußten, wenn ihnen Zivilisten Befehle erteilten, ganz besonders, wenn es sich dabei um Frauen handelte. Schon bei seinem Anblick hatte María vermutet, daß sie schweres Geschütz würde auffahren müssen.

»*Amigo*, glauben Sie mir. Wenn ich nicht mit ihnen rede, wird es bald keine *familia* mehr geben. Ein paar Ihrer Leute haben in der Stadt einen Mann ermordet, der mächtige

Freunde besaß. Ich glaube nicht, daß sie die Sache auf sich beruhen lassen werden.«

Der Posten sah sie lange an, bevor er ihr den Rücken zuwandte und telefonierte. Außerhalb des Häuschens war seine Stimme nicht zu hören. Nach einem kurzen Gespräch hängte er auf, öffnete die Schranke und ließ den Wagen auf den Parkplatz. Nun sei es so gut wie sicher, daß sie eines oder mehrere Mitglieder der *familia* zu Gesicht bekommen würden, erklärte María Aideen.

Aideen wußte, daß María in Erfahrung bringen wollte, was diese Leute über General Amadori wußten. Mit dem Tod von Ramirez und dessen Leuten waren vermutlich auch ihre Pläne gestorben. Das größte Problem war jetzt Amadori. Sie mußten so schnell wie möglich herausfinden, wie groß die Gefahr war, die von ihm ausging.

Zwei Männer empfingen María und Aideen an der Eingangstür zur Werft. María stoppte, und sie stiegen mit nach unten gestreckten Armen und nach vorne gerichteten Handflächen aus. María blieb auf der Fahrer-, Aideen auf der Beifahrerseite stehen, bis die Männer sich ihnen genähert hatten. Einer von ihnen wartete in einigen Metern Entfernung, während der andere, ein großer, muskulöser Bursche, ihnen Waffen und Mobiltelefon abnahm und ins Auto warf. Dann überprüfte er sie auf Abhörkabel. Die Durchsuchung war gründlich, aber rein professionell. Als er damit fertig war, gingen die beiden auf einen großen Lieferwagen zu, der in der Nähe parkte. María und Aideen folgten. Alle vier kletterten durch die hintere Tür auf die Ladefläche und ließen sich zwischen Farbtöpfen, Leitern und Lumpen nieder, wobei die Männer neben der Tür saßen.

»Wir sind Juan und Ferdinand«, erklärte der Mann, der beobachtet hatte, wie sie gefilzt worden waren. »Ihre Namen, bitte.«

»María Correja und Aideen Sánchez.«

Marías Einfall, Aideen mit einer anderen Nationalität auszustatten, erschien dieser genial. Die beiden trauten vielleicht auch Spaniern im Moment nicht unbedingt, aber Ausländern erst recht nicht. Ein Bürgerkrieg erwies sich häufig als ausgezeichnete Gelegenheit für ausländische Mächte, Waffen und Geld in ein Land fließen zu lassen und damit an Einfluß zu gewinnen. Hatten sie sich erst einmal festgesetzt, war es sehr schwer, sie wieder loszuwerden.

Aideen blickte von einem der beiden zum anderen. Juan, der ältere, wirkte müde. Die Haut um seine nervösen Augen lag in tiefen Falten, die schmalen Schultern hingen herab. Der zweite Mann war ein Koloß mit tiefliegenden Augen unter der vorspringenden Stirn. Sein Gesicht war glatt und straff, die breiten Schultern sehr gerade.

»Warum sind Sie hier, María Corneja?« wollte Juan wissen.

»Ich will mit Ihnen über einen Armeegeneral namens Rafael Amadori sprechen.«

Juan sah sie einen Augenblick lang an. »Sprechen Sie.«

María holte die Zigaretten aus ihrer Jacke, nahm eine und bot den anderen davon an. Juan griff zu.

Allmählich begann es Aideen zu beunruhigen, daß sie nun mit Mördern kooperierten. Doch wie Martha gesagt: andere Länder, andere Sitten. Aideen konnte nur hoffen, daß María wußte, was sie tat.

María gab Juan Feuer und zündete dann ihre eigene Zigarette an. Wie sie die Hände um das Streichholz schloß, so daß er danach greifen und sie an die Spitze der Zigarette heranführen mußte, ließ den Vorgang sehr intim wirken. Bewundernd beobachtete Aideen, wie María alle Tricks nutzte, um eine Beziehung zu ihm herzustellen.

»Gestern wurden Señor Ramirez und die Oberhäupter anderer Unternehmen und *familias* von einem Mann ermordet, der für Amadori arbeitete. Ich denke, er ist Ihnen bekannt. Adolfo Alcazar.«

Juan schwieg.

Noch nie hatte sich Marías Stimme so weich angehört wie jetzt, da sie um Juan warb.

»Amadori ist ein mächtiger Offizier, der offenbar bei den Vorfällen der letzten Stunden eine Schlüsselrolle spielt. Ich werde Ihnen meine Version der Geschichte erzählen. Gestern ließ Ramirez eine Amerikanerin ermorden. Amadori wußte von diesem Plan, unternahm aber nichts dagegen. Warum? Damit er der Nation ein Tonband vorlegen konnte, das auf die Beteiligung des Abgeordneten Serrador hindeutete. Warum? Um Serrador und die Basken, die er vertritt, in Spanien und im Ausland in Mißkredit zu bringen. Dann ließ er Alcazar Ihren Arbeitgeber und seine Mitverschwörer ermorden. Warum? Um die Katalanen in Mißkredit zu bringen und ihnen ihre Machtbasis zu entziehen. Falls Serrador und die Unternehmer ein politischen Manöver planten, hat es sich damit erledigt.

Noch wichtiger ist, daß die Regierung durch das Bekanntwerden der Verschwörung verunsichert ist, weil sie nicht weiß, wem man trauen kann und wie die Lage zu stabilisieren ist. Worte allein reichen nicht aus, um das Volk zu beruhigen, solange vom Atlantik bis zum Mittelmeer, von der Biskaya bis zur Meerenge von Gibraltar jeder gegen jeden kämpft. Die Regierung braucht eine starke Persönlichkeit, um die Ordnung wiederherzustellen. Meiner Meinung nach hat Amadori dafür gesorgt, daß man sich an ihn wenden wird.«

Juan starrte sie durch den Rauch seiner Zigarette hindurch an. »Na und? Dann wird die Ordnung wiederhergestellt.«

»Ja, aber vielleicht nicht so, wie es war. Ich weiß ein wenig über Amadori, aber nicht genug. Er ist kastilischer Nationalist und, soweit ich das einschätzen kann, größenwahnsinnig. Offenbar hat er diese Vorfälle dazu benutzt, um in Spanien den Ausnahmezustand auszurufen, den er dann in seinem Sinne nutzen wird. Ich fürchte, danach wird er nicht mehr ins zweite Glied zurücktreten wollen. Deshalb muß ich wissen, ob Sie Informationen besitzen oder besorgen können, mit denen ich ihn aufhalten kann.«

Juan grinste. »Soll das heißen, Interpol will mit der *familia* Ramirez zusammenarbeiten?«

»So ist es.«

»Das ist lächerlich. Wie sollen wir verhindern, daß Sie Informationen über *uns* sammeln?«

»Das können Sie nicht.«

Das Grinsen wurde unsicher. »Sie geben es also zu.«

»Das tue ich. Aber wenn wir General Amadori nicht aufhalten, wird jedes Wissen über die *familia* nutzlos sein. Der General wird Ihre Leute aufspüren und vernichten – als Rache für die Ermordung seines Agenten, aber auch wegen der Bedrohung, die Sie darstellen. Das Risiko, daß Sie andere *familias* gegen ihn aufbringen, wird er nicht eingehen wollen.«

Juan blickte Ferdinand an. Der Mann mit dem undurchdringlichen Gesicht überlegte kurz und nickte dann. Juan wandte sich wieder María zu. Aideen folgte seinem Beispiel. Ihr Spiel war ehrlich gewesen, aber sehr geschickt.

»In der Not frißt der Teufel Fliegen«, erklärte Juan. »Also gut. Seit unserer Rückkehr zur Werft haben wir uns mit Amadori beschäftigt.« Er lachte freudlos. »Wir besitzen immer noch Verbündete in der Regierung und beim Militär, auch wenn es nicht mehr viele sind. Der Tod von Señor Ramirez hat die Leute verschreckt.«

»Das war beabsichtigt.«

»Amadori ist in Madrid stationiert und gehört zum Verteidigungsministerium, doch es heißt, er habe ein eigenes Hauptquartier eingerichtet, von dem wir allerdings noch nicht wissen, wo es sich befindet. Im *Congreso de los Diputados* und im *Senado* besitzt er mächtige Verbündete, die ihn aktiv und passiv unterstützen.«

»Was soll das heißen?«

»Der Ministerpräsident darf zwar den Ausnahmezustand verhängen, aber wenn das Parlament mit seiner Person oder einer Maßnahme nicht einverstanden ist, kann es ihn daran hindern, indem es ihm die Mittel kürzt.«

»Was aber bis jetzt nicht geschehen ist«, ergänzte María.

»So ist es. Ein Informant aus der *familia* Ruiz hat mir erzählt ...«

»Sprechen Sie von den Computerherstellern?«

»Ja. Soviel ich weiß, war das Budget fünfmal so hoch, wie vom Ministerpräsidenten beantragt.«

María stieß einen Pfiff aus.

»Aber warum sollten sie ihn nicht unterstützen?« warf

Aideen ein. »Schließlich befindet sich Spanien in großer Gefahr.«

Juan sah von María zu Aideen. »Üblicherweise werden die Mittel in mehreren Tranchen bewilligt, um genau die Art von Staatsstreich zu verhindern, mit der wir es hier zu tun haben. Dahinter müssen mächtige Leute stehen. Vielleicht hat man ihnen oder ihren Familien gedroht, vielleicht hat man ihnen auch höhere Ämter in einer neuen Regierung versprochen.«

»Egal«, warf María ein. »Amadori besitzt jetzt die Macht und das Geld, um alles zu tun, was er für notwendig hält.« Sie zog nachdenklich an ihrer Zigarette. »Einfach, aber brillant. Wenn er die Armee unter Kontrolle hat und die Regierung durch Verrat handlungsunfähig ist, dann kann man General Amadori auf legalem Wege nicht mehr aufhalten.«

»Genau. Deshalb war die *familia* gezwungen, das Problem auf ihre Art anzugehen.«

María blickte ihn an. Dann drückte sie ihre Zigarette auf dem Boden aus. »Was würde geschehen, wenn man ihn beseitigen würde?«

»Meinen Sie, wenn er entlassen würde?«

»Wenn ich das gemeint hätte, hätte ich es gesagt«, gab sie scharf zurück.

Juan wandte sich um und löschte seine Zigarette an der Metallwand. Dann zuckte er die Achseln. »Es wäre zum Nutzen aller. Aber man müßte schnell handeln. Wenn man Amadori die Zeit gibt, sich als Retter Spaniens zu profilieren, wird seine Bewegung eine solche Eigendynamik gewinnen, daß sie auch ohne ihn nicht mehr aufzuhalten sein wird.«

»Ich bin ganz Ihrer Meinung. Er wird versuchen, sich so schnell wie möglich als Held zu präsentieren.«

Juan nickte. »Das Problem ist, daß es sehr schwer sein wird, an ihn heranzukommen. Selbst wenn er an einem Ort bleibt, wird er bewacht. Falls er herumreist, unterliegt seine Route mit Sicherheit der Geheimhaltung. Wir müßten schon sehr viel Glück haben, nur um …«

Aideen hob die Hand. »Still!«

Die anderen starrten sie an. Einen Augenblick später hatte offenbar auch María das Geräusch vernommen, und dann spürten sie es alle: das leise Dröhnen von Rotoren in der Ferne.

»Helikopter!« Juan sprang auf, rannte zur Tür am Heck des Lieferwagens und öffnete sie.

Aideen entdeckte über den nahen Hügeln in anderthalb Kilometer Entfernung vier Helikopter, die sich ihnen näherten.

»Sie kommen auf das Werk zu.« Fragend wandte sich Juan an María. »Ihre Leute?«

Sie schüttelte den Kopf, drängte sich an ihm vorbei und sprang auf den Asphalt. Einen Augenblick lang beobachtete sie die Hubschrauber. »Bringen Sie Ihre Leute fort oder in sichere Räume. Bewaffnen Sie sie!«

Aideen glitt an den Männern vorbei. »Moment, wollen Sie damit sagen, er soll auf spanische Soldaten schießen?«

»Das weiß ich nicht!« fuhr María sie an, während sie auf den Wagen zulief. »Vermutlich handelt es sich um Amadoris Männer. Wenn Mitglieder der *familia* gefangengenommen oder getötet werden, wird sein Plan aufgehen. Die Beseitigung der Unruheherde wird ihn in den Augen des Volkes zum Helden machen.«

Aideen rannte ihr nach. Dabei versuchte sie, sich ein alternatives Szenario vorzustellen, aber in San Sebastián hatte es keine Aufstände gegeben, und die Untersuchung der Explosion in der Bucht lag in den Händen der Polizei. Zwischen ihrem Standort und den Bergen gab es nur kleinere Häuser und Felder. Das Werk von Ramirez war das einzige Ziel, für das es sich lohnte, vier Helikopter aufzubieten.

Eine zivilisierte Nation, die sich anschickt, sich selbst zu bekriegen, dachte sie. Dieser Gedanke war schwer zu akzeptieren, wurde aber von Augenblick zu Augenblick realer.

Gefolgt von Ferdinand, stieg Juan aus dem Lieferwagen. »Wohin wollen Sie?« brüllte er den Frauen nach.

»Meinen Vorgesetzten anrufen! Ich lasse es Sie wissen, wenn ich etwas herausfinde.«

»Sagen Sie Ihren Leuten, daß wir nicht schießen, wenn
wir nicht angegriffen werden!« schrie Juan, während er und
Ferdinand auf das Werk zuliefen. Die Helikopter hatten sich
nun bis auf einen halben Kilometer genähert. »Sagen Sie, wir
hätten nichts gegen ehrliche Soldaten oder Leute von ...«

Das Dröhnen der Rotoren übertönte seine Worte, als die
Chopper über der Fabrik langsam niedersanken. Einen Augenblick später mischte sich das trockene Knattern der Modelo L-1-003-Gewehre in den Lärm. Juan und Ferdinand
stürzten zu Boden.

22

Dienstag, 5 Uhr 43 – Madrid, Spanien

Darrell McCaskey konnte nicht schlafen.

Nachdem er Aideen zum Flugfeld begleitet hatte, war er
mit Luis ins Madrider Interpolbüro gefahren, das in einem
Stockwerk der Polizeidienststelle eines Bezirks der spanischen Hauptstadt untergebracht war. Das Ziegelgebäude
aus der Zeit der Jahrhundertwende lag ganz in der Nähe
der breiten Gran Vía an der Calle de Hortaleza. Während
der Rückfahrt in die Stadt hatten die beiden kaum miteinander gesprochen, weil McCaskey sich seinen Erinnerungen
an die Monate mit María hingegeben hatte.

Als sie ankamen, gewann plötzlich die Erschöpfung die
Oberhand, und McCaskey legte sich auf ein weiches Sofa in
dem kleinen Speisezimmer. Doch als er dankbar die schweren Lider geschlossen hatte, ließ ihn sein Herz nicht zur
Ruhe kommen. Marías Wut hatte ihn verunsichert, obwohl
er damit gerechnet hatte. Schlimmer war es gewesen, sie
überhaupt wiederzusehen, weil es ihn an den größten Fehler seines Lebens erinnerte, nämlich daran, daß er sie vor
zwei Jahren hatte gehen lassen.

Am traurigsten fand er, daß ihm das damals schon klar
gewesen war.

Die Differenzen, die ihnen während Marías Aufenthalt in Amerika bewußt geworden waren, standen ihm lebhaft vor Augen. Sie lebte für den Tag und sorgte sich wenig um Gesundheit, Geld oder um die Gefahr, in die sie durch manche ihrer Aufträge geriet. Beide bevorzugten verschiedene Arten von Musik und Sport. Sie fuhr am liebsten mit dem Fahrrad, er ging lieber zu Fuß oder nahm das Auto. Während ihn die Städte und ihr pulsierendes Leben faszinierten, zog sie das Land vor.

Doch so groß diese Unterschiede auch waren, sie hatten einander geliebt, daran führte kein Weg vorbei. Das hätte ihm damals wichtiger sein sollen, wie er jetzt wußte.

Er sah den Ausdruck auf ihrem Gesicht noch genau vor sich, als er ihr mitteilte, daß er keinen Sinn mehr in ihrer Beziehung erkenne. Nie in seinem Leben würde er vergessen, wie ihre Züge langsam hart geworden waren. Sie war so tief verletzt gewesen, daß sie ihn an einen verwundeten Soldaten erinnerte, der entschlossen war, nicht aufzugeben. Das war einer jener Augenblicke, die sich wie ein Schnappschuß in die Erinnerung einbrannten und von Zeit zu Zeit, lebendig wie eh und je, aus den Tiefen der Vergangenheit auftauchten. »Emotionale Malaria«, hatte es die Psychologin des Op-Centers, Liz Gordon, einmal genannt, als sie über gescheiterte Beziehungen sprachen.

Das traf genau.

Darrell gab den Versuch auf, Ruhe zu finden, und öffnete die Augen. Während er auf die Neonröhren starrte, stürzte Luis herein und raste zu einem Telefon, das auf einem der vier Tische des Speisezimmers stand.

»María auf Leitung fünf. Sie werden angegriffen.«

McCaskey sprang vom Sofa und lief zum nächsten Tisch mit Telefon. »Geht es ihnen gut?«

»Sie sitzen in einem Auto. María hält es für das beste, sich nicht von der Stelle zu rühren.« Er griff nach dem Hörer.

McCaskey tat es ihm nach und gab die Fünf ein.

»María?« rief Luis. »Darrell hört mit. Raul überprüft inzwischen, woher die Helikopter kommen. Was geht bei euch vor?«

McCaskey verzichtete auf Rückfragen. Wenn er etwas nicht verstand, konnte Luis es ihm später erklären.

»Zwei der Helikopter kreisen in geringer Höhe über der Fabrik, die anderen beiden schweben direkt über dem Dach und setzen Soldaten ab. Einige gehen am Rand des Daches in Position, andere klettern über Aluminiumleitern zu den Türen hinunter. Alle sind mit Maschinenpistolen bewaffnet.«

»Sie sagten, zwei Männer seien beschossen worden ...«

»Zwei Mitglieder der *familia* Ramirez, Juan und Ferdinand, wurden unter Feuer genommen. Beide waren an dem Vergeltungsschlag für das Attentat auf die Jacht beteiligt. Sie stürzten zu Boden und haben sich inzwischen ergeben. Es sieht so aus, als wäre ihnen nichts geschehen.«

Ihre ruhige Stimme verriet Stärke. McCaskey war stolz auf sie. Wie gern hätte er die dummen, egoistischen Worte zurückgenommen, die er damals zu ihr gesagt hatte.

»Wir waren gerade in einer Besprechung mit diesen Männern, als wir attackiert wurden. Ich habe keine Ahnung, ob die Soldaten sie absichtlich als Ziel gewählt haben oder einfach das Feuer eröffneten, weil sie am nächsten waren.«

»Der Posten ...« warf Aideen ein.

»Ja, richtig. Aideen ist aufgefallen, daß der Wachmann am Tor verschwunden war, als der Angriff begann. Da er früher mal Soldat war, könnte er den Truppen in den Helikoptern die Männer gezeigt haben.«

Ein muskulöser großer Beamter rannte in das Speisezimmer. Luis wandte sich um und blickte ihn an.

Der Mann schüttelte den Kopf. »Für die Helikopter wurde kein Flugplan eingereicht.«

»Dann läuft die Aktion nicht über den regulären militärischen Dienstweg«, sagte Luis ins Telefon.

»Das überrascht mich nicht«, erklärt María.

»Was soll das heißen?«

»Ich bin überzeugt davon, daß es sich bei dieser Strafaktion um einen Privatkrieg von General Rafael Amadori handelt. Offenbar hat er dafür gesorgt, daß ihm das Parlament Sondervollmachten erteilte. Das zeitliche Fenster, innerhalb dessen er die Opposition eliminieren muß, ist sehr eng. Bis jemand versucht, ihn aufzuhalten, wird es bereits zu spät sein.«

»Wissen wir, wo sich das Hauptquartier des Generals befindet?« erkundigte sich McCaskey.

»Noch nicht«, erwiderte María, »aber es dürfte nicht einfach sein, an ihn heranzukommen, soviel ist sicher. Eines muß man Amadori lassen: Er scheint ausgezeichnet vorbereitet zu sein.«

Die Veränderung in Marías Stimme entging McCaskey nicht. Früher hatte ihn das immer ein wenig eifersüchtig gemacht. Auch wenn sie weder Amadoris Motive noch seine Handlungen guthieß, konnte sie nicht umhin, ihn in gewisser Weise zu bewundern.

In der Ferne wurde Gewehrfeuer laut, und María verstummte.

Aideen sagte etwas, das McCaskey nicht recht verstehen konnte.

»María!« brüllte er. »Sprich mit mir!«

Es dauerte einige Sekunden, bis sie sich erneut meldete. »Tut mir leid. Die Soldaten sind in das Gebäude eingedrungen. Wir versuchen zu erkennen, was vor sich geht, aber die Sicht wird durch parkende Autos behindert. Wir haben gehört, wie die Soldaten einige Salven abgegeben haben und dann ... verdammt!«

Es knallte mehrfach, dann folgte das ununterbrochene Dröhnen automatischen Feuers.

»*María!*« schrie McCaskey.

»Sie haben sich von den Soldaten provozieren lassen.«

»Wer?« mischte sich Luis ein.

»Vermutlich handelt es sich um Mitglieder der *familia* und Arbeiter. Aus dem Werk waren Schüsse zu hören. Sie müssen auf die Soldaten gefeuert haben. Jetzt kommen Arbeiter herausgerannt. Sie fallen zu Boden. Wer bewaffnet ist, wird niedergemäht. Juan brüllt ihnen zu, sie sollen sich ergeben.«

McCaskey sah Luis an. Der Interpolbeamte wirkte blaß, als er seinen Blick erwiderte.

205

»Unglaublich«, fuhr María fort, »die Soldaten schießen auf jeden, der nicht die Waffen niederlegt, auch wenn es sich nur um Brechstangen handelt. Im Gebäude schreien Leute, offenbar raten sie den anderen, sie sollen sich ergeben.«

»Wie weit sind die Soldaten von eurer Position entfernt?« erkundigte sich McCaskey.

»Etwa vierhundert Meter, aber dazwischen befinden sich weitere Autos. Ich glaube nicht, daß sie uns bemerkt haben.«

Schweißtropfen erschienen auf McCaskey Oberlippe. Recht und Gesetz waren im Zusammenbruch begriffen. Er hätte viel dafür gegeben, die beiden Frauen dort herausholen zu können. Ein Blick auf seinen Partner zeigte ihm, daß Luis hektisch die Augen bewegte, ohne etwas konkret anzusehen. Auch er schien höchst beunruhigt zu sein.

»Luis«, sagte er mit belegter Stimme, »was ist mit dem Polizeihubschrauber?«

»Der steht noch hier ...«

»Ich weiß. Aber wird man Ihnen die Erlaubnis geben einzugreifen?«

Hilflos hob Luis die Hände. »Selbst wenn, werden sich die Soldaten von Amadori vermutlich weigern, sich zu ergeben, weil sie fürchten, es könnte sich um eine List der *familia* handeln.«

Eine große Militäroffensive und Paranoia – diese Kombination sorgte dafür, daß sich die Führer einer Nation abschotteten und nur noch ihren engsten Beratern vertrauten. Unter diesen Umständen gerieten Soldaten häufig außer Kontrolle, so daß es zu hemmungslosen Exekutionen kam. McCaskey wünschte, die Strikers wären hier gewesen, doch die befanden sich noch Stunden entfernt über dem Atlantik.

Einen endlosen Moment lang herrschte Schweigen. McCaskey ließ Luis nicht aus den Augen. Es gab drei Optionen: Die Frauen blieben, wo sie waren, versuchten zu fliehen oder ergaben sich. Wenn sie zu entkommen versuchten und entdeckt wurden, würde man sie vermutlich erschießen. Das gleiche Schicksal mochte ihnen drohen, wenn sie sich ergaben. Am sichersten schien es, wenn sie sich nicht von der Stelle rührten und die falschen Dokumente benutzten, falls sie entdeckt wurden.

McCaskey fragte sich, ob Luis für sie die Entscheidung treffen würde. Der Interpolbeamte war groß darin, die Verantwortung für die Handlungen seiner Leute zu übernehmen, auch wenn er sich damit Ärger einhandelte. Aber diesmal ging es nicht um Lob oder Tadel, sondern um Menschenleben.

»María«, sagte Luis in die Muschel, »was haben Sie vor?«

»Das habe ich mich auch schon gefragt. Ich habe keine Ahnung, worauf die Angreifer aus sind. Jetzt kommen Gefangene heraus, Dutzende. Wahrscheinlich will man sie verhören. Ich frage mich ...«

»Was fragen Sie sich?« drängte Luis.

Aus der Leitung drang ein gedämpftes Murmeln, dann war nur noch das schwache Geräusch von Schüssen zu vernehmen.

»María?«

Abgesehen von dem Gewehrfeuer, herrschte Stille.

»María!« wiederholte Luis.

Einen Augenblick später meldete sich Aideen. »Sie ist nicht mehr hier.«

»Wo ist sie?«

»Mit erhobenen Händen auf dem Weg zum Werk. Sie will sich ergeben.«

23

Montag, 22 Uhr 45 – Washington, D.C.

Der Anruf des Nationalen Sicherheitsberaters, Steve Burkow, war kurz, brachte jedoch eine Überraschung für Hood.

»Der Präsident zieht eine radikale Änderung der Politik gegenüber Spanien in Betracht«, informierte Burkow ihn. »Sie werden um 23 Uhr 30 im Lagerraum des Weißen Hauses erwartet. Bitte schicken Sie uns inzwischen die neuesten Informationen über die militärische Lage herüber.«

Kaum eine Stunde war seit der Telefonkonferenz mit Manni, dem Generalsekretär der Vereinten Nationen, vergangen, bei der man vereinbart hatte, den Status quo aufrechtzuerhalten. Hood hatte die Gelegenheit für ein kurzes Nickerchen genutzt. Jetzt fragte er sich, was sich seitdem verändert haben mochte.

Selbstverständlich würde er dort sein. Nachdem er aufgelegt hatte, ging er in das kleine, private Badezimmer hinter seinem Büro und schloß die Tür hinter sich. Unter dem Lichtschalter war ein Telefon mit Freisprecheinrichtung in die Wand eingelassen. Er spritzte sich Wasser ins Gesicht und rief dann Bob Herbert an. Herberts Assistent erklärte, dieser telefoniere gerade mit Darrell McCaskey, und fragte, ob es sich um einen dringenden Anruf handle, was Hood verneinte. Er bat um Herberts Rückruf, sobald dieser aufgelegt habe.

Hood hatte sein Gesicht gewaschen und rückte gerade seine Krawatte zurecht, als die interne Leitung summte. Die Unterbrechung kam ihm höchst willkommen, denn sein müdes Gehirn fühlte sich von dem Gedanken an Sharon und die Kinder angezogen wie ein Geier vom Aas. Er hatte keine Ahnung, warum – vielleicht wollte er sich selbst damit strafen –, aber dies war nicht der rechte Moment. Wenn man mitten in einer internationalen Krise steckte, blieb keine Zeit, sein Leben und seine Ziele Revue passieren zu lassen.

Er drückte den Sprechknopf und beugte sich über das Edelstahlbecken. »Hood.«

»Paul, hier ist Bob. Ich hätte Sie ohnehin angerufen.«

»Was meldet Darrell?«

»Es sieht ziemlich übel aus. Das NRO hat bestätigt, daß vier Helikopter offenbar auf Befehl von General Amadori um 5 Uhr 20 Ortszeit Ramirez' Fabrik angegriffen haben. Während des Angriffs hielten sich Aideen Marley und María Corneja, in ihrem Auto versteckt, auf dem Parkplatz auf. Die spanischen Soldaten erschossen etwa zwanzig Personen, bevor sie die Werft unter ihre Kontrolle brachten. Die anderen wurden zusammengetrieben. Laut Aideen, die sich immer noch im Auto befindet und Kontakt mit Darrell hält, hat María sich den Soldaten ergeben. Sie hofft herauszufinden, wo sich Amadoris Hauptquartier befindet, und uns dies mitteilen zu können.«

»Ist Aideen in unmittelbarer Gefahr?«

»Vermutlich nicht. Der Parkplatz wird nicht durchsucht. Die Soldaten wollen offenbar die restlichen Leute zusammentreiben und dann so schnell wie möglich verschwinden.«

»Was ist mit María? Wird sie versuchen, Amadori aufzuhalten?« Das Weiße Haus war mit Sicherheit bereits im Besitz dieser Informationen. Vermutlich hatte man die Eilsitzung auch deshalb anberaumt. Der Präsident würde dieselbe Frage stellen.

»Ehrlich gesagt, ich weiß es nicht. Sobald ich aufgelegt habe, werde ich Liz um das psychologische Gutachten bitten, das sie erstellt hat, als María hier tätig war. Vielleicht hilft uns das weiter.«

»Was meint Darrell?« fragte Hood ungeduldig. »Wenn jemand María Corneja kennt, dann er.« Von psychoanalytischen Profilen hielt er nicht viel. Nüchterne, wissenschaftliche Gutachten galten ihm weniger als menschliche Gefühle und Intuition.

»Kann ein Mann eine Frau wirklich kennen?«

Hood wollte ihm schon sagen, er solle sich das philosophische Geschwätz sparen, als ihm Sharon in den Sinn kam. Er verkniff sich die Antwort. Herbert hatte recht.

»Aber um Ihre Frage zu beantworten, Darrell meint, es wäre ihr durchaus zuzutrauen, daß sie ihn umbringt. Wenn sie sich etwas in den Kopf gesetzt hat, ist sie nicht so leicht davon abzubringen. Er meinte, wenn ihr ein Stift oder eine Büroklammer in die Finger kommt, könnte sie ihm damit durchaus die Oberschenkelarterie aufschlitzen. Allerdings schien sie sein barbarisches Vorgehen zwar zu verabscheuen, aber seinen Mut und seine Kraft zu bewundern.«

»Das heißt?«

»Möglicherweise wird sie zu lange überlegen, zögern und damit die Gelegenheit verpassen.«

»Würde sie zu ihm überlaufen?«

»Niemals, sagt Darrell. Da ist er vollkommen sicher.«

Hood war nicht ganz so überzeugt, aber er verließ sich in diesem Fall auf Darrell. Über Serradors Tod besaß auch Herbert keine weiteren Informationen – außer daß sich seine Beteiligung an Marthas Ermordung bestätigt hatte –, aber er wolle daran arbeiten. Hood dankte ihm und bat ihn, dem Präsidenten das letzte Update zukommen zu lassen. Dann machte er sich auf den Weg zum Weißen Haus.

Um diese Uhrzeit war relativ wenig Verkehr, so daß die Fahrt kaum eine halbe Stunde dauerte. Von der Constitution Avenue bog er in die 17th Street und fuhr nach rechts in die E Street, eine Einbahnstraße. Sich links haltend, erreichte er das Southwest Appointment Gate. Der Posten winkte ihn durch. Er parkte den Wagen und betrat den Westflügel des Weißen Hauses.

Ganz gleich, in welcher Gemütsverfassung er sich befand, wie schwer die Krise war, mit der er zu kämpfen hatte, welche zynischen Gedanken ihm durch den Kopf schossen – der Hauch von Macht und Geschichte, der durch die weiten Gänge wehte, beeindruckte ihn immer wieder aufs neue. Hier trafen sich Vergangenheit und Zukunft. Zwei der Gründerväter hatten hier gelebt. Von diesem Ort aus hatte Abraham Lincoln die Einheit der Nation erhalten und gefestigt, von hier aus war der Zweite Weltkrieg gewonnen worden, hier hatte man die Entscheidung getroffen, den Mond zu erobern. Mit der richtigen Mischung aus Weisheit, Mut und Cleverneß konnte man von dieser Plattform aus alles für die Nation und damit für die gesamte Welt erreichen. In dieser Atmosphäre fiel es Hood schwer, sich die Fehler der Führer der amerikanischen Nation vor Augen zu halten. Das einzige, was zählte, war das Feuer der Hoffnung, das hier, im Dunstkreis der Macht, brannte.

Er nahm den Hauptaufzug, um in den Lagerraum zu gelangen, der im ersten von drei Untergeschossen lag. Darunter befanden sich ein Kriegsraum, ein Sanitätsraum, ein Bunker für die Familie des Präsidenten und das Personal sowie eine Küche. Ein zackiger junger Wachmann begrüßte ihn und überprüfte den Abdruck seiner Handfläche auf einem horizontalen Laserscanner. Als das Gerät piepste, ließ er Hood den Metalldetektor passieren. Ein Assistent des Präsidenten empfing ihn und führte ihn in den holzvertäfelten Lageraum, wo Steve Burkow bereits wartete.

Außerdem befanden sich der respekteinflößende Oberkommandierende der Streitkräfte, General Kenneth Van-Zandt, Carol Lanning, die Außenminister Av Lincoln vertrat – er hielt sich in Japan auf –, und der Direktor der CIA, Marius Fox, im Raum. Fox war ein mittelgroßer Mann Ende Vierzig und weder besonders korpulent noch übertrieben schlank. Das braune Haar trug er kurzgeschnitten. In der Brusttasche seiner perfekt geschnittenen Anzüge steckte stets ein buntes Taschentuch, dessen leuchtende Farbe jedoch nicht mit dem Strahlen seiner braunen Augen konkurrieren konnte. Offenkundig genoß er seine Arbeit.

Neue Besen kehren gut, dachte Hood zynisch. Mal sehen, wie lange es dauerte, bis ihn die Mühlen der Bürokratie und der anstrengende Job zermürbt hatten.

In der Mitte des hell erleuchteten Raumes stand ein langer, rechteckiger Mahagonitisch. Jeder der zehn Sitzplätze war mit einem abhörsicheren STU-3-Telefon, einem Computermonitor und einer ausziehbar Tastatur, die sich unter die Tischplatte schieben ließ, ausgestattet. Die Computer standen in keinerlei Verbindung zur Außenwelt. Selbst Software des Verteidigungs- und Außenministeriums wurde genauestens auf Viren untersucht, bevor sie ins System eingespeist wurde. An den elfenbeinfarbenen Wänden hingen detaillierte, farbige Landkarten, auf denen der Standort amerikanischer und ausländischer Truppen verzeichnet war. Fähnchen markierten Krisenherde – rote standen für offene Unruhen und grüne für latente Probleme. In Spanien war kein Fähnchen zu entdecken, ein einziges grünes steckte vor der Küste. Offenbar beinhaltete die Veränderung der Regierungspolitik nicht die Entsendung amerikanischer Truppen auf das Festland. Die Markierung vor der Küste kennzeichnete vermutlich einen Flugzeugträger, der US-Beamte evakuieren konnte, falls dies notwendig wurde.

Hood hatte die anderen kaum begrüßt, als auch schon der Präsident eintraf.

Der breitschultrige Michael Lawrence maß einen Meter neunzig und besaß Charisma, Charme und Gelassenheit, kurz: alle Eigenschaften, die man von einem amerikanischen Präsidenten erwartete. Das relativ lange, silberfarbene Haar trug er in einer dramatischen Welle zurückgekämmt, und seine volltönende Stimme ließ Hood immer an Marcus Antonius denken, so wie er ihn sich bei seinen Reden im römischen Senat vorstellte. Dennoch wirkte Lawrence im Vergleich zur Zeit seiner Amtsübernahme müde. Die aufgedunsenen Lider wollten nicht recht zu den eingefallenen Wangen passen, und das Haar schimmerte nur deshalb silbrig, weil es inzwischen eher weiß als grau war. Dieses Phänomen konnte man an Präsidenten der USA häufig beobachten. Nicht nur die aufreibende Tätigkeit an sich ließ sie vorzeitig altern, sondern die Tatsache, daß jede ihrer Entscheidungen einschneidende Folgen für das Leben anderer Menschen besaß. Zermürbend wirkten auch die Krisen, mit denen sie sich zu jeder Tages- und Nachtzeit herumschlagen mußten. Hinzu kam der ›Nachwelteffekt‹, wie Liz Gordon es einmal genannt hatte: Einerseits sehnte man sich danach, in den Geschichtsbüchern wohlwollend beurteilt zu werden, andererseits durfte man die Interessen der Menschen, die einen gewählt hatten, nicht aus den Augen verlieren. Nur wenige waren solch einer emotionalen und intellektuellen Belastung gewachsen.

Der Präsident dankte allen für ihre Anwesenheit und setzte sich. Während er sich Kaffee eingoß, drückte er Hood sein Beileid zum Tod von Martha Mackall aus. Er bedauerte den Verlust der jungen, talentierten Diplomatin und erklärte, er habe bereits jemanden beauftragt, in aller Stille eine Gedenkfeier für sie zu organisieren. Hood dankte ihm. Menschliche Gesten waren Präsident Lawrence' Stärke, weil man die Aufrichtigkeit dahinter spürte.

Dann wandte er sich abrupt dem Tagesgeschäft zu. Diese Art von Themenwechsel zählte ebenfalls zu seinen Eigenheiten.

»Ich habe soeben mit dem Vizepräsidenten und dem spanischen Botschafter, Señor García Abril, telefoniert.« Der Präsident nippte an seinem schwarzen Kaffee. »Wie einigen von Ihnen bekannt ist, stellt sich die Situation in Spanien vom militärischen Standpunkt aus recht verwirrend dar. Die Polizei hat einige regionale Unruhen niedergeschlagen, andere aber ignoriert. Carol, möchten Sie sich kurz dazu äußern?«

Lanning nickte und warf einen Blick auf ihre Notizen. »Polizei und Armee ignorieren Ausschreitungen von Kastiliern gegen andere ethnische Gruppen. Überall im Land strömen Tausende von Menschen auf der Suche nach Schutz in die Kirchen.«

»Wird Ihnen Zuflucht gewährt?« erkundigte sich Burkow.

»Bis jetzt ja.« Sie blätterte weiter. »Aber an einigen Orten sind es inzwischen zu viele Menschen, wie zum Beispiel in der Parroquia María Reina in Barcelona und der Iglesia del Señor in Sevilla. Dort hat man die Türen geschlossen und läßt niemanden mehr herein. In einigen Fällen hat man die örtliche Polizei geholt, um Leute aus den Kirchen zu entfernen. Dieses Vorgehen wird vom Vatikan insgeheim verurteilt, obwohl man in der öffentlichen Stellungnahme, die für heute erwartet wird, die Bevölkerung zu ›Disziplin und Mitgefühl‹ aufrufen wird.«

»Danke«, erklärte der Präsident. »Offenbar wird Spanien im Augenblick von drei verschiedenen Fraktionen regiert, die nichts miteinander zu tun haben. Botschafter Abril zufolge, der sich mir gegenüber immer sehr offen gezeigt hat, kämpfen die Abgeordneten im Parlament darum, ihre Distrikte aus den Unruhen herauszuhalten und den normalen Gang der Geschäfte dort sicherzustellen. Für ihre Unterstützung nach dem Ende der Krise versprechen sie den Menschen alles, offenbar in der Hoffnung, mit einer stärkeren Hausmacht an die Bildung einer neuen Regierung zu gehen.«

213

»Meinen Sie eine neue Regierung innerhalb des bestehenden Systems, oder ist hier von einem neuen System die Rede?« erkundigte sich Lanning.

»Dazu komme ich gleich. Der Ministerpräsident besitzt praktisch keinerlei Unterstützung mehr, weder im Volk noch im Parlament. Sein Rücktritt wird für die nächsten zwei Tage erwartet. Abril meint, der König, der sich in seiner Residenz in Barcelona aufhält, könne auf die Kirche und auf die Bevölkerung mit Ausnahme der Kastilier zählen.«

»Das ergibt noch keine Mehrheit«, gab Burkow zu bedenken.

»Damit hätte er etwa fünfundvierzig Prozent der Bevölkerung hinter sich, eine sehr wacklige Position«, bestätigte der Präsident. »Es heißt, im Palast in Madrid wimmle es nur so von Soldaten, wobei man nicht weiß, ob sie das Gebäude schützen oder den Monarchen an der Rückkehr hindern sollen.«

»Oder beides«, warf Lanning ein. »Das erinnert mich an die Besetzung des Winterpalastes, mit der man Zar Nikolaus zur Abdankung zwang.«

»Durchaus möglich«, stimmte der Präsident zu. »Aber es kommt noch schlimmer. Paul, Bob Herbert und Mike Rodgers haben mir die letzten Daten über das Militär zukommen lassen. Möchten Sie sich dazu äußern?«

Hood faltete auf dem Tisch die Hände. »Offenbar wurde dieses Chaos von einem General namens Rafael Amadori inszeniert. Unseren Erkenntnissen zufolge ließ er eine Jacht in der Biskaya sprengen. Bei der Explosion wurden mehrere führende Geschäftsleute getötet, die ebenfalls den Sturz der Regierung planten. Außerdem ist er offenbar für den Tod des Abgeordneten Serrador verantwortlich, des Mannes, zu dem Martha Mackall unterwegs war, als sie heute morgen erschossen wurde.« Hoods Stimme wurde leiser, er senkte den Blick. »Wir haben Grund zu der Annahme, daß Serrador ihr mit Hilfe der Männer von der Jacht eine Falle gestellt hat.«

»Bob Herbert überprüft diesen Verdacht noch«, ergänzte der Präsident. »Doch auch wenn sich nun herausstellt, daß ein Teil der Regierung an einer Verschwörung beteiligt war – möglicherweise wird es bald keine gesetzlich gewählte Regierung mehr geben, bei der wir uns beschweren könnten. Es war stets die Politik der Vereinigten Staaten, sich nicht in die internen Angelegenheiten anderer Länder einzumischen. In den bekannten Ausnahmefällen wie Panama und Grenada war unsere nationale Sicherheit bedroht. Das Problem ist, daß wir es bei Spanien mit einem NATO-Mitglied zu tun haben, was General VanZandt besonderes Kopfzerbrechen bereitet. Nach dem Ende der gegenwärtigen Krise wird es vermutlich zu einer Regierungsumbildung kommen, aber wir können keinen Diktator an der Spitze dieses Landes dulden. Bei Franco lag der Fall anders, weil seine Politik nicht expansionistisch orientiert war.«

»Aber nur, weil er beobachtet hatte, wie wir Mussolini und Hitler in die Pfanne gehauen haben«, erklärte Burkow.

»Aus welchem Grund auch immer, er verhielt sich jedenfalls ruhig«, erwiderte der Präsident. »Das mag jetzt anders aussehen. General VanZandt?«

Der hochgewachsene, distinguierte Offizier afroamerikanischer Abstammung öffnete einen vor sich liegenden Ordner. »Ich habe einen Überblick über General Amadoris Laufbahn vorliegen. Seit er vor zweiunddreißig Jahren zur Armee ging, hat er sich von unten hochgearbeitet. Bei dem rechten Putschversuch gegen den König im Jahre 1981 stand er auf der richtigen Seite, nämlich links. Während der Kämpfe wurde er verletzt und erhielt dafür die Tapferkeitsmedaille. Danach stieg er schnell auf. Interessanterweise hat er sich nicht gegen die NATO ausgesprochen, jedoch niemals an gemeinsamen Manövern teilgenommen. In Briefen an seine Vorgesetzten trat er für eine starke nationale Verteidigung ohne ausländische Hilfe ein, die er als ›Einmischung‹ bezeichnete. Dagegen waren in den achtziger Jahren häufig sowjetische Militärs bei ihm zu Gast, und diese Besuche wurden auch erwidert. Erkenntnissen der CIA zufolge hielt er sich 1982 als Beobachter in Afghanistan auf.«

»Vermutlich wollte er herausfinden, wie man Menschen am effektivsten unterdrückt«, kommentierte Carol Lanning.

»Durchaus möglich«, lautete VanZandts Antwort. »Zu jener Zeit arbeitete Amadori zudem eng mit dem militärischen Geheimdienst Spaniens zusammen. Offenbar nutzte er seine Auslandsreisen, um entsprechende Kontakte herzustellen. Sein Name erscheint zumindest in zwei Geständnissen von von der CIA enttarnten sowjetischen Spionen.«

»In welchem Zusammenhang?« erkundigte sich Hood.

VanZandt blickte auf den Computerausdruck. »Einmal hatte ihn der Spion bei einem Treffen mit einem sowjetischen Offizier identifiziert, weil Amadori ein Namensschild trug. Im zweiten Fall wurden Informationen über einen westdeutschen Geschäftsmann an ihn weitergeleitet, der versuchte, eine spanische Zeitung aufzukaufen.«

»Also haben wir es mit einem Mann zu tun, der den Fehlschlag eines Staatsstreichs in seinem eigenen Land aus nächster Nähe miterlebt hat und mit den Antiguerilla-Taktiken anderer Staaten vertraut ist«, faßte der Präsident zusammen. »Außerdem besitzt er langjährige Erfahrung mit Geheimdiensten, verfügt über die entsprechenden Kontakte und kontrolliert praktisch das spanische Militär. Botschafter Abril fürchtet nicht ohne Grund, daß sowohl Portugal als auch Frankreich gefährdet sein könnten. Als Oberhaupt eines spanischen Militärstaates könnte Amadori mit Leichtigkeit im Laufe der Zeit die Regierungen beider Länder unterminieren und dann dort einmarschieren.«

»Nur über meine Leiche – und ich spreche für die NATO«, erklärte VanZandt.

»Sie vergessen, mit wem Sie es zu tun haben, General«, hielt der Präsident dagegen. »Offenbar hat Amadori seine Machtübernahme als Verteidigung der Regierung inszeniert, indem er der Verschwörung erst ihren Lauf ließ und dann zuschlug. Eine brillante Strategie: den Feind aus der Deckung locken und *dann* vernichten. Gleichzeitig hat er auch noch die Regierung als korrupt hingestellt und damit ebenfalls ausgeschaltet.«

»Auch wenn er in Frankreich und Portugal nicht selbst regiert, sondern Strohmänner einsetzt, die Macht liegt in seinen Händen«, ergänzte Lanning nachdenklich.

»Genau«, stimmte der Präsident zu. »Mein Gespräch mit Abril und dem Vizepräsidenten hat ergeben, daß in Spanien auf jeden Fall eine neue Regierung die Macht übernehmen wird. Soviel ist klar. Wir waren uns jedoch darüber einig, daß auf keinen Fall Amadori an die Macht kommen darf. Die erste Frage lautet also, ob wir die Zeit und die Leute haben, um einen Gegenkandidaten aufzutreiben. Wenn nicht, wäre zu klären, ob wir an ihn herankommen können.«

VanZandt schüttelte den Kopf und lehnte sich zurück. »Das ist eine üble Geschichte, Mr. President. Wir werden uns die Hände schmutzig machen.«

»Ich bin ganz Ihrer Meinung, General.« Der Präsident klang überraschend vorsichtig. »Aber wenn niemand eine bessere Idee hat, sehe ich keine andere Möglichkeit.«

»Warum warten wir nicht ab?« schlug Fox, der Direktor der CIA, vor. »Vielleicht vernichtet Amadori sich selbst, oder das Volk lehnt sich gegen ihn auf.«

»Alles deutet darauf hin, daß er von Stunde zu Stunde stärker wird, was möglicherweise daran liegt, daß er keinen ernstzunehmenden Gegner besitzt«, entgegnete der Präsident. »Offenbar wird jede Gegenwehr im Keim erstickt. Oder täusche ich mich, Paul?«

Hood schüttelte den Kopf. »Einer von meinen Leuten war dabei, als er Werftarbeiter hinrichten ließ, die möglicherweise – wohlgemerkt möglicherweise – gegen ihn waren.«

»Wann war das?« fragte Lanning, ohne ihr Entsetzen zu verbergen.

»Vor kaum einer Stunde.«

»Der Mann ist zum Völkermord fähig«, erklärte sie.

»Das weiß ich nicht«, gab Hood zurück, »aber auf jeden Fall scheint er fest entschlossen, die Macht in Spanien an sich zu reißen.«

»Und wir sind fest entschlossen, ihn aufzuhalten«, sagte der Präsident grimmig.

»Aber wie?« wollte Burkow wissen. »Ein offizielles Eingreifen kommt nicht in Frage. Paul, Marius, haben wir dort drüben Leute im Untergrund, auf die wir zählen können?«

»Da muß ich unsere Kontaktperson in Madrid fragen«,

antwortete Fox. »Es ist schon eine Weile her, daß wir solche Aufgaben übernommen haben.«

Burkow blickte Hood an, der Präsident folgte seinem Beispiel. Hood schwieg. Nachdem Fox sich geschickt aus der Affäre gezogen hatte, war ihm klar, was ihm bevorstand.

»Paul, Ihre Strikers befinden sich auf dem Weg nach Spanien, und Darrell McCaskey hält sich bereits dort auf«, stellte der Präsident fest. »Außerdem arbeiten Sie mit einer Interpolbeamtin zusammen, die sich bei dem Massaker in der Jachtwerft ergeben hat. Was ist mit ihr? Können wir auf sie zählen?«

»Sie hat sich ergeben, weil sie hofft, dadurch in Amadoris Nähe zu gelangen«, erwiderte Hood. »Aber wie sie handeln wird, falls ihr dies gelingt, wissen wir nicht. Möglicherweise wird sie nur Aufklärungsarbeit leisten, aber es ist nicht auszuschließen, daß sie versucht, ihn zu neutralisieren.«

Hood haßte sich selbst für diesen Euphemismus. Sie sprachen von einem Mord, einer Tat, die sie so scharf verurteilt hatten, als es um Martha Mackall ging. Das Motiv war dasselbe: Politik. Wirklich ein übles Geschäft. Wie gern wäre er jetzt bei seiner Familie gewesen!

»Wie heißt die Frau?« erkundigte sich der Präsident.

»María Corneja, Mr. President«, erwiderte Hood. »Wir besitzen eine Akte über sie, die noch aus der Zeit der Gründung des Op-Centers stammt. Damals arbeitete sie einige Monate bei uns. Wir haben alle voneinander gelernt.«

»Wie würde sich Miß Corneja verhalten, wenn sie auf die Unterstützung eines Teams wie die Strikers zählen könnte?«

»Da bin ich mir nicht sicher«, antwortete Hood ehrlich. »Ich weiß nicht einmal, ob das einen Unterschied machen würde. Sie ist hart im Nehmen und sehr unabhängig.«

»Finden Sie es heraus, Paul, aber bleiben Sie diskret. Bis zum Ende der Krise ist das Op-Center zuständig.«

»Ich verstehe.« Hoods Stimme klang leise und monoton. Er fühlte sich miserabel. Nicht einer der anderen Anwesenden hatte ihm Beistand angeboten.

Er war kein Kind mehr und hatte immer gewußt, daß er möglicherweise einmal den Strikers oder einem seiner Agenten den Auftrag zur Eliminierung eines Gegners würde erteilen müssen, aber jetzt, wo dieser Augenblick gekommen war, fühlte er sich elend. Das Op-Center war auf sich allein gestellt. Wenn sie Erfolg hatten, starb ein Mensch. Wenn sie versagten, würde dies ihr Gewissen bis ans Ende ihrer Tage belasten. Es gab keinen ehrenhaften Ausweg.

Offenbar verstand Carol Lanning ihn. Als der Präsident und die anderen den Raum verließen, blieb sie neben Hood am Tisch sitzen. Alle wünschten ihm eine gute Nacht, enthielten sich aber sonst jeden Kommentars. Was konnten sie auch sagen? Viel Glück? Hals- und Beinbruch? Waidmannsheil?

Als sich das Zimmer geleert hatte, legte Carol ihre Hand auf die Hoods.

»Es tut mir leid. Wenn einen die anderen so hängenlassen, ist das ziemlich unangenehm.«

»Man hat mir gekonnt den Schwarzen Peter zugeschoben.«

»Hm. Sie glauben doch nicht, daß die anderen wußten, was der Präsident vorhat?«

Hood schüttelte den Kopf. »Bis sie zur Tür hinaus sind, haben sie die Angelegenheit schon vergessen. Wie der Präsident sagte, das Op-Center ist zuständig.« Wieder schüttelte er den Kopf. »Verdammt noch mal, man kann nicht einmal von Vergeltung sprechen. Marthas Mörder sind tot.«

»Ich weiß. Aber niemand hat behauptet, in diesem Geschäft werde fair gespielt.«

»Nein.« Eigentlich wollte Hood aufstehen, aber er war zu müde und zu wütend, um sich zu bewegen.

»Falls ich, selbstverständlich inoffiziell, etwas für Sie tun kann, lassen Sie es mich wissen.« Carol drückte erneut seine Hand und erhob sich. »Paul, Sie müssen es als Ihren Job ansehen. Etwas anderes können Sie sich nicht leisten.«

»Danke. Doch ich weiß nicht, inwiefern ich mich dann noch von Amadori unterscheide.«

Sie lächelte. »Aber das tun Sie, Paul. Es wird Ihnen nie

219

gelingen, sich davon zu überzeugen, daß das, was Sie tun, richtig ist – Sie wissen nur, daß es notwendig ist.«

Hood konnte den Unterschied immer noch nicht recht erkennen, aber jetzt war nicht der Augenblick, um diese Frage zu klären. Schließlich hatte er tatsächlich einen Job zu erledigen, ob er ihm nun gefiel oder nicht. Zudem waren die Strikers, Aideen Marley und Darrell McCaskey auf seine Unterstützung angewiesen.

Langsam erhob er sich und verließ gemeinsam mit Carol den Raum. Welche Ironie! Bürgermeister von Los Angeles zu sein war ihm einst schwierig erschienen, weil er ständig mit den verschiedenen Interessengruppen aneinandergeriet und ununterbrochen im Licht der Öffentlichkeit stand. Jetzt arbeitete er im Verborgenen und fühlte sich privat und beruflich einsam und verlassen.

Wer gesagt hatte, daß man die Menschen nicht lieben dürfe, um sie führen zu können, wußte er nicht mehr. Aber es stimmte, und deswegen war Michael Lawrence Präsident und er nicht. Aus genau diesem Grund konnte nur jemand wie Lawrence dieses Amt ausüben.

Hood würde den Job erledigen, weil ihm keine andere Wahl blieb. Dann aber, schwor er sich, war Schluß damit. Hier im Weißen Haus, das ihn noch vor einer Stunde so beeindruckt hatte, versprach er sich, daß er, egal wie diese Krise ausging, das Op-Center verlassen und um seine Familie kämpfen würde.

24

Dienstag, 6 Uhr 50 – San Sebastián, Spanien

Das schlafende San Sebastián war durch das Gewehrfeuer in der Fabrik aus der Nachtruhe gerissen worden.

Noch lange, nachdem die Polizei die Leiche seines Bruders abgeholt hatte, hatte Pater Norberto auf dem harten Holzboden der Wohnung gekniet und für Adolfos Seele gebetet. Doch als er die Schüsse und die Schreie der Menschen hörte, die ›la fábrica‹ riefen, begab er sich sofort zu seiner Kirche.

Während er sich St. Ignatius näherte, sah er hinter dem langen, ebenen Feld in der Ferne über der Werftanlage Hubschrauber schweben. Doch für Fragen blieb keine Zeit. Schon füllte sich die Kirche mit Müttern mit Kleinkindern und Älteren. Bald würden die Fischer eintreffen, die an Land zurückkehrten, um nach ihren Familien zu sehen. Um diese Menschen mußte er sich kümmern, nicht um sein eigenes Leid.

Seine Ankunft wurde von den Leuten vor der Kirche, die Gott laut dankten, als er erschien, mit Erleichterung aufgenommen. Einen flüchtigen, innigen Augenblick lang spürte der Priester beim Anblick dieser Bedauernswerten Liebe und Mitleid, wie sie der Menschensohn selbst gefühlt haben mußte. Sein Schmerz wurde dadurch nicht gelindert, aber Stärke und Entschlossenheit kehrten zurück.

Lächelnd redete er mit leiser Stimme auf seine Pfarrkinder ein. Das war wichtig, um sie zu beruhigen, weil es half, ihre Furcht unter Kontrolle zu halten. Dann sorgte er dafür, daß alle sich in den Bänken der Kirche niederließen. Als er schließlich die Kerzen neben der Kanzel entzündet hatte, bat er den weißhaarigen ›Großvater‹ José, sich um weitere Neuankömmlinge zu kümmern und darauf zu achten, daß die Ordnung durch sie nicht gestört wurde. Die grauen Augen des früheren Kapitäns eines Rettungsschiffes, der überzeugter Katholik war, glänzten, während er demütig den ihm erteilten Auftrag übernahm.

Als die Kerzen brannten und die Kirche mit ihrem tröstlichen Licht erhellten, schritt Norberto zum Altar. Einen Augenblick lang stützte er sich darauf, bevor er die Messe las, in der Hoffnung, das vertraute Ritual möge auf die Gemeinde ebenso tröstlich wirken wie die Gegenwart Gottes. Vielleicht würde auch er, Norberto, Linderung in seinem Schmerz finden. Doch diese blieb ihm versagt. Während er seine Pfarrkinder durch die Liturgie führte, schöpfte er seine Kraft allein aus dem Trost, den er anderen spendete.

Als der Gottesdienst vorüber war, wandte er sich der unruhigen Menge zu. Inzwischen hatten sich über hundert Flüchtlinge in der Kirche versammelt. Die Ausdünstungen der verängstigten Menschen füllten die kleine, dunkle Kirche. Durch die offene Tür drang der Geruch des Meeres herein. Dadurch inspiriert, entschied sich Pater Norberto, aus dem Matthäusevangelium zu lesen.

Seine Stimme klang laut und kraftvoll. »»Er sagte zu ihnen: Warum habt ihr solche Angst, ihr Kleingläubigen? Dann stand er auf, drohte den Winden und der See, und es trat völlige Stille ein.‹«

Die Worte des Evangeliums und die Not der Menschen verliehen dem Priester ungeahnte Stärke. Auch jetzt, wo die Schüsse aufgehört hatten, strömten Flüchtlinge auf der Suche nach Zuflucht in all der Verwirrung in die Kirche.

Pater Norberto hörte das Telefon im Pfarrhaus nicht, doch José hatte das Läuten vernommen.

Der alte Mann nahm den Anruf entgegen. Aufgeregt rannte er dann zu Norberto. »Pater!« flüsterte er ihm ins Ohr. »Schnell, Pater, Sie müssen kommen?«

»Was ist denn los?«

»Der Koadjutor von Generalsuperior González in Madrid ist am Apparat und will Sie sprechen.«

Norberto starrte ihn einen Augenblick lang an. »Bist du sicher, daß er mich meint?«

José nickte heftig. Verwirrt ging Norberto zur Kanzel und griff nach seiner Bibel, reichte sie dem Alten und bat ihn, der Gemeinde bis zu seiner Rückkehr weiter aus Matthäus vorzulesen. Dann eilte zum Pfarrhaus, wobei er sich fragte, was das Oberhaupt der spanischen Jesuiten wohl von ihm wollte.

Nachdem er die Tür seines Studierzimmers hinter sich geschlossen hatte, ließ er sich an dem alten Eichenschreibtisch nieder, rieb sich die Hände trocken und griff nach dem Hörer.

Bei dem Anrufer handelte es sich um Pater Francisco, einen jungen Priester, der Norberto mitteilte, daß seine Anwesenheit in Madrid gewünscht werde – gewünscht, nicht erbeten. Er solle unverzüglich aufbrechen.

»Warum?« Eigentlich genügte es, daß Generalsuperior González nach ihm verlangte. Dieser berichtete direkt dem Papst und sprach daher mit der Autorität des Vatikans. Doch wenn es um die baskische Provinz mit ihren fünftausend Jesuiten ging, hielt sich der Generalsuperior üblicherweise an seinen alten Freund, Pater Iglesias, im nahegelegenen Bilbao. So war es Norberto auch lieber. Ihn interessierten seine Pfarrkinder, nicht seine Karriere.

»Ich kann nur sagen, daß er Sie und einige andere ausdrücklich zu sich gebeten hat.«

»Hat man nach Pater Iglesias geschickt?«

»Er steht nicht auf meiner Liste. Ein Flugzeug erwartet Sie um 8 Uhr 30, die Privatmaschine des Generalsuperiors. Darf ich ihm sagen, daß Sie an Bord sein werden?«

»Wenn es mir befohlen wird.«

»Es ist der *Wunsch* des Generalsuperiors«, korrigierte Pater Francisco nachsichtig.

In der beschönigenden Sprache der Kirche bedeutete dies dasselbe, deshalb erklärte Norberto, er werde dort sein. Der Anrufer dankte ihm und legte auf, während Norberto in die Kirche zurückkehrte.

Dort nahm er aus den Händen des alten José die Bibel entgegen und las weiter aus Matthäus vor. Aber obwohl die Worte warm und vertraut klangen, war Norberto mit Herz und Gedanken nicht bei der Sache. Zu sehr war er mit seinem Bruder und seiner Gemeinde beschäftigt.

Die meisten seiner Pfarrkinder drängten sich inzwischen in den Bänken oder standen Schulter an Schulter an den Wänden. Nun mußte er entscheiden, wer diese Menschen durch den Tag und die folgende Nacht begleiten sollte. Besonders wichtig war dies bei jenen, die bei der Schießerei auf der Werft Angehörige oder Freunde verloren hatten. Vielleicht waren diese Kämpfe auch nur der Auftakt zu noch Schrecklicherem gewesen. Wenn er Adolfos Worten von gestern nacht glaubte, dann hatte die Schlacht eben erst begonnen.

Als sich die Versammlung beruhigt hatte – nach sieben Jahren in der Gemeinde hatte Norberto ein Gespür für die

223

Stimmung entwickelt –, schloß er die Bibel und sprach von den Sorgen und Gefahren, die vor ihnen liegen mochten. Er bat darum, Häuser und Herzen denen zu öffnen, die einen lieben Menschen verloren hatten. Dann erklärte er seinen Pfarrkindern, daß er nach Madrid gerufen worden sei, um mit dem Generalsuperior Spaniens über die Krise in ihrem Land zu konferieren, und bald aufbrechen werde.

Nach dieser Ankündigung senkte sich Schweigen über die Versammlung. Für die Leute war es keine Überraschung, daß die Regierung sie im Stich ließ. Das war unter Franco so gewesen und hatte auch gegolten, als in den siebziger Jahren die Küstengewässer geplündert worden waren. Offenbar hatte sich bis heute nichts verändert. Doch daß Pater Norberto seine Gemeinde im Stich ließ, mußte wie ein Schock wirken.

»Pater Norberto, wir brauchen Sie«, flehte eine junge Frau in der ersten Reihe.

»Meine liebe Isabella«, gab dieser zurück. »Ich gehe nicht auf eigenen Wunsch. Der Generalsuperior Spaniens ruft mich zu sich.«

»Aber mein Bruder arbeitet auf der Werft, und wir haben nichts von ihm gehört. Ich habe Angst!«

Norberto ging auf sie zu. In ihren Augen las er Schmerz und Furcht, doch er zwang sich zu einem Lächeln. »Isabella, ich weiß, was Sie empfinden. Ich habe heute selbst meinen Bruder verloren.«

In die Augen der jungen Frau trat Entsetzen. »Pater ...«

Norbertos Lächeln wirkte entschlossen und beruhigend. »Mein geliebter Adolfo wurde heute morgen ermordet. Ich hoffe, durch meine Reise nach Madrid Generalsuperior González bei der Bewältigung dieser Krise helfen zu können. Niemand soll mehr sterben, weder Brüder noch Söhne noch Ehemänner.« Er berührte Isabellas Wange. »Können Sie ... werden Sie für mich stark sein?«

Mit bebenden Fingern berührte Isabella seine Hand. In ihren Augen standen Tränen. »Das mit Dolfo wußte ich nicht«, sagte sie leise. »Es tut mir sehr leid. Ich werde versuchen, stark zu sein.«

»Sie brauchen Ihre Stärke für sich, nicht für mich.« Norberto blickte in die verängstigten Augen seiner Pfarrkinder. »Ihr alle müßt stark sein und einander helfen.« Dann wandte er sich an den alten José, der in der Menge an der Wand stand, und fragte ihn, ob er ihn in seiner Abwesenheit als Priester vertreten, aus der Bibel lesen und mit den Menschen über ihre Ängste sprechen wolle. Der Gedanke war ihm erst in diesem Augenblick gekommen, aber José war begeistert. Dankbar und demütig neigte er das Haupt und nahm an. Norbert dankte ihm. Dann wandte er sich an seine geliebte Gemeinde.

»Wir stehen vor schwierigen Zeiten, aber wo immer ich auch sein werde, ob in San Sebastián oder in Madrid, wir werden ihnen gemeinsam mit Glaube, Hoffnung und Mut begegnen.«

»Amen, Pater«, sagte Isabella laut.

Die Versammlung sprach ihr nach. Wie aus einem Munde füllten die Stimmen die Kirche. Obwohl Norberto immer noch lächelte, flossen Tränen über seine Wangen, aber er weinte nicht aus Kummer, sondern aus Stolz. Er erlebte etwas, das Generälen und Politikern versagt bleiben würde, ganz gleich, wieviel Blut sie vergossen: Gute Menschen schenkten ihm ihre Liebe und ihr Vertrauen. Während er in ihre Gesichter blickte, sagte er sich, daß Adolfo nicht umsonst gestorben war. Sein Tod hatte die Gemeinde enger zusammengeführt und den Menschen Kraft geschenkt.

Unter den Segenswünschen und Gebeten seiner Pfarrkinder verließ er die Kirche. Während er im warmen Licht des Tages auf das Pfarrhaus zuging, fiel ihm ein, wie belustigt Adolfo gewesen wäre, wenn er gewußt hätte, daß er als Ungläubiger die verängstigte Gemeinde dazu gebracht hatte, sich enger zusammenzuschließen.

Norberto fragte sich, ob Gott diese Gnade als Sühne für Adolfos Todsünde gewährt hatte. Ihm war kein theologischer Präzedenzfall bekannt, aber wie sich an diesem Morgen herausgestellt hatte, war die Hoffnung ein starkes Licht in der Finsternis.

Vielleicht, dachte er, weil sie oft das einzige Licht ist.

25

Dienstag, 8 Uhr 06 – Madrid, Spanien

Sobald die Soldaten Ramirez' Fabrik unter ihre Kontrolle gebracht hatten, stellten sie die drei Dutzend überlebenden Angestellten in einer Reihe auf und überprüften ihre Identität. Bei der Auswahl fiel María auf, daß die wichtigsten Führer der *familia* alle noch am Leben waren. Der Posten am Tor und die anderen Informanten mußten sorgfältig Buch geführt haben, vermutlich hatten sie sogar Fotos geliefert. Die Elite der *familia* würde Amadori für Schauprozesse zur Verfügung stehen, so daß er der Nation beweisen konnte, daß sich Spanier gegen ihre eigenen Landsleute verschworen hatten. Damit hatte er das Land vor dem Chaos gerettet. Vermutlich waren die Exekutierten vollkommen unschuldig gewesen. Als Lebende hätten sie womöglich glaubwürdig erklären können, nicht zur *familia* zu gehören. Als Tote waren sie Amadori daher wesentlich nützlicher. Angesichts der Sorgfalt, mit der er sogar diese begrenzte Aktion in einem abgelegenen Winkel Spaniens geplant hatte, lief es María kalt den Rücken hinunter.

Die Arbeiter, deren Namen sich auf der Liste der Soldaten fanden, wurden auf das Dach gebracht. Von dort transportierte sie einer der Hubschrauber zu dem kleinen Flughafen außerhalb von Bilbao, wo man María gemeinsam mit 15 Arbeitern in einem Hangar in Schach hielt.

Juan und Ferdinand befanden sich unter den Gefangenen. Beide waren gefesselt. Keiner von beiden sprach oder gönnte ihr einen Blick. Sie hoffte nur, daß sie nicht glaubten, sie hätte ihnen eine Falle gestellt.

Im Moment konnte sie dieses Thema allerdings nicht ansprechen. Worte nützten ihr nicht, nur die Zeit und Taten würden ihre Unschuld beweisen. Sie war froh, überhaupt so weit gekommen zu sein. Schließlich hatte sie sich ergeben, ohne zu wissen, ob überhaupt Gefangene genommen wurden. Mit erhobenen Armen hatte sie sich dem Fabrikgebäude genähert und gehofft, daß man nicht auf sie schießen würde, weil sie eine Frau war. Auch wenn ihre Beziehungen nicht besonders erfolgreich verlaufen waren, hatte sie bis jetzt immer auf den Stolz der spanischen Männer rechnen können. Nachdem sie den Parkplatz halb überquert hatte, wurde sie bemerkt, und man befahl ihr stehenzubleiben. Zwei Soldaten stürzten aus dem Gebäude, von denen einer sie begeistert durchsuchte, bis sie den beiden erklärte, sie habe eine Nachricht für General Amadori. Was sie ihm erzählen wollte, war ihr noch nicht klar, aber ihr würde schon etwas einfallen. Daß sie den Namen des Generals kannte, schien die Männer einzuschüchtern. Danach wurde sie zwar nicht besonders freundlich behandelt, aber zumindest belästigte man sie nicht.

Die Gefangenen standen jetzt schweigend in einer Gruppe beisammen. Einige rauchten, andere kümmerten sich um ihre Verletzungen, während alle warteten, ohne zu wissen, ob man sie wegbringen oder ob jemand kommen würde. Schließlich traf ein Propellerflugzeug aus Madrid ein.

Der Flug in die Hauptstadt dauerte nur fünfzig Minuten. Während die Wunden der Gefangenen verbunden wurden, sprach niemand. Die Soldaten richteten kein einziges Wort an sie. Während María aus dem Fenster der 24 Passagiere fassenden Maschine auf den Flickenteppich der Felder und Städte starrte, ging sie im Geist verschiedene Szenarien durch. Außer mit Amadori würde sie mit niemandem sprechen. Der General würde sie vorlassen – zumindest hoffte sie das –, um zu erfahren, was die Geheimdienste dieser Welt über seine Verbrechen in Erfahrung gebracht hatten. Vielleicht gelangten sie zu einer Vereinbarung, und er gab sich mit der Beteiligung an einer neuen Regierung zufrieden.

Allerdings war durchaus denkbar, daß der General sich nicht im geringsten darum scherte, was andere über ihn wußten oder von ihm hielten. Ob er nun Kastilien oder ganz Spanien regieren wollte: Er besaß die Waffen und beherrschte die Situation. Außerdem befanden sich die Mitglieder der *familia* in seiner Hand, aus denen er nicht nur Informationen herauspressen konnte, sondern die ihm auch als Geiseln dienten, falls dies notwendig werden sollte.

Nicht zu vernachlässigen war auch die Möglichkeit, daß ein Gespräch mit María Amadoris Ehrgeiz weiter anfachen würde. Interpretierte er das, was sie zu sagen hatte, als Drohung oder Herausforderung, würde er sich vielleicht einigeln und noch aggressiver agieren. Schließlich war auch er ein stolzer Spanier.

Das Flugzeug rollte in einen verlassenen Winkel des Flughafens, der sich ironischerweise ganz in der Nähe des Ortes befand, von dem aus sie früher am selben Tag aufgebrochen waren. Zwei große, mit Planen bespannte Lastwagen erwarteten sie. In der Ferne beobachtete María hektische Aktionen, an denen Soldaten mit Jeeps und Helikoptern beteiligt waren. Seit sie und Aideen Barajas vor sieben Stunden verlassen hatten, waren offenbar Teile des Flughafens zur Ausgangsbasis für weitere Angriffe geworden. Taktisch war dies durchaus sinnvoll. Von hier aus war jeder Teil Spaniens in weniger als einer Stunde zu erreichen.

Sie fühlte, wie ihr übel wurde, als sie plötzlich ahnte, daß es zu spät war, um die Entwicklung noch aufzuhalten. Sie hatten keine Chance mehr – es sei denn, sie schalteten das Gehirn hinter der Operation aus. Doch konnte man Amadori überhaupt außer Gefecht setzen? Und wenn ja, wie?

Sobald sich die acht Gefangenen auf den einander gegenüberliegenden Bänken niedergelassen hatten, fuhren die Lastwagen an. Vier mit Pistolen und Gummiknüppeln bewaffnete Männer, die sich an beiden Enden der Ladefläche postiert hatten, hielten sie auf dem Weg ins Zentrum von Madrid in Schach. Der Verkehr auf der Autobahn war ungewöhnlich dünn, obwohl die militärische Aktivitäten immer auffälliger wurden, je mehr sie sich der Stadtmitte näherten. Durch das vordere Fenster beobachtete María Lastwagen und Jeeps, die sich besonders um wichtige Regierungsgebäude und Kommunikationszentren zu sammeln schienen. Offenbar hatten sie die Aufgabe, dafür zu sorgen, daß niemand heraus oder hinein gelangte.

Der kleine, unauffällige Konvoi fuhr langsam die Calle de Bailén hinunter und hielt dann an. Nachdem der Fahrer ein paar Worte mit einem Wachposten gewechselt hatte, ging es weiter. María beugte sich vor, wurde aber von einem ihrer Bewacher zur Ordnung gerufen. Doch sie hatte gesehen, was sie interessierte. Die Lastwagen waren am Palacio Real, dem Königspalast, eingetroffen.

Das 1762 errichtete Gebäude stand auf den Ruinen einer maurischen Festung aus dem 9. Jahrhundert. Nach der Vertreibung der Mauren war diese zerstört und an ihrer Stelle ein prächtiges Schloß erbaut worden, das am Weihnachtsabend des Jahres 1734 niederbrannte. Daraufhin errichtete man den heutigen Palast. Mehr als jeder andere Ort in Spanien erinnerte dieser Flecken Erde, der vielen Spaniern als heilig galt, an die Vernichtung der Invasoren und die Geburt des modernen Spaniens. Die Nähe der Kathedrale Nuestra Señora de la Almudena, die sich unmittelbar südlich des Palastes befand, wirkte wie eine symbolische Weihe.

Vier Stockwerke hoch erhob sich das mächtige Gebäude aus weiß abgesetztem Granit von der Sierra de Guadarrama auf dem ›Balkon von Madrid‹, einer majestätischen Erhebung über dem Río Manzanares. Die freie Sicht nach Norden und Westen gewährte einen spektakulären Ausblick.

General Amadori wußte, was er sich schuldig war.

Die Residenz des Königs befand sich im Palacio de la Zarzuela in El Pardo am Nordrand Madrids. María fragte sich, ob sich der Monarch dort aufhielt, und was er zu dieser Entwicklung zu sagen hatte. Die Vorstellung, daß man die königliche Familie in einem Zimmer des Schlosses gefangenhielt, kam ihr beinahe vertraut vor. In wie vielen Nationen hatte sich dieses Szenario schon abgespielt? Es war die älteste Geschichte der Menschheit, und dabei spielte es keine Rolle, ob es sich um absolute oder konstitutionelle Monarchien handelte. Der einzige Unterschied war, daß der König manchmal sein Leben, manchmal nur die Krone verlor.

Wieder spürte sie die Übelkeit. Wenn nur das Ende nicht immer so vorhersehbar wäre!

Sie bogen um die Ecke auf die Plaza de la Armería, wo sich sonst am frühen Morgen die Touristen drängten. Heute exerzierten auf dem riesigen Platz Soldaten, während andere die fast zwei Dutzend Eingänge zum Palast selbst bewachten. Neben einer Doppeltür unter einem schmalen Balkon hielten die Lastwagen an. Die Gefangenen wurden in den Palast und durch einen langen Gang geführt. Nachdem sie das eindrucksvolle Treppenhaus in der Mitte des Gebäudes passiert hatten, hieß man sie anhalten. Eine Tür öffnete sich, und María, die ziemlich weit vorne stand, blickte in den Raum dahinter.

Vor ihnen lag der prächtige Hellebardensaal. Die Aufständischen hatten die axtähnlichen Waffen aus ihren Halterungen an den Wänden entfernt und den Raum in ein Gefängnis verwandelt. Ein Dutzend Wachen an der hinteren Wand hielt mindestens dreihundert Menschen in Schach, die auf dem Parkettboden saßen. María bemerkte mehrere Frauen und Kinder darunter. Hinter diesem Raum lag das Herz des Königspalastes: der Thronsaal. Neben dem eindrucksvollen Eingang hatte man zwei weitere Wachen postiert. María zweifelte nicht einen Augenblick daran, daß sich hinter der geschlossenen Tür das Hauptquartier General Amadoris befand. Mit Sicherheit hatte er diesen Ort nicht nur aus Eitelkeit gewählt. Jeder Angreifer von außen mußte an den Gefangenen vorbei, um den General zu erreichen. Damit bildeten diese einen schwer zu durchdringenden, menschlichen Schutzschild.

Ein Sargento kam aus dem Saal und brüllte der neuen Gruppe zu, sie solle hereinkommen. Die Reihe setzte sich in Bewegung. Als María die Tür erreichte, blieb sie stehen und wandte sich dem Soldaten zu.

»Ich muß sofort den General sprechen«, erklärte sie. »Ich habe eine wichtige Information für ihn.«

»Sie werden schon noch Gelegenheit bekommen, uns zu sagen, was Sie wissen.« Ein anzügliches Grinsen erschien auf dem Gesicht des hageren Sargento. »Vielleicht werden wir uns ausführlich dafür bedanken.«

Er packte sie oberhalb des Ellbogens am linken Arm und stieß sie vorwärts. María trat einen Schritt vor, um ihr Gleichgewicht wiederzufinden. Dabei drehte sie sich leicht und schlug mit der rechten Hand hart auf die Rückseite der

230

Finger, die sie hielten. Überrascht lockerte der Sargento für einen Augenblick seinen Griff. Mehr Zeit brauchte María nicht. Sie packte seine Finger mit der Faust und wirbelte herum, so daß sie direkt vor ihm stand. Gleichzeitig riß sie seine Handfläche nach oben und bog die Fingerspitzen nach hinten zu seinem Ellbogen, bis die Knöchel brachen. Während er vor Schmerz aufschrie, fuhr ihre linke Hand nach unten und riß die 9-mm-Pistole aus dem Holster. Dann ließ sie die nutzlos gewordenen Finger los, packte den Sargento am Haar und zerrte ihn zu sich heran, bis sie die Mündung der Pistole unter sein rechtes Ohr setzen konnte und seine Stirn an ihrem Kinn lag. Seine Beine zitterten merklich.

Der gesamte Vorgang hatte keine drei Sekunden gedauert. Zwei Soldaten, die ganz in der Nähe im Saal gestanden hatten, kamen auf sie zu, doch María wich gegen den Türstock zurück, den Sargento als Deckung benutzend. Jeder Angriff hätte dessen Tod bedeutet.

»Halt!« fuhr sie die Männer an.

Sie gehorchten.

Die Gefangenen, die hinter María hergetrottet waren, erstarrten. Einige brachen in Beifallsrufe aus. Juan, der sich unter ihnen befand, wirkte dagegen verwirrt.

»Entweder hören Sie mir jetzt zu, oder ich putze Ihnen die Ohren«, erklärte María dem Sargento.

»Ich ... ich werde Ihnen zuhören.«

»Gut. Ich will jemanden aus dem Stab des Generals sprechen.« Das war nicht ganz richtig, denn eigentlich wollte sie Amadori selbst sehen, aber wenn sie das verlangte, würde er sich mit Sicherheit weigern. Sie mußte mit Informationen aufwarten, die einen Untergebenen überforderten. Nur so bestand die Chance, daß man sie an einen höheren Offizier und schließlich an den General verwies.

In dem weitläufigen Saal öffnete sich eine Tür, und ein junger Capitán mit braunen Locken trat aus einem Raum hinter den Gefangenen. Auf seinem Gesicht malte sich Verwirrung, die rasch Ärger und Wut wich, während er auf María zuging. An seiner Hüfte hing eine .38er.

María sah ihm ins Gesicht. Seine grünen Augen hielten

231

ihrem Blick stand. Sie entschloß sich, nichts zu ihm zu sagen, noch nicht. Bei Geiselnahmen galten andere Regeln als beim Schach. Wer den ersten Zug wagte, befand sich immer im Nachteil, weil man damit Informationen über sich selbst preisgab. Manchmal genügte schon der Tonfall, um dem Gegner zu verraten, wie sicher man sich fühlte. Oft ließ sich daraus ersehen, ob dieser bereit war zu töten, verhandeln würde oder auf Zeit spielte.

Die hellbraune Uniform des Offiziers war makellos sauber und wies nicht eine Falte auf. Die schwarzen Stiefel glänzten, die neuen Absätze knallten zackig auf den gefliesten Boden. Zusammen mit dem ordentlich gekämmten Haar und dem sorgfältig rasierten eckigen Kinn ließ sein tadelloses Äußeres nur einen Schluß zu: Er hatte einen Schreibtischjob. Vermutlich besaß er nicht die geringste Erfahrung im Feld. María nahm an, daß er nicht einmal an Manövern teilgenommen hatte. Das konnte sich zu ihren Gunsten auswirken, weil es höchst unwahrscheinlich war, daß er eine wichtige Entscheidung ohne Rücksprache mit einem ranghöheren Offizier treffen würde.

»So«, sagte er. »Da will jemand nicht mit uns zusammenarbeiten.«

Seine Stimme verriet Stärke, aber María konzentrierte sich ganz auf seine Hand. Wenn sie ihn richtig einschätzte, würde er nicht zur Waffe greifen, weil er keine Erfahrung darin besaß, jemandem in die Augen zu sehen, wenn er abdrückte. Vielleicht wollte er aber auch seine Soldaten und die Gefangenen beeindrucken, indem er an ihr ein Exempel statuierte.

»Ganz im Gegenteil, Capitán.«

»Erklären Sie mir das.« Er stand jetzt nur noch drei Meter von ihr entfernt.

»Ich bin von Interpol. Mein Ausweis steckt in meiner Tasche. Ich bin bei verdeckten Ermittlungen zufällig mit den Überlebenden der *familia* gefangengenommen worden.«

»In welchem Fall haben Sie ermittelt?«

»Es ging um Adolfo Alcazar, den Mann, der die Jacht gesprengt hat. Er wurde heute morgen ermordet. Ich war sei-

nen Mördern auf der Spur, als ich festgenommen wurde.«
Das stimmte natürlich, auch wenn sie verschwieg, daß sie
Informationen über Amadori gesucht hatte. Während sie
sprach, senkte sie die Stimme nicht.

Juan hörte, was sie sagte. »Verräterin!« brüllte er und spie
aus.

Der Capitán bedeutete einem Soldaten, ihn zum Schweigen zu bringen, und der Mann stieß Juan seinen Gummi-
knüppel in den Rücken. Dieser schrie auf und krümmte sich
vor Schmerzen, doch María reagierte nicht, weil sie wußte,
daß der Capitán sie beobachtete.

»Sie wissen, wer das Verbrechen begangen hat?«

»Nicht nur das.«

Kaum einen Meter von ihr entfernt, blieb der Capitán stehen und blickte sie lange prüfend an.

»Capitán, ich werde den Sargento jetzt loslassen und seine Waffe übergeben. Dann habe ich eine Bitte an Sie.«

María ließ ihm keine Zeit zum Überlegen. Sie senkte die
Waffe, stieß den Sargento beiseite und reichte dem Capitán
die Pistole mit dem Griff voran. Er bedeutete dem Sargento,
sie ihr abzunehmen. Der Soldat gehorchte, ergriff die Waffe
und steckte sie nach kurzem Zögern in sein Holster.

Die Augen des Capitán ruhten immer noch auf María.
»Kommen Sie mit.«

Er hatte angebissen.

María folgte ihm, als er sich umwandte und zu seinem
Büro ging. Die erste Stufe hatte sie also erklommen. Sie betraten die Säulenhalle, die gerade mit Schreibtischen, Stüh-
len, Telefonen und Computern ausgestattet wurde. Offenbar wurde hier die Kommandozentrale eingerichtet.

»Das war tollkühn«, erklärte der Capitán.

»Ich muß um jeden Preis meine Mission erfüllen.«

»Wie heißen Sie?«

»María Correja.«

»Ich hatte bereits vom Tod des Attentäters gehört, María.
Wer ist dafür verantwortlich?«

»Leute der *familia*. Aber das sind nur die kleinen Fische.
Sie waren nicht allein.«

»Was soll das heißen?«

»Daß sie von den Vereinigten Staaten von Amerika unterstützt werden. Ich bin im Besitz von Namen und Einzelheiten über die nächsten Aktionen.«

»Sprechen Sie.«

»Nur in Anwesenheit des Generals.«

Der Capitán schnaubte verächtlich. »Legen Sie sich nicht mit mir an. Wenn ich Sie meinen Spezialisten für Verhöre übergebe, werden Sie schnell reden wollen.«

»Vielleicht, aber Sie würden eine wertvolle Verbündete verlieren. Außerdem, sind Sie sich so sicher, daß sie die Informationen *rechtzeitig* bekommen?«

Der arrogante Ausdruck wich nicht von seinem Gesicht, doch er überlegte. Dann rief er einen jungen Soldaten zu sich, der ein paar Stühle herumtrug, sie sofort absetzte, herbeigelaufen kam und salutierte.

»Bleiben Sie bei ihr.«

»Jawohl«, erwiderte der Junge.

Der Capitán verließ den Raum. María zündete sich eine Zigarette an und bot auch dem Soldaten eine an, der respektvoll ablehnte. Während sie inhalierte, überlegte sie, was sie tun konnte, wenn der General sie nicht sehen wollte. Dann mußte sie versuchen, zu entkommen und Luis irgendwie zu benachrichtigen, wo sich dieser Wahnsinnige, der König werden wollte, versteckt hielt. Alles, was bliebe, war die Hoffnung, daß es jemandem gelang, hier einzudringen und ihn zu entmachten.

Versuchen zu entkommen, dachte sie. Luis *irgendwie* benachrichtigen, *hoffen*, daß es jemandem gelang hier einzudringen ... Ihr Plan enthielt eine Menge ›Wenn‹ und ›Aber‹ – zu viele, bedachte man, daß vielleicht das Schicksal eines Landes mit vierzig Millionen Menschen davon abhing.

Sie fragte sich, ob es ihr gelingen konnte, dem Capitán die Waffe abzunehmen, sich durch den Raum mit den Gefangenen zu kämpfen und Amadori eine Kugel in den Kopf zu jagen.

Wohl kaum, jedenfalls nicht, solange sich zwanzig oder mehr Soldaten zwischen ihm und ihr befanden. Irgendwie mußte sie auf offiziellem Weg zu ihm gelangen und mit ihm sprechen. Ihr würde schon etwas einfallen, das ihn vorübergehend aufhielt. Dann mußte sie Luis erreichen und mit ihm einen Plan entwerfen, wie sie den Dreckskerl stürzen konnten.

Noch bevor sie die Zigarette fertiggeraucht hatte, kehrte der Capitán zurück. Im Eingang zur Säulenhalle blieb er stehen und lächelte sie freundlich an.

Sie hatte gewonnen.

»Kommen Sie mit, María. Sie sollen Ihre Audienz bekommen.«

María dankte ihm – man wußte nie, wann man die Leute noch einmal brauchte, daher war es wichtig, zu Mittelsmännern freundlich zu sein. Sie hob den Schuh und drückte die Zigarette auf der Sohle aus, bevor sie sie in die Packung zurückgleiten ließ, während sie auf den Capitán zuging. Er warf ihr einen neugierigen Blick zu.

»Das habe ich mir im Einsatz angewöhnt.«

»Um Ressourcen zu sparen? Oder weil ein Brand Aufmerksamkeit erregen könnte?«

»Weder noch. Um keine Spuren zu hinterlassen. Man weiß nie, wer einem folgt.«

»Aha.« Der Capitán lächelte wissend.

María lächelte zurück, allerdings aus einem völlig anderen Grund. Es war eine Fangfrage gewesen, um den Offizier zu testen, und er hatte versagt. Bei der Andeutung, daß sie für Infiltrationen ausgebildet war, mehr wußte als er, hatte der Capitán nicht reagiert, nicht weiter nachgeforscht. Statt dessen führte er sie schnurstracks zum General.

Vielleicht war Amadoris Staatsstreich doch nicht so perfekt geplant. Mit ein wenig Glück würde María die Schwachpunkte finden.

Und dann mußte sie die Außenwelt darüber informieren – irgendwie.

26

Dienstag, 8 Uhr 11 – Saragossa, Spanien

Schwerfällig setzte die C-141B-Transportmaschine auf der langen Landebahn des Stützpunktes in Saragossa auf, dem größten NATO-Flughafen Spaniens. Die neuneinhalbtausend Kilo schweren Pratt & Whitney-Mantelstromtriebwerke heulten auf, als das Flugzeug ausrollte. Sie war bei einem Zwischenstop auf der NATO-Basis in Island aufgetankt worden, bevor sie gegen starken Gegenwind den Rest des Acht-Stunden-Fluges zurückgelegt hatte.

Während des Fluges waren Colonel August und seine Strikers von Mike Rodgers ständig auf dem neuesten Stand gehalten worden. Die Einzelheiten der Besprechung im Weißen Haus waren ihnen daher bekannt. Ihre Befehle bezüglich General Amadori würden sie von Darrell McCaskey erhalten, und zwar in einem *persönlichen* Gespräch. Dabei stand nicht die Sicherheit im Vordergrund, sondern eine alte Tradition der Elitetruppen. Wer ein Team auf eine gefährliche Mission entsandte, mußte in der Lage sein, dessen Anführer in die Augen zu blicken. Ein Kommandant, der dazu nicht fähig war, besaß nicht den Mut, der ihn dazu berechtigte, andere in Gefahr schicken.

Colonel August hatte einige Stunden mit dem Studium der NATO-Akte über General Amadori verbracht. Schließlich handelte es sich bei diesem um einen der höchsten Offizier eines Mitgliedslandes, obwohl er nie an NATO-Manövern teilgenommen hatte. Seine Akte war kurz, aber vollständig.

Rafael Lencio Amadori war in Burgos aufgewachsenen, der einstigen Hauptstadt des Königreiches Kastilien, wo sich das Grab des legendären Cid befand. 1966, im Alter von zwanzig Jahren, ging Amadori zur Armee. Nach vier Jahren wurde er zu Francos Leibwache versetzt, was der langjährigen Freundschaft zwischen dem Generalísimo und Amadoris Vater, Jaime, dem Stiefelmacher des Caudillo, zu verdanken war. Als Amadori 1972 Lieutenant wurde, zählte er bereits zu den Spitzenagenten in Francos Team für Gegenspionage. Dort lernte er auch den zehn Jahre älteren Antonio Aguirre kennen, der später sein engster Berater und Vertrauter werden sollte. Aguirre fungierte damals als Francos Berater für innerspanische Angelegenheiten.

In diesem engen Kreis war Amadori persönlich für die Eliminierung und Auslöschung von Gegnern des Franco-Regimes zuständig. Nach dem Tod Francos im Jahre 1975 kehrte er zur Armee zurück. Seine Zeit beim Geheimdienst hatte er jedoch keineswegs verschwendet. Er stieg schnell auf, schneller als es seine Verdienste rechtfertigten. August ging davon aus, daß er vermutlich kompromittierende Informationen über alle gesammelt hatte, die seiner Karriere dienlich oder hinderlich sein konnten.

Falls ein Militärputsch im Gang war – und alles deutete darauf hin –, war er sicherlich von langer Hand geplant. Wie der amerikanische Präsident, der schon als Kind von diesem Amt geträumt hatte, wollte General Amadori offenbar schon immer ein zweiter Franco werden.

August hatte sechs Strikers nach Spanien mitgenommen. Da die Situation in Kuba möglicherweise den Einsatz von Agenten erfordern würde, hatte er für diesen Fall Sergeant Chick Grey mit einem Striker-Kontingent zurückgelassen. Bei Grey handelte es sich um einen intelligenten, fähigen Mann mit Führungsqualitäten, der bald in den Rang eines Second Lieutenant aufsteigen würde.

Als Stellvertreter hatte August Corporal Pat Prementine dabei. Der junge Unteroffizier, ein Experte für Infanterietaktik, hatte sich bei der Rettung von Mike Rodgers und dessen Team in der Bekaa-Ebene ausgezeichnet. Falls August etwas zustieß, würde Prementine ihn ohne Schwierigkeiten ersetzen können. Die Privates Walter Pupshaw, Sondra DeVonne, David George und Jason Scott hatten sich bei der Operation im Libanon ebenso wie auf vorhergehenden Missionen ausgezeichnet. Selbstverständlich durfte auch der Kommunikationsexperte Ishi Honda nicht fehlen. Weder Colonel August noch sein Vorgänger, der verstorbene Lieu-

tenant Colonel Charles Squire, wären ohne ihren Spitzen-
funker zu einem Einsatz aufgebrochen.

Vor der Landung hatten die Strikers Zivilkleidung angelegt. Auf dem Stützpunktgelände erwartete sie ein nicht
gekennzeichneter Interpolhubschrauber, der sie direkt nach
Madrid zum Flughafen brachte. Uniformen und Ausrüstung wurden in überdimensionalen Seesäcken transportiert. Am Flughafen stiegen sie in zwei Lieferwagen um, die
sie zum Büro von Luis García de la Vega brachten. Dort
wurden August und sein Team von Darrell McCaskey
empfangen, der auf die Rückkehr von Aideen Marley wartete.

McCaskey und August zogen sich in das kleine, vollge-
stopfte Büro eines Beamten zurück, der sich im Einsatz befand. McCaskey hatte sich eine Kaffeemaschine organisiert,
die er dort aufgestellt hatte.

»Schön, Sie zu sehen«, sagte McCaskey, während er die
Tür schloß.

»Gleichfalls.«

»Setzen Sie sich.«

August blickte sich um. Da die beiden Stühle neben der
Tür durch aus allen Nähten platzende Aktenordner belegt
waren, ließ er sich auf einer Ecke des Schreibtischs nieder.
McCaskey ging zur Kaffeemaschine und schenkte ihm eine
Tasse ein.

»Wie trinken Sie ihn?«

»Schwarz, ohne Zucker.«

McCaskey reichte ihm die Tasse und bediente sich dann
selbst. August nippte daran und stellte den Kaffee auf dem
Mousepad ab.

»Ekelhaftes Gebräu, was?« erkundigte sich McCaskey
mit einem Blick auf die Tasse.

»Zumindest ist es umsonst.«

McCaskey lächelte.

August hatte ziemlich schnell herausgefunden, daß Mc-
Caskey völlig überdreht war. Der frühere FBI-Mann war to-
tal erschöpft, sein hoher Adrenalinspiegel und das Koffein,
mit dem er sich aufputschte, verhinderten jedoch, daß er zur

238

Ruhe kam. Wenn die Spannung nachließ, würde er zusammenbrechen.

»Erlauben Sie mir, Sie auf den neuesten Stand zu bringen.« McCaskey trank aus seiner Tasse, bevor er sich schwer auf den Drehstuhl fallen ließ. Matt Stolls kleines ›Ei‹ stand zwischen ihnen und sorgte dafür, daß das Gespräch nicht abgehört wurde. »Aideen Marley befindet sich auf dem Rückweg nach Madrid. Sie wissen, daß sie in Ramirez' Fabrik war, als die angegriffen wurde?«

August nickte.

McCaskey sah auf die Uhr. »Ihr Chopper dürfte in etwa fünf Minuten landen. Man wird sie hierher bringen. Sie war in San Sebastián, um mehr über die Gegner von Amadori in Erfahrung zu bringen, aber der General kam ihr zuvor. Aideens Partnerin bei dieser Mission, María Corneja, ist es gelungen, sich von Amadoris Soldaten festnehmen zu lassen. Wir wissen nicht genau, wo sich Amadoris Basis befindet, hoffen aber, daß María es herausfinden und uns informieren kann. Haben Sie mit Mike gesprochen?«

August nickte.

»Dann haben Sie eine Vorstellung davon, wie Ihre Mission aussieht.«

Wieder nickte der Colonel.

»Wenn wir Amadori lokalisiert haben, muß er entweder gefangengenommen oder ein für allemal beseitigt werden.« McCaskey ließ August nicht aus den Augen.

August nickte ein drittes Mal. Sein Gesicht wirkte so ungerührt, als hätte man die Diensteinteilung für den Tag vorgelesen. In Vietnam hatte er selbst Menschen getötet und war als Kriegsgefangener fast zu Tode gefoltert worden. Der Tod war immer eine extreme Erfahrung, aber er gehörte zum Krieg und zum Militär. Und Amadori stand im Krieg, daran gab es keinen Zweifel.

McCaskey faltete die Hände, ohne die müden Augen von August abzuwenden. »Einen solchen Auftrag haben die Strikers noch nie gehabt«, stellte er fest. »Sehen Sie darin ein Problem?«

August schüttelte den Kopf.

»Glauben Sie, jemand in Ihrem Team könnte ein Problem damit haben?«

»Das weiß ich nicht, aber ich werde es herausfinden.«

McCaskey blickte zu Boden. »Früher war ein solches Vorgehen Routine.«

»Früher. Aber damals schlug man lieber einmal zu oft zu. Heute dagegen sieht man es als allerletztes Mittel an. Das ist meiner Meinung nach moralisch auch gerechtfertigt.«

»Wahrscheinlich haben Sie recht.« McCaskey rieb sich die Augen. »Wie dem auch sei, bleiben Sie in der Nähe, und halten Sie sich bereit. Ich lasse es Sie wissen, wenn wir etwas haben.«

McCaskey erhob sich und leerte seine Kaffeetasse. August stand ebenfalls auf, nippte an seiner Tasse und reichte sie dann McCaskey, der lächelnd akzeptierte und einen Schluck nahm.

»Darrell?«

»Ja?«

»Sie sehen aus, als stünden Sie kurz vor dem Zusammenbruch.«

»Schon möglich. Es war eine lange Nacht.«

»Falls wir eingreifen müssen, brauche ich Sie im Vollbesitz Ihrer geistigen Kräfte. Es würde mich sehr beruhigen, wenn Sie sich hinlegen würden, sobald Aideen eingetroffen ist. Sie kann mir berichten. Ich werde dann mit Luis sprechen und einige Szenarien entwerfen.«

McCaskey kam hinter dem Schreibtisch hervor und klopfte August auf den Rücken. »Danke sehr, Colonel. Ich glaube, ich werde mir diese Pause gönnen.« Er grinste. »Wissen Sie, was mir stinkt?«

August schüttelte den Kopf.

»Daß einem Dinge, die mit zwanzig Jahren ein Kinderspiel waren, plötzlich so schwerfallen. Das ärgert mich. Eine Nacht ohne Schlaf beeinträchtigte mich damals nicht im geringsten. Außerdem konnte ich mich mit Junk food vollstopfen, ohne Magenschmerzen zu bekommen.« Das Grinsen verschwand. »Aber das Alter verändert alles. Der Verlust einer Kollegin schafft eine neue Situation. Und noch etwas ist anders. Man erkennt plötzlich, daß es keine Rolle spielt, ob man im Recht ist. Man kann Recht und Gesetz, Verträge, die Vereinten Nationen, die Bibel, ja die gesamte Welt auf seiner Seite haben und trotzdem vor die Hunde gehen. Wissen Sie, was uns unsere moralische Einstellung gekostet hat, Colonel? Die Fähigkeit, das Richtige zu tun. Verdammte Ironie des Schicksals, was?«

August antworte nicht. Wozu auch? Soldaten hielten sich nicht mit Philosophie auf, das konnten sie sich nicht erlauben. Wenn sie ihre Ziele verfehlten, bedeutete dies Tod, Gefangenschaft und Schande. Darin lag keine Ironie.

Der Colonel begab sich auf den Weg in die Cafeteria, wo sein Team wartete. Er rief den Einsatzplan in seinem Notebook auf und erläuterte seinem Team, was McCaskey gesagt hatte. Dann befragte er jeden einzelnen, um sicherzugehen, daß alle mit von der Partie sein würden.

Keiner entschied sich für einen Rückzieher.

August dankte ihnen. Seine Leute versuchten, sich zu entspannen, wenn man von Prementine und Pupshaw absah, die unbedingt herausfinden wollten, an welcher Stelle man wie heftig gegen den Getränkeautomaten schlagen mußte, damit dieser kostenlos Dosen ausspuckte.

August nahm ein Seven Up, um den bitteren Nachgeschmack des Kaffees hinunterzuspülen, und ließ sich auf einem Plastikstuhl nieder. Dabei dachte er über die Ereignisse des vergangenen Tages nach. Die spanischen Politiker hatten sich an Amadori gewandt, um einen Krieg zu verhindern. Dieser hatte die Gelegenheit genutzt, einen noch verheerenderen Krieg anzuzetteln. Jetzt riefen die Politiker noch mehr Soldaten zu Hilfe, um diesen Krieg zu beenden.

August war, wie gesagt, Soldat, kein Philosoph. Aber wenn in dieser Krise Ironie steckte, dann war es eine blutige Ironie, die großes Leid verursachen würde.

27

Dienstag, 1 Uhr 35 – Washington, D.C.

Hood fuhr aus dem Schlaf hoch.

Unmittelbar nach seiner Rückkehr aus dem Weißen Haus hatte er Darrell McCaskey angerufen, um die Befehle des Präsidenten weiterzugeben, die dieser schweigend akzeptiert hatte. Was hätte er auch sonst tun können? Da Hood wußte, daß er wach sein mußte, wenn die Strikers zum Einsatz kamen, löschte er das Licht und legte sich in seinem Büro auf die Couch, um sich auszuruhen.

Die Aufgaben des Op-Centers lagen diesmal auf zwei verschiedenen Ebenen, und das war eine völlig neue Situation. Einmal mußte Amadori eliminiert werden. Aber danach würde ein Chaos ausbrechen, das unter Kontrolle gebracht werden mußte. Wenn Amadori beseitigt war, würden Politiker, Geschäftsleute und Militärs um die Macht kämpfen, indem sie versuchten, die einzelnen Regionen – Katalonien, Kastilien, Andalusien, das Baskenland und Galicien – unter ihre Kontrolle zu bringen. Bob Herbert stellte im Augenblick eine Liste für das Weiße Haus zusammen. Bis jetzt war er auf zwei Dutzend Persönlichkeiten gestoßen, von denen zu erwarten stand, daß sie in diesen Kampf eingreifen würden. *Zwei Dutzend.* Im günstigsten Fall würde aus Spanien ein lockerer Staatenverbund nach dem Beispiel der früheren Sowjetunion werden. Im schlimmsten Fall würden diese Staaten einander bekriegen wie die Republiken des früheren Jugoslawiens.

Hoods Lider wurden schwer, seine Gedanken verwirrten sich, dann sank er in einen unruhigen Schlaf. Doch er träumte nicht von Spanien, sondern von seiner Familie. Sie fuhren zu viert in einem Auto und lachten. Dann hielten sie an und gingen die Hauptstraße eines nicht zu identifizierenden Ortes hinunter. Die Kinder und Sharon aßen Eis aus der Waffel. Sie lachten immer weiter. Das Eis schmolz schnell, und je mehr davon über ihre Hände und Kleider lief, desto mehr lachten sie. Hood ging beleidigt neben ihnen. Zuerst fühlte er sich traurig, dann wütend. Plötzlich blieb er hinter einem geparkten Auto stehen und hämmerte mit den Fäusten auf den Kofferraum. Seine Familie lachte, aber nicht über ihn, sondern über das verschmierte Eis. Die drei ignorierten ihn vollständig. Er begann zu schreien, riß die Augen auf ...

Er sah sich um. Dann fiel sein Blick auf die Leuchtziffern der Uhr auf dem Tischchen neben der Couch. Gerade einmal zwanzig Minuten waren vergangen, seit er die Augen geschlossen hatte. Er sank zurück, legte den Kopf auf die gepolsterte Armlehne und machte die Augen wieder zu.

Nichts war so schön, wie aus einem Alptraum zu erwachen und erleichtert festzustellen, daß das Erlebnis nicht real gewesen war. Doch die Empfindungen, die der Traum ausgelöst hatte, dauerten an, und deshalb fühlte er sich trotzdem nicht wohl. Außerdem wurden Menschen viel realer, wichtiger, nachdem er von ihnen geträumt hatte.

Hood hatte genug. Er mußte unbedingt mit Sharon sprechen. Er stand auf, schaltete das Schreibtischlicht ein und setzte sich. Nachdem er sich mit den Handflächen die Augen gerieben hatte, gab er die Nummer ihres Handys ein. Sie antwortete fast sofort.

»Hallo?«

Ihre Stimme klang hellwach, sie konnte nicht geschlafen haben.

»Hi«, sagte Hood. »Ich bin's.«

»Ich weiß. Es ist ein bißchen spät für einen Anruf von jemand anderem.«

»Wahrscheinlich. Wie geht es den Kindern?«

»Gut.«

»Und dir?«

»Nicht so besonders. Was ist mit dir?«

»Auch nicht.«

»Liegt das an der Arbeit«, fragte sie spitz, »oder an uns?«

Das saß. Warum dachten Frauen immer nur das Schlechteste von Männern und vermuteten grundsätzlich, daß sie sich nur wegen ihrer Arbeit sorgten? Weil es meistens so ist, sagte Hood sich. So spät in der Nacht, mutterseelenallein, war man am besten ehrlich mit sich selbst. »Die Arbeit ist wie immer. Wir haben hier eine Krise. Aber trotzdem beschäftigt mich die Sache mit dir, mit uns, am meisten.«

»Mich beschäftigst nur du.«

»Okay, Schatz«, gab Hood ruhig zurück. »Der Punkt geht an dich.«

»Ich will keine Punkte, ich versuche nur, ehrlich zu sein und herauszufinden, was wir tun können. So wie bisher kann es nicht weitergehen. Das ist völlig ausgeschlossen.«

»Da gebe ich dir recht. Deshalb habe ich mich entschlossen zurückzutreten.«

Sharon schwieg lange. »Du würdest deinen Job beim Op-Center aufgeben?«

»Mir bleibt doch keine Wahl.«

»Soll ich ehrlich sein?«

»Natürlich.«

»Du mußt nicht kündigen. Es genügt, wenn du weniger Zeit im Büro verbringst.«

Hood war sauer. Da bot er Sharon an, alles für sie aufzugeben, und statt ihm um den Hals zu fallen, kritisierte sie an ihm herum. »Wie stellst du dir das vor? Niemand kann vorhersagen, was hier passieren wird.«

»Nein, aber es gibt Leute, die dich vertreten können. Mike Rodgers, die Nachtschicht.«

»Alles sehr fähige Menschen, aber in Krisensituationen muß ich selbst vor Ort sein. Bei einem Problem wie diesem hier oder wie letztes Mal ...«

»... wo du fast ums Leben gekommen wärst!« zischte sie.

»Ja, ich wäre fast getötet worden, Sharon.« Hood zwang sich, ruhig zu bleiben. Wenn er seinen Ärger zeigte, würde das seine Frau erst recht in Rage bringen. »Manchmal gibt es gefährliche Momente, aber auch hier in Washington ist man nicht vor allem sicher.«

»Bitte, Paul. Das kann man doch nicht vergleichen.«

»Also gut, es ist etwas anderes«, gab er zu. »Aber meine Arbeit hat auch Vorteile für uns alle. Wir haben nicht nur ein schönes Heim, sondern auch einiges gemeinsam erlebt. Die Kinder waren mit uns auf fremden Kontinenten, haben

244

Dinge kennengelernt, von denen andere ihr Leben lang nichts ahnen. Willst du das gegeneinander aufrechnen? Lautet deine Bilanz so: ›Dieser Besuch in einer der Hauptstädte der Welt war es nicht wert, zehnmal beim Abendessen auf Paul zu verzichten‹, oder ›Okay, wir haben das Oval Office besichtigt, aber Dad war nicht bei meinem Geigenkonzert in der Schule‹?«

»Das weiß ich nicht, aber für mich ist ein ›schönes Heim‹ mehr als ein hübsches Haus. Eine Familie lebt von vielen kleinen, alltäglichen Dingen, nicht nur von großen, spektakulären Erlebnissen.«

»Bei vielem davon bin ich da.«

»Nein, Paul, du *warst* da. Die Situation hat sich verändert. Als du den Posten annahmst, hieß es, du würdest hauptsächlich in den Vereinigten Staaten arbeiten. Erinnerst du dich?«

»Ich erinnere mich.«

»Dann kam die erste Mission im Ausland, und alles veränderte sich.«

Sharon hatte recht. Ursprünglich war das Op-Center zur Kontrolle nationaler Krisen innerhalb der USA gegründet worden und betrat die internationale Arena erst, als der Präsident Hood die Leitung der Task Force übertrug, die in Seoul ein terroristisches Attentat aufklären sollte. Geschmeichelt fühlte sich Hood damals nicht. Wie bei der Liquidierung von Amadori wollte auch diesen Job niemand sonst übernehmen. »Die Situation hat sich also verändert. Was soll ich tun, einfach gehen?«

»In Los Angeles hast du das getan.«

»Stimmt, aber ich habe einen hohen Preis dafür bezahlt.«

»Welchen? Den Verlust von Macht?«

»Nein, ich hatte den Respekt vor mir verloren.«

»Warum? Weil du deiner Frau nachgegeben hast?«

O Gott, dachte Hood. Jetzt gab er ihr, was sie wollte, und sie war immer noch nicht zufrieden. »Ganz bestimmt nicht. Obwohl mir die Politik auf die Nerven ging, obwohl ich einen endlos langen Arbeitstag hatte und kein Privatleben mehr besaß, hatte ich das Gefühl, ein Amt aufzugeben, in

245

dem ich etwas verändern konnte.« Seine Stimme klang angespannt. Offenbar war er wütender darüber, als er gedacht hatte. »Also ziehe ich mich aus der Politik zurück, und dann stelle ich fest, daß ich in meinem neuen Job genauso lange arbeiten muß. Und warum? Weil ich hier wieder etwas bewegen und hoffentlich Menschen das Leben erleichtern kann. Das gefällt mir, Sharon, ich liebe die Herausforderung, die Verantwortung, das Gefühl der Zufriedenheit.«

»Weißt du, ich habe auch gerne gearbeitet, bevor die Kinder kamen, aber ich mußte ihretwegen, unserer Familie wegen, zurückstecken. Von dir verlangt niemand solch eine einschneidende Entscheidung, aber es muß sich spürbar etwas verändern, Paul. Laß dir von deinen Stellvertretern helfen, damit du uns das geben kannst, was wir brauchen, um eine Familie zu sein.«

»Aber *du* definierst, was das ist.«

»Nein. Wir brauchen dich, das ist eine Tatsache.«

»Ihr *habt* mich.« Allmählich wurde Hood ebenfalls wütend.

»Aber nicht oft genug.« Sharons Stimme klang sachlich und fest. Es war wieder einmal soweit. Beide waren sie in ihre Rollen geschlüpft, wie immer, wenn gutgemeinte Gespräche zu unangenehmen Streits ausarteten. Paul Hood spielte den hitzigen Angreifer, seine Frau übernahm die kühle Verteidigung.

»O Gott.« Am liebsten hätte er das Telefon beiseite gelegt und laut geschrien. Statt dessen umklammerte er den Hörer. »Ich habe doch versprochen zurückzutreten. Wir stecken mitten in einer Krise, und ich kann nicht schlafen, weil ich ständig an euch drei denken muß. Und du hältst die Kinder da oben als Geiseln fest, während du mir erzählst, was ich alles falsch mache ...«

»Ich habe die Kinder nicht als Geiseln genommen«, gab sie kurz angebunden zurück. »Wenn du uns willst, kannst du sie jederzeit haben.«

»Natürlich. Zu deinen Bedingungen.«

»Das sind nicht ›meine Bedingungen‹, Paul. Es geht nicht

darum, daß einer von uns beiden gewinnt. Niemand verlangt von dir, daß du deinen Job oder deine Karriere aufgibst. Es geht einfach um ein paar Veränderungen, ein paar Zugeständnisse im Interesse der Kinder.«

Die interne Leitung piepste. Hood sah auf das LCD-Display: Mike Rodgers.

»Sharon, bitte warte einen Augenblick.« Er drückte die Stummschaltung und nahm das andere Gespräch an. »Ja, Mike?«

»Paul, Bob Herbert ist hier. Schauen Sie in Ihren Computer. Ich schicke Ihnen ein Bild vom NRO, über das wir sofort reden müssen.«

»In Ordnung. Ich melde mich gleich.« Er schaltete auf Sharons Leitung um. »Schatz, ich muß auflegen. Es tut mir leid.«

»Ich weiß«, sagte sie leise. »Aber nicht so wie mir. Auf Wiedersehen, Paul. Ich liebe dich wirklich.«

Sie unterbrach die Verbindung. Paul drehte seinen Stuhl zu dem Computermonitor auf dem Ständer neben seinem Schreibtisch. Er hatte keine Lust, darüber nachzudenken, was soeben passiert war. Seine Familie entglitt ihm, und offenbar konnte er nicht das Geringste dagegen unternehmen. Am meisten ärgerte ihn, daß Sharon ihn offenbar lieber überhaupt nicht bei sich haben wollte, als nur für eine beschränkte Zeit. War das nicht sinnlos?

Es sei denn, sie will mich unter Druck setzen, dachte er.

Und das nahm er ihr übel. Andererseits, welche Mittel standen ihr sonst zur Verfügung? Außerdem hatte sie recht. Er hatte sie im Stich gelassen, und zwar nicht nur einmal. Am ersten Tag ihres Urlaubs in Kalifornien war er wieder abgereist. Geburtstage, Hochzeitstage und Schulkonzerte hatte er vergessen, nicht nach Zeugnissen und Arztterminen und Gott weiß was gefragt.

Während das Schwarzweißbild auf seinen Bildschirm geladen wurde, griff er nach dem internen Telefon. Jetzt war nicht der Moment für Selbstvorwürfe. Tausende von Menschenleben standen auf dem Spiel. Er trug immer noch Verantwortung, auch wenn es Sharon gelungen war, dem Wort

247

einen üblen Beigeschmack zu verleihen. »Mike, ich bin's. Was sehe ich da auf dem Monitor?«

»Den Königspalast in Madrid. Eine Ansicht aus einer Höhe von acht Metern von etwa zwei Uhr nach unten. Das ist der zentrale Innenhof des Palastes.«

»Ich vermute, diese Lieferwagen transportieren keine Touristen«, kommentierte Hood.

»Nein. Ich erkläre Ihnen kurz den Zusammenhang. Nach dem Angriff auf Ramirez' Werft ließ Steve Viens die Gefangenen durch einen NRO-Satelliten verfolgen. Sie wurden vom Parkplatz zum Flughafen von Bilbao und von dort nach Madrid gebracht. Dann fuhr man sie mit einem Bus zum Palast. Wir glauben, die Frau ziemlich weit vorn in der Reihe ist María Corneja.«

Hood vergrößerte die Figur in der Mitte des Bildes, wobei der Computer das Bild automatisch scharf stellte. Er kannte María nicht sehr gut und war sich nicht sicher, ob er sie identifizieren würde, wenn man sie ihm nicht zeigte. Aber auf jeden Fall hielt er es für möglich, daß sie es war. Außerdem war keine andere Frau in Sicht.

Das Bild verschwand. Andere Aufnahmen wurden eingespielt.

»Dies sind Ansichten aus größerer Höhe«, erläuterte Rodgers. »Aus fünfzehn, dreißig und sechzig Metern. Aufgrund der Anzahl der Soldaten und der hohen Offiziere, die kommen und gehen, vermuten wir, daß sich Amadori hier aufhält. Es gibt allerdings ein Problem.«

»Ich sehe es schon«, sagte Hood, als die Ansichten aus größerer Höhe erschienen. »Ein quadratisches, um einen Innenhof herum angelegtes Gebäude, das alle Häuser in der Umgebung überragt. Eine Infiltration während des Tages dürfte sich höchst problematisch gestalten.«

»Bingo«, gab Rodgers zurück. »Aber möglicherweise können wir es uns nicht leisten, die zwölf Stunden bis zum Einbruch der Dunkelheit zu warten.«

»Was ist mit spanischen Uniformen? Könnten die Strikers nicht damit ins Gebäude gelangen?«

»Theoretisch vielleicht. Aber es sieht nicht so aus, als

würden die Soldaten, die die Gefangenen zum Palast bringen und auf dem Gelände patrouillieren, das Gebäude betreten. Auch aus diesem Grund nehmen wir an, daß Amadori sich dort aufhält. Wahrscheinlich kontrolliert seine Elitetruppe die Gänge und kümmert sich um die Sicherheit. Sonst hat vermutlich niemand Zugang zum Palast.«

»Gibt es keine Tunnel, die dorthin führen?«

»Das überprüfen wir gerade. Aber selbst wenn, ist es höchst riskant, weil man in die großen, lichtdurchfluteten Korridore hinaus muß.«

Hoods Augen brannten, während er hektisch nach einer Lösung suchte. Am liebsten hätte er den Palast bombardiert und wäre dann nach Connecticut geflogen, um seine Familie zu holen. Vielleicht konnte er auch dort bleiben und am Strand eine Imbißbude eröffnen. »Also abwarten?« fragte er.

»Dafür ist niemand, weder in Madrid noch hier. Aber Aideen ist soeben im Interpolbüro eingetroffen. Sie und Darrell gehen die Situation gerade mit Brett und den Leuten von Interpol durch, um ein Szenario für den Palast zu entwerfen. Auf dem Dach des Teatro Real auf der anderen Straßenseite, in dem sich die Oper befindet, sind Detektive von Interpol, die den gesamten Palast mit einem LDE nach Amadoris Stimme absuchen.«

Das LDE – Long Distance Ear – war eine trichterförmige Antenne, die alle Geräusche aus einem begrenzten Gebiet auffing und einen bestimmten Dezibelbereich herausfilterte. Wenn es auf einen Raum innerhalb des Schlosses eingestellt war, wurden Außengeräusche wie Autos, Vögel und Fußgänger automatisch eliminiert, weil das Gerät nur auf sehr leise Innengeräusche ›hörte‹. Diese wurden dann mit dem Inhalt des digitalen Speichers verglichen, in diesem Fall mit Amadoris Stimme.

»Wie lange wird es dauern, den gesamten Palast zu scannen?« erkundigte sich Hood.

»Bis etwa vier Uhr.«

Hood blickte auf die Zeitanzeige in seinem Computer. »Das sind noch zirka zwei Stunden.«

»Mir gefällt es auch nicht, daß die Strikers dort herumsitzen und Däumchen drehen sollen, aber im Moment bleibt ihnen nichts anderes übrig.«

»Wie weit ist der Palast vom Interpolbüro entfernt?«

»Das schaue ich mir gerade auf der Karte an. Sieht so aus, als wären es mit dem Auto etwa fünfzehn Minuten, aber nur, wenn es keine Verkehrs- oder Personenkontrollen durch das Militär gibt.«

»Das heißt, wenn sie auf die LDE-Ergebnisse warten, können sie erst in zwei Stunden fünfzehn Minuten eingreifen. Wenn Amadori das Gelände verläßt, bevor wir seine Position bestimmt haben, stehen wir vor einem Problem.«

»Korrekt. Aber selbst wenn wir die Strikers zum Palast schicken, können sie keinen Plan entwerfen, solange sie nicht genau wissen, wo er sich aufhält. Und falls Amadori gar nicht dort ist, schicken wir sie in die falsche Richtung.«

Hood blickte auf seinen hochauflösenden Bildschirm. Das Foto zeigte mindestens zweihundert Soldaten im Hof, die in kleineren Gruppen exerzierten. Vielleicht sollten sie die Anlage verteidigen, möglicherweise übten sie auch für eventuelle Exekutionen. Auf jeden Fall erinnerte ihn ihr Anblick an die Republikanische Garde, die vor dem Beginn der Operation ›Desert Storm‹ vor der Residenz Saddam Husseins exerziert hatte. Diktatoren ließen gern die Muskeln spielen.

Amadori mußte dort sein.

»Mike, wir sind für María verantwortlich. Sie ist ganz allein da drin, und das gefällt mir überhaupt nicht.«

Rodgers schwieg einen Augenblick. »Da haben Sie nicht unrecht. Aber wir haben die Fotos überprüft und gehen im Moment gerade die Grundrisse des Palastes durch. Es wird nicht einfach sein hineinzugelangen.«

»Das ist auch nicht nötig, aber ich brauche Soldaten vor Ort. Darrell kann über Ishi Honda mit ihnen Kontakt halten.«

»Natürlich, das geht, aber unser Auftrag lautet, Amadori auszuschalten. Bis jetzt ist nicht sicher, daß er sich wirklich dort aufhält. Es wird noch mindestens eine Stunde dauern, bis unsere Geräte verläßliche Informationen darüber liefern.«

Hood verlor die Geduld nicht. Schließlich war es die Aufgabe des Generals, auf Alternativen und mögliche Risiken hinzuweisen.

»Falls Amadori nicht dort ist, ziehen wir die Strikers ab. Aber wer weiß, vielleicht zeigt sich der Dreckskerl auch freiwillig und erspart uns damit die Mühe, ihn herauszuholen.«

Rodgers atmete deutlich hörbar aus. »Das ist relativ unwahrscheinlich, Paul, aber ich werde Brett anweisen auszurücken. Allerdings möchte ich Sie daran erinnern, daß wir zwar María um Unterstützung gebeten haben, sie aber ohne Befehl handelte. Sie hat sich selbst in diese Lage gebracht, und zwar, um ihrem Land zu helfen, nicht unseretwegen. Ich bin nicht dafür, das Leben unserer Leute aufs Spiel zu setzen, um sie zu retten.«

»Ich nehme das zur Kenntnis«, erwiderte Hood. »Danke.«

Es klickte in der Leitung. Hood legte ebenfalls auf, löschte die Fotos vom Monitor und schaltete die Schreibtischlampe ein. Er schloß die Augen.

Ergab das einen Sinn? Warum nur klammerte er sich an ein Amt, in dessen Natur es lag, daß er vollkommen auf sich gestellt war, das eine Kluft zwischen ihm und seiner Familie, zwischen ihm und seinen Untergebenen schuf? Vielleicht beschäftigte ihn Marías Lage deswegen so stark, weil auch sie allein war.

Nein, er würde die Mission bestimmt nicht aus den Augen verlieren. Ihm war bewußt, daß auch die Strikers Menschen waren, die Familie besaßen, genau wie María, auch wenn Mike Rodgers es sich versagt hatte, darauf hinzuweisen.

Aber Martha Mackall konnte er ebensowenig vergessen. Und er wollte verdammt sein, wenn er untätig herumsaß, während eine weitere Kollegin in Madrid unbewaffnet der Gefahr ins Auge sah.

28

Dienstag, 8 Uhr 36 – Madrid, Spanien

María folgte dem jungen Capitán in den Korridor. Sie vertraute darauf, daß er sie zu Amadori brachte. Weder er noch der General hatten etwas damit zu gewinnen, wenn sie ihr eine Falle stellten. Mit Sicherheit waren sie neugierig, welche Informationen sie besaß. Wenn ihr der Offizier nicht vertraut hätte, wäre er nicht vor, sondern mit der Waffe in der Hand hinter ihr gegangen.

Trotzdem war sie überrascht, wie leicht er sich hatte einschüchtern lassen. Entweder war er sehr unerfahren oder wesentlich schlauer, als sie vermutet hatte.

Er wandte sich nach links. María blieb stehen.

»Ich dachte, wir gehen zum General.«

»Das tun wir auch.« Der Capitán wies mit dem Arm auf den Gang, der vom Hellebardensaal wegführte.

»Hält er sich denn nicht im Thronsaal auf?«

»Im Thronsaal?« Der Capitán lachte laut. »Wäre das nicht etwas vermessen?«

»Ich weiß nicht. Ist es denn nicht überhaupt vermessen, diesen Palast zu besetzen?«

»Wenn der König nach Madrid zurückkehrt, wird er unseren Schutz brauchen, daher werden wir für die Sicherheit in beiden königlichen Palästen sorgen.«

»Aber die Wachen …«

»Sollen nur den Thronsaal vor den Gefangenen schützen.« Der Capitán wies mit dem Kopf in Richtung seiner ausgestreckten Hand. »Der General befindet sich mit seinen Beratern im Speisezimmer für Staatsempfänge.«

María blickte ihn an. Er log. Woher sie das wußte, war ihr nicht klar, doch sie war fest davon überzeugt.

»Aber die Frage ist nicht, wo sich der General aufhält«, fuhr der Capitán fort. »Es geht doch darum, ob sie ihm etwas zu sagen haben oder nicht. Kommen Sie, Señorita Corneja?«

María blickte zu Boden. Ihr blieb keine andere Wahl, als

seinem Befehl zu folgen. »Ich komme.« Mit diesen Worten ging sie auf den Capitán zu.

Der Offizier wandte sich ab und marschierte mit flottem Schritt durch den lichtdurchfluteten Korridor. María verringerte ihr Tempo und hielt sich knapp hinter ihm. Sie waren nicht allein im Gang. Soldaten brachten Gefangene herein, andere sprachen in Feldtelefone, wieder andere trugen Computerausstattungen in die verschiedenen Räume. Doch keiner beachtete sie.

Sie hatte ein mulmiges Gefühl, aber jetzt mußte sie bis zum Ende gehen. Ja, sie kam – aber nicht ohne Vorsichtsmaßnahmen. »Möchten Sie eine Zigarette?« fragte sie den Capitán, während sie bereits in die Brusttasche ihrer Bluse griff. Sie zog die Packung heraus und entnahm ihr eine Zigarette. Dann riß sie ein Streichholz aus einem Heftchen.

»Danke, nein«, gab der Capitán zurück. »Ehrlich gesagt, wäre es mir lieber, wenn Sie hier nicht rauchen würden. Bei all diesen Kunstschätzen könnte ein einziger Funke ...«

»Ich verstehe.«

Der Capitán hatte genauso reagiert, wie sie es von ihm erwartet hatte. Sie schickte sich an, die Packung zurückzustecken, verbarg jedoch die Zigarette in ihrer Handfläche. Da der Capitán nach vorne blickte, sah er nicht, wie sie das Streichholz in den Tabak der Zigarette in ihrer Hand schob. Dann ließ sie diese vorne in ihrer Hose verschwinden und bis in den Schritt gleiten, bevor sie das Päckchen zurück in ihre Blusentasche steckte.

Immerhin besaß sie jetzt eine Waffe.

Der Speisesaal für Staatsempfänge lag jenseits des Musikzimmers und ging auf die Plaza Incógnita hinaus, hinter der sich der Campo del Moro, das ›Feld des Mauren‹, befand. Hier kampierten einst die Truppen des mächtigen Emirs Ali ben Yussuf, der im 11. Jahrhundert auszog, Spanien zu erobern.

Als sie die Tür des Musikzimmers erreicht hatten, klopfte der Capitán, wobei er María anlächelte. Ohne sein Lächeln zu erwidern, stellte sie sich neben ihn. Die Tür öffnete sich.

253

Der Capitán wies mit der ausgestreckten Hand in den Raum. »Nach Ihnen.«

María trat einen Schritt vor und blickte hinein.

Die fensterlose Kammer lag im Dunkeln, und es dauerte einen Augenblick, bis ihre Augen sich daran gewöhnt hatten. Aus dem Schatten rechts von ihr glitt etwas auf sie zu. Sie wich zurück, prallte jedoch gegen den Capitán, der unbeweglich direkt hinter ihr stand. Plötzlich stieß er sie nach vorne, während gleichzeitig zwei Paar Hände ihre Unterarme packten. Sie wurde von den Beinen gerissen und landete mit dem Gesicht nach unten auf dem Boden, während Stiefel mit Wucht auf ihre Schulterblätter traten.

Ein sanftes, bernsteinfarbenes Licht erfüllte den Raum. Marías Blick fiel auf ein Wandbild, das eine ländliche Szene darstellte, während ein weiteres Paar Hände ihre Beine, Taille, Arme und Brust nach verborgenen Waffen abtastete. Gürtel und Uhr wurden entfernt, dann nahm man ihr die Packung mit den Zigaretten ab.

Als die Durchsuchung beendet war, riß ein drittes Paar Hände Marías Kopf am Haar nach hinten, so daß ihr Gesicht grob nach oben gezwungen wurde. Da man ihre Schultern immer noch nach unten drückte, spürte sie einen heftigen Schmerz in Hals und Nacken.

Mit einem höhnischen Lächeln schlenderte der Capitán heran und starrte auf sie herab. Sein harter Stiefelabsatz preßte sich gegen ihre Stirn, so daß ihr Kopf noch weiter zurückgezwungen wurde.

»Sie wollten doch wissen, ob ich mir sicher sei, daß ich die Information rechtzeitig erhalten würde.« Das Grinsen des Offiziers verriet seine Brutalität. »Ja, Señorita, ich bin mir sicher. Und ich weiß auch, daß viele der Menschen hier im Palast aus dem System entfernt werden müssen. Wir werden gewinnen, soviel ist sicher. Bei der Geburt einer neuen Nation ist Blutvergießen unvermeidlich. Ohne Opfer und vor allem Willenskraft läßt sich nichts erreichen. Man muß bereit sein zu tun, was notwendig ist, um das Ziel zu erreichen.«

Marías Stimmbänder preßten sich gegen das angespannte Fleisch an ihrem Hals. In heftigen Wellen strömte der

Schmerz von den Ohren bis zu den Lenden durch ihren Körper.

»Ich könnte Ihnen das Genick brechen«, erklärte der Capitán, »aber tot nützen Sie mir nichts. Statt dessen gebe ich Ihnen fünf Minuten, damit Sie die Situation in Ruhe einschätzen können. Wenn Sie reden, bleiben Sie zwar unser Gast, aber es wird Ihnen nichts geschehen. Sollten Sie sich allerdings entschließen zu schweigen, werde ich Sie diesen freundlichen Herren hier überlassen. Glauben Sie mir, Señorita, die verstehen ihr Geschäft.«

Der Capitán gab ihre Stirn frei. María rang verzweifelt nach Luft, als die Spannung in ihrem Hals nachließ. Der Schmerz in ihrem Rücken wich einem kribbelnden Gefühl der Kälte entlang der Wirbelsäule. Sie schluckte mühsam und versuchte, sich zu bewegen, aber die Männer standen immer noch auf ihrem Rücken.

Der Capitán sah seine Männer an. »Gebt ihr einen Vorgeschmack auf das, was sie erwartet. Vielleicht überlegt sie es sich dann.«

Er trat zurück, und die Stiefel hoben sich von ihren Schultern. Dann riß man sie an den Armen nach oben. Kaum war sie auf die Füße gekommen, traf sie eine Faust hart in den Bauch und nahm ihr den Atem. Sie krümmte sich, und ihre Beine wollten unter ihr nachgeben, aber die Männer hielten sie fest. Einer von ihnen packte sie von hinten am Haar und zerrte sie in die Höhe. Dann erhielt sie einen Faustschlag in die Nierengegend. Ihre Beine wackelten hilflos, sie stöhnte laut. Der nächste Hieb traf sie unter das Kinn. Glücklicherweise lag ihre Zunge nicht zwischen den Zähnen, die laut und schmerzhaft aufeinanderkrachten. Ein zweiter Kinnhaken schleuderte ihren Kopf nach rechts. Sie konnte den Mund nicht mehr schließen und spürte, wie Blut und Speichel an ihrer Zunge entlang herausliefen.

Als die Männer sie losließen, stürzte sie zu Boden, wo sie mit aufgestellten Knien und ausgebreiteten Armen auf dem Rücken landete. Langsam rollten ihre angezogenen Beine zur Seite. Schmerzen fühlte sie im Moment nicht, die würden erst später einsetzen, aber sie war völlig erschöpft. Ihr

255

Zustand erinnerte sie an eine Fahrt bergauf mit dem Fahrrad, wenn die Beine keine Kraft mehr besaßen. Doch so schwach sie auch war, sie zwang sich, die Augen zu öffnen und die Männer anzusehen. Sie wollte wissen, wo diese ihre Waffen trugen.

Alles Rechtshänder, das vereinfachte die Sache.

Die Soldaten traten auf den Gang, wobei sie Marías Zigaretten unter sich aufteilten, schlossen die Tür hinter sich und schalteten das Licht aus. Die Methode war nicht neu. Man überließ das geschundene, desorientierte Opfer für ein paar Minuten sich selbst, damit es sich mit dem Gedanken an den Tod auseinandersetzen konnte.

Statt dessen zwang María sich, mit der zitternden Hand vorne in ihre Jeans zu greifen. Sie fand die Zigarette und zog sie heraus, rollte sich auf die Seite und schälte das Papier ab, um an das Streichholz zu gelangen. Diesen Trick hatte sie vor Jahren als Undercoveragentin gelernt. Wenn man gefilzt wurde, konfiszierten die Gegner Zigaretten normalerweise. Mit dieser Methode hatte sie sich wenigstens ein Streichholz gesichert. In Notlagen hatte sich Feuer schon häufig als hervorragende Angriffswaffe erwiesen.

Nachdem sich ihre Augen an die Dunkelheit gewöhnt hatten, blickte sie sich um. In einer Ecke entdeckte sie ein paar Notenständer. Wie erwartet, befanden sich an der Decke Sprinkler, einer in der Nähe der vorderen Tür und einer bei der Tür zum Speisezimmer.

Perfekt.

Mit zitternden Gliedern kroch sie auf die Notenständer zu, wobei sie ihrem bebenden Körper versprach, nicht mehr viel von ihm zu verlangen, wenn er sie nur während der nächsten Stunde nicht im Stich ließ.

Als sie die Ecke erreicht hatte, richtete sie sich auf den Knien auf und erhob sich dann. Sie fühlte sich wacklig, hielt sich aber auf den Beinen. Gut, daß ihr Kiefer zu schmerzen begann, das hielt sie wach. Sie stolperte auf die Tür zu, setzte den Ständer ab und zog den Pullover aus. Dann legte sie ihr Jeanshemd ab, zog den Pullover wieder an und ließ das Hemd ein paar Meter von der Tür entfernt auf den Boden fallen.

Einmal war sie mit einer Gruppe Prostituierter verhaftet worden, als sie in Barcelona verdeckt gegen Polizisten ermittelte, die unter dem Verdacht des Amtsmißbrauchs standen. Damals hatte sie mit dem versteckten Streichholz die Sohlen ihrer Schuhe angeschmolzen. Der Gestank hatte die Wachen alarmiert, die gerade dabei waren, eine Frau in einer Zelle auf ihrem Gang zu vergewaltigen. Einen von ihnen hatte sie buchstäblich mit heruntergelassenen Hosen verhaftet. Diesmal würde der Geruch verbrennenden Gummis nicht genügen. Sie brauchte etwas, das ins Auge fiel.

Nachdem sie einen Notenständer neben der Tür plaziert hatte, kniete sie sich neben das Hemd und entzündete das Streichholz vorsichtig an der Sohle ihres Schuhs. Dabei dachte sie, welche Bedeutung Schuhsohlen an diesem Morgen hatten. Das Streichholz loderte auf. Die Flamme mit der Hand schützend, näherte sie sich damit dem Hemd und hielt es an den Kragen, bis das Kleidungsstück schwelte. Einen Augenblick später züngelten Flammen hervor.

María kroch zu dem Notenständer zurück, kam mühsam auf die Beine, griff nach dem Ständer und lehnte sich an die Wand neben der Tür. Schwer atmend, versuchte sie, die Übelkeit zu überwinden, die die Hiebe in den Bauch verursacht hatten. Es war nicht das erstemal, daß man sie verprügelt hatte. Schläge hatte sie von Unruhestiftern, Junkies, einem wütenden Autofahrer und einmal – nur einmal – von einem eifersüchtigen Liebhaber bezogen. Meistens hatte sie sich zur Wehr gesetzt, ihr Geliebter war im Krankenhaus gelandet. Doch noch nie hatte man sie festgehalten, während man sie mißhandelte. Diese Demütigung und die Feigheit der Angreifer hinterließen einen Geschmack, der ihr noch ekelhafter erschien als der des Blutes, das sich in ihrem Mund sammelte.

Rasch ging das Hemd in Flammen auf. Hinter der Tür bildete sich eine dicke Säule dunkelgrauen Rauches, die aber nicht hoch genug reichte und nicht schnell genug aufstieg. Deshalb zog sie den Ständer auf seine volle Länge aus und rührte damit in dem brennenden Haufen herum. Es zischte leise, als feurige Fetzen und dunkle, rotglühende

Asche in alle Richtungen davonflogen, nach wenigen Augenblicken erloschen und zu Boden sanken. Doch der Rauch des angeheizten Feuers stieg immer höher.

Und dann war es soweit – der Alarm ging los, die beiden Sprinkler lösten aus.

Kaum regnete das Wasser auf sie herunter, stieß María den Notenständer erneut in das Hemd und fuhr damit wie mit einem Wischmop über den Boden. Der verbrannte Stoff löste sich in kleine Fetzen auf, die sie über den Boden verstreute.

Als Schritte laut wurden, wich sie, ohne den Ständer loszulassen, an die Wand rechts neben der Tür zurück. Die Schritte verstummten.

»Ihr beide wartet hier, falls sie zu entkommen versucht«, sagte einer der Männer.

Gut, dachte María. Also würde sie es nur mit einem Soldaten zu tun haben, das erleichterte die Sache. Die Tür flog auf. Der Soldat kam hereingerannt, rutschte auf der nassen Asche aus und landete unsanft auf dem Rücken. María hob den Notenständer über ihren Kopf und hieb die drei kurzen Standbeine aus Metall in das Gesicht des Mannes. Dieser schrie auf. Alles war rasend schnell gegangen. Offenbar waren die Soldaten im Gang verwirrt und zögerten.

Das liebte sie so an Elitesoldaten, dachte María. Sie waren jung, fit und besaßen nicht im entferntesten die Erfahrung der alten Kämpen.

Das Zögern der Soldaten verschaffte ihr die Zeit, die sie brauchte. Sie stieß den Notenständer beiseite und überließ ihren schwachen Beinen die Führung, indem sie sich mit dem Gesicht nach unten auf den Soldaten fallen ließ. Sie landete auf seiner Taille, auf seinem Holster.

Daß die beiden Männer im Gang sie nicht erschießen würden, war klar, zumindest jetzt noch nicht. Während die Feuerglocke schrillte und das Wasser auf María niederströmte, stürzten die beiden Soldaten vor. Unterdessen versuchte der Verletzte, der fürchterlich fluchte und ihr mit Vergewaltigung drohte, María von sich zu stoßen. Sie wehrte sich nicht. Doch als sie auf die Seite rollte, zog sie die 9-mm-Pistole aus seinem Holster, entsicherte die Waffe und jagte ihm, ohne zu zögern, einen Schuß ins Knie. Er schrie auf. Blut spritzte ihr ins Gesicht, doch sie ignorierte es, stellte ein Knie auf, zielte niedrig auf die beiden anderen Soldaten und feuerte. Die Pistole bellte zweimal auf. Blut spritzte aus den Knien der Männer, die schreiend im Eingang zusammenbrachen.

Während das Wasser weiter auf sie herabregnete, steckte sie die Pistole in ihren Hosenbund und rutschte dann auf den Knien zu den sich windenden Soldaten, um ihre Waffen an sich zu nehmen. Es würde, überlegte sie befriedigt, kein Tag vergehen, an dem die Männer nicht an sie denken würden. Die Schmerzen in ihrem verkrüppelten Bein würden sie immer an ihre eigene Brutalität erinnern.

Eilige fesselte sie den Männern mit deren Krawatten die Handgelenke und stopfte ihnen dann die unverbrannten Reste ihres Hemdes in den Mund. Fesseln und Knebel waren nicht so sicher, wie sie sich das gewünscht hätte, aber die Zeit drängte. Mit Hilfe des Türpfostens richtete sie sich auf. Sobald sie sicher war, daß ihre Beine sie tragen würden, wankte sie, so schnell es ging, in die Richtung, aus der sie gekommen war. Der Korridor führte um die wichtigsten Räume im Inneren des Palastes herum. Wenn sie lange genug weiterging, würde sie also wieder zum Hellebardensaal und damit zum Thronsaal gelangen.

Während sie die beiden Pistolen in ihren Händen entsicherte, schwor sie sich, daß Amadori ihr diesmal Audienz gewähren würde.

29

Dienstag, 9 Uhr 03 – Madrid, Spanien

In Begleitung seines Vaters Manolo de la Vega, eines Generals der spanischen Luftstreitkräfte im Ruhestand, betrat Luis die Cafeteria. Da er sich nicht sicher sein konnte, wer von seinen Leuten mit den Rebellen sympathisierte, wollte er jemanden hinter sich wissen, dem er bedingungslos vertrauen konnte. Wie er McCaskey erklärt hatte, waren er und sein hochgewachsener, weißhaariger Vater sich in politischen Angelegenheiten selten einig. Manolo stand eher links, Luis eher rechts. »Aber in einer Krise, in der Spanien bedroht ist, vertraue ich niemandem mehr als ihm.«

Bis auf die sieben Strikers, Aideen und McCaskey war der Raum leer. Der Interpolbeamte ging zu Darrell, der Aideen dabei half, ihre Reisetasche zu packen. Die Strikers hatten ihre Ausrüstung bereits verstaut und studierten im Moment Touristenstadtpläne. Hin und wieder zeichneten sie dort etwas ein.

»Gibt es etwas Neues?« erkundigte sich McCaskey müde.

»Ja«, Luis zog ihn beiseite. »Vor etwa zehn Minuten wurde im Palast Feueralarm ausgelöst.«

»Standort?«

»Ein Musikzimmer im Südflügel des Palastes. Man rief die Feuerwehr an, um mitzuteilen, es habe sich um falschen Alarm gehandelt, aber das stimmt nicht. Einer unserer Späher fand den Brandherd mit Hilfe wärmeempfindlicher Gläser. Das Feuer war seiner Ansicht allerdings schon gelöscht worden.«

»Wenn man bedenkt, welche Kunstschätze sich im Palast befinden, sind sie ein ziemliches Risiko eingegangen«, gab McCaskey zu bedenken. »Das ist doch mit Sicherheit nicht das übliche Verfahren.«

»Natürlich nicht. Die Dreckskerle wollten nur nicht, daß jemand den Palast betritt. Eine halbe Stunde zuvor wurde auch die Patrouille der Guardia Civil abgewimmelt, die die tägliche Inspektion der Anlage durchführen wollte.«

»Falls sich Amadori wirklich dort befindet, werden sie die Strikers nicht so leicht loswerden«, schwor McCaskey. »Die werden ihnen eins überbraten, bevor die Burschen wissen, wie ihnen geschieht. Was hat das Büro des Ministerpräsidenten zu dieser Situation zu sagen?«

»Bis jetzt ist von offizieller Seite noch nicht bestätigt worden, daß Amadori tatsächlich die Macht ergriffen hat.«

»Und inoffiziell?«

»Die meisten hohen Regierungsbeamten haben ihre Familien bereits nach Frankreich, Marokko und Tunesien geschickt.« Einen Augenblick später hellte sich Luis' finsteres Gesicht auf. »Wissen Sie Darrell, ich glaube, ich hätte eine gute Chance, für mich und meine Familie für heute abend einen Tisch im besten Restaurant der Stadt zu bekommen.«

»Aber sicher.« McCaskey lächelte schwach, bevor er zu dem Tisch zurückging, an dem Aideen gerade die Ausrüstung überprüfte, die Interpol ihr zur Verfügung gestellt hatte. Diese umfaßte einen Camcorder, der mit einem Empfänger in der Kommunikationszentrale gekoppelt war, eine Erste-Hilfe-Ausrüstung, ein Mobiltelefon und eine Feuerwaffe.

Aideen vergewisserte sich, daß der Akku des Camcorders geladen war. Unterdessen inspizierte McCaskey das Magazin der 9 x 19 Parabellum Super Star, die man ihr ausgehändigt hatte, obwohl Aideen das bereits erledigt hatte. Offenbar mußte er sich beschäftigen, um sich zu beruhigen. Nachdem er die Waffe untersucht hatte, ließ er sie in ihren Rucksack zurückgleiten.

Während die Strikers ihre Rucksäcke aufsetzten, studierte McCaskey Aideen eingehend, um sicherzugehen, daß sie wie ein Mitglied einer Reisegruppe wirkte. Sie trug Turnschuhe, Sonnenbrille und Baseballkappe und hielt einen Reiseführer und eine Flasche Mineralwasser in den Händen. Außerdem fühlte sie sich ohnehin wie eine Touristin, die noch mit der Zeitverschiebung zu kämpfen hatte. Sehnsüchtig starrte sie den leeren Tisch hinter McCaskey an. Auf dem Rückflug von San Sebastián war sie kurz eingenickt, doch das hatte ihre Erschöpfung bestenfalls gelindert. Es war nur eine Frage der Zeit, bis sie zusammenbrach. Sie warf einen Blick auf die Getränkeautomaten hinter ihr und überlegte, ob sie eine Pepsi Light trinken sollte. Das Koffein konnte sie gut gebrauchen – aber was, wenn sich während der Mission ein dringendes Bedürfnis einstellte? In Mexico City hatte sich die Beschattung von Verdächtigen tagsüber häufig in die Länge gezogen. Zwei Stunden konnten unglaublich lang sein, wenn man seinen Posten nicht verlassen durfte, das hatte sie damals gelernt.

Sie beschloß, auf das Getränk zu verzichten.

McCaskey allerdings sah aus, als würde er jeden Moment zusammenbrechen. Ihr fiel ein, wie erstaunlich ruhig er bei ihrem ersten Gespräch nach Marthas Ermordung geklungen hatte. Jetzt wurde ihr klar, daß es sich um eine reine Willensanstrengung gehandelt hatte. Vermutlich hatte er sich seit Martha Mackalls Tod keine Minute Ruhe gegönnt. Ob er unbedingt ihren Tod rächen oder sich selbst bestrafen wollte, war ihr nicht klar. Vielleicht beides.

Als McCaskey Aideen lange genug betrachtet hatte, wandte er sich Colonel August zu. Der Offizier kaute Kaugummi, auf seinen Wangen und am Hals stand ein Drei-Tage-Bart. Eine Sonnenbrille mit neongrünem Gestell und verspiegelten Gläsern hatte er nach oben auf die Stirn geschoben. Dazu trug er khakifarbene Bermudashorts und ein verknittertes, langärmeliges weißes Hemd, dessen Ärmel er einmal umgeschlagen hatte. Dieser Mann schien nicht mehr viel mit dem ruhigen, konservativen Soldaten zu tun zu haben, den Aideen ein paarmal in Washington getroffen hatte.

Um die Kommunikation mit McCaskey sicherzustellen, war August mit einem als Walkman getarnten Funkgerät ausgerüstet, hinter dessen Lautstärkeregler sich ein Kondensatormikrofon verbarg. Auch er hatte eine Flasche Mineralwasser bei sich. Wenn man es auf die Kassette im Walkman goß, stieg aus dem mit Diphenylarsincyanid beschichteten Band fast fünf Minuten lang Tränengas auf.

»Also gut«, begann McCaskey. »Sie warten an der Ostseite der Oper. Was ist, wenn man Sie verjagt?«

»Dann weichen wir nach Norden, zur Calle de Arenal, aus«, erwiderte August. »Wir folgen ihr in östlicher Richtung, um den Palast herum, bis zum Campo del Moro. Wenn dieser gesperrt ist, ziehen wir uns bis zum Museo de Carruajes zurück.«

»Wenn man Sie von dort vertreibt?«

»Dann gehen wir zur Oper zurück, und zwar zur Nordseite.«

McCaskey nickte. »Sobald ich es von den Beamten erfahre, die den Palast beobachten, teile ich Ihnen mit, wo sich Amadori aufhält. Sie sehen dann auf die Karte und lassen mich wissen, welche Seite des Drehbuchs gilt.«

McCaskey bezog sich auf das Standard-›Drehbuch‹ der Strikers für Infiltrations- und Angriffstaktik, das von Colonel August und Corporal Prementine für die Situation im Palast adaptiert worden war. Für jede Kategorie standen insgesamt zehn Optionen zur Verfügung. Für welche sie sich entschieden, hing davon ab, wieviel Zeit ihnen blieb und wie stark und welcher Art der Widerstand war, den sie zu erwarten hatten. Allerdings enthielten alle Szenarien eine Konstante. Niemals betrat die gesamte Truppe den Palast. Nach dem Tod des Anführers der Strikers, Leutnant Colonel Squires, hatte August das Drehbuch überarbeitet, um sicherzustellen, daß es stets eine Crew gab, die den Rückzug deckte.

»Wie Sie wissen«, fuhr McCaskey fort, »beschränkt sich Aideens Aufgabe auf die Identifizierung Marías und Unterstützung bei deren Rettung. Wenn es nicht nötig ist, wird sie sich nicht am Kampf beteiligen. Auf dem Dach wartet ein Hubschrauber mit zusätzlichen Polizeikräften, der eingreifen kann, wenn die Sache außer Kontrolle gerät. Luis meint, das einzige ernsthafte Sicherheitsproblem im Inneren des Palastes dürfte das RSS sein.«

»Verdammt«, zischte August leise. »Woher wissen Sie, daß Amadori darüber verfügt?«

»Weil der König alle seine Paläste damit ausgerüstet hat«, erwiderte McCaskey. »Er hat es von dem amerikanischen Produzenten bezogen, der es überall in der Umgebung des Weißen Hauses installiert hat. Vermutlich ist das einer der Gründe, warum sich Amadori den Palast als Hauptquartier ausgesucht hat.«

Beim RSS – dem Remote Surveillance System – handelte es sich um ein Videosicherheitssystem für das Innere von Gebäuden, an das man sich mit Hilfe brillenähnlicher Visiere anschließen konnte. An der Seite der Brille befand sich eine Tastatur, über die Schwarzweiß-Flüssigkristalldisplays aktiviert wurden, die dem Träger zeigten, was die Sicherheitskameras aufzeichneten. Die neueren Einheiten waren teilweise sogar mit kleinen Videokameras ausgestattet, die es den Wachen ermöglichten, audiovisuelle Informationen auszutauschen.

»Informieren Sie Ihr Team«, warnte McCaskey. »Falls es Amadori gelingt, aus dem Thronsaal zu entkommen, wird die Verfolgung enorm schwierig.«

August nickte.

Während er sprach, sah McCaskey die übrigen sechs Strikers an, die sich in einer Reihe hinter Colonel August aufgestellt hatten. Sein Blick blieb an der Afroamerikanerin Private DeVonne am Ende der Schlange haften, die enge Jeans und eine blaue Windbluse trug. Plötzlich fiel Aideen auf, wie sehr sie einer jüngeren Ausgabe von Martha Mackall ähnelte. Auch McCaskey mußte dies bemerkte haben.

Darrell senkte den Blick. »Sie alle, Männer wie Frauen, kennen Ihre Mission und das Risiko, das sie mit sich bringt. Colonel August hat mir gesagt, Sie wüßten, was moralisch und juristisch auf dem Spiel steht. Der Präsident hat uns befohlen, einen furchteinflößenden Despoten seiner Macht zu entheben. Die Wahl der Mittel bleibt uns überlassen. Auf öffentliche Unterstützung können wir nicht rechnen, auch nicht auf die der legitimen spanischen Regierung, in der das Chaos herrscht. Wird jemand gefangengenommen, hat er von keinem Land Unterstützung zu erwarten, es sei denn durch die herkömmlichen diplomatischen Kanäle. Aber wir haben die Pflicht und die Möglichkeit, Tausende von Menschenleben zu retten. Das betrachte ich als Privileg, und ich hoffe, Ihnen geht es ebenso.«

Luis trat vor. »Ihnen ist der Dank vieler Spanier gewiß, wenn sie auch niemals erfahren werden, was Sie für sie getan haben.« Er lächelte. »Und die wenigen Spanier, die wissen, was Sie vorhaben, danken Ihnen schon jetzt dafür.« Er stellte sich neben McCaskey und salutierte. »*Vayan con Dios*, meine Freunde. Gehen Sie mit Gott.«

30

Dienstag, 9 Uhr 45 – Madrid, Spanien

Pater Norberto flog im Privatflugzeug des Generalsuperiors nach Madrid, einer zwanzig Jahre alten Cessna Conquest, deren Kabine in Rot- und Lilatönen gehalten war. Hinten im Flugzeug befand sich eine kleine Sakristei. Die Fenster der elfsitzigen Maschine hatte man abgedunkelt. Der Lärm der beiden Propeller kam Norberto unangenehm laut vor, der Flug besonders unruhig.

Wie fast alles heutzutage in Spanien, dachte er bitter, während seine Hände die dick gepolsterten Armlehnen umklammerten.

Doch im selben Augenblick erkannte er, daß er unrecht hatte. Nicht alles. In seiner Begleitung reisten fünf weitere Priester aus Dörfern an der Nordküste. Während seine Seele sich in Aufruhr befand, wirkten diese Männer sehr ruhig.

Norberto atmete tief ein. Wenn ihre Gelassenheit ihm doch nur geholfen hätte, seinen eigenen Seelenfrieden wiederzufinden. Irgendwie mußte er sich von dem Verlust, den er erlitten hatte, losreißen und sich auf die gewaltige Aufgabe konzentrieren, die vor ihm lag. Einer Stadt mit über drei Millionen Einwohnern geistlichen Frieden zu bringen, bedeutete eine Herausforderung, die alles übertraf, was er in seinem Leben hatte leisten müssen. Aber vielleicht war es genau das, was er jetzt brauchte, wenn er nicht in seiner Trauer untergehen wollte.

Neben Norberto in der hintersten Reihe saß Pater Jiménez, ein älterer Priester aus Laredo, einem Dorf an der Küste westlich von San Sebastián. Kurz nachdem sie gestartet waren, beugte sich Jiménez, der zuvor aus dem Fenster gesehen hatte, zu Norberto.

»Ich habe gehört, wir sollen mit Priestern anderer Konfessionen zusammentreffen.« Jiménez sprach laut, um den Lärm der brüllenden Maschinen zu übertönen. »Wir werden mindestens vierzig sein.«

»Haben Sie eine Ahnung, warum er uns ausgewählt

hat?« erkundigte sich Norberto. »Warum nicht Pater Iglesias aus Bilbao oder Pater Montoya aus Toledo?«

Jiménez zuckte die Achseln. »Ich nehme an, weil unsere Gemeinden so klein sind, daß ihre Mitglieder sich kennen und einander während unserer Abwesenheit gegenseitig beistehen können.«

»Das habe ich zuerst auch geglaubt«, wandte Pater Norberto ein. »Aber sehen Sie sich doch einmal um. Wir gehören zu den dienstältesten Priestern des Ordens.«

»Und daher auch zu den erfahrensten. Wer wäre für solch eine Mission besser geeignet?«

»Warum nicht die Jungen, Starken?«

»Die Jungen stellen zu viele Fragen.« Jiménez' Finger bohrte sich in Norbertos Arm. »Sie sind ein wenig wie Sie, mein alter Freund. Vielleicht braucht der Generalsuperior erwachsene Männer, denen er vertrauen kann, von denen er weiß, daß sie jeden Befehl ohne Zögern und ohne Klage ausführen werden.«

Norberto war sich da nicht so sicher. Warum, hätte er allerdings nicht sagen können. Vielleicht lag es an seinem entsetzlichen Kummer oder an der herablassenden Art, wie er nach Madrid beordert worden war. Vielleicht, dachte er düster, wollte Gott ihm auch nur eine Lektion erteilen. »Wissen Sie, wo wir uns treffen sollen?« erkundigte er sich.

»Als Pater Francisco anrief, sagte er, man werde uns zu Nuestra Señora de la Almudena bringen.« Auf dem weichen, weißen Gesicht des Priesters erschien ein sanftes Lächeln. »Ein merkwürdiges Gefühl, meine kleine Gemeinde zu verlassen, um mich an einen solchen Ort zu begeben. Ob unser Herr wohl genauso fühlte, als er in Galiläa seinen Weg begann? ›Laßt uns anderwohin gehen, in die benachbarten Dörfer, damit ich auch dort predige; denn dazu bin ich gekommen‹«, zitierte er das Evangelium. Dann lehnte er sich, immer noch lächelnd, zurück. »Es ist ein merkwürdiges, aber gutes Gefühl, Norberto, zu wissen, daß man nach uns gesandt hat.«

Norberto blickte auf die vor ihm sitzenden Priester. Jiménez' Optimismus zu teilen war ihm unmöglich. Die Dienste der Priester wären nötig gewesen, bevor sich die Menschen gegeneinander gewandt hatten, bevor es zu Aufständen und Mord gekommen war. Es schien ihm anmaßend vorzugeben, er wüßte, was Jesus auf seinen Wanderungen empfunden hatte. Wenn er es genauer betrachtete, vermutete er allerdings, daß sich Jesus verwirrt und abgestoßen gefühlt hatte von einer Gesellschaft, in der Vorurteile, Mißtrauen, Gewalt, Zügellosigkeit, Gier und Zwietracht herrschten. Für ihn hatte es nur eine Quelle der Kraft gegeben.

In seiner Verstörtheit hatte Norberto dies vorübergehend aus den Augen verloren. Er senkte die Lider und neigte das Haupt, um Gott um den Mut zu bitten, diese Last zu tragen. Er betete um die Weisheit, das Richtige vom Falschen zu unterscheiden, und um die Kraft, seinen eigenen plötzlichen Groll zu überwinden. Sein Glaube schien ihm entgleiten zu wollen, aber er klammerte sich mit aller Macht daran.

Die Maschine traf vor der erwarteten Zeit in Madrid ein, mußte jedoch fast eine halbe Stunde in der Luft kreisen, weil der militärische Flugverkehr Vorrang hatte, wie man ihnen mitteilte. Nach dem zu urteilen, was sich vor ihren Fenstern abspielte, war dieser recht lebhaft. Als sie um zehn Uhr endlich gelandet waren, begaben sie sich zu Terminal 2, wo sie auf Priester aus dem ganzen Land trafen. Einige der Geistlichen waren Pater Norberto bekannt, wie Pater Alfredo Lastras aus Valencia, Pater Casto Sampedro aus Murcia und Pater Cesar Flores aus León.

Kaum hatte er ihnen die Hände geschüttelt und ein paar Grußworte mit ihnen getauscht, als die ganze Gruppe auch schon in einem alten Bus zur Kathedrale Nuestra Señora de la Almudena verfrachtete wurde. Norberto ließ sich an einem offenen Fenster nieder, Pater Jiménez nahm den Platz neben ihm ein. Auf der Avenida de América herrschte auffällig wenig Verkehr. Nach weniger als zwanzig Minuten hatten sie die berühmt-berüchtigte Kathedrale erreicht.

Mit dem Bau der weitläufigen Kirche war im 9. Jahrhundert begonnen worden, doch kaum hatte man das Fundament gelegt, mußten die Arbeiten eingestellt werden, weil die Stadt von den Mauren erobert wurde. Diese errichteten eine gewaltige Festung direkt neben dem Gotteshaus, die nach ihrer Vertreibung abgerissen wurde, um Platz für den Königspalast zu schaffen. Gleichzeitig sollte an der Kathedrale weitergebaut werden. Die Eifersucht des mächtigen Erzbischofs von Toledo verhinderte dies, der keine Kirche dulden wollte, die seine eigene an Pracht übertraf. Privatpersonen, die Geld für den Bau eines Gotteshauses an einem durch die Mauren entweihten Ort spendeten, wurden mit Exkommunikation und dem Tod bestraft. Es dauerte fast siebenhundert Jahre, bis die Arbeiten wiederaufgenommen wurden. Auch dann mangelte es an Geld und Mitteln, so daß die Arbeiten immer wieder eingestellt wurden, was zu einer chaotischen Stilvielfalt führte.

1870 wurde dieses Flickwerk schließlich abgerissen und eine neugotische Kirche geplant, mit deren Bau 1883 begonnen wurde. Wieder versiegten die Quellen der Finanzierung regelmäßig. 1940 gab man auch diesen Versuch auf. Erst 1990 nahm man die Fertigstellung der Kathedrale ernsthaft in Angriff, doch die Milliarden von Peseten, die dafür nötig waren, flossen auch diesmal nur zögernd. Ironischerweise war es noch keine drei Wochen her, daß man an den Friesen die letzten Pinselstriche vorgenommen hatte.

Die Gangschaltung krachte bedrohlich, als der Bus plötzlich sein Tempo verringerte. Von der Calle Mayor waren sie in die Calle de Bailén eingebogen, in der sich Tausende von Menschen vor den Zwillingstürmen der Kirche drängten. Hinter ihnen entdeckte Norberto Gruppen von Reportern und Fernsehkameras. Die Zeitungsjournalisten waren zu Fuß unterwegs, während sich die Fernsehteams auf ihren geparkten Lieferwagen postiert hatten. Obwohl der Bus durch eine Phalanx städtischer Polizisten von der Menge abgeschirmt wurde, schien der Anblick der Priester die Gefühle anzufachen. Schreie nach Hilfe und Bitten um Zuflucht wurden laut. Wie Glocken in der Morgenstille hallten die Stimmen in der Hitze des Busses wider, bis sie jedes Ohr erreicht hatten. Diese Menschen waren keine politischen Flüchtlinge, es handelte sich um alte Männer, Mütter mit

Babys und Schulkinder, die offenbar von Panik ergriffen waren. Während der Bus sich langsam der Kirche näherte, schien ihre Zahl ständig zu wachsen. Schweigend blickten sich die Priester an. Not hatten sie erwartet, aber nicht diese Verzweiflung.

Einer Reihe von Polizeibeamten, die sich gegenseitig untergehakt hatten, gelang es schließlich, sich zwischen Bus und Menge zu drängen. Pater Francisco trat aus der Kirche und bat die Menschen über Megafon um Geduld, während er den 44 Priestern bedeutete hereinzukommen. Langsam, im Gänsemarsch, kämpften sie sich durch die aufgebrachte Menge, die Norberto an die Hungernden in Ruanda und die Obdachlosen in Nicaragua erinnerte, unter denen er einst gearbeitet hatte. Es war erstaunlich, welche Macht die Schwachen besaßen, wenn ihre Zahl groß genug war.

Hinter ihnen schlossen sich die Türen. Nach dem Flug, dem Lärm des Busses und den Schreien der Menge schien das dumpfe Schweigen wie eine Erlösung.

Aber es ist nicht real, erinnerte Norberto sich selbst. Draußen herrschen Furcht und Schmerz, das ist die Realität, und sie wird immer drängender. Uns bleibt nicht mehr viel Zeit, um uns damit auseinanderzusetzen.

Generalsuperior González betete still in der Apsis der Kathedrale. Außer dem Schlurfen der Schuhe und dem Rascheln der Kutten war kein Geräusch zu vernehmen, als die Gruppe unter Führung von Pater Francisco das Kirchenschiff durchquerte. Nachdem sie das Querschiff erreicht hatten, hielt er an und hob beide Hände. Die Priester blieben stehen, während Pater Francisco allein weiterging.

Norberto war kein großer Bewunderer von Generalsuperior González. Es wurde behauptet, der 57jährige Führer der Jesuiten sei gut für den Orden, weil er sich um die Gunst des Vatikans und die Aufmerksamkeit der Welt bemühe. Doch wenn die Priester Spaniens nicht seine Ansichten predigten, seine konservativen politischen Kandidaten unterstützten und in ihren Gemeinden üppige Spenden eintrieben, kam ihnen nichts von diesem Reichtum und Einfluß zugute. Norberto hegte die Überzeugung, daß Orlando

González mehr an seiner eigenen Macht interessiert war als an den spanischen Jesuiten.

Doch González war der Generalsuperior, und Norberto wäre es nicht in den Sinn gekommen, ihn offen zu kritisieren oder ihm den Gehorsam zu verweigern. Aber hier, in der prächtigen, geschichtsträchtigen Kirche fehlte ihm in seiner Gegenwart die tröstliche Frömmigkeit, nach der er sich sehnte, die er so dringend benötigte. Immer noch fühlte er sich verzweifelt. Längst hatte Zynismus von ihm Besitz ergriffen, nun stieg auch noch Mißtrauen in ihm auf. Sorgte sich González wirklich um das Volk, oder hatte er nur Angst, eine Revolution könnte seine Macht schwächen? Oder hoffte der Generalsuperior vielleicht, ein neuer Führer werde sich an ihn wenden, um die Unterstützung der spanischen Jesuiten zu gewinnen?

Nach drei oder vier Minuten stillen Gebets wandte sich González plötzlich zu seinen Priestern um. Diese bekreuzigten sich, während er einen Segen sprach. Dann ging er langsam auf sie zu. Die hellen Augen in seinem langen, dunklen Patriziergesicht richteten sich gen Himmel.

»Vergib uns, Herr«, sagte er, »denn dieser Tag ist der erste in über tausend Jahren, an dem die Türen der Kathedrale von innen versperrt wurden.« Er blickte die Priester an. »Gleich werde ich die Türen öffnen. Ich selbst kann nicht bleiben, aber Pater Francisco wird jedem von euch einen Bereich der Kathedrale zuweisen. Sprecht mit den Menschen, erklärt ihnen, daß dies nicht ihr Kampf ist. Gott wird für sie sorgen, wenn sie darauf vertrauen, daß die Führer Spaniens den Frieden wiederherstellen.« An Pater Franciscos Seite blieb er stehen. »Ich danke jedem einzelnen von euch für sein Kommen. Das Volk von Madrid braucht geistliche Leitung und Führung. Es muß wissen, daß es in dieser Zeit des Aufruhrs nicht allein steht. Wenn sich Madrid beruhigt hat, wenn hier der Geist des Glaubens herrscht, können wir nach außen gehen und dem übrigen Spanien Frieden bringen.«

Schwer schwang die schwarze Robe von Seite zu Seite, als Generalsuperior González an den Priestern vorbei zur

Tür ging. Sein Schritt war selbstbewußt und verriet keine Hast, so als hätte er alles unter Kontrolle.

Während Norberto ihm nachsah, wurde ihm zu seinem Entsetzen klar, daß vielleicht genau das der Fall war. Bei seiner Mission ging es gar nicht darum, den Verängstigten und Bedürftigen Trost zu spenden – zumindest nicht um ihrer selbst willen. Er blickte sich um. War es möglich, daß man die zuverlässigsten, die gläubigsten, die vertrauenswürdigsten Priester des Landes nur aus einem Grund hierhergebracht hatte, nämlich, um die Menge *unter Kontrolle* zu halten? Hatte man das Bedürfnis nach Zuflucht künstlich geschaffen, es dann zur Panik aufgepeitscht, indem man die Türen verschloß, nur damit die Jesuiten als großzügige Wohltäter auftreten konnten?

Pater Norberto hatte Angst. Gleichzeitig fühlte er sich angewidert. Generalsuperior González hatte es gar nicht nötig, sich mit den Anführern der Revolution gut zu stellen, weil er Teil des Prozesses war, der dem Land eine neue Regierung bringen sollte.

Eine neue Regierung für ein Spanien, dessen geistliches Oberhaupt Gonzáles war.

31

Dienstag, 10 Uhr 20 – Madrid, Spanien

María war davon überzeugt, daß sich General Amadori tatsächlich im Thronraum des königlichen Palastes aufhielt. Doch nach ihrer Flucht begab sie sich nicht direkt dorthin. Zuerst brauchte sie eine Uniform. Außerdem konnte sie ohne Verbündeten nichts ausrichten.

Die Uniform zu besorgen war der einfachere Teil ihres Plans.

In der Männerlatrine fand María, was sie suchte. Ursprünglich hatte sich hier *el cuarto de cambiar para los gentilhombres de cámara* befunden, der offizielle Ankleideraum für die Kammerherren des Königs. Nun trampelten Soldaten darin herum, denen die Geschichte des Raumes völlig gleichgültig war. María war keine Royalistin, aber Spanierin, und dieses Zimmer hatte in der Geschichte ihres Landes eine wichtige Rolle gespielt. Es verdiente Respekt.

Marmorne Friese und Dekorelemente schmückten den großen weißen Raum im südöstlichen Teil des Palastes, unweit vom Schlafzimmer des Königs. María erreichte ihn, indem sie sich vorsichtig von Tür zu Tür vorarbeitete. Die wenigen Zimmer, in denen sich jemand aufhielt, ließ sie dabei aus. Wenn man ihre Flucht bemerkt und Alarm ausgelöst hatte, würde sich die Suche auf das Gebiet um das Musikzimmer und den Thronraum beschränken, um Leute zu sparen. Schließlich wußte man, daß sie zu Amadori wollte. An ihr war es zu verhindern, daß man sie bemerkte.

Die Uniform stellte ihr zuvorkommenderweise ein junger Sargente zur Verfügung, der das Ankleidezimmer zusammen mit zwei anderen Männern betreten hatte. Als er die Tür öffnete, hockte María auf der Toilette und zielte mit zwei Pistolen auf ihn.

»Kommen Sie rein, und schließen Sie die Tür ab«, zischte sie leise. Der Ventilator an der Decke summte so laut, daß man ihre Stimme außerhalb der Kabine nicht hören konnte.

Wenn man Menschen mit einer Waffe bedrohte, waren die meisten für einen Augenblick wie gelähmt. Diese kurze Zeit mußte man nutzen, um eine Anweisung zu geben. Erteilte man den Befehl sofort und nachdrücklich, wurde er normalerweise befolgt. Wenn nicht, wenn die Zielperson in Panik geriet, mußte man sich entscheiden, ob man sich zurückzog oder schoß.

María war sich bereits darüber klargeworden, daß sie lieber jeden im Raum zum Krüppel schießen würde, als sich festnehmen zu lassen. Glücklicherweise tat der Soldat mit weitaufgerissenen Augen, wie sie ihm geheißen hatte.

Kaum hatte er die Tür versperrt, winkte sie ihn mit einer der Pistolen zu sich heran, während sie die andere nach oben, auf seine Stirn gerichtet hielt.

»Verschränken Sie die Finger hinter dem Kopf«, befahl

sie. »Dann drehen Sie sich um und kommen rückwärts auf mich zu.«

Seine Finger krampften sich hinter der Mütze zusammen. Ohne ihn aus den Augen zu lassen, legte María eine ihrer Pistolen hinter sich auf den Wasserbehälter der Toilette, nahm dem Soldaten die Waffe ab und steckte sie sich hinten in den Gürtel. Dann griff sie nach der Pistole, die sie auf den Wasserbehälter gelegt hatte.

Ohne von dem Sitz zu steigen, trat María einen Schritt zurück.

»Hände runter.« Sie stieß ihm die Waffe in den Hintern. »Setzen Sie sich auf Ihre Hände.«

Der Soldat gehorchte.

»Wenn Ihre Freunde gehen«, flüsterte sie ihm ins Ohr, »sagen Sie ihnen, daß Sie noch hierbleiben. Wenn nicht, sind Sie alle tot.«

María und der Sargento, der dem Namensschild nach García hieß, warteten. Sie hätte schwören können, daß sie seinen Herzschlag hörte. Als die anderen nach ihm riefen, befolgte er ihre Anweisung. Sobald sie allein waren, befahl María ihm, mit dem Rücken zu ihr aufzustehen und die Uniform auszuziehen, was er auch tat.

Dann dreht María ihn um, so daß er zur Toilette blickte, und befahl ihm, vor der Schüssel niederzuknien.

»Bitte erschießen Sie mich nicht«, flehte er. »Bitte.«

»Wenn Sie tun, was ich Ihnen sage, lasse ich Sie am Leben.«

Ihr blieben zwei Möglichkeiten. Sie konnte ihm Toilettenpapier in den Mund stopfen, ihm dann die Finger brechen, damit er es nicht entfernen konnte, und ihn an den schweren Deckel des Wasserbehälters binden. Aber das würde dauern. Statt dessen schlug sie ihm aus nächster Nähe gegen den Hinterkopf. Sein Schädel prallte gegen den Keramikbehälter, und er wurde ohnmächtig. Vermutlich hatte er eine Gehirnerschütterung davongetragen, aber in ihrer Lage war das nicht zu vermeiden gewesen.

María raffte Waffen und Uniform zusammen und zog sich hastig in der Kabine nebenan um. Die Uniform war zu

273

weit, aber das ließ sich nicht ändern. Nachdem sie ihr Haar unter der Schirmmütze verstaut hatte, steckte sie die Pistole des Sargento in das Holster und verbarg die anderen Waffen vorne unter ihrem Hemd.

Bis auf die Schuhe stopfte sie ihre Kleidung in den Mülleimer. Mit den Sohlen rieb sie über ihre Wangen, bis es aussah, als hätte sie einen Stoppelbart. Danach warf sie auch die Schuhe weg. Während sie im Spiegel einen letzten prüfenden Blick auf ihr Äußeres warf, betraten zwei weitere Sargentos den Raum. Offenbar hatten sie es eilig.

»Du bist zu spät dran, García!« bellte einer der beiden, während er dem anderen an María vorbei zum Pissoir folgte. »Der Leutnant hat jeder Gruppe nur fünf Minuten gegeben, um ...«

Der Soldat blieb stehen und drehte sich um, aber María wartete nicht ab, bis er handelte. Sie baute sich vor ihm auf und plazierte ihr rechtes Knie hinter seinem linken. Dann hob sie den rechten Arm, legte ihn gegen den Hals des Soldaten und warf ihn über ihr Bein, so daß er der Länge nach zu Boden stürzte. Da ihr Gewicht auf dem rechten Bein lag, hob sie das linke und trat ihm hart gegen die Brust, wobei sie ihm einige Rippen brach und ihm damit den Atem nahm. Sein Begleiter, der vor dem Pissoir stand, wollte sich umwenden, aber María war bereits über den anderen gestiegen und kam auf ihn zu. Ohne ihre Geschwindigkeit zu verringern, hob sie das rechte Bein und rammte ihm das Knie hart in die Lendengegend. Er wurde gegen das Pissoir geschleudert und fiel zu Boden. Als er auf dem Fliesenboden aufkam, hieb sie ihm den Absatz gegen die Schläfe, so daß er sofort das Bewußtsein verlor. Der andere stöhnte immer noch. María wirbelte herum und trat ihm mit voller Wucht seitlich gegen den Kopf, und er wurde ebenfalls ohnmächtig.

María taumelte zurück. Irgendwie hatte sie die Energie aufgebracht, die sie für den Kampf benötigte, aber jetzt fühlte sie sich völlig ausgepumpt. Kopf und Bauch schmerzten nach den Schlägen, die sie im Musikraum erhalten hatte, stark, und der Kampf hatte ein übriges getan. Aber ihre Mission war noch nicht erfüllt, und sie hatte nicht die Absicht aufzugeben. Sie stolperte zum Waschbecken, fing mit den Händen Wasser auf und trank.

Dann erinnerte sie sich, was der Mann, der jetzt auf dem Boden lag, gesagt hatte. Die Soldaten suchten diesen Raum im Fünf-Minuten-Abstand auf. Davon hatte sie schon fast zwei verbraucht. Sie hatte keine Zeit zu verlieren.

Mühsam richtete sie sich auf, wandte sich um und ging zur Tür. Ohne zu zögern, trat sie in den Gang hinaus, wandte sich nach rechts und ein paar Türen weiter wieder nach links. Nun befand sie sich erneut in dem Korridor, der zum Thronraum führte.

Auch hier standen Soldaten, aber sie bewegte sich schnell, als hätte sie es eilig. Während ihrer Tätigkeit als Undercoveragentin hatte sie entdeckt, daß zwei Dinge wichtig waren, wenn man irgendwo eindringen wollte. Zunächst einmal mußte man sich benehmen, als fühlte man sich wie zu Hause, dann stellte einem niemand Fragen. Zweitens war es wichtig, den Eindruck zu erwecken, man werde dringend erwartet. Wenn man sich schnell und selbstbewußt bewegte, hielt einen niemand auf. Zusammen mit der Uniform würde sie diese Taktik mit Sicherheit zurück zum Hellebardensaal bringen, vielleicht sogar hinein. Danach brauchte sie vier Dinge, um zu Amadori zu gelangen.

Die Waffen, List – und zwei bestimmte Verbündete.

32

Dienstag, 4 Uhr 30 – Washington, D. C.

Mike Rodgers schloß sich Paul Hood an und wartete in dessen Büro auf Anweisungen bezüglich des Einsatzes der Striker. Kurz nach seiner Ankunft rief Steve Burkow aus dem Weißen Haus an. Hood hoffte, daß er nur Informationen weitergeben und nicht im Sinne des Präsidenten Druck ausüben wollte, wie es der falkengleiche Chef für Nationale Sicherheit gerne tat.

Burkow zufolge hatte der spanische König aus seiner Residenz in Barcelona angerufen und mit dem Präsidenten gesprochen. Loyale Offiziere des Monarchen hatten bestätigt, daß General Rafael Amadori, Leiter des militärischen Geheimdienstes und einer der mächtigsten Offiziere Spaniens, seine Kommandozentrale in den Thronsaal des königlichen Palastes verlegt habe.

Angesichts dieser Information wechselten Hood und Rodgers einen Blick. Wortlos ging Rodgers zu einem Telefon neben der Couch, um Luis bei Interpol davon zu informieren, daß sie die Position der Zielperson definitiv bestimmt hatten. Hood gönnte sich ein kleines Lächeln der Zufriedenheit. Ihre Vermutung hatte sich als richtig erwiesen.

»Bezüglich der Pläne dieses Generals Amadori ist kein Zweifel mehr möglich«, fuhr Burkow fort. »Der Präsident hat den König von der Anwesenheit der Strikers in Madrid unterrichtet. Seine Majestät hat uns die Erlaubnis gegeben, alles zu unternehmen, was notwendig ist.«

»Das kann ich mir denken«, meinte Hood. Vermutlich war das Vorgehen des Präsident sinnvoll und unumgänglich, aber er fühlte sich dennoch unbehaglich.

»Urteilen Sie nicht zu schnell über den König«, wandte Burkow ein. »Er hat außerdem zugegeben, daß es vermutlich nicht möglich sein wird, die Einheit Spaniens zu bewahren, dafür schwelt der Groll zwischen den einzelnen Völkerschaften, der nun zum Ausbruch gekommen ist, schon zu lange. Daher hat er dem Präsidenten mitgeteilt, daß er abdanken wird, wenn die Vereinten Nationen und die NATO dafür sorgen, daß die Auflösung der Nation geordnet vonstatten geht.«

»Was soll das bringen?« wollte Hood wissen. »Die Rolle des Königs ist doch rein repräsentativer Natur.«

»Das ist richtig«, gab Burkow zu, »aber er sieht seine Abdankung als Geste an das spanische Volk, um zu zeigen, daß er dem Wunsch nach Autonomie nicht im Weg stehen will. Allerdings weigert er sich strikt, einem Diktator die Macht zu überlassen.«

Auch wenn der König vermutlich ein Vermögen bei ausländischen Banken deponiert hatte, mußte Hood zugeben, daß sein Vorschlag von einer bewundernswerten, wenn auch etwas großtuerischen Konsequenz war. »Wann wird er diesen Schritt unternehmen?« erkundigte er sich.

»Wenn Amadori keine Bedrohung mehr darstellt«, gab Burkow zurück. »Da wir gerade beim Thema sind – wie ist der Status Ihres Teams?«

»Wir warten auf Nachricht. Die Strikers müßten jeden Augenblick am Zielort eintreffen …«

»Sie sind angekommen«, unterbrach Rodgers ihn plötzlich.

»Einen Moment, Steve. Mike, was haben Sie?«

»Darrell hat soeben Nachricht von Colonel August erhalten«, erklärte Rodgers, der den Hörer noch ans Ohr gepreßt hielt. »Die Strikers haben sich erfolgreich an der Ostseite der Oper verteilt, von wo aus sie den Palast im Auge behalten können. Bis jetzt hat sie niemand belästigt. Die Soldaten scheinen sich nur auf den Palast zu konzentrieren. Colonel August wartet auf weitere Instruktionen.«

»Sagen Sie Darrell vielen Dank.« Hood wiederholte die Information für Burkow. Dabei rief er das Dossier der Mission auf, das McCaskey eine halbe Stunde zuvor geschickt hatte. Es umfaßte eine Karte des Stadtviertels in Madrid, einen detaillierten Plan des königlichen Palastes sowie verschiedene Konfigurationen für Angriff und Infiltration. Laut McCaskey schätzte der Interpoldetektiv die Stärke der Truppen am und im Palast auf vier- bis fünfhundert Mann, von denen sich die meisten am südlichen Ende des Gebäudes, in der Nähe des Thronsaales, aufhielten.

»Wie würden Vorgehen und Zeitplan bei einem sofortigen Einsatz aussehen?« wollte Burkow wissen.

Rodgers kam zu Hoods Schreibtisch, um ihm über die Schulter zu sehen. Hood schaltete den Lautsprecher des Telefons ein.

»An der nordwestlichen Ecke der Plaza de Oriente befindet sich ein Abwasserkanal, der mit einer Katakombe in Verbindung steht, die einst zu der alten maurischen Festung gehörte. Heute wird dort Rattengift aufbewahrt«, begann Hood.

»Moment mal«, unterbrach Burkow. »Wie kommen sie in den Kanal?«

»Mit einem alten Trick der französischen Résistance«, erwiderte Rodgers. »Man sorgt für Ablenkung, um dann zu handeln. Nichts Gefährliches, nur eine Menge Rauch.«

»Ich verstehe.«

»Die Katakombe führt zu einem Verlies im Palast, das seit über zweihundert Jahren nicht mehr dieser Bestimmung gedient hat«, erläuterte Hood.

»Sie meinen, es steht leer?« fragte Burkow.

»Korrekt«, erwiderte Hood.

»Wenn man die Geschichte der spanischen Inquisition betrachtet, ist es kein Wunder, daß man es nicht renoviert und für Besichtigungen geöffnet hat«, setzte Rodgers hinzu.

»Das Verlies befindet sich direkt unter dem Gobelinsaal«, fuhr Hood fort. »Von dort aus ist es nicht weit bis zum Thronsaal.«

»Geografisch gesehen nicht weit«, verbesserte Rodgers, »aber vermutlich sind überall im Korridor Soldaten postiert. Wenn der Drei-Stufen-Plan zur Anwendung kommt, wird es bei den Spaniern mit Sicherheit Verluste geben.«

»Drei-Stufen-Plan?« fragte Burkow.

»Ja, Sir. Widerstand niederschlagen, das Ziel eliminieren, Rückzug. Kurz gesagt, wenn sie sich nicht die Mühe machen, sich Uniformen zu besorgen und sich bei Amadori einzuschleichen, um Verluste soweit wie möglich zu vermeiden.«

»Ich verstehe.«

»Wir wollten eigentlich warten, ob wir etwas von unserer Verbindungsperson im Palast hören«, warf Hood ein.

»Sie meinen die Interpolbeamtin, die sich gefangennehmen ließ«, erklärte Burkow.

»Ganz recht. Wir wissen nicht, ob sie versuchen wird, uns zu erreichen, oder ob sie die Zielperson selbst eliminieren will. Unserer Meinung nach sollten wir ihr Zeit geben.«

Burkow schwieg einen Augenblick. »Wenn wir warten, gehen wir das Risiko ein, daß sich Amadoris Macht potenziert. Ab einem bestimmten Punkt wird ein Usurpator in den Augen des Volkes vom Rebellen zum Helden. Wie Castro, als er Batista stürzte.«

»Das Risiko besteht«, stimmte Hood zu, »aber wir glauben nicht, daß Amadori diesen Punkt bereits erreicht hat. Immer noch kommt es in Dutzenden von Gebieten zu Aufständen. Bis jetzt ist Amadori in keiner der von uns abgehörten Nachrichtensendungen als Kopf einer Interimsregierung genannt worden. Solange er sich nicht der Unterstützung wichtiger Persönlichkeiten aus Politik, Wirtschaft und Kirche versichert hat, wird er vermutlich vorsichtig agieren.«

»Auf die Wirtschaft übt er bereits gewaltigen Druck aus, wenn man an die Leute auf der Jacht und die Mitglieder der *familia* denkt, die er verhaftet hat.«

»Wahrscheinlich wird er noch einige Menschen mehr durch Einschüchterung auf seine Linie bringen«, stimmte Hood zu, »aber ich bezweifle, daß dies innerhalb der nächsten ein bis zwei Stunden stattfinden wird.«

»Sie meinen also, wir sollten abwarten.«

»Die Strikers sind in Alarmbereitschaft und können jederzeit eingreifen. Eine Verzögerung dürfte keinen großen Schaden anrichten, könnte uns aber weitere, wertvolle Informationen vom Ort des Geschehens liefern.«

»Ich bin nicht der Ansicht, daß eine Verzögerung keinen großen Schaden anrichtet«, hielt Burkow dagegen. »General VanZandt glaubt, daß Amadori die Gelegenheit nutzen wird, seine eigenen Sicherheitsvorkehrungen zu verstärken. Unser Hauptziel ist und bleibt, ihn zu eliminieren.«

Hood blickte zu Rodgers auf. Beiden war klar, was Burkow damit sagen wollte – dies war nicht die Zeit für Vorsicht.

In gewisser Weise mußte Hood ihm recht geben. Seine Blitzangriffe, Säuberungsaktionen und Mordanschläge stellten Amadori auf eine Stufe mit Hitler und Stalin, nicht mit Castro und Franco. Auf keinen Fall durfte er die Herrschaft über Spanien erlangen.

»Steve«, sagte er, »ich stimme Ihnen zu. Amadori ist unser Hauptziel. Aber die Strikers sind unser einziges Mittel. Wenn wir unvorsichtig damit umgehen, gefährden wir nicht nur das Leben unserer Leute, sondern auch den Erfolg der Mission.« Er blickte auf die Computeruhr, die sein Assistent Bugs Benet so programmiert hatte, daß sie sowohl die örtliche Zeit als auch die Zeit in Madrid anzeigte. »In Spanien ist es knapp elf. Warten wir ab, wie sich die Situation um zwölf Uhr mittags darstellt. Wenn ich bis dahin nichts von María Corneja gehört habe, greifen die Strikers ein.«

»In einer Stunde kann viel geschehen, Paul. Wenn er die Unterstützung einiger Schlüsselfiguren gewinnt, ist Amadori nicht mehr aufzuhalten. Wenn sie ihn dann eliminieren, töten sie den Regierungschef eines Landes, statt einen Verräter.«

»Das ist mir klar, aber wir brauchen weitere Informationen.«

»Hören Sie, die Sache fängt an, mir auf die Nerven zu gehen. Ihr Team gehört zu den besten Einsatztruppen der Welt, und Sie sitzen darauf wie eine Glucke auf ihren Küken. Lassen Sie sie von der Leine. Sie sollen sich selbst ein Bild von der Lage verschaffen.«

»Nein«, erklärte Hood entschieden. »Das reicht nicht. Ich werde María noch eine Stunde geben.«

»*Warum?*« nörgelte Burkow. »Wissen Sie, wenn Sie zu feige sind, um den Befehl zur Auslöschung dieses dreckigen Generals zu geben ...«

»Feige?« fuhr Hood ihn an. »Der Bursche hat untätig zugesehen, wie jemand von meinen Leuten ermordet wurde. Dafür soll er büßen, das verspreche ich.«

»Wo liegt dann das Problem?«

»Wir haben uns die ganze Zeit nur auf die Zielperson konzentriert. Bis jetzt hat niemand eine Strategie entwickelt, wie wir den Strikers den Rücken decken wollen.«

»Dafür brauchen Sie María nicht«, wandte Burkow ein. »Sie nehmen den Weg, auf dem sie gekommen sind.«

»Ich spreche nicht vom Palast, ich rede von der Verantwortung. Wer übernimmt die, Steve? Hat der Präsident das mit dem König geklärt?«

»Das weiß ich nicht. Ich war bei dem Gespräch nicht zugegen.«

»Sollen wir vorgeben, die Strikers hätten auf eigene Faust gehandelt, wenn man sie erwischt? Behaupten, es handle sich um Söldner oder ein außer Kontrolle geratenes Team? Sollen wir sie hängen lassen?«

»Manchmal läßt sich so etwas nicht vermeiden.«

»Richtig, aber nur, wenn es unumgänglich ist. In diesem Fall gibt es eine Alternative. Wir müssen dafür sorgen, daß ein spanischer Staatsbürger in die Affäre verwickelt wird. Ein Patriot, den die Strikers unterstützen, auch wenn es sich nur um eine Tarngeschichte handelt, um die öffentliche Meinung zu besänftigen.«

Burkow schwieg.

»Deshalb werde ich bis Mittag warten, um zu sehen, ob wir etwas von María hören. Selbst wenn wir nur ihre Position erfahren, genügt das schon. Wenn die Strikers sie auf dem Weg zu Amadori aufsammeln können – nein, dann habe ich kein Problem damit, den Befehl zur Eliminierung dieses Dreckskerls zu geben.«

Bleiernes Schweigen trat ein, das Burkow schließlich brach. »Kann ich dem Präsidenten sagen, daß Sie um zwölf Uhr mittags handeln werden?«

»Ja.«

»Gut.« Burkows Stimme klang kühl. »Wir sprechen uns.«

Damit legte der Sicherheitsberater auf. Hood blickte in das lächelnde Gesicht des Generals.

»Ich bin stolz auf Sie, Paul. Wirklich stolz.«

»Danke, Mike.« Hood schloß das Computerdokument und rieb sich die Augen. »Aber, mein Gott, ich bin müde. Ich habe es satt.«

»Legen Sie sich hin. Ich übernehme für Sie.«

»Erst wenn alles vorüber ist. Aber Sie können mir einen Gefallen tun.«

»Natürlich.«

Hood griff zum Telefon. »Ich werde Bob Herbert und Ste-

281

phen Viens sagen, daß ich unbedingt wissen muß, wo diese Frau steckt. Finden Sie inzwischen heraus, ob Darrell etwas unternehmen kann. Eine Stunde ist kurz, aber vielleicht hat jemand irgendwann einmal Wanzen im Palast angebracht. Möglicherweise kann er Feinde des Königs aufspüren.«

»Wird erledigt.«

»Und sorgen Sie bitte dafür, daß die Strikers erfahren, worauf wir warten.«

Rodgers nickte und verließ den Raum. Als sich die Tür hinter ihm geschlossen hatte, rief Hood Herbert und Viens an. Dann verschränkte er die Arme auf dem Schreibtisch und ließ seinen Kopf darauf sinken.

Er fühlte sich wirklich müde. Und er war nicht besonders stolz auf sich, ganz im Gegenteil. Es widerte ihn an, wie begierig er darauf war, Amadori aus Rache für Martha Mackalls Tod auszulöschen, obwohl jemand anderer ihre Ermordung geplant und ausgeführt hatte. Es gehörte zum selben unmenschlichen System.

Irgendwann würde alles vorbei sein. Entweder war Amadori dann tot, oder er regierte Spanien. Damit stünde die Weltgemeinschaft vor einem Problem – aber es wäre nicht mehr seines. Er würde nach Hause gehen, wo ein paar private Lichtblicke und entsetzliche Schuldgefühle auf ihn warteten. Solange er beim Op-Center blieb, würde sich daran nichts ändern.

Und das genügte ihm nicht mehr.

Sharon würde seine Sicht der Dinge nie teilen. Doch jetzt, wo seine Gedanken verwirrt, aber seine Gefühle glasklar schienen, war er sich nicht mehr so sicher, daß er sich auf dem richtigen Weg befand. Waren große berufliche Herausforderungen und der Respekt von Mike Rodgers mehr wert als die Liebe seiner Frau und seiner Kinder? War es nicht besser, einen weniger anspruchsvollen Job zu übernehmen, der ihm Zeit für die kleinen Annehmlichkeiten des Lebens ließ, die er mit seiner Familie teilen konnte?

Warum soll ich mich entscheiden müssen? fragte er sich, doch er kannte die Antwort bereits.

Wenn man zur Machtelite gehörte, mußte man immer,

egal in welchem Bereich, Zeit und Energie dafür opfern. Wollte er seine Familie zurückhaben, konnte er sich das nicht mehr leisten. Dann mußte er an eine Universität, zu einer Bank oder einer Denkfabrik gehen, einen Job suchen, der ihm Zeit für Geigenkonzerte, Baseballspiele und gemütliche Stunden vor dem Fernseher ließ.

Er hob den Kopf und wandte sich erneut seinem Computer zu. Während er auf Nachrichten aus Spanien wartete, schrieb er folgenden Brief:

Mr. President,

hiermit trete ich von meinem Amt als Direktor des Op-Centers zurück.

Hochachtungsvoll,
Paul Hood

33

Dienstag, 10 Uhr 32 – Madrid, Spanien

Als María endlich den Gang vor dem Hellebardensaal erreicht hatte, wurde eine vorsichtige Annäherung unmöglich. Der Raum lag an ihrem Ende des langen Korridors, doch es wimmelte darin von Soldaten, die methodisch ein Zimmer nach dem anderen durchkämmten. Ihr war klar, daß sie sie suchten.

Bis hierher war alles relativ einfach gewesen. Sie hatte den Weg durch mehrere hintereinanderliegende Räume nehmen und sich so vom Korridor selbst fernhalten können. Nur einmal hatte sie angehalten und versucht, Luis anzurufen. Doch die Telefone im Palast waren offenbar abgeschaltet worden, und sie hatte nicht das Risiko eingehen wollen, einem der Funkoffiziere ein Gerät abzunehmen.

Die Schmerzen unterdrückend, marschierte sie, die Arme steif an die Seiten gepreßt, flott und entschlossen voran. Die

283

Schirmmütze hatte sie tief in die Stirn gezogen, die Augen blickten starr geradeaus. Setz eine offizielle Miene auf, ermahnte sie sich.

Ihrer Meinung nach drang man am besten heimlich in ein Gebäude ein, im Dunkeln, lautlos, im Schutz des Schattens. Aber in ihrer gegenwärtigen Situation war dies unmöglich. Sie konnte nur vorgeben, hierher zu gehören. Das Problem war lediglich, daß es zwar Frauen in der spanischen Armee gab, aber nicht in den Kampfeinheiten. Soweit sie das beurteilen konnte, hielt sich im Palast nicht eine einzige Soldatin auf. Aus diesem Grund legte sie den Weg zum Hellebardensaal im Laufschritt zurück. Die Kappe verbarg ihr Haar, das Hemd verhüllte die Brust. Wenn sie es bis in diesen Raum schaffte, hatte sie auch den Thronsaal so gut wie erreicht.

Lief sie zu schnell, würde das auffallen, das war ihr klar, aber wenn sie zu langsam war, konnte sie jemand anhalten und fragen, warum sie nicht bei ihrer Einheit sei. Ihr Herz pochte, als wolle es ihren Brustkorb sprengen, ihr Körper schmerzte von den Schlägen, und sie hatte Angst um Spanien. Und doch sorgten Gefahr, Schmerz und vor allem das Gefühl von Verantwortung dafür, daß sie hellwach war. Wie in dem Augenblick, bevor man die Reißleine eines Fallschirms zieht oder eine Bühne betritt, waren alle Empfindungen unvergleichlich intensiv.

Ein paar Köpfe drehten sich nach ihr um, aber sie war schon weiter, bevor jemand einen Blick auf ihr Gesicht werfen konnte.

Gerade als sie in den Hellebardensaal einbiegen wollte, kam ihr eine vertraute Gestalt entgegen, mit der sie fast zusammenstieß: der Capitán, der sie hatte verprügeln lassen. Er blieb stehen und funkelte sie an. María salutierte, ohne ihn anzublicken, wobei sie versuchte, ihr Gesicht hinter der Hand zu verbergen, während sie sich an ihm vorbeidrückte. Nur noch ein paar Sekunden, mehr brauchte sie nicht.

Vor sich entdeckte sie Juan und Ferdinand, die im Schneidersitz nicht weit von ihr am Rand der Menge saßen. Beide starrten zu Boden. Die Zahl der Gefangenen hatte sich merklich verringert, seit sie den Raum verlassen hatte. Außerdem herrschte eine gewisse Unruhe, die zum Teil darauf zurückzuführen war, daß niemand wußte, was mit den Leuten geschehen war, die man weggebracht hatte, zum Teil aber auch daran lag, daß die Reihen der Wachposten ebenfalls ausgedünnt worden waren. Vermutlich hatte man die Soldaten auf die Suche nach ihr geschickt. Keiner der Posten im Raum blickte sie an, als sie sich den beiden Mitgliedern der *familia* Ramirez näherte.

»Halt!« Die Stimme des Capitáns, der immer noch in der Tür stand, klang laut und hart.

Juan und Ferdinand blickten auf. María ging weiter auf sie zu.

»Sie da!« blaffte der Capitán. »Sargento! Bleiben Sie, wo Sie sind!«

María war noch etwa zwanzig Schritte von Juan entfernt. Unmöglich, ihn zu erreichen, ohne sich mit dem Capitán anzulegen. Stumm vor sich hin fluchend, näherte sie sich Juan, der sie nun direkt ansah. Es war frustrierend, daß der Capitán sie erkannt hatte, Juan dagegen nicht. Die Tür zum Thronsaal lag noch etwa 13 Meter von ihr entfernt hinter der Menge. Zu beiden Seiten standen nach wie vor Wachen, die sie jetzt ebenfalls anstarrten. Dorthin mußte sie gelangen. Doch allein war dies unmöglich.

»Capitán, ich habe einen Bericht für den General«, erwiderte sie empört, ohne stehenzubleiben oder sich umzudrehen.

Jetzt ging es um Sekunden. Sie mußte unbedingt näher an Juan herankommen. Es war wichtig, daß er ihre Stimme hörte, damit er sie erkannte. Damit verriet sie natürlich auch dem Capitán ihre Identität, aber das ließ sich nicht ändern.

»Sie *sind* es!« brüllte der Offizier. »Bleiben Sie sofort stehen, und heben Sie die Hände!«

María verlangsamte ihr Tempo, hielt aber noch immer nicht an. Sie mußte unbedingt Juan erreichen.

»*Ich sagte stehenbleiben!*« schrie der Capitán.

Nun hatte sie den Rand der Menge erreicht. Sie hielt inne.

»Jetzt heben Sie langsam mit nach außen gedrehten Händen die Arme. Eine plötzliche Bewegung, und ich schieße.«

María kam dem Befehl nach, während sie beobachtete, wie sich Juans Augen überrascht weiteten, als er sie endlich erkannte. Bis jetzt hatten die im Raum postierten Soldaten noch nicht nach den Waffen gegriffen, aber es konnte nur noch wenige Augenblicke dauern, bis sie den Befehl dazu erhielten.

»Sie!« bellte der Capitán. »Korporal!«

Einer der neben der Tür zum Thronraum postierten Soldaten stand stramm. »Capitán?«

»Nehmen Sie ihr die Waffe ab!«

»Jawohl, Capitán!«

»Meine … meine Beine.« Direkt vor Juan begann María zu schwanken. »Darf ich mich setzen?«

»Bleiben Sie stehen!« schrie der Capitán.

»Aber meine Beine wurden verletzt, als man mich verprügelte …«

»¡Silencio!«

Einen Augenblick lang blieb María noch zitternd stehen. Auf der anderen Seite der Menge drängte sich der Korporal durch die Gefangenen. Länger konnte sie nicht warten. Es war unwahrscheinlich, daß man sie hier erschießen würde, vor allem, wenn sie am Boden lag. Das hätte zu einem Aufstand führen können. Laut stöhnend, ließ sie sich auf die Knie fallen und sank gegen Juan.

»Aufstehen!«

María versuchte, sich zu erheben. Während sie vortäuschte, um ihr Gleichgewicht zu kämpfen, zog sie die Pistolen aus ihrem Hosenbund und schob sie Juan in die Hand, der sie sofort verschwinden ließ.

Ferdinand hatte sich ebenfalls zu ihnen gebeugt, um ihr zu helfen, und Juan legte eine der Waffen unter sein angewinkeltes Knie.

»Amadori ist im Thronsaal«, flüsterte sie, während ihr die beiden auf die Knie halfen.

»Das schaffen wir nie …« flüsterte Juan zurück.

»Wir müssen!« zischte sie. »Wir sind ohnehin so gut wie tot.«

Jetzt hatte der Korporal sie endlich erreicht. Er beugte

sich über María und riß sie am Kragen hoch, doch sie stöhnte und ließ sich zur Seite fallen. Kaum war sie aus dem Weg, hob Juan die Waffe, zielte auf den Oberschenkel des Soldaten und feuerte. Der Posten schrie auf und stürzte auf den Rücken, während das Blut aus der Wunde spritzte. Dabei fiel seine Waffe zu Boden. Einer der Gefangenen hob sie auf. María, die inzwischen ihr Gleichgewicht wiedergefunden hatte, zog ihre Pistole und wandte sich dem Capitán zu.

Doch dieser kam ihr zuvor und gab zwei Schüsse ab, von denen sie einer in die linke Seite traf. Sie krümmte sich vor Schmerzen und fiel gegen den Mann, der die Waffe aufgehoben hatte. Ihr Schuß ging fehl. Während sie stürzte, verlor sie die Kappe, so daß sich ihr Haar löste.

Unterdessen hatte sich Juan erhoben, »¡*Asesino*! Mörder!« schreiend.

Doch bevor er schießen konnte, traf ihn eine Kugel in die linke Schulter. Im Fallen drehte er sich halb, seine Arme flogen nach außen, und die Waffe schlitterte über den Fußboden auf den Gang zu, dem Capitán entgegen, der sie aufhob, während er sich ihnen näherte. Der Schütze, der zweite Wachposten vor dem Thronsaal, trat herbei.

»Bleiben Sie auf Ihrem Posten!« schrie der Capitán.

Die Gefangenen begannen laut zu murren, und die Wachen zogen ihre Waffen, als sich die Tür zum Thronsaal plötzlich öffnete und General Amadoris persönlicher Adjutant, Generalmajor Antonio Aguirre, heraustrat. In der Hand hielt er eine 9-mm-Automatik, die kaum weniger furchteinflößend als seine finstere Miene wirkte. Einen Augenblick lang sah sich der hochgewachsene, schlanke, aber breitschultrige Mann im Raum um.

»Gibt es ein Problem, Capitán Infiesta?«

»Nein, nicht mehr.«

»Wer ist das?« Aguirre wies mit der Waffe auf den Mann, den der Capitán niedergeschossen hatte.

Der deutete auf María. »Ihr Komplize.«

Aguirres dunkle Augen richteten sich auf die junge Frau. »Und wer ist *sie*?«

»Eine Spionin, nehme ich an«, teilte ihm der Capitán mit.

287

»Ich bin keine … Spionin, Generalmajor.« María stand unsicher auf, die Hand auf die blutende Wunde unterhalb der Rippen pressend, in der es wütend pochte. »Ich bin María Corneja von Interpol und habe Informationen für den General. Statt mir zuzuhören, ließ mich dieser Mann verprügeln.« Mit einer schwachen Geste hob sie die Hand und wies auf den Capitán.

»Ich werde Ihnen zuhören«, erklärte Aguirre. »Reden Sie.«

»Nicht hier …«

»Hier und jetzt«, lautete die kurz angebundene Antwort.

María schloß einen Moment lang die Augen. »Mir ist schwindlig«, erklärte sie wahrheitsgemäß. »Kann ich mich irgendwo hinsetzen?«

»Selbstverständlich.« Aguirres finsteres Gesicht verriet keine Regung. »Capitán, bringen Sie die Frau und ihren Komplizen nach draußen. Lassen Sie sie reden, und erledigen Sie die Sache dann endgültig.«

»Zu Befehl.«

María wandte sich um. »Generalmajor …« Durch die Menge taumelte sie auf Aguirre zu. Wenn es ihr gelang, den Thronsaal zu erreichen, bestand vielleicht noch eine Chance …

Jemand riß sie an den Haaren zurück.

»Nach draußen, wie man es Ihnen befohlen hat«, fauchte der Capitán, während er sie durch die Menge schleifte.

María war zu schwach, um mit ihm zu streiten. Stolpernd und taumelnd ließ sie sich zur Tür zum Gang ziehen.

»Ihn auch.« Der Capitán deutete auf Juan.

Zwei der Soldaten traten vor und packten ihn unter den Achseln. Mit schmerzverzerrtem Gesicht ließ er sich auf die Füße ziehen und wegschleppen.

Aguirre kehrte in aller Ruhe in den Thronsaal zurück und schloß die Tür hinter sich.

Das Klicken des Riegels war das einzige Geräusch in der totenstillen Halle. In Marías Ohren klang es, als hätte man die Tür zu einem Grabmal geschlossen. Dies war nicht nur das Ende ihres Versuches, in den Thronsaal zu gelangen, sondern mit großer Wahrscheinlichkeit auch das Ende Spaniens als Nation. Sie war wütend auf sich selbst, weil sie versagt hatte. So nah am Ziel – und dann hatte sie alles verdorben.

Der Capitán drehte sie zur anderen Tür. Ohne ihre Haare loszulassen, führte er sie auf den Gang zu. Jeder Schritt bereitete ihr Schmerzen, wenn sie auftrat, schien sich ein Speer von ihrer linken Ferse bis zu ihrem Kiefer durch ihren Körper zu bohren.

»Was ... was haben Sie vor?« fragte sie.

»Wir bringen Sie nach draußen, um zu sehen, was Sie wissen.«

»Warum nach draußen?« erkundigte sie sich.

Der Capitán antwortete nicht, aber das allein sprach Bände.

Draußen gab es einfache Wände ohne jeden Schmuck. Wände, wie man sie für die Exekution verurteilter Gefangener benötigte.

34

Dienstag, 10 Uhr 46 – Madrid, Spanien

Als er die Schüsse im Inneren des Palastes vernahm, holte Colonel August beiläufig das Mobiltelefon aus seiner geräumigen Hosentasche. Während er die Nummer von Luis' Büro eingab, hielt er sein Gesicht in die warme Sonne, die über den Häusern erschien – ganz der erholungsbedürftige Urlauber. Bis auf Private Walter Pupshaw studierten die anderen Strikers angelegentlich einen Reiseführer. Pupshaw hatte weiter unten an der Straße den Fuß auf die Stoßstange eines Autos gesetzt, um sich den Schuh zu binden. Eines der Abschlußstücke an seinem Schuhband enthielt ein hochkomprimiertes Reizgas, das vor allem aus Chloracetophenon bestand, einem milden Tränengas, das jedoch starken Rauch entwickelt. An der anderen Seite befand sich eine winzige Heizspirale, die aktiviert wurde, wenn man sie von dem Schuhband entfernte. Steckte man sie in das andere Abschlußstück, wurde nach zwei Minuten das Gas freigesetzt.

»Hier Slugger«, meldete sich August. »Wir haben gerade von drei Spielern aus dem Stadion gehört.« Das bedeutete, daß innerhalb des Palastes drei Schüsse abgefeuert worden waren. »Offenbar ganz in der Nähe unseres Zielortes.«

»Vielleicht wärmen sich unsere Mannschaftskameraden auf.« Einen Augenblick lang herrschte Schweigen, dann meldete sich Luis erneut. »Der Trainer sagt, gehen Sie zur *second Base*, und legen Sie die Spielkleidung an. Er informiert sich oben, um zu sehen, was man dort weiß.«

Second Base war das Verlies direkt unter dem Gobelinsaal, ›oben‹ befanden sich die Späher von Interpol.

»Ausgezeichnet«, gab August zurück. »Wir sind schon unterwegs.« Er stellte das Telefon von Tonsignal auf Vibration und ließ es wieder in seiner Tasche verschwinden, bevor er den anderen Strikers befahl, ihm zu folgen. Dann hob er den Arm, um Pupshaw das vereinbarte Signal zu geben. Dabei hielt er Zeige- und Mittelfinger gekreuzt.

Der junge Private winkte mit gekreuzten Fingern zurück, um anzuzeigen, daß er die beiden Endstücke der Schuhbänder miteinander in Verbindung bringen würde.

Rasch führte August sein Team auf den Abwasserkanal an der Nordwestecke der Plaza de Oriente zu. Unmittelbar nach ihrer Ankunft hatten sie den Kanaldeckel mit einer Videokamera gefilmt und die Aufnahme dann eingehend studiert. Corporal Prementine und die Privates David George und Jason Scott hielten die Kopfhörer ihrer Walkmans in den Händen, bereit, um sie in die Löcher der Abdeckung gleiten zu lassen. In Wirklichkeit bestanden sie aus Titan und trugen das Gewicht des eisernen Deckels mit Leichtigkeit.

August legte seinen Arm um Sondra DeVonne, als wäre sie seine Reisegefährtin. Die beiden lachten sich an, wobei August den Verkehr beobachtete. Aufgrund der militärischen Aktivitäten in der Gegend war dieser so gut wie zum

Erliegen gekommen. Wenn Sondra August ansah, behielt sie die Gehwege im Auge, die jedoch wie die Straßen ziemlich menschenleer dalagen.

An der Ecke warteten sie auf Pupshaw, der ihnen folgte. Kaum hatte er sie erreicht, stieg in der Mitte der Straße eine grelle, sich schnell ausbreitende Wolke orangefarbenen Rauchs auf.

Der Wind trieb den Nebel auf sie zu, was auch der Grund dafür war, daß sie diesen Ort gewählt hatten. Noch bevor die Wolke sie schluckte, hatten sich George, Scott und Prementine auf der Straße postiert, wo sie niederknieten und mit der rechten Hand auf den Rauch deuteten. Dabei ließen sie ein Ende ihrer Kopfhörer in die Löcher des Kanaldeckels gleiten. Wenige Sekunden, bevor die Wolke sie einhüllte, hoben sie die Abdeckung an und legten sie seitlich ab. Sondra zauberte eine handtellergroße Taschenlampe aus der Tasche ihrer Windbluse und leuchtete in die Öffnung hinein. Wenn die Operation erst in Gang war, würden sie hauptsächlich über Hand- und Lichtsignale miteinander kommunizieren, daher kam der Taschenlampe große Bedeutung zu.

Wie auf der Straßenkarte von Interpol eingezeichnet, befand sich direkt unter dem Rand des Loches eine Leiter, die Sondra eilig hinunterstieg. August, Aideen und Ishi Honda folgten ihr. Dann kamen die übrigen vier Männer, während der stämmige Pupshaw auf der Leiter stehenblieb, um den Deckel wieder zuzuziehen.

Der gesamte Vorgang hatte nicht mehr als 15 Sekunden in Anspruch genommen.

Der Kanal war etwa drei Meter hoch, so daß sie aufrecht gehen konnten. Das System wurde jeweils um zwölf Uhr mittags und um ein Uhr morgens durchspült. Die Abwässer standen daher etwas über kniehoch. Doch die Erleichterung, endlich unterwegs und in Deckung zu sein, war so groß, daß die Strikers den Gestank der dicklichen Flüssigkeit bereitwillig in Kauf nahmen. Sondras Taschenlampe folgend, liefen sie nach Westen auf die Katakomben zu.

Im Gehen setzte August seinen EAR-Stöpsel ein – die

Abkürzung stand für Extended Audio Range. Das Gerät sah aus wie eine Hörhilfe und garantierte innerhalb einer Reichweite von dreihundert Kilometern abhörsicheren Audioempfang. Ein Mikrofon von der Größe eines Wattestäbchens, das mit Klebestreifen an seiner Brust befestigt war, erlaubte es ihm, mit dem Hauptquartier von Interpol zu kommunizieren.

An einer fast schulterhohen Ziegelmauer bog der Kanal nach Norden ab. Darüber befand sich eine knapp einen Meter hohe Lücke – der Zugang zu den Katakomben. DeVonne reichte ihre Taschenlampe Private George, während Scott ihr über die Mauer half. Vorab war vereinbart worden, daß sie die Spitze übernehmen würde. Als nächster folgte August vor Aideen, während Corporal Prementine die Nachhut bildete. DeVonne litt noch immer unter dem Tod von Leutnant Colonel Squires während ihrer ersten Striker-Mission. Daher freute es August besonders, wie entschlossen sie sich seit ihrer Ankunft in Madrid gezeigt hatte. Hier unten bewegte sie sich wie eine Katze, lautlos und hellwach. Seit sie den Kanal betreten hatten, war nicht eine Ratte ihrer Aufmerksamkeit entgangen.

Nachdem die sieben Strikers und Aideen die Ziegelmauer überwunden hatten, folgten sie einer Karte, die Luis hatte ausdrucken lassen. Hier kamen sie nicht mehr so gut voran, weil die Decke nur einen Meter fünfzig hoch war. Schutt und Dreck knirschten laut unter ihren Füßen. Ihre klamme Kleidung erstarrte geradezu in der kalten, modrigen Luft.

Plötzlich hielt August an.

»Eingehende Nachricht«, flüsterte er den anderen zu.

In einem engen Kreis formierten sich die Strikers um den Colonel, während Sondra die Vor- und Prementine die Nachhut sicherten. Die übrigen Strikers und Aideen hielten sich dicht neben dem Colonel, damit er nicht die Stimme heben mußte, falls er neue Befehle für sie erhielt.

»Sind Sie drin?« fragte Luis.

»Wir sind etwa sechzehn Meter weit in die Katakomben vorgedrungen«, gab August zurück. Da die Funkverbindung auf beiden Seiten abgeschirmt und daher abhörsicher war, war es ausgeschlossen, daß jemand das Gespräch auffing. Deshalb gab es keinen Grund mehr, einen Code zu verwenden. »In etwa drei Minuten dürften wir das Verlies erreichen.«

»Dort werden Sie vermutlich den Befehl zum sofortigen Einsatz erhalten. Wir haben soeben Nachricht von unseren Spähern erhalten.«

»Was ist los?« wollte August wissen.

»Man hat María Corneja nach draußen in den Hof gebracht. Offenbar blutet sie.«

»Die Schüsse, die wir gehört haben ...«

»Höchstwahrscheinlich. Leider werden es nicht die letzten gewesen sein.«

»Was soll das heißen?«

»Es sieht so aus, als würde einer der Offizier ein Erschießungskommando zusammenstellen.«

»Wo?«

»Vor der Kirche.«

August schnippte mit den Fingern nach Sondra und deutete auf die Karte, die sie ihm sofort hinhielt und mit der Taschenlampe beleuchtete. Er bedeutete ihr, auf die Blaupause mit dem Grundriß des Palastes zu blättern.

»Ich habe die Karte vor mir. Welches ist der kürzestes Weg zur ...«

»Negativ.«

»Wie bitte?«

»Dieses Update darf Ihr Vorgehen nicht beeinflussen. Wir wollten nur, daß Sie unterrichtet sind, falls Sie die Salve hören. Darrell hat sich bereits mit General Rodgers und Direktor Hood vom Op-Center in Verbindung gesetzt. Beide sind der Meinung, daß Ihr Ziel weiterhin Amadori sein muß. Wenn er Gefangene hinrichten läßt, muß er unbedingt so schnell wie möglich unter Kontrolle gebracht werden.«

»Ich verstehe.« Und das stimmte – natürlich begriff August, daß das Ziel der Mission oberste Priorität genoß. Dennoch fühlte er sich genauso elend, wie 1970 in Vietnam, als seine erschöpfte Kompanie bei Hau Bon am Song-Ba-Fluß auf überlegene nordvietnamesische Einheiten stieß. Um ihren Rückzug zu decken, wählte er zwei Männer aus, denen er fest installierte Gewehre zurückließ und den Befehl erteilte, die Straße so lange wie möglich zu halten. Er wußte, daß er die beiden Soldaten nicht wiedersehen würde, aber das Überleben der Kompanie hing von ihnen ab. Niemals würde er das schiefe Lächeln auf dem Gesicht eines der Männer vergessen, als er einen letzten Blick auf die Kompanie warf. Es war das Lächeln eines Kindes, das sich bemühte, sich wie ein Mann zu verhalten.

»Sobald Sie unter dem Gobelinsaal in Position gegangen sind, legen Sie Ihre Ausrüstung an. Darrell rechnet damit, daß Sie innerhalb der nächsten zehn bis fünfzehn Minuten den Einsatzbefehl erhalten.«

»Wir werden bereit sein.«

August informierte das Team kurz und gab dann den Befehl zum Vorrücken. Niemand verlor ein überflüssiges Wort.

Nach etwas mehr als zwei Minuten hatten die Strikers ihr Ziel erreicht und legten auf Anweisung von Colonel August ihre Überkleidung ab. Unter den durchnäßten Jeans und Jacken trugen sie mit Kevlar gefütterte Overalls. Turnschuhe und Sandalen wurden gegen hohe, schwarze Sportschuhe aus den Rucksäcken ausgetauscht, deren Hartgummisohlen mit einem besonders tiefen Profil versehen waren. Dabei handelte es sich um eine Sonderanfertigung, die sich durch besondere Rutschfestigkeit auf glatten Oberflächen auszeichnete und es dem Träger erlaubte, schlagartig und präzise zum Stehen zu kommen. Zusätzlich waren sie mit Kevlar verstärkt, um die Kämpfer gegen aus einem unteren Stockwerk durch den Fußboden auf sie abgegebene Schüsse zu schützen.

Außerdem befestigten die Strikers schwarze Lederscheiden mit zwanzig Zentimeter langen Sägemessern an ihren Oberschenkeln. In einer Schlinge am anderen Oberschenkel steckte eine Taschenlampe von der Dicke eines Bleistifts. Nachdem sie sich die Uzis unter den Arm geklemmt hatten, zogen sie sich schwarze Skimasken über das Gesicht. Sechs der Strikers übernahmen die Spitze, wobei sie sich paarweise nebeneinander hielten. Das mittlere Paar passierte das erste, dann rückte das Letzte auf. Aideen ging neben Ishi Honda. Die beiden Paare, die ihre Position behielten, sicherten nach vorn respektive nach hinten. In etwas mehr als drei Minuten war das Verlies erreicht. Es sah genauso aus wie auf den Bildern von Interpol.

Der einzige Ausgang bestand in einer alten Holztür am Ende einer langen, extrem schmalen Treppe. Bis auf das Licht aus Sondras Taschenlampe und die Helligkeit, die durch die Ritzen der Tür hereindrang, herrschte völlige Dunkelheit. August bedeutete den Privates Pupshaw und George, die Tür zu überprüfen. Wenn nötig, würde er sie sprengen lassen, obwohl er ein diskreteres Vorgehen bevorzugte.

Nach einer Minute kam Pupshaw zurückgerannt. »Die Angeln sind völlig durchgerostet«, flüsterte er August ins Ohr, »und der MD hat ein Schloß an der äußeren Klinke entdeckt.«

›MD‹ stand für den Metalldetektor, der kaum größer als ein Füllfederhalter war. Hauptsächlich kam er beim Aufspüren von Landminen zum Einsatz, aber er konnte auch durch Holz ›sehen‹.

»Ich fürchte, wir müssen die Tür entfernen, Colonel.«

August nickte. »Bereiten Sie alles vor.«

Pupshaw salutierte und rannte erneut die Treppe hinauf. Prementine folgte ihm. Gemeinsam brachten sie daumennagelgroße Stücke C-4 um die Türklinke und die Angeln herum an, in die sie einen ferngesteuerten Zünder von der Größe einer Nadel steckten.

Während sie die Sprengung vorbereiteten, erhielt August Nachricht von Luis. An einer der Außenmauern war ein Erschießungskommando zusammengetreten, aber María wurde noch verhört. Es war Zeit zu handeln.

Luis dankte ihnen erneut und wünschte ihnen Glück. August versprach, sich mit ihm in Verbindung zu setzen, wenn alles vorüber war. Dann schaltete er das Mikrofon aus und verstaute es in seinem Rucksack. Nicht einmal an Interpol durfte ihre Mission übertragen werden. Auf keinen Fall

295

sollten die USA mit dem, was nun bevorstand, in Verbindung gebracht werden. Selbst ein unabsichtlicher Mitschnitt oder ein fehlgeleitetes Signal konnten katastrophale Folgen haben.

Wie die anderen Strikers schulterte auch August seinen flachen, kevlarverstärkten Rucksack. Das kugelsichere Material stellte einen zusätzlichen Schutz dar. Als er die Gruppe erreicht hatte, gab er Pupshaw den Einsatzbefehl. Sobald die Tür offen war, würden sie in einer Reihe hintereinander vorrücken, wobei Sondra wie gehabt die Spitze und Prementine die Nachhut übernähmen. Ihr Ziel war es, so schnell wie möglich den Thronsaal zu erreichen. Dabei würden sie gegebenenfalls auf ihre Gegner schießen, wenn möglich auf Arme und Beine, wenn nötig auf den Oberkörper.

Am Fuß der Treppe in Deckung gehend, hielten sich die Strikers die Ohren zu, während Pupshaw an der Spitze eines Gegenstandes drehte, der wie ein verlängerter Fingerhut aussah. Die drei kleinen Ladungen explodierten mit einem Knall, der an eine zerplatzende Papiertüte erinnerte. Zerfetzte Trümmer von Brettern flogen auseinander und wurden aus drei dicken, grauen Wolken in alle Richtungen geschleudert.

»Los!« brüllte August, noch bevor das Echo der Explosion verhallte.

Ohne zu zögern, raste Private Sondra DeVonne die Treppe hinauf. Die anderen folgten dicht hinter ihr.

35

Dienstag, 11 Uhr 08 – Madrid, Spanien

Nie im Leben werde ich das zulassen, dachte Darrell McCaskey.

Mit Paul Hood hatte er eines gemeinsam: Beide gehörten zu den wenigen leitenden Beamten des Op-Centers, die keinen Militärdienst geleistet hatten.

Niemand hatte ihm das je vorgeworfen. Direkt nach der High-School war er an die Polizeiakademie von New York gegangen. Danach verbrachte er fünf Jahre im Bezirk Midtown South, wo er alles Menschenmögliche tat, um die Bürger der Stadt zu schützen, in deren Diensten er stand. Manchmal bedeutete das, daß ein Wiederholungstäter bei seiner Inhaftierung auf den Betonstufen der Treppe zum Gefängnis ›stolperte‹. Es konnte aber auch heißen, daß er mit Gangstern der alten Schule zusammenarbeitete, um die brutalen neuen Banden aus Vietnam und Armenien vom Times Square fernzuhalten.

Während seiner Zeit bei der Polizei wurde er mehrfach für seine Tapferkeit ausgezeichnet. So fiel er einer Agentur auf, die Personal für das FBI rekrutierte. Nachdem er vier Jahre in New York für die Bundespolizei gearbeitet hatte, wurde er ins FBI-Hauptquartier in Washington versetzt. Da er sich auf ausländische Banden und Terroristen spezialisiert hatte, verbrachte er viel Zeit in Übersee, wo er Freunde unter den Gesetzeshütern anderer Nationen fand und Kontakte zur Unterwelt knüpfte.

Auf einer Spanienreise hatte Darrell María Corneja kennengelernt und sich nach nicht einmal einer Woche in sie verliebt. Sie war klug, unabhängig, attraktiv, selbstbewußt, begehrenswert und leidenschaftlich. Jahrelang hatte sie als Undercoveragentin Nutten, Lehrerinnen und Blumenverkäuferinnen verkörpert, seit einer Ewigkeit stand sie im Konkurrenzkampf mit ihren männlichen Kollegen. Daher wußte sie McCaskeys ehrliches Interesse an ihren Gedanken und Gefühlen besonders zu schätzen. Über Luis hatte sie einen USA-Aufenthalt organisiert, bei dem sie die Ermittlungstechniken des FBI studieren sollte. Drei Tage lang wohnte sie in Washington in einem Hotel, bevor sie bei McCaskey einzog.

Er hatte ihre Beziehung bei Gott nicht beenden wollen. Aber wie bei seiner Arbeit auf der Straße bestimmte er auch in der Beziehung die Regeln und sorgte dafür, daß sie befolgt wurden. Zumindest versuchte er das. Dahinter standen wie in seiner Zeit bei der Polizei nur die besten Absicht. Aber indem er versuchte, María das Rauchen abzugewöhnen und sie dazu zu bringen, nur noch weniger gefährliche Aufträge zu übernehmen, erstickte er ihre Persönlichkeit, unterdrückte die Tollkühnheit, die ihr so außergewöhnliche Qualitäten verlieh. Erst als sie ihn verlassen hatte und nach Spanien zurückgekehrt war, wurde ihm klar, wie sehr sie sein Leben bereichert hatte.

Einmal hatte er María verloren, das war genug. Er hatte nicht die geringste Absicht, seelenruhig im sicheren Interpol-Hauptquartier herumzusitzen, während General Amadori sie hinrichten ließ.

Sobald er sein Gespräch mit Paul Hood und Mike Rodgers auf der abhörsicheren Leitung in Luis' Büro beendet hatte, wandte er sich an Luis, der neben seinem Vater vor dem Funkgerät saß und auf Nachricht von den Strikers wartete, und teilte ihm mit, daß er den Interpol-Hubschrauber brauche.

»Wozu?« wollte Luis wissen. »Für einen Rettungsversuch?«

»Das sind wir ihr schuldig.« McCaskey erhob sich bereits. »Sagen Sie mir nicht, daß Sie anders darüber denken.«

Luis' Gesichtsausdruck verriet ihm, daß er richtig vermutet hatte, obwohl der Spanier nicht besonders glücklich dabei wirkte.

»Geben Sie mir einen Piloten und einen Scharfschützen. Ich übernehme die volle Verantwortung.«

Der andere zögerte.

»Luis, *bitte*. Jetzt ist nicht die Zeit für Diskussionen. María braucht uns.«

Der Interpolchef wechselte auf spanisch ein paar Worte mit seinem Vater, rief dann über die Sprechanlage seinen Assistenten an und erteilte einen Befehl. Anschließend wandte er sich wieder an McCaskey.

»Mein Vater wird die Verbindung zu den Strikers halten. Ich habe Jaime angewiesen, dafür zu sorgen, daß der Hubschrauber in fünf Minuten bereitsteht. Einen Scharfschützen werden Sie allerdings nicht brauchen, und die Verantwortung müssen Sie auch nicht übernehmen. Beides ist meine Aufgabe, mein Freund.«

McCaskey dankte ihm. Während Luis den Raum verließ,

um die Vorbereitungen zu überwachen, blieb er noch zwei Minuten, um sich fertig zu machen. Dann rannte er über die Treppe zum Dach hinauf, wo sich ihm der Spanier eine Minute später anschloß.

Der kleine, nur fünf Personen fassende Bell JetRanger stieg vom Dach des zehnstöckigen Gebäudes in den klaren Vormittagshimmel auf. Pedro, der Pilot, erhielt Anweisung, direkt zum keine zwei Minuten entfernten königlichen Palast zu fliegen. Er stand über Funk in Verbindung mit den Interpolspähern, die ihm genau erklärten, wo sich María aufhielt. Offenbar marschierte ein fünfköpfiges Erschießungskommando in ihre Richtung, was der Pilot umgehend McCaskey und Luis mitteilte.

»Überredungskünste werden uns hier nicht weiterhelfen«, erklärte Luis.

»Ich weiß«, erwiderte McCaskey. »Aber es ist mir egal. Diese tapfere Frau hat unseren ganzen Einsatz verdient.«

»Das meine ich nicht.« Luis warf einen unglücklichen Blick auf die vier Gewehre in der Halterung hinten im Hubschrauber. »Wenn wir versuchen, sie zu vertreiben, werden sie das Feuer erwidern. Man könnte uns abschießen.«

»Nicht wenn wir es richtig anfangen.« Über den Baumwipfeln tauchte in der Ferne die hohe, weiße Balustrade mit den Statuen der spanischen Könige auf, die um den Palast verlief. »Wir müssen so schnell wie möglich nach unten gehen. Ich glaube nicht, daß man auf uns schießen wird, bevor wir am Boden sind, weil das Risiko zu groß ist, daß der Hubschrauber auf sie stürzt. Sobald wir gelandet sind, eröffnen wir das Feuer, um den Weg freizuräumen. Die Soldaten werden in Deckung gehen. Bevor sie sich wieder sammeln können, hole ich María.«

»Einfach so?« meinte Luis zweifelnd.

»Ja, einfach so. Ein simpler Plan funktioniert immer am besten. Wenn Sie mir Deckung geben und die Soldaten fernhalten, dürfte ich in etwa dreißig Sekunden wieder zurück sein. So groß ist der Hof nicht. Falls es mir nicht gelingt, den Hubschrauber zu erreichen, brechen Sie die Mission ab. Ich versuche dann, sie auf einem anderen Weg herauszubrin-

299

gen.« Seufzend fuhr sich McCaskey mit den Fingern durch das Haar. »Luis, ich weiß, daß es gefährlich ist. Aber welche Wahl bleibt uns? Ich würde jeden unserer Leute retten wollen, aber für María *muß* ich es tun.«

Luis atmete tief ein, nickte einmal und griff nach dem Gewehrständer. Er wählte ein NATO-L96A1-Präzisionsgewehr mit integriertem Schalldämpfer und ein Teleskop von Schmidt & Bender. Dann reichte er McCaskey eine Star 30M Parabellum, die Standardpistole der Guardia Civil.

»Ich werde Pedro anweisen, den Palast zu überfliegen und direkt im Hof niederzugehen. Sobald wir unten sind, werde ich versuchen, das Erschießungskommando zurückzutreiben. Vielleicht kann ich sie fernhalten, ohne jemanden zu töten.« Sein Gesicht wirkte hoffnungslos. »*Vielleicht*, Darrell.«

»Schon gut.«

»Ehrlich gesagt, ich weiß nicht, ob ich auf einen spanischen Soldaten schießen kann.«

»Für die andere Seite scheint das kein Problem darzustellen.«

»Aber ich bin nicht wie sie.«

»Nein, das sind Sie nicht«, gab McCaskey entschuldigend zu. »Wenn ich es recht bedenke, wüßte ich auch nicht, ob ich meine eigenen Landsleuten töten könnte.«

Luis schüttelte den Kopf. »Wie sind wir nur so weit gekommen?«

Während McCaskey das Magazin überprüfte, dachte er bitter: Es ist wie immer. Der tiefe Haß einiger weniger und die Untätigkeit der anderen haben uns soweit gebracht. Auch in den Vereinigten Staaten gab es Anzeichen für eine solche Entwicklung. Wenn die Strikers Erfolg hatten, begann die wirkliche Arbeit erst, in Spanien wie im Rest der Welt. Leute wie General Amadori mußten rechtzeitig aufgehalten werden, nicht erst, wenn es fast zu spät war. Zwar war er in Aphorismen nicht so versiert wie Mike Rodgers, aber er erinnerte sich, daß es hieß, die Untätigkeit anständiger Menschen sei der Nährboden für das Böse. Wenn er hier lebend herauskam, würde er nicht zu denen gehören, die die Hände in den Schoß legten.

300

In weniger als 15 Sekunden würden sie die nordwestliche Ecke des Palastes überfliegen. Militärhubschrauber waren in ihrer direkten Umgebung nicht zu entdecken, obwohl in der Calle de Bailén direkt unter ihnen ein reges Kommen und Gehen von Lastwagen und Jeeps herrschte.

McCaskeys Unruhe hatte sich gelegt. Das lag einerseits daran, daß er über 24 Stunden nicht geschlafen hatte. Jetzt, wo er sich ruhig verhalten mußte, entspannte sich sein Körper. Obwohl er im Kopf völlig klar und fest entschlossen war, fühlte er sich zu träge, um nervös mit den Fingern zu trommeln, mit dem Fuß auf den Boden zu klopfen oder sich auf die Innenseite der Wange zu beißen, wie er es häufig tat, wenn er ungeduldig war. Zum Teil war das auch darauf zurückzuführen, daß es um María ging. Beziehungen waren oft schwierig. Man machte Fehler und war frustriert, weil man sie erst zu spät erkannte. Auch er war in dieser Hinsicht nur ein Mensch. Aber es geschah selten, daß man eine Gelegenheit erhielt, begangenes Unrecht wiedergutzumachen, jemandem ohne Rücksicht auf die Kosten zu sagen und zu beweisen, daß es einem leid tat. Er würde María lebend aus diesem Hof herausholen.

Während McCaskey aus dem Fenster starrte, beugte sich Luis vor und sprach mit Pedro. Der Pilot nickte. Luis drückte bestätigend seine Schulter und lehnte sich zurück. »Fertig?« fragte er McCaskey.

Darrell nickte.

Der Hubschrauber ging nach unten und flog in geringer Höhe über die Ostwand des Palastes, legte sich dann in die Kurve und hielt in südlicher Richtung auf den Hof zwischen dem königlichen Palast und der Kathedrale Nuestra Señora de la Almudena zu.

An beiden Seiten des Hubschraubers waren Megaphone angebracht. Luis setzte die dazugehörigen Kopfhörer mit Mikrofon auf und rückte das Mundstück zurecht. Dann legte er das Gewehr quer über seinen Schoß. Nachdem er einen Blick aus dem Fenster geworfen hatte, tippte er McCaskey auf das Bein.

»Da!«

Darrell folgte seinem Blick. Vor einem fünf Meter hohen Sockel, auf dem vier massive Säulen ruhten, hielt man María fest. Die quadratische, graue Plattform ragte etwa einen Meter neunzig aus der langen, geschlossenen Wand zu ihrer Linken hervor. Rechts davon folgte ein kurzes Stück Mauer, von dem im rechten Winkel die Arkaden abgingen, die die östliche Begrenzung des Hofes bildeten. Hinter den niedrigen, düsteren Bögen lag der Ostflügel des Palastes mit dem königlichen Schlaf- und Arbeitszimmer und dem Musikraum.

Auf jeder Seite von María stand ein Soldat, der sie am Arm gepackt hielt, während sich vor ihr ein Offizier postiert hatte. Etwa fünfzig Meter südlich davon trennte eine Reihe von Militärfahrzeugen die Kirche vom Hof ab, in dem sich sechzig bis siebzig Soldaten aufhielten. Zivilisten waren nicht zu entdecken – aber ein sechsköpfiges Kommando, das in einer Reihe auf María zumarschierte.

»Wir werden so landen, daß die Bögen seitlich von uns liegen«, erklärte Luis. »Vielleicht können Sie sie als Deckung nutzen.«

»In Ordnung!«

»Ich werde mich auf den Offizier vor María konzentrieren. Wenn ich ihn in Schach halten kann, gelingt es mir vielleicht, die gesamte Gruppe unter Kontrolle zu bringen.«

»Gute Idee.« McCaskey hielt die Parabellum mit dem Lauf nach oben in der rechten Hand. Jetzt legte er die linke auf den Türgriff. Pedro verlangsamte die Vorwärtsbewegung des Hubschraubers und begann, die Höhe zu verringern, die jetzt nur noch dreißig Meter betrug.

Die Soldaten, einschließlich des Offiziers, der vor María stand, sahen nach oben. Niemand bewegte sich. Wie McCaskey vermutet hatte, wollten sie nicht auf einen Hubschrauber schießen, der sich direkt über ihnen befand. Waren sie allerdings erst einmal gelandet, würde die Sache anders aussehen. Er warf einen Blick auf María. Zwischen dem Hubschrauber und dem Podest stand eine eiserne Straßenlaterne, was bedeutete, daß sie nicht so nahe an sie herankommen konnten, wie er es sich gewünscht hätte. Um María zu erreichen, würde er etwa zehn Meter ohne Deckung über den Hof laufen müssen. Zumindest schien sie nicht gefesselt zu sein, obwohl sie offenbar verletzt war. Ihre linke Körpermitte war blutverschmiert, und sie stand in diese Richtung gebeugt, ohne den Helikopter zu beachten.

Der spanische Armeeoffizier – ein Capitán, wie McCaskey jetzt sehen konnte – bedeutete ihnen mit dem Arm, wieder abzuheben. Als der Hubschrauber seine Höhe weiter verringerte, zog er seine Pistole und fuchtelte wild damit herum, um sie zu vertreiben.

Die Soldaten des Erschießungskommandos, die sich auf Luis' Seite befanden, blieben stehen, als der Hubschrauber aufsetzte. Der Capitán, der auf McCaskeys Seite stand, kam nun auf sie zu. Er schrie etwas, aber seine Worte gingen im Lärm des Rotors unter. Die beiden Soldaten hinter ihm hielten immer noch María fest.

»Ich werde jetzt die Tür öffnen«, sagte McCaskey zu Luis, als sich der Capitán bis auf etwa fünf Meter genähert hatte.

»Bin dabei. Pedro, auf meinen Befehl steigen wir sofort wieder auf.«

Der Pilot bestätigte. McCaskey legte die Hand auf den Riegel, zog daran und warf die Tür auf.

Der Capitán reagierte wie erwartet. Kaum hatte McCaskey den Fuß auf den Boden gesetzt, senkte der Spanier ohne jedes Zögern seine Waffe und feuerte auf den Helikopter. Die Kugel schlug direkt hinter dem Kraftstofftank in den rückwärtigen Teil der Kabine ein. Falls es sich um einen Warnschluß handelte, war es ein gefährlicher gewesen.

Den Amerikaner quälten nicht die gleichen Zweifel wie Luis. Wenn er schoß, machte er Luis damit automatisch zum Komplizen, aber sie mußten sich verteidigen.

Wie ein abgebrühter FBI-Mann auf dem Schießstand schwang McCaskey die Parabellum herum, zielte auf das linke Bein des Offiziers und feuerte zweimal. Blut spritzte aus den Wunden über dem Knie, und das Bein knickte ein. Tief geduckt sprang Darrell aus der Kabine und rannte los. Hinter sich hörte er das charakteristische Geräusch des schallgedämpften Präzisionsgewehres. Offenbar wurde das

Feuer nicht erwidert. Vermutlich verhielten sich die Soldaten des Erschießungskommandos und ihre Kameraden hinten im Hof genauso, wie Luis es vorhergesagt hatte, und gingen in Deckung.

Die Soldaten, die María gehalten hatten, ließen sie los und rannten auf den nächstgelegenen Bogen zu. Sie fiel auf die Knie und sank dann auf ihre Hände.

»Unten bleiben!« brüllte McCaskey, als sie versuchte, sich zu erheben.

Mit einem herausfordernden Blick drehte sie sich mit einer Schulter zum Podest, stützte sich dagegen und kam langsam auf die Beine.

Natürlich, das war nicht anders zu erwarten, dachte er. Nicht weil er es ihr verboten hatte, sondern einfach, weil sie María war.

Der Capitán tastete nach der Waffe, die ihm entfallen war, als McCaskey an ihm vorbeilief. Darrell griff danach und rannte weiter. Die Wut- und Schmerzensschreie des Offiziers wurden von Luis' Stimme übertönt, die aus dem Megaphon drang.

»*Evacúen el área. ¡Más helicópteros están por llegar!*«

Obwohl er auf der High-School nur vier Jahre lang Spanisch gelernt hatte, war McCaskey klar, was Luis' Warnung bedeutete. Er befahl den Soldaten, den Platz zu räumen, weil noch weitere Hubschrauber unterwegs seien. Ein cleveres Manöver, durch das sie möglicherweise die Zeit gewannen, die sie brauchten. Mit Sicherheit würden die Soldaten Widerstand leisten. Wenn sie bereit waren, spanische Gefangene zu erschießen, würden sie auch Interpolbeamte angreifen. Aber zumindest würden sie es sich zweimal überlegen, bevor sie wieder in den Hof stürmten.

Luis' Gewehr antwortete auf die vereinzelt laut werdenden Schüsse. McCaskey blickte nicht zurück, er konnte nur hoffen, daß der Hubschrauber nicht ernsthaft beschädigt war.

Als er näherkam, stellte er fest, daß Marías Pullover blutverkrustet war. Auch in ihrem Gesicht war Blut. Die Schweine hatten sie geschlagen. Sobald er sie erreicht hatte, schob er eine Schulter unter ihren Arm, um sie zu stützen.

»Schaffst du es bis zum Hubschrauber?« Ihr linkes Auge war blutig und zugeschwollen, beide Wangen und der Haaransatz wiesen tiefe Platzwunden auf. Am liebsten hätte er diesen Mistkerl von Offizier erschossen.

»Wir können nicht weg!«

»Natürlich können wir das. Im Palast sucht ein Team nach …«

Sie schüttelte den Kopf und deutete auf eine etwa zehn Meter entfernte Tür. »Dort befindet sich noch ein Gefangener, Juan. Sie werden ihn töten. Ohne ihn gehe ich nicht.«

Auch das ist María, dachte Darrell.

Das Feuer auf den Hubschrauber verstärkte sich, weil die Soldaten an den Fenstern des Palastes in Position gegangen waren. Es gelang Luis zwar, sie zurückzutreiben, aber lange würde er sich nicht halten können.

McCaskey zog María in die Höhe. »Ich bringe dich zum Hubschrauber. Dann gehe ich zurück und hole …«

Über ihnen ertönte plötzlich ein lauter Schuß, dem ein erstickter Schrei aus dem Megaphon folgte. Einen Augenblick später taumelte Luis aus der offenen Tür auf McCaskeys Seite. In der einen Hand hielt er das Gewehr, die andere preßte er auf eine Wunde an seinem Hals. McCaskey blickte auf. Einem Scharfschützen oben auf den Arkaden war durch die offene Tür des Hubschraubers ein Treffer gelungen. Was für ein Idiot war er doch, daß er nur Schüsse vom Boden aus berücksichtigt hatte! Der Hubschrauber hätte sofort wieder aufsteigen müssen, nachdem er ihn abgesetzt hatte.

Luis stolperte vorwärts. Das Gewehr fiel scheppernd zu Boden, ohne daß er sich darum gekümmert hätte. Offenbar wollte er den Capitán erreichen, der sich vor Schmerzen am Boden wand. Noch zwei Schritte, dann brach er über dem Offizier zusammen. Niemand wagte es, auf ihn zu schießen.

Verzweifelt blickte Pedro McCaskey an, der ihm bedeutete aufzusteigen. Hier konnte der Pilot nichts mehr ausrichten. Kugeln prallten von den Rotorblättern ab, richteten je-

305

doch keinen ernsthaften Schaden an. Der Hubschrauber entfernte sich schnell vom Palast und hielt auf die Kathedrale zu. Bald war er außer Reichweite.

Im Gegensatz zu ihnen.

36

Dienstag, 11 Uhr 11 – Madrid, Spanien

Um vom Gobelin- zum Thronsaal zu gelangen, mußte man die lange, schmale Halle verlassen und das prachtvolle Treppenhaus sowie den Hellebardensaal passieren, insgesamt eine Distanz von etwa siebzig Metern. Wenn die Strikers diese Entfernung nicht schnell genug zurücklegten, bestand die Gefahr, daß Amadori untertauchte.

Doch Aideen und die sieben Elitesoldaten hatten nicht nur gegen den General zu kämpfen, sondern mußten sich auch mit der Tatsache auseinandersetzen, daß sie im Widerspruch zu einer über zweihundertjährigen amerikanischen Tradition handelten. Zwar hatten die Vereinigten Staaten heimlich Mordanschläge gegen Diktatoren wie Fidel Castro oder Saddam Hussein unterstützt oder ermutigt, aber nur ein einziges Mal in ihrer Geschichte war ein ausländisches Staatsoberhaupt Ziel eines Militärschlags gewesen. Am 15. April 1986 waren in England amerikanische Kampfflugzeuge gestartet, um das Hauptquartier des libyschen Despoten Muammar al-Gaddhafi zu bombardieren. Es handelte sich um einen Vergeltungsschlag für ein terroristisches Bombenattentat auf eine von amerikanischen Soldaten besuchte Diskothek in West-Berlin. Gaddhafi überlebte den Angriff, und die USA verloren eine F-111 und zwei Piloten. Als Reaktion auf den amerikanischen Luftangriff wurden im Libanon drei Geiseln ermordet.

Colonel Brett August war die einzigartige Bedeutung ihrer Mission bewußt. In Vietnam hatte der ›Vater‹ der Basis, Pater Uxbridge, ein Wort für dieses Problem erfunden. Um die Soldaten aufzumuntern, dachte sich der Priester gern militärisch klingende Abkürzungen für seine Predigtthemen aus. Ethische Fragen wie diese hatte er unter ›MIST‹ eingeordnet, was für ›*Moral Issues Sliced Thick*‹ stand und bedeuten sollte, daß man bis in alle Ewigkeit darüber nachdenken konnte, ohne zu einer befriedigenden Lösung zu gelangen. Man solle sich nach seinem Gefühl richten, hatte der Rat des Pfarrers gelautet. August haßte Menschen, die andere schikanierten, vor allem, wenn sie Andersdenkende ins Gefängnis werfen und ermorden ließen.

Insofern war gefühlsmäßig alles in Ordnung. Die Ironie dabei war, daß man ihre Taten – falls sie erfolgreich waren – spanischen Royalisten zuschreiben würde, deren Identität aus Sicherheitsgründen geheimgehalten werden mußte. Scheiterten sie, würde man sie als abtrünnige Agenten bezeichnen, die vom Ramirez-Clan angeheuert worden waren, um den Tod des Familienoberhauptes zu rächen.

Als die Tür zum Verlies aufflog, stießen die Strikers auf die Überreste eines dreihundert Jahre alten Wandteppichs, hinter dem diese versteckt gewesen war. Der untere Teil war durch die Explosion zerstört worden, doch die obere Hälfte flatterte noch über ihnen, als sie in die Halle stürzten. Ihr Befehl lautete, Gegner, soweit möglich, außer Gefecht zu setzen, daher waren sie auf die erste Welle von Soldaten vorbereitet, die nach der Ursache des Knalls forschen sollte. In die Skimützen der Strikers waren Gasmasken und Brillen eingenäht, die sie gegen die OM-Gas-Granaten schützen würden, welche DeVonne und Scott bei sich trugen. Das schnell wirkende Gas verursachte Übelkeit und Brennen in den Augen. In geschlossenen Räumen wie hier im Palast war damit zu rechnen, daß der Gegner für bis zu fünf Minuten kampfunfähig sein würde. Die meisten Menschen ertrugen das Mittel nicht länger als ein bis zwei Minuten und versuchten, so schnell wie möglich an die frische Luft zu gelangen. Während sie abwechselnd mit Froschsprüngen vorrückten, würden DeVonne und Scott, wenn nötig abwechselnd, Granaten werfen.

Schon wurde die erste Gruppe spanischer Soldaten von

einer riesigen gelbschwarzen Gaswolke verschluckt. Wo sie standen, sanken die Männer zu Boden, einige in den Türöffnungen, andere mitten im Raum. In der Annahme, daß die Spanier nicht blindlings in die dichte Wolke hineinfeuern würden, passierten die Strikers ohne Zögern die Tür und rückten entlang der Südwand vor. Direkt vor ihnen lag auf derselben Seite der Eingang zum Hellebardensaal.

Mit erhobenen Waffen stürzten Soldaten auf sie zu. Schon kniete Scotts Partner, Pupshaw, nieder und feuerte in Kniehöhe. Zwei Soldaten gingen zu Boden, der Rest suchte in den Türöffnungen nach Deckung. Noch während sie auseinanderstoben, rollte Scott eine Granate in den Gang. Drei Sekunden später füllte sich der Korridor mit Rauch. August und Private Honda sprangen über ihre Vordermänner und übernahmen die Spitze, ihnen folgten DeVonne und Corporal Prementine.

Sie hatten bereits den halben Weg zum Hellebardensaal zurückgelegt, als August Schüsse und Schreie aus dem Inneren des Raumes hörte. Sobald er und Honda erneut die Spitze übernommen hatten, hob der Colonel die Hand, um sein Team zu stoppen. Wie viele Menschen sich in dem Saal aufhielten und aus welchem Grund dort gefeuert wurde, war ihm unbekannt, aber bevor die Truppe den Raum betrat, mußte er vollkommen gesichert sein. Er hob erst drei, dann zwei Finger, um anzuzeigen, daß Angriffsplan 32 galt, und wies mit der anderen Hand auf die Privates DeVonne und Scott, denen er bedeutete, sich zu beiden Seiten der Tür aufzustellen. Sobald sie in Position gegangen waren, rollten sie Granaten in den Hellebardensaal.

Als Ausbilder für NATO-Truppen in Italien hatte August die Wirkung von OM-Gas einmal mit der von kochendem Wasser auf einen Ameisenhaufen verglichen. Die Zielpersonen fielen einfach um und wanden sich am Boden. In den Gängen und Sälen des Palastes erschien ihm der Vergleich mit den Ameisen besonders zutreffend.

August deutete hinter sich auf Prementine und Pupshaw, die zu ihren Partnern beidseits der Tür aufschlossen. Im Raum hörte man Husten und Würgen. Da niemand herauskam, rückten August und Honda vor. Die Waffen im Anschlag, duckten sie sich zu beiden Seiten des Eingangs, um die Situation im Saal zu erfassen.

Auf den Anblick, der sich August bot, war er nicht vorbereitet gewesen. Gut hundert Menschen, bis auf einige wenige Soldaten Zivilisten, wanden sich auf dem Boden des Hellebardensaals. Obwohl August wußte, daß ihr Leben nicht in Gefahr war, fühlte er sich an die Bilder des Holocaust, die Gaskammern des Dritten Reiches erinnert. Für einen Augenblick wollten ihn Schuldgefühle überkommen: eines der moralischen Paradoxa, von denen Pater Uxbridge gesprochen hatte.

Er wischte es beiseite – anders ging es nicht. Wenn eine taktische Einsatztruppe einmal unterwegs war, durfte nicht eines ihrer Mitglieder zögern. Das Leben der Soldaten hing von der Erfüllung ihres gemeinsamen Auftrags ab, nicht davon, ob sie Anhänger derselben Ideologie waren.

Er bedeutete Honda, die Menge rechts zu umgehen, während er selbst, immer noch geduckt, auf der linken Seite vorrückte. Beide hielten sich dicht an der Wand. Im Marmor neben der Tür waren offenbar Kugeln eingeschlagen, als die Soldaten in Richtung der heranrollenden Granaten feuerten. Obwohl sie im Moment offenkundig außer Gefecht gesetzt waren, behielt August sie im Auge, soweit dies durch den gelben Nebel möglich war. Es bestand immer die Möglichkeit, daß jemand genug Energie aufbrachte, um ein paar Schüsse abzufeuern. Aber nichts geschah. Als er die Tür zum Thronsaal erreicht hatte, zog er die Taschenlampe aus der Schlinge an seiner Hüfte und schaltete sie zweimal an und aus. Das war das Signal für die nächste Gruppe. Private DeVonne, Aideen und Corporal Prementine betraten den Saal und rückten, wie August und Honda eben, an den Wänden entlang vor. Zuletzt folgten Pupshaw und Scott.

Nachdem Aideen und die Strikers den Hellebardensaal betreten hatten, befestigte Honda ein daumennagelgroßes Stück Plastiksprengstoff am Türknopf, während August die nach Luft ringenden Soldaten in Schach hielt. Der Private drückte eine Sicherung in die Masse, die sich aufheizte, wenn man an der Kappe drehte. Fünf Sekunden später würde die Tür aufgesprengt werden. Scott sollte dann eine weitere Tränengasgranate in den Raum rollen. Dem Plan zufolge besaß der Thronsaal keinen weiteren Ausgang. Sobald die Soldaten darin außer Gefecht gesetzt waren, wollten die Strikers gegen Amadori vorgehen.

Als jeder seine Position eingenommen hatte, aktivierte Honda die Sicherung, die rot zu glühen begann. Der Plastiksprengstoff explodierte in einer schmalen Linie parallel zum Fußboden, die Tür flog auf, und Private Scott rollte seine Granate. Schreie wurden laut, es wurde auf den Eingang gefeuert, aber dann zündete die Granate, und das Gas breitete sich mit einem deutlich hörbaren Zischen im Raum aus. Die Schüsse ließen nach, lautes Würgen war zu vernehmen, worauf August Private DeVonne und Corporal Prementine bedeutete, in den Saal vorzudringen.

Da fiel ein Schuß, und die Kugel traf DeVonne, die an der Spitze vorrückte, in die Brust. Sie stolperte unter dem Aufprall und stürzte nach hinten gegen Prementine. Der Corporal wich zurück und zog sie mit sich aus dem Raum. Die Strikers fielen mehrere Schritte zurück. August wußte, daß die Kevlarverstärkung verhindert hatte, daß die Kugel Sondras Brustkorb durchschlug. Vermutlich waren jedoch eine oder zwei Rippen gebrochen. Sie stöhnte vor Schmerz.

August bedeutete Scott, eine zweite Granate in den Saal zu rollen, kroch dann zu DeVonne und nahm eine Granate aus ihrem Beutel. Das Gas im Hellebardensaal begann sich bereits zu lichten, daher warf er sie in Richtung der Menschenmenge. Innerhalb von zwei bis drei Minuten mußte er nun entscheiden, ob er die Mission abbrechen oder weiterführen wollte.

Er kroch auf den Eingang des Thronsaales zu. Dort drinnen hatte sie jemand erwartet, der klar genug im Kopf war, um einen einzelnen Schuß auf die erste Person abzufeuern, die in der Tür erschien. Blitzschnell ging er die Möglichkeiten durch. Die Sicherheitskameras mochten Amadori nicht genügend Zeit verschafft haben, um zu fliehen, aber vielleicht hatten sie ihm verraten, wie stark die Angreifer wa-

310

ren. Außerdem lag es durchaus im Bereich des Möglichen, daß er eine Gasmaske besaß, die er jetzt aufgesetzt hatte.

Denkbar war auch, daß er Verstärkung angefordert hatte. Sie konnten es sich nicht leisten, länger zu warten. Er gab Pupshaw und Scott ein Zeichen. Alle drei rückten bis zur Tür vor, August auf der linken, Pupshaw und Scott auf der rechten. August hob erst vier, dann einen Finger. Plan 41 bedeutete zielorientiertes Kreuzfeuer, wobei der dritte Schütze die anderen beiden deckte. Er deutete auf sich selbst und Pupshaw, was hieß, daß sie beide Amadori aufs Korn nahmen. Um in den Saal zu gelangen, würden sie auf die Taktik der Marines zurückgreifen. Dabei drang ein Soldat mit einem Überschlagssprung in den Raum ein, rollte dann ausgestreckt zur Seite und landete mit den Füßen zum Ziel. Die Arme, die die Waffe hielten, lagen dabei flach über der Brust. Diese Aktion sollte das Feuer auf eine Seite lenken, so daß der zweite Mann eindringen konnte. Sobald sich beide im Raum befanden, würden sie sich bei immer noch ausgestreckten Beinen aufsetzen und feuern. Der Soldat, der ihnen Deckung gab, blieb außerhalb des Raumes, rollte aber mit dem Gesicht zur Zielperson vor die Türöffnung, wo er sie, auf dem Bauch liegend, ins Visier nahm.

August deutete auf sich. Er würde die linke Seite übernehmen, Pupshaw sollte ihm folgen. Bis Scott in Sicht kam, hätten die anderen beiden Strikers ihre Waffen bereits auf den General gerichtet.

Er hob seinen Rucksack und glitt auf die Tür zu. Auf der rechten Seite folgten Pupshaw und Scott seinem Beispiel. August blickte Pupshaw an und nickte, rollte in den Raum und nach links, wobei er das Feuer auf sich zog. Pupshaw war bereits im Saal, bevor sich die Waffe gegen ihn richten konnte. Als Scott in Position ging, hatten beide Männer ihr Ziel schon im Visier.

Augusts rechte Hand schoß mit gespreizten Fingern in die Höhe, das Zeichen für die Strikers, nicht zu feuern.

Keiner schoß, während August über das Visier seiner Waffe auf den Priester starrte, der verzweifelt nach Luft rang, weil er keine Gasmaske trug. Unter seiner rechten

311

Achsel ragte der Lauf einer Maschinenpistole hervor, der auf die Tür gerichtet war. Hinter ihm stand ein General. Trotz der Gasmaske erkannte August Amadori an seiner Größe und der Farbe seines Haares. Seine linke Hand hatte sich um die Kehle des Priesters geschlossen. Hinter ihm befand sich ein weiterer Offizier, ein Generalmajor, soweit August das durch den gelblichen Nebel erkennen konnte, auch er mit Maske. Sechs weitere hohe Offiziere lagen auf dem Boden oder hielten sich würgend und röchelnd am Konferenztisch in der Mitte des Raumes fest.

Der Lauf der Waffe bewegte sich auf und ab: Der General wollte, daß die Strikers aufstanden. August schüttelte den Kopf. Wenn Amadori schoß, erwischte er vielleicht einen von ihnen, aber niemals alle. Und wenn er den Priester tötete, war er selbst ein toter Mann, das mußte ihm klar sein.

Es war eine Pattsituation, aber für Amadori wurde die Zeit knapp. Er konnte nicht wissen, ob die Strikers allein arbeiteten oder nur die Vorhut einer stärkeren Streitmacht darstellten. Falls letzteres zutraf, saß er in der Falle, wenn ihm nicht sofort die Flucht gelang.

Offenbar war ihm dies sehr schnell klar geworden, ganz wie August es erwartet hatte. Langsam setzte er sich in Bewegung, wobei er den Priester zwang, vor ihm herzugehen. Der Geistliche, ein älterer Mann, konnte sich kaum auf den Beinen halten, aber der Druck von Amadoris Fingern an seinem Hals zwang ihn jedesmal wieder in die Höhe, wenn er zu stolpern drohte. Dicht hinter Amadoris Rücken ging der Generalmajor, der eine Faustfeuerwaffe hielt, wie August bemerkte, als sich die Gruppe näherte. Offenbar hatten die Männer nur nicht gefeuert, weil sie nicht wußten, wer oder was vor dem Thronsaal auf sie wartete.

Er beobachtete, wie die drei vorrückten. Natürlich hätten die Strikers Amadori erledigen können, die Frage war nur, was es sie kosten würde. In solchen Situation lag die Entscheidung beim befehlshabenden Offizier. Für August war es wie beim Schachspiel: Sollte man dem anderen wichtige Figuren abnehmen, wenn dieser im Gegenzug dann das gleiche tat? Bis jetzt hatte er diese Frage stets verneint. Ihm schien es günstiger, das Spiel fortzusetzen und darauf zu warten, daß der andere Spieler einen Fehler beging. Wer klüger und umsichtiger handelte, würde gewinnen.

Mit der Handfläche nach unten streckte er die rechte Hand aus, der Befehl an die Strikers, nichts zu unternehmen, wenn man sie nicht provozierte. Vor der Tür gab Scott das Signal weiter, bevor er vor Amadori zurückwich, ohne die Waffe zu senken. Sobald der General den Hellebardensaal betreten hatte, nahmen ihn die übrigen Strikers, mit Ausnahme von Corporal Prementine, der sich um DeVonne kümmerte, ebenfalls ins Visier.

Da sich das Gas im Thronsaal aufzulösen begann, warf Scott auf Augusts Zeichen eine weitere Granate, um ihren Rückzug zu decken. Dann erhoben sie sich und folgten dem General, wobei Scott sich mit dem Rücken an Augusts Rücken preßte, um den Thronsaal im Auge zu behalten und sicherzustellen, daß keiner der würgenden Militärs einen Schuß auf sie abgab. Niemand wagte es.

Frustration war Zeitverschwendung. Der General verfügte über eine Gasmaske – eine sinnvolle Vorsichtsmaßnahme. Schließlich war auch das Oval Office damit ausgestattet, ebenso wie die Downing Street. Auch Boris Jelzin bewahrte in seinem Schreibtisch und in jedem seiner Autos eine solche Maske auf. Überraschend war nur, daß Amadori eine Geisel in seiner Gewalt hatte. Es war immer schlimm, wenn eine Geisel getötet oder verwundet wurde, doch handelte es sich im religiösen Spanien um einen katholischen Priester, wäre es eine Katastrophe.

August ging die Lage im Geiste durch. Wenn Amadori aus dem Palast entkam, bot sich seiner Armee die Gelegenheit, ihn effektiver zu schützen, und er wurde in den Augen des Volkes zum Helden. Aber das war nicht das größte Problem. August hatte keine Ahnung, ob und wann Verstärkung eintreffen würde. Möglicherweise waren diese Truppen mit Gasmasken ausgerüstet.

Zum Teufel mit der Schachpartie, entschied er. Er mußte den König in seinen Besitz bringen. Wenn er auch nicht auf Kopf und Körper zielen konnte, die Beine würde er treffen

313

und ihn damit zu Fall bringen. Selbst wenn der General und der Generalmajor ihn unter Beschuß nahmen, bot dies den übrigen Strikers die Gelegenheit, sie zu eliminieren.

Er hob einmal den Zeigefinger, dann noch einmal – Nummer eins nahm Nummer eins aufs Korn.

Immer noch standen August und Scott Rücken an Rükken. Sich halb umwendend, flüsterte August dem Private zu: »Wenn ich schieße, springen Sie, von sich aus gesehen, nach links.«

Scott nickte.

Einen Augenblick später feuerte August.

37

Dienstag, 11 Uhr 19 – Madrid, Spanien

Pater Norberto hatte den unverkennbaren Lärm des Helikopters vernommen, der in geringer Höhe über den Hof des Palastes flog und dem kurz darauf das ebenso charakteristische Knallen von Schüssen folgte. Mit einem Ohr lauschte er, während er der kleinen Gruppe von Menschen um ihn herum weiter aus Matthäus 26 vorlas. Erst als einer der Gläubigen hinausging, um nachzusehen, was vorgefallen war, und im Laufschritt zurückkehrte, erfuhr die Gemeinde von den bedrohlichen Vorgängen.

»Draußen wird geschossen«, brüllte der Mann in die Kirche hinein. »Im Hof schießen Soldaten auf Menschen!«

Einen langen Augenblick herrschte Schweigen. Dann stand Pater Francisco, der eine Gruppe vorne im Kirchenschiff betreut hatte, auf und hob die Arme wie zum Segen.

»Bitte, bleibt ruhig. Hier in der Kirche wird euch nichts geschehen«, erklärte er lächelnd.

»Was ist mit dem Generalsuperior?« rief jemand. »Ist er in Sicherheit?«

»Der Generalsuperior ist im Palast, um dafür zu sorgen, daß die Mutter Kirche im neuen Spanien die Rolle erhält, die ihr zusteht. Ich bin mir sicher, daß Gott ihn behüten wird.«

Pater Franciscos Gelassenheit zerrte an Norbertos Nerven. Diese Sicherheit war wohl nicht nur auf den Glauben an Gott gegründet. Wenn Generalsuperior González aber an den Unruhen beteiligt war, wie Norberto vermutete, erklärte dies Franciscos Selbstzufriedenheit. Vor allem, wenn er gewußt hatte, daß es zu Schießereien kommen würde. Aber warum sollte jemand im Hof Schüsse abgeben? Es gab nur eine denkbare Erklärung.

Exekutionen.

Der Mann rannte wieder nach draußen, während die Priester sich erneut den Gläubigen zuwandten, mit ihnen beteten oder tröstliche Worte sprachen. Wenige Minuten später war der Mann zurück.

»Aus den Fenstern des Palastes dringt gelber Rauch«, rief er. »Auch im Inneren des Gebäudes wird geschossen!«

Jetzt verlor Pater Francisco seine Gelassenheit. Wortlos marschierte er mit eiligen Schritten auf eine Tür zu, die sich auf den Hof vor dem königlichen Palast öffnete.

Pater Norberto blickte ihm nach. Das Schweigen in der Kirche schien noch drückender geworden zu sein, während um sie herum Gewehrfeuer erklang. Er blickte auf den Text, sah in die verstörten Gesichter vor sich. Diese Menschen brauchten ihn. Doch dann fiel ihm Adolfo ein, und wie dringend er im Tode der Absolution bedurft hatte. Hinter jenen Wänden herrschten Aufruhr und Sünde. Seine Aufgabe war es nicht, Trost zu spenden, sondern das Sakrament der Buße zu erteilen.

Er legte einer jungen Frau, die sich mit ihren zwei kleinen Mädchen in die Kirche geflüchtet hatte, die Hand auf die Schulter und fragte, ob sie eine Weile für ihn weiterlesen könne, weil er sehen wolle, ob Pater Francisco Hilfe brauche.

Dann ging er schnellen Schrittes durch das Schiff zu der hohen Türe und trat in den Hof hinaus.

38

Dienstag, 11 Uhr 23 – Madrid, Spanien

Colonel August hatte sich nach links gelehnt, um freie Sicht auf Amadoris Bein zu bekommen. Sein Schuß traf den General zwar nur in den Unterschenkel, aber das erwies sich als ausreichend. Unter seiner Gasmaske heulte Amadori auf und fiel gegen den Generalmajor. Dabei löste seine automatische Waffe aus, deren Lauf noch unter dem Arm des Priesters hervorragte, und jagte mehrere Schüsse in Augusts Richtung, die allerdings vertikal nach oben gingen, da der General zurücktaumelte. Während sich Scott – von August aus gesehen – nach rechts geworfen hatte, sprang der Colonel nun nach links. Schreiend und sich die Ohren zuhaltend, fiel der Priester auf die Knie. Das Gesicht zwischen den Beinen verbergend, blieb er dort liegen. Von der marmornen Wand prallten Kugeln ab, aber niemand wurde getroffen.

Die beiden Strikers waren mit einer perfekten Rolle aufgekommen. Eine Schulter berührte zuerst den Boden, wobei der Kopf fest gegen die Brust gepreßt blieb. Dann folgte mit einem Überschlag der Rest des Körpers, so daß die Männer in der Richtung, in die sie gesprungen waren, auf die Füße kamen. Während die übrigen Strikers in die Halle ausschwärmten, um sicherzustellen, daß die übrigen Soldaten noch am Boden lagen, wandten die beiden sich ihren Zielpersonen zu. Private DeVonne erhob sich aus eigener Kraft, obwohl es ihr nicht gelang, sich gerade aufzurichten, und der Treffer offensichtlich noch schmerzte.

Während sich August und Scott noch abrollten, packte der Generalmajor Amadori mit einem Arm um die Brust. Mit hartem Griff hielt er den General auf den Beinen, so daß sie sich zurückziehen konnten. Beide schossen ununterbrochen, so daß die Strikers gezwungen waren, sich zu Boden zu werfen und in Deckung zu rollen. Um sie herum wurden Schreie laut, weil mehrere spanische Soldaten getroffen wurden.

Aideen hatten den Hellebardensaal während des Schuß-
wechsel nicht verlassen. Das lag nicht daran, daß sie Angst
gehabt hätte, doch sie wollte den Strikers nicht in die Quere
kommen. Außerdem brauchte möglicherweise ein verletz-
ter Kämpfer ihre Hilfe. Sie hatte Sondra hereinhelfen wollen, aber diese hatte erklärt, es gehe ihr gut. Vermutlich
stimmte das für den Augenblick auch. Aus Erfahrung wußte Aideen, daß ein beständiger Schmerz, wie ihn eine gebrochene Rippe oder eine nicht lebensbedrohliche Schußwunde verursachten, einen Vorteil besaß. Selbst wenn es sich um
starke Schmerzen handelte, war das Gehirn in der Lage, diese Empfindung auszuschalten. Dagegen war es wesentlich
schwieriger, mit immer wiederkehrenden Attacken oder
ständig zunehmenden Schmerzen umzugehen.

Doch jetzt, während sie in der Deckung des Türstocks
verharrte, wurde ihr plötzlich klar, daß sich ihr eine neue
Aufgabe stellte. Der verwundete Amadori war um die Ecke
im Korridor nach Osten verschwunden. Im Augenblick war
sie das einzige Mitglied des Teams, das auf den Beinen
stand. Vom Westende des Ganges, direkt vor ihr, vernahm
sie das charakteristische Geräusch von Militärstiefeln. Obwohl der Nebel noch so dick war, daß sie nicht weit sehen
konnte, war ihr klar, daß Verstärkung im Anmarsch war.
Um mit dieser fertig zu werden, würden die Strikers weitere Granaten werfen müssen. Falls die Soldaten durch Sicherheitskameras oder einen Anruf aus dem Thronsaal gewarnt
waren, wäre es durchaus möglich, daß sie Gasmasken trugen. In diesem Fall würde es für die Strikers nicht einfach
werden, aus dem Raum herauszukommen. Wenn das Risiko zu groß wurde, mußte Colonel August die Mission abbrechen. In der Zwischenzeit konnte Amadori entkommen.

Remote Surveillance System hin oder her – jemand mußte dem General folgen. Wenn sie genügend Abstand hielt,
entdeckte Amadori sie möglicherweise nicht. Die Chancen
standen gut, daß er auf die Kameras vor, nicht hinter sich
achtete. Und Abstand zu halten, bis sich die Gelegenheit
zum Schuß bot, das war machbar. Auf dem Boden hatte
Aideen Blutspuren aus der Wunde Amadoris entdeckt, de-

nen sie ohne Probleme folgen konnte. Wenn er anhielt, um die Verletzung zu verbinden, um so besser. Vielleicht konnte sie ihn dabei erwischen.

Ein Blick nach hinten zeigte ihr, daß die spanischen Soldaten Gasmasken trugen. August winkte sein Team zurück, während er und Scott auf die anstürmenden Soldaten feuerten und sie in Deckung trieben.

Fluchend sagte Aideen sich, daß Colonel August die Mission abbrechen würde. Aber sie gehörte nicht zu den Strikers, der Befehl galt also nicht für sie. Die ganze Katastrophe hatte damit begonnen, daß jemand auf sie und Martha Mackall geschossen hatte, also war es nur angemessen, daß sie die Sache zu Ende brachte.

Sie atmete tief ein, um ihre bebenden Beine zur Ruhe zu zwingen. Durch die Maske hindurch schmeckte die Luft wie Holzkohle, aber allmählich hatte sie sich daran gewöhnt. Sich vom Türstock lösend, rannte sie in die raucherfüllte Halle und folgte dem Gang nach Osten.

39

Dienstag, 5 Uhr 27 – Washington, D.C.

Während er sich in seinem Rollstuhl zurücklehnte, dachte Bob Herbert darüber nach, wie unvergleichlich die Stimmung war, die im Raum herrschte. Hood selbst, Mike Rodgers und Lowell Coffey II., der Op-Center-Experte für internationales Recht, hatten sich in Hoods Büro versammelt. Welch einzigartige Atmosphäre doch von einem Raum Besitz ergriff, in dem Regierungsbeamte auf Nachricht von einer verdeckten Aktion warteten, sinnierte Herbert.

Man war sich der Vorgänge in der Alltagswelt draußen vollkommen bewußt und beneidete die Menschen dort, die normalerweise nicht über Leben und Tod von Millionen entschieden, betrachtete sie aber auch mit einer gewissen Herablassung.

Wenn sie wüßten, was wirkliche Verantwortung bedeutet ...
Dazu kam die persönliche Seite der Situation. Die Sorge
um das Schicksal von Menschen, mit denen man arbeitete
und die einem wichtig waren, sorgte für extreme Anspan-
nung. Es war, als wartete man auf den Ausgang einer le-
bensbedrohlichen Operation an einem geliebten Menschen.
Aber es gab einen wesentlichen Unterschied: Man hatte den
Befehl selbst erteilt, den die anderen mit dem Mut und der
Gelassenheit guter Soldaten akzeptiert hatten.

Und schließlich bestand immer die Möglichkeit, daß
man diese heroischen Kämpfer verleugnen, sie ihrem
Schicksal überlassen mußte, wenn sie in Gefangenschaft
gerieten. Das sorgte für eine kräftige Prise Schuldgefühle,
zu denen auch die Tatsache beitrug, daß andere ihren Hals
riskierten, während man selbst in Sicherheit war. Gleichzeitig empfand man Neid – ironischerweise aus dem gleichen Grund. Sein Leben zu riskieren brachte ein einzig-
artiges Hochgefühl. Wenn man dann noch vollkommen
erschöpft war, darum kämpfen mußte, die Augen offenzu-
halten, zu müde war, sich mit Gedanken und Emotionen
auseinanderzusetzen, schuf dies eine solche, unvergleichli-
che Stimmung.

Trotz allem liebte Herbert dieses Gefühl, ohne Bitterkeit,
ohne Pessimismus. Gelegentlich wurden ihre schlimmsten
Befürchtungen Wirklichkeit. Manchmal starb ein Mitglied
der Truppe – wie Bass Moore in Nordkorea oder Lieutenant
Colonel Charlie Squires. Doch gerade wegen des hohen Einsatzes bei diesen Operationen fühlte sich Herbert so lebendig wie nie.

Offenkundig teilte Hood dieses Gefühl nicht. Schon vor
Beginn der Operation war er extrem deprimiert gewesen,
eine Stimmung, die Herbert bei ihm nicht kannte. Normalerweise besaß Hood die ausgeglichenste Persönlichkeit
von ihnen, hielt stets ein ermutigendes Wort oder ein Lächeln bereit. Heute morgen war davon nichts zu bemerken.
Nachdem er erfahren hatte, daß Darrell McCaskey mit dem
Hubschrauber zum Palast geflogen war, geriet er vollkommen außer sich, was für Hood untypisch war. Zu allem

Überfluß hatte McCaskey auch noch Luis García de la Vega mitgenommen. Im Gegensatz zu den Strikers konnte McCaskey mit dem Op-Center in Verbindung gebracht werden, während die Anwesenheit von Luis dessen Zusammenarbeit mit Interpol belegte. Angesichts der großen Anzahl von Nationen, die an der Polizeiorganisation beteiligt und von denen einige nicht unbedingt als Freunde Amerikas bekannt waren, bedeutete dies eine politische Katastrophe. Hood, nicht Rodgers, der sonst stets auf der Einhaltung der Vorschriften bestand, dachte laut über Disziplinarmaßnahmen gegen McCaskey nach. Ausgerechnet der pedantische Coffey wies ihn jedoch darauf hin, daß die Situation möglicherweise nicht so verfahren sei, wie Hood dachte. Da María Corneja im Palast gefangengehalten wurde, war ein Rettungsversuch durch Interpol durchaus zu rechtfertigen. Dieses Argument schien Hood zu beruhigen. Die Stimmung im Raum normalisierte sich, blieb aber angespannt.

In der schwer lastenden Stille drohte die Sorge die Oberhand zu gewinnen. Nicht ein Wort aus Spanien oder von Interpol, bis um 4 Uhr 30 eine völlig erschöpfte Ann Farris von zu Hause aus anrief und sie bat, den Fernseher einzuschalten und sich die Nachrichten auf CNN anzusehen.

Coffey sprang vom Sofa und ging zum Fernsehschrank hinten im Zimmer. Während er die Türen öffnete, zog Hood die Fernbedienung aus seinem Schreibtisch. Als alle sich umgedreht hatten, schaltete er das Gerät ein. Die Nachrichten zur halben Stunde brachten an erster Stelle einen Bericht über die Schießerei im Königspalast von Madrid. Ein Amateurvideo zeigte den Interpolhubschrauber, der den Hof südlich des Palastes verließ. In der Ferne hörte man Schüsse. Dann schaltete der Bericht auf Aufnahmen eines Hubschrauberkamerateams um. Aus mehreren Fenstern stiegen schwache Spuren von gelbem Rauch auf.

»Das ist Striker-RG«, erklärte Herbert, womit er das Reizgas meinte.

Rodgers, der in einem Lehnstuhl neben Hoods Schreibtisch saß, griff nach der kleinen, farbigen Karte, die sie vom

Interpolcomputer heruntergeladen und ausgedruckt hatten. Herbert rollte zu ihm.

»Dieser Rauch scheint verdammt nah am Hof aufzusteigen«, gab Rodgers zu bedenken.

»Genau dort, wo sich der Thronsaal befinden muß«, ergänzte Herbert.

»Also sind die Strikers drin.« Hood warf einen Blick auf die Uhr in seinem Computer. »Pünktlich.«

Herbert wandte sich erneut dem Fernseher zu und lauschte mit einem Ohr zum Bildschirm. Der Reporter vor Ort erging sich in düsteren Superlativen, dem üblichem Geschwätz. Ursache und Art des Kampfes wurden mit keinem Wort erwähnt, aber das interessierte Herbert auch nicht.

»Ich höre Schüsse«, erklärte er zögernd. »Sie klingen gedämpft, als kämen sie aus dem Hof.«

»Ist das ein Wunder?« fragte Hood. »Wir wußten doch, daß man die Strikers höchstwahrscheinlich verfolgt, wenn sie Amadori erwischen.«

»Verfolgung, ja – aber der Widerstand müßte durch das Reizgas verhindert worden sein«, ergänzte Rodgers.

»Außer man schießt blind«, warf Herbert ein. »Wenn man ihnen die Luft zum Atmen nimmt, reagieren Menschen manchmal merkwürdig.«

»Könnten diese Schüsse von den Erschießungskommandos stammen, von denen die Rede war?« fragte Coffey.

Rodgers schüttelte den Kopf. »Nein, dafür fallen sie zu vereinzelt.«

»Die gute Nachricht ist, daß niemand feuern würde, wenn man die Strikers gefaßt hätte«, lautete Herberts Kommentar.

Einen Augenblick lang herrschte Schweigen, während Hood auf seine Computeruhr blickte. »Es war vereinbart, daß die Strikers sich sofort mit Luis' Büro in Verbindung setzen, sobald sie das Verlies erreichen.« Er blickte auf das Telefon.

»Die Leitung ist offen und wird von meinen Leuten überwacht, Boß«, beruhigte ihn Herbert. »Sobald sie etwas hören, werden sie es uns wissen lassen.«

Hood nickte und wandte sich wieder dem Fernsehbildschirm zu. »Keine Ahnung, woher die Strikers den Mut nehmen, solche Dinge zu tun. Woher Sie alle ihn nehmen. Vietnam, Beirut ...«

»Da gibt es viele Quellen«, erwiderte Rodgers. »Pflicht, Liebe, Angst ...«

»... Notwendigkeit«, ergänzte Herbert. »Das ist ein wichtiger Punkt. Man hat keine Wahl.«

»Es ist immer eine Mischung aus allem«, bestätigte Rodgers.

»Mike, Sie kennen doch alle berühmten Zitate. Wer hat noch gesagt, mit Standhaftigkeit gelinge alles oder so ähnlich?« wollte Herbert wissen.

Rodgers blicke ihn an. »Ich vermute, Sie meinen: ›Führt es nur mit Standhaftigkeit aus, so kann es nicht mißlingen.‹«

»Ja, genau. Wer hat das gesagt? Klingt nach Winston Churchill.«

Rodgers grinste schwach. »Lady Macbeth, als sie ihren Ehemann zum Mord an König Duncan aufstachelt. Er folgt ihrem Wunsch, und alles versinkt im Chaos.«

»Oh.« Herbert blickte zu Boden. »Dann ist das wohl nicht das richtige Zitat für uns.«

»Vielleicht doch«, Rodgers lächelte immer noch. »Auch wenn der Königsmord ein Desaster bringt – das Stück ist ein erfolgreicher Klassiker. Es kommt eben immer auf den Standpunkt an.«

»Während der Beratung der Jury habe ich meinen Klienten immer gesagt: ›Vertrauen Sie dem System und den Menschen, die es vertreten.‹« Coffey stand immer noch dicht vor dem Fernseher und starrte auf den Bildschirm. »Wie ein anderer großer Denker sagte: ›Es ist erst vorbei, wenn es zu Ende ist.‹«

Herbert blickte ebenfalls auf den Fernseher. Die Schüsse schienen nun seltener zu fallen, aber sie waren nicht leiser, was auch der Reporter erwähnte. Immer noch fühlte sich Herbert lebendig und optimistisch, wie es seinem Naturell entsprach. Aber der Schatten, der auf den Raum gefallen war, ließ sich nicht wegwischen. Worauf sie alle im stillen gehofft hatten, war nicht eingetreten. Kein Anruf, keine Meldung, daß ein Putschversuch in Spanien mit dem Tod des Rebellenführers geendet habe.

Die Mission war nicht nach Plan verlaufen.

40

Dienstag, 5 Uhr 49 – Old Saybrook, Connecticut

Sharon Hood konnte nicht schlafen. Müde lag sie in ihrem Bett in ihrem Elternhaus, aber die Gedanken ließen sie einfach nicht zur Ruhe kommen. Nach dem Streit mit ihrem Mann hatte sie bis drei Uhr in einem ihrer alten Bücher gelesen, dann das Licht gelöscht und fast zwei Stunden lang auf die Muster gestarrt, die das durch die Blätter fallende Mondlicht an die Decke malte. Um sich herum sah sie die gleichen Poster wie damals, bevor sie aufs College gegangen war.

Neben Kinoplakaten von *Doktor Schiwago* hingen ein Foto der Rockgruppe Gary Puckett and the Union Gap und die Titelseite einer Fernsehzeitschrift, die mit ›Alles Liebe, David Cassidy‹ signiert war. Drei Stunden lang hatten sie und ihre Freundin Alice dafür in einem nahegelegenen Einkaufszentrum Schlange gestanden.

Wie hatte sie es mit 16 oder 17 Jahren nur geschafft, sich für all dies zu interessieren, hervorragende Schulnoten zu bekommen, stundenweise zu arbeiten und sich mit ihrem Freund zu treffen?

Damals brauchtest du nicht soviel Schlaf, sagte sie sich.

Aber hatte es wirklich deswegen funktioniert? Nur, weil sie mehr Zeit zur Verfügung hatte? Oder weil sie sich einen neuen Job suchte, wenn ihr der alte nicht mehr gefiel? Und wenn der eine Freund sie nicht glücklich machte, fand sie einen anderen, wenn ihr die Stücke einer Band nicht zusagten, kaufte sie deren Platten eben nicht mehr ... Das war keine Frage der Energie – sie befand sich als junges Mädchen auf einer Entdeckungsreise, um herauszufinden, was sie brauchte, um glücklich zu sein.

Bei dem Multimillionär Stefano Renaldo mit seinen Weingütern hatte sie es zu finden geglaubt. Sharon kannte seine Schwester vom College und war einmal in den Osterferien mit zu ihr nach Hause gefahren. Stefanos Reichtum, seine Jacht, seine Aufmerksamkeit faszinierten sie. Doch nach zwei Jahren wurde ihr klar, daß sie niemanden wollte, der sein gesamtes Vermögen geerbt hatte. Welche Ironie, in Anbetracht ihrer heutigen Situation! Renaldo hatte nie für seinen Lebensunterhalt arbeiten müssen. Die Leute baten ihn um Kapital für Investitionen, während er je nach Laune mit einem Ja oder Nein ihre Hoffnungen und Träume erfüllte oder vernichtete. Diese Art Leben – diese Art Mann – war nichts für sie.

An einem sonnigen Morgen stand sie auf, verließ die Jacht und flog zurück in die Staaten. Seitdem hatte sie nie zurückgeblickt. Der Mistkerl hatte nicht einmal angerufen oder versucht herauszufinden, wo sie war. Sharon verstand selbst nicht mehr, wie sie es mit ihm ausgehalten, was sie sich nur dabei gedacht hatte. Dann lernte sie auf einer Party Paul kennen. Es war keineswegs Liebe auf den ersten Blick, das war ihr nur einmal in ihrem Leben – mit Stefano – passiert, und Stefano war die personifizierte Oberflächlichkeit. Die Beziehung mit Paul entwickelte sich langsam. Er war ausgeglichen, fleißig und nett, jemand, der ihr erlaubte, sie selbst zu sein, der sie beruflich unterstützte und ein guter Vater sein würde. Im Gegensatz zu Stefano würde er sie nicht mit Geschenken oder seiner Eifersucht ersticken. Und dann, mehrere Monate, nachdem sie sich kennengelernt hatten, geschah es. Am 4. Juli, bei einem Picknick, blickte sie zufällig in seine Augen, und aus Zuneigung wurde mit einem Schlag Liebe.

Ein Zweig schlug schwer gegen das Fenster, und Sharon blickte auf. Seit ihrer Kindheit mußte der Baum mächtig gewachsen sein, denn früher war es nur ein leises Kratzen gewesen.

Er ist größer geworden, dachte sie, aber er hat sich nicht

verändert. Sie fragte sich, ob es gut oder schlecht war, wenn man gleich blieb. Gut für einen Baum, schlecht für Menschen, entschied sie. Aber Veränderung gehörte zu den schwierigsten Herausforderungen überhaupt. Veränderung und Kompromisse, zuzugeben, daß die eigene Art, etwas zu tun, möglicherweise nicht die einzige oder noch nicht einmal die geeignetste war.

Am besten versuchte sie gar nicht mehr zu schlafen, sondern nahm sich noch ein Buch aus dem Regal. Doch erst einmal glitt sie aus dem Bett, warf sich einen Morgenmantel über und sah nach Harleigh und Alexander, die in dem Stockbett schliefen, das einst Sharons jüngeren Brüdern, den Zwillingen Yul und Brynner gehört hatte. Ihre Eltern hatten sich bei einer Matineevorstellung des Musicals *Der König und ich,* das mit Yul Brynner und Deborah Kerr verfilmt worden war, kennengelernt. Immer noch sangen sie sich gegenseitig – falsch, aber mit Gefühl – ›Hello, Young Lovers‹ und ›I Have Dreamed‹ vor.

Sharon beneidete ihre Eltern um ihre für jedermann sichtbare Zuneigung zueinander. Ihr Vater befand sich im Ruhestand, sie hatten jede Menge Zeit füreinander und schienen durch und durch glücklich zu sein.

Natürlich hat es auch Zeiten gegeben, in denen Mom und Dad weniger zufrieden waren ...

Sie erinnerte sich an die angespannte Atmosphäre im Haus, wenn die Geschäfte ihres Vaters schlechtgingen. Er vermietete in dem verschlafenen Seebad am Long Island Sound Fahrräder und Boote. In manchen Sommern lief das Geschäft miserabel, weil das Benzin rationiert war und Rezession herrschte. Dann mußte er bis in die Nacht hinein arbeiten, sich tagsüber um seinen Verleih kümmern und sich abends als Imbißkoch etwas hinzuverdienen. Wenn er nach Hause kam, roch er nach Fett und Fisch.

Sharon blickte in die friedlichen Gesichter ihrer Kinder. Lächelnd lauschte sie auf Alexanders Schnarchen. Wie sehr er doch seinem Vater glich.

Das Lächeln zitterte. Sie schloß die Tür und legte in dem dunklen Gang die Arme um ihren Körper. Obwohl sie wütend auf Paul war, vermißte sie ihn schrecklich. Hier fühlte sie sich sicher, aber zu Hause war sie nicht. Wie auch? Ihr Heim war nicht bei ihrem materiellen Besitz, sondern dort, wo Paul war.

Langsam ging sie in ihr altes Kinderzimmer zurück.

Ehe, Karriere, Kinder, Emotionen, Sex, Sturheit, Konflikte, Eifersucht – war es Optimismus oder Vermessenheit, wenn zwei Menschen glaubten, all diese Dinge könnten zu einem Leben zusammengefügt werden?

Keins von beidem, sagte sie sich, sondern Liebe. So viel sie auch darüber nachdachte, am Ende kam sie zu dem Schluß, daß ihr Mann sie zwar mehr frustrierte, als jeder andere es je getan hatte und je tun konnte, daß er meistens abwesend war, wenn sie und die Kinder ihn dringend brauchten, daß sie auf ihn fast ebenso wütend war, wie sie ihn mochte, aber daß sie ihn trotz allem von ganzem Herzen liebte.

Ganz allein in den frühen Morgenstunden durch das stille Haus ihrer Kindheit wandernd, kam Sharon zu dem Schluß, daß sie vielleicht zu hart mit ihm umgesprungen war. Sie hatte Washington mit den Kindern verlassen, ihn am Telefon angefahren – warum gab sie nicht einmal nach? War sie wütend, weil er seiner Karriere im Gegensatz zu ihr beliebig viel Zeit widmen konnte? Durchaus möglich. Lag es daran, daß sie sich erinnerte, wie sehr sie ihren Vater während der Hochsaison im Sommer, und wenn er nachts arbeiten mußte, vermißt hatte? Wahrscheinlich. Sie wollte nicht, daß ihre Kinder das gleiche erlebten.

Was sie zu Paul gesagt hatte, war nicht falsch. Er sollte mehr Zeit mit seiner Familie verbringen und weniger arbeiten. Natürlich gab es in seinem Beruf keine geregelte Arbeitszeit, aber das Op-Center würde nicht zusammenbrechen, wenn er manchmal abends zum Essen nach Hause kam oder gelegentlich mit seiner Familie in den Urlaub fuhr. Aber wie sie mit ihm gesprochen hatte, das war nicht in Ordnung gewesen. Sie hatte ihre Frustration an ihm ausgelassen, statt mit ihm zu reden. Nachdem sie ihm schon die Kinder weggenommen hatte, mußte er sich entsetzlich einsam fühlen.

Sie zog ihren Morgenmantel aus und legte sich auf ihr Bett. Der Zweig schlug noch gegen die Scheibe, das Kissen war von kaltem Schweiß durchtränkt. Sie sah zum Fenster. Dabei fiel ihr Blick auf das Mobiltelefon auf ihrem Nachttisch. Der schwarze Kunststoff schimmerte im Mondlicht.

Sie rollte sich auf die Seite und griff danach, klappte es auf und begann, Pauls private Nummer einzugeben. Doch nach ein paar Zahlen brach sie den Wählvorgang ab und legte das Telefon beiseite.

Ihr war ein besserer Gedanke gekommen. Wenn sie anrief, konnte eine Kleinigkeit, wie die Stimme des Anrufbeantworters oder ein falsches Wort, den Konflikt wieder aufbrechen lassen. Statt dessen würde sie ihm einen Ölzweig schenken. Sharon fühlte sich schuldig, aber bereit, sich und Paul zu vergeben, als sie auf das Kissen sank, die Augen schloß und fast sofort in einen zufriedenen Schlaf fiel.

41

Dienstag, 11 Uhr 50 – Madrid, Spanien

Als sich die Soldaten im Hof plötzlich zurückzogen, dankte Darrell McCaskey im stillen Brett August. Nur die Strikers konnten dahinterstecken.

Nachdem der Hubschrauber abgehoben hatte, hatten die Schüsse der Soldaten vom Dach McCaskey und María an Ort und Stelle festgenagelt. Gleichzeitig formierten sich die auf dem Hof verstreuten Soldaten erneut, als bereiteten sie sich auf einen Angriff vor. Doch dieser erfolgte nicht. Alle schienen wie gebannt auf die Schüsse aus dem Inneren des Palastes zu lauschen.

»Es geht los«, sagte McCaskey zu María.

Gelber Rauch drang durch einige der Fenster an der Wand neben den Arkaden. Am anderen Ende des Hofes, nahe der Westseite des Palastes, wurden Befehle gebrüllt. Obwohl in dem grellen Licht der hochstehenden Sonne die

Soldaten in den dunklen Schatten nur schwer zu erkennen waren, schien ein Großteil von ihnen verschwunden zu sein. Kurz darauf vernahm McCaskey hinter den prunkvollen weißen Mauern Gewehrfeuer.

»Was ist los?« wollte María wissen, die mit ausgestreckten Beinen innen an den Arkadenbogen gelehnt saß, der dem Palast am nächsten lag. McCaskey hatte sein Taschentuch auf die Schußwunde an ihrer Seite gepreßt und hielt es dort fest.

»Das ist der Gegenangriff«, erwiderte er. Falls jemand sie hörte, wollte er keine Details preisgeben. »Wie geht es dir?«

»Ich bin okay.«

Während sie sprachen, hatte McCaskey mit zusammengekniffenen Augen auf den weiten, sonnigen Hof hinausgespäht. Im Süden, links von ihnen, trennte ein hohes Eisentor den Palasthof von der Kathedrale. Zuvor waren deren Türen geschlossen gewesen, aber nun sah es so aus, als strömten Leute heraus – Priester und Gläubige. Er nahm an, daß sie den Hubschrauber und die Schüsse, die man darauf abgefeuert hatte, gehört hatten. Im Hof selbst lag Luis immer noch auf dem Capitán. Der Interpolchef gab keinen Laut von sich, aber der spanische Offizier stöhnte.

»Wir müssen ihn holen«, sagte María.

»Ich weiß«, entgegnete McCaskey, der immer noch ins Licht hinaus starrte. Endlich hatte er zumindest drei der zurückgebliebenen Soldaten entdeckt. Zwei duckten sich in etwa hundertdreißig Meter Entfernung hinter einen Pfosten des Tores an der Südseite des Hofes, während ein dritter etwa hundert Meter nördlich hinter einem alten Laternenpfahl in Deckung gegangen war.

McCaskey übergab seine Waffe María. »Hör zu, María, ich werde versuchen, Luis herzuholen. Vielleicht tauschen ihn die Soldaten gegen den Capitán ein.«

»Das ist kein Handel«, wandte María wütend ein. »Luis ist ein Mann, der Capitán ist für mich *una víbora*, eine Schlange, die sich am Boden windet.« Während sie auf den im Hof liegenden Offizier blickte, verzog sich ihre geschwollene Oberlippe zu einer verächtlichen Grimasse. »So sollte man ihn liegen lassen, auf dem Bauch.«

»Ich hoffe nur, die Soldaten sehen das anders«, erklärte McCaskey gelassen. »Kannst du dich ein wenig bewegen, damit sie die Waffe sehen?«

María legte ihre linke Hand auf das blutige Taschentuch und drehte sich leicht, wobei sie die rechte Hand vorschob.

»Halt«, sagte er, bevor sie die Waffe auf den Hof gerichtet hatte. »Ich möchte den Soldaten zuerst etwas mitteilen. Was heißt ›Nicht schießen‹?«

»*No disparar.*«

McCaskey streckte seinen Kopf hinter dem Bogen hervor und brüllte: »*¡No disparar!*« Ohne den Kopf zurückzuziehen, fragte er María: »Wie sagt man: ›Wir wollen uns um unsere Verwundeten kümmern?‹«

Sie erklärte es ihm.

»*¡Cuidaremos nosotros heridos!*« schrie er.

Von den Soldaten kam keinerlei Reaktion. McCaskey runzelte die Stirn. Er würde alles auf eine Karte setzen und beten müssen.

»Also gut«, sagte er zu María, während er sich erhob. »Zeig ihnen die Waffe.«

María drehte sich noch weiter, bis ihre rechte Hand hinter dem Bogen sichtbar wurde. Die Pistole glitzerte in der Sonne, als McCaskey mit erhobenen Händen – um zu demonstrieren, daß er unbewaffnet war – aus der Deckung trat. Er begann, langsam auf den Hof hinauszugehen.

Die Soldaten rührten sich nicht. Während McCaskey sich den Verwundeten näherte, spürte er, wie die Sonne erbarmungslos auf ihn herunterbrannte. Aus dem Palast drangen immer noch Schüsse. Kein gutes Zeichen, die Strikers hätten eigentlich gar keine Feindberührung haben dürfen.

Plötzlich trat ein Soldat hinter dem Torpfosten hervor, ging durch das Tor und auf McCaskey zu. Er war mit einer halbautomatischen Pistole bewaffnet, die er auf McCaskey gerichtet hielt.

»*No disparar*«, wiederholte dieser, für den Fall, daß ihn der Soldat das erstemal nicht gehört hatte.

»*¡Vuelta!*«, brüllte der andere.

McCaskey blickte ihn achselzuckend an.

»Du sollst dich umdrehen!« rief María.

McCaskey verstand. Der Spanier wollte sichergehen, daß in seinem Hosenbund keine Waffe steckte. Er blieb stehen, drehte sich um und hob zur Sicherheit auch noch die Hosenbeine an. Dann ging er weiter. Der Soldat schoß nicht, senkte aber auch die Waffe nicht, die McCaskey als eine in Hongkong hergestellte MP5 erkannte. Wenn der Spanier aus dieser Entfernung feuerte, würde er ihn in zwei Teile zerfetzen. Er hätte gern das Gesicht unter der Mütze gesehen, um eine Vorstellung davon zu bekommen, was der Mann dachte.

Der Weg bis zu Luis dauerte kaum eine Minute, zog sich aber entsetzlich in die Länge. Als McCaskey eintraf, war der spanische Soldat noch etwa zehn Meter entfernt. Während er seine Waffe in Darrells Richtung hielt, kniete dieser mit erhobenen Armen nieder und blickte auf die Verwundeten herab.

Der Capitán atmete keuchend durch die Zähne, blickte ihn aber an. Sein Unterschenkel lag in einer tiefen Blutlache. Wenn er nicht bald Hilfe erhielt, würde er verbluten.

Luis lag mit dem Gesicht nach unten quer über ihm, so daß die beiden Körper ein X bildeten. McCaskey beugte sich zu ihm hinunter. Der Interpolchef hielt die Augen geschlossen. Sein Atem ging flach, sein sonst so dunkles Gesicht war blaß. Die Kugel hatte ihn rechts am Hals getroffen, etwa fünf Zentimeter unter dem Ohr. Blut tropfte auf die Steinquader, floß in die Pfütze mit dem Blut des Capitáns und vermischte sich mit diesem.

Langsam erhob sich McCaskey und stellte sich mit gespreizten Beinen über die Männer. Er griff mit den Armen unter Luis und hob ihn an. Während er sich aufrichtete, wurde am Tor Unruhe laut. McCaskey und der spanische Soldat blickten hinüber.

Am Torpfosten stand ein Sargento, der einen Priester am Arm gepackt hielt. Dieser sprach leise auf ihn ein und deutete auf die verwundeten Männer. Der Sargento schrie ihn an, doch der Priester löste sich von ihm und lief weiter, während der Soldat hinter ihm herbrüllte, er solle stehenbleiben, wenn McCaskey richtig verstand.

330

Der Geistliche antwortete, er denke nicht daran, und deutete auf den Palast, aus dem immer noch Schüsse drangen. Gelber Rauch stieg in Wolken auf. Er wolle nachsehen, ob er dort von Nutzen sein könne, erklärte der Priester.

Der Sargento warnte ihn, es sei gefährlich.

Das sei ihm gleichgültig, erwiderte der Priester.

Also darum ging es, dachte McCaskey. Um die Sicherheit des Priesters. Wer hätte das gedacht.

Er wollte nicht einfach zusehen, wie Luis verblutete. Daher hob er ihn vorsichtig hoch wie ein Baby, drehte sich um und ging auf die Arkaden zu. Der Soldat ließ ihn gehen. Als McCaskey sich umwandte, kümmerte er sich gerade um den verwundeten Capitán.

Nachdem McCaskey den Bogen erreicht hatte, setzte er Luis sorgfältig neben María ab. Dann blickte er zurück. Der Priester kniete neben dem Capitán. Darrell richtete seine Aufmerksamkeit erneut auf den Verletzten.

»Armer Luis.« María legte die Waffe weg und streichelte ihm die Wange.

McCaskey fühlte einen Stich der Eifersucht, nicht wegen der Liebkosung, sondern wegen der Sorge, die er in Marías Augen las. Es war ein Blick, der aus ihrem tiefsten Inneren kam. Ihr eigener Schmerz war vergessen. Was für ein Narr er doch gewesen war, sie gehen zu lassen. Wie blaß sie war ... Er mußte unbedingt Hilfe für sie holen.

Er knöpfte seine Manschetten auf und riß einen Streifen von seinem Ärmel ab, den er auf Luis' Wunde legte.

»Ihr braucht beide ärztliche Hilfe«, sagte er dann. »Ich werde versuchen, ein Telefon zu finden und einen Krankenwagen zu rufen. Dann suche ich nach deinem Freund Juan.«

María schüttelte den Kopf. »Bis dahin ist es vielleicht zu spät ...«

Sie versuchte, sich zu erheben, doch McCaskey packte sie energisch an den Schultern und drückte sie zurück. »María ...«

»Laß das!«

»María, jetzt hör mir bitte zu. Gib mir nur ein wenig Zeit. Mit etwas Glück brauchen wir nach diesem Angriff weder

Juan noch sonst jemanden vor Amadoris Gangstern zu retten.«

»Ich glaube nicht an Glück.« María stieß mit der freien Hand seine Arme beiseite. »Ich glaube an die Schlechtigkeit der Menschen, und bis jetzt bin ich noch nie enttäuscht worden. Vielleicht läßt Amadori seine Gefangenen hinrichten, nur damit sie nicht über seine Verbrechen sprechen können ...«

María brach ab. Mit weitgeöffneten Augen blickte sie an McCaskey vorbei.

»Was ist los?« Er wandte sich um.

»Ich kenne diesen Mann!«

Der Priester kam über den Hof auf sie zugelaufen, verringerte jedoch sein Tempo, als er näherkam. Offenbar hatte er sie ebenfalls erkannt.

»María!«

»Pater Norberto! Was tun Sie denn hier?«

»Ein merkwürdiger Zufall hat mich hergeführt.« Der Priester ging in die Hocke und berührte tröstend ihre Stirn. Dann bemerkte er ihre Wunde. »Mein armes Mädchen.«

»Ich werde es überleben.«

»Sie haben viel Blut verloren.« Norberto warf einen Blick auf Luis. »Genau wie dieser Mann. Hat man einen Arzt gerufen?«

»Das werde ich jetzt tun«, mischte sich McCaskey ein.

»Nein!« schrie María.

»Es ist gut«, tröstete Norberto. »Ich werde bei Ihnen bleiben.«

»Darum geht es nicht. Dort drin ist ein Gefangener, der Hilfe braucht.«

»Wo?«

»In einem Raum dort drüben.« Sie deutete auf die Tür in der Palastwand. »Ich fürchte, sie werden ihn töten.«

Norberto nahm ihre Hand und tätschelte sie, während er sich erhob. »Ich werde zu ihm gehen, María. Sie bleiben hier und versuchen, sich nicht zu bewegen.«

Marías Blick wanderte von dem Priester zu McCaskey. Die Sorge in ihren Augen war Verachtung gewichen. Es brach ihm das Herz. Ohne ein Wort verließ er sie, gefolgt von Pater Norberto.

Gemeinsam traten sie durch die Tür, wobei McCaskey die Führung übernahm. Die Waffe hatte er bei María gelassen, falls die Soldaten ihre Meinung änderten. Hoffentlich brauchte er sie hier nicht. Natürlich klangen die Schüsse jetzt lauter, aber sie waren immer noch so weit entfernt, daß sie wohl nicht in ein Feuergefecht verwickelt werden würden. Als sein Blick auf das alte Holzkreuz auf der Brust des Priesters fiel, verharrte er einen Augenblick im Gebet für seine Kameraden, die vielleicht mitten im Kampf standen.

Die acht Türen entlang des kurzen Ganges waren alle geschlossen. McCaskey blieb stehen und drehte sich zu dem Priester um.

»Sprechen Sie Englisch?« flüsterte er kaum hörbar.

»Etwas.«

»Okay. Ich habe nicht die Absicht, Sie allein zu lassen.«

»Ich bin niemals allein.« Pater Norberto strich sanft über das Kreuz.

»Ich weiß. Ich meine, ohne Schutz.«

»Aber die Verletzten …«

»Vielleicht finden wir in einem dieser Räume ein Telefon. Wenn ja, werde ich den Anruf tätigen und dann mit Ihnen Marías Freund suchen und herausholen.«

Norberto nickte, als McCaskey den Knopf der ersten Tür drehte, hinter der ein dunkles Arbeitszimmer lag. Nach dem hellen Sonnenlicht dauerte es ein wenig, bis sich seine Augen an die Dunkelheit gewöhnt hatten. Dann entdeckte er hinten im Zimmer einen Schreibtisch, auf dem ein Telefon stand.

»Endlich!«

»Rufen Sie an, während ich weiter nach dem Gefährten Marías suche.«

»In Ordnung«, gab McCaskey zurück. »Sobald ich fertig bin, schließe ich mich Ihnen an.«

Norberto nickte und wandte sich zur nächsten Tür.

Nachdem er die Tür des Büros hinter sich geschlossen hatte, ging McCaskey zum Telefon. Als er den Hörer abnahm, stellte er fluchend fest, daß die Leitung tot war. Das hatte er befürchtet. Amadoris Leute mußten jede Verbindung nach draußen unterbrochen haben. Falls einer der Gefangenen entkam, durfte er sich nicht mit der Außenwelt in Verbindung setzen können.

Er kehrte auf den Gang zurück und sah in den nächsten Raum, dessen Tür offen stand. Es war ein Musikzimmer, in dem es schwach nach Rauch roch. Auf dem Boden lag Asche. Hier mußte der Feueralarm ausgelöst worden sein. In einer Ecke saß Pater Norberto mit einem Gefangenen, von dem McCaskey annahm, daß es sich um Juan handelte.

»Pater, wie geht es ihm?«

Norberto wandte sich nicht um. Mit hängenden Schultern schüttelte er traurig den Kopf.

McCaskey drehte um. Hilfe konnte er nur holen, wenn er die Strikers fand, die Interpol anrufen und um einen Arzt bitten konnten. Selbst wenn es ihnen nicht gelungen war, Amadori zu töten, mußte der General medizinischem Personal Zutritt zum Palast gewähren, schon deshalb, weil auch seine eigenen Leute verletzt worden waren.

McCaskey holte tief Luft und schritt den Gang hinunter.

42

Dienstag, 12 Uhr 06 – Madrid, Spanien

Das Musikzimmer des Palastes war dunkel, doch vom Korridor fiel so viel Licht in den Raum, daß Norberto den Mann sehen konnte, der in einer Ecke merkwürdig verdreht auf dem Boden lag. Er war schwer verletzt. Auf seinem Körper, seinen Kleidern und der Wand hinter ihm zeichneten sich Blutflecken ab, während aus klaffenden Wunden auf Wangen, Stirn und am Mund frisches Blut strömte. Beine und Brust wiesen mehrere offene, blutende Verletzungen auf.

Wie damals, als er neben seinem Bruder gekniet hatte, spürte Pater Norberto buchstäblich die Gegenwart des Todes. Es war ein Gefühl, das er immer wieder erlebte, wenn er unheilbar Kranken oder tödlich Verletzten beistand. Ein süßlicher, leicht metallischer Geruch füllte die Nase und vergiftete den Magen. Ihm war, als spürte er die Hand des Todes. Ein eisiger, unsichtbarer Nebel schien in der Luft zu hängen und in sein Fleisch, seine Knochen, ja seine Seele zu kriechen.

Die Stunde dieses Mannes war gekommen. Als Norbertos Augen sich an die Dunkelheit gewöhnt hatten, erkannte er, welch ein Wunder es war, daß der Mann noch lebte. Die Ungeheuer, die ihn in diesem Raum eingeschlossen hatten, hatten auf ihn geschossen, ihn verprügelt, verbrannt – ohne Mitleid, ohne Gnade.

Warum? Bittere Empörung erfüllte den Priester. *Um Informationen aus ihm herauszuholen? Aus Rache? Zum Spaß?*

Für eine solche Grausamkeit gab es keine Rechtfertigung. In einem katholischen Land, das angeblich nach den Zehn Geboten und den Lehren Jesu Christi lebte, stellten die Taten dieser Folterknechte eine furchtbare Sünde dar. Für ihre Verbrechen würden sie bis in alle Ewigkeit ohne Gottes Gnade darben müssen.

Aber das half dem armen Kerl auch nicht mehr. Pater Norberto kniete neben dem Sterbenden nieder, strich ihm das schweißnasse Haar aus der Stirn und berührte seine blutende Wange.

Der Mann öffnete die Augen, in denen der Funke des Lebens erloschen war. Nur noch Verwirrung und Schmerz standen darin, als sie über die Kutte des Priesters wanderten und schließlich zu dessen Augen zurückkehrten. Er versuchte, den Arm zu heben. Pater Norberto griff nach seiner bebenden Hand und nahm sie zwischen seine Hände.

»Mein Sohn, ich bin Pater Norberto.«

»Pater, was … geschieht mit mir?«

»Sie sind verletzt. Bleiben Sie ruhig liegen.«

»Verletzt? Wie schwer?«

»Bleiben Sie ganz ruhig.« Lächelnd drückte Norberto dem anderen die Hand. »Wie heißen Sie?«

»Juan … Martinez.«

»Und ich bin Pater Norberto. Möchten Sie die Beichte ablegen?«

Mit flackernden, angsterfüllten Augen blickte Juan um sich. »Pater ... muß ich ... sterben?«

Norberto antwortete nicht, sondern drückte Juans Hand nur noch fester.

»Aber wie ist das ... möglich? Ich fühle keinen Schmerz.«

»Gott ist gnädig.«

Juan klammerte sich an die Hand des Priesters. Seine Augen schlossen sich langsam. »Pater, wenn Gott gnädig ist, dann will ich beten ... Er wird mir meine Sünden vergeben.«

»Wenn Sie aufrichtig bereuen, wird er Ihnen vergeben.« Die Schüsse in der Ferne wurden seltener. Viele andere Menschen würden den Trost Gottes und seine Vergebung brauchen. Norberto drückte das Kreuz auf die Lippen des Sterbenden. »Bereust du von ganzem Herzen, in deinem Leben gegen Gott gesündigt zu haben?«

Juan küßte das Kreuz. »Ich bereue von ganzem Herzen«, sagte er bitter und unter großer Anstrengung. »Ich habe viele Menschen getötet. Die Leute vom Radiosender und dann ... den Fischer.«

Norberto fühlte, wie sich der Tod umdrehte und ihm ins Gesicht lachte. In seinem ganzen Leben hatte er keine solch grausame Ironie erfahren, wie in diesem Augenblick, wo er erkannte, daß die Hand, die er hielt, seinen Bruder getötet hatte.

Während sein Herz eiskalt wurde, brannten seine Augen vor Wut, wollten sich in den Mann vor ihm bohren, als wäre er der Tod selbst. Der Drang, seine Hand von sich zu stoßen, ihn ohne Beichte unerlöst der ewigen Verdammnis zu überantworten, wurde nahezu unwiderstehlich.

Dieser Mann hat meinen Bruder ermordet ...

»Die Morde ließen sich nicht vermeiden.« Juan rang nach Atem. Seine Hand zitterte, während er sich fester an Norberto klammerte. »Aber ... ich bereue sie aufrichtig.«

Norberto schloß die Augen. Seine zusammengebissenen Zähne schlugen aufeinander, seine Hand lag wie ein Stück Holz in der Juans. Aber er überwand den Drang, die Hand fallen zu lassen, die Adolfos Leben ausgelöscht hatte. Schließlich war er nicht nur ein Mensch, der um seinen Bruder trauerte, sondern auch Priester vor Gott.

»Pater ...« Juan hustete. »Helfen Sie ... mir ... die Worte zu sprechen.«

Norberto atmete durch die Zähne. *Es ist nicht nötig, daß ich ihm vergebe, das ist Gottes Aufgabe.*

Er öffnete die Augen und starrte auf das zerschundene Gesicht und den gepeinigten Körper vor sich herab. »Vater, vergib mir meine Sünden, die ich aufrichtig bereue«, sagte er mit eisiger Stimme.

»Ich ... bereue.« Juans Atem hatte zu rasseln begonnen. »Ich ... bereue ... aufrichtig.« Er schloß die Augen. Sein Atem kam jetzt in kurzen Stößen.

»Vergebene Sünden werden von der Seele genommen, so daß der Sünder wieder in den Zustand der Gnade versetzt wird. Möge Gott dir deine Schuld vergeben und dich zur Erlösung führen.«

Juans Lippen öffneten sich langsam in einem kurzen Seufzer. Dann lag er still.

Norberto starrte auf den Toten, dessen Hand kalt wurde, während ihm immer noch Blut über Brust und Wangen lief.

Was dieser Mann getan hatte, konnte er weder rechtfertigen noch vergeben, aber Adolfo hatte sich in ein Meer voller Raubfische gewagt. Wenn Juan seinen Bruder nicht getötet hätte, hätte jemand anderes es getan. Tränen stiegen ihm in die Augen. Er hätte Adolfo aufhalten müssen.

Wenn er nur von dem Doppelleben seines Bruders gewußt hätte! Vielleicht hatte Adolfo Angst gehabt, sich ihm anzuvertrauen, weil er so streng gewesen war. Warum hatte er ihn in jener Nacht gehen lassen? Warum war er nicht bei ihm geblieben, als er die Kassette ablieferte, mit der alles begonnen hatte? *Warum habe ich nicht gehandelt, bevor es zu spät war?* Die schlimmste Strafe für ihn war, daß er die Seele seines Bruders nicht hatte retten können – nur die seines Mörders.

»O Gott.« Während die Tränen über sein Gesicht strömten, ließ er den Kopf in den Nacken sinken. Dann legte er

Juans Hand neben dessen Körper und bedeckte seine eigenen Augen.

Während er so kniete, spürte er, wie der Tod zurückwich, allerdings nicht weit. Er zwang sich, seine Tränen zu unterdrücken. Jetzt war nicht die Zeit, um Adolfo zu trauern oder seine eigenen Fehler zu beklagen. Andere brauchten Trost und Absolution, Menschen, die in der Blüte ihres Lebens voller Arroganz gehandelt hatten und plötzlich demütig vor der ewigen Verdammnis standen.

Pater Norberto erhob sich und schlug das Kreuz über Juan Martinez. »Möge Gott dir vergeben.«

Und möge Gott mir vergeben, dachte er, als er sich abwandte und den Raum verließ. Er haßte den Mann, der soeben gestorben war, und doch hoffte er in seinem Herzen, in seinem tiefsten Inneren, daß Gott seine Bitte um Vergebung gehört hatte.

Dieser Tag hatte schon zu viel Verdammnis gesehen.

43

Dienstag, 12 Uhr 12 – Madrid, Spanien

Es war die erklärte Politik aller amerikanischen Eliteeinheiten, nichts Verwendbares zurückzulassen. Bei Top-Secret-Missionen, bei denen niemand auch nur von der Anwesenheit der Soldaten erfahren durfte, wurden sogar die Patronenhülsen eingesammelt. Eine Geheimhaltungsstufe darunter, wie in diesem Fall, bedeutete, daß die Identität der Agenten unter keinen Umständen bekannt werden durfte.

Daß Aideen Marley sich abgesetzt hatte, war Colonel August nicht entgangen. Zwar hatte sie ohne Befehl gehandelt, aber das konnte er ihr nicht verdenken. Wenn es ihr nicht gelang, General Amadori auszuschalten, würde die Mission nur als Teilerfolg durchgehen, weil die Strikers den Offizier immerhin aufgescheucht hatten, bevor er seine Vorbereitungen abgeschlossen hatte. Das Feuergefecht würde die städtische Polizei und andere Behörden auf den Plan rufen, die im Palast auf die Gefangenen stoßen und erfahren würden, wie diese verschleppt worden waren. Vielleicht konnte Amadori danach immer noch an die Macht gelangen, aber es würde schwieriger werden. Mit Sicherheit würde es ihm schwerfallen, im übrigen Europa Unterstützung zu finden, wenn seine Barbarei bekannt wurde.

Aber dennoch ...

Colonel August mochte keine Teilerfolge. Aideen verfolgte Amadori in den Südflügel des Palastes. Wenn es den Strikers gelang, ihr die Armee lange genug vom Hals zu halten, und der verletzte Amadori bei seiner Flucht nicht genügend auf Sicherheit achtete, bestand die Chance, daß sie es doch noch schaffte, den ursprünglichen Auftrag zu erledigen. Ihr Erfolg würde Spanien Monate blutiger Kämpfe und rücksichtsloser Säuberungen ersparen, die über das Land hereinbrächen, falls Amadori überlebte.

Zwischen den Strikers und den anstürmenden spanischen Soldaten lagen noch etwa einhundert Meter. Obwohl Amadoris Leute Gasmasken trugen, konnten sie in dem dichten gelben Nebel nur wenige Meter pro Minute vorrücken, während der Rückzug der Strikers ohne Verzögerung vonstatten ging. Sie hatten sogar mehreren Gefangenen bei der Flucht aus dem Hellebardensaal helfen können, die sich durch den sich lichtenden Gasnebel gekämpft hatten.

Jetzt näherte sich das Team der prachtvollen Treppe des Palastes, hinter der sich die Stufen zum Verlies befanden. Südlich davon lag der Korridor, den Amadori und Aideen genommen hatten. August ging zu Corporal Prementine und wies ihn an, einen Soldaten auszuwählen, der den Rückzug decken sollte, und dann die anderen aus dem Palast zu führen.

»Sir«, wandte dieser ein, »ein Mann wird nicht genug sein. Ich würde gern ebenfalls zurückbleiben.«

»Negativ. Drei sind zuviel.«

»Sir?«

»Ich werde auch bleiben.«

»Sir ...«

»Tun Sie es, Corporal.«

»Ja, Sir.« Prementine salutierte.

Der Corporal informierte Private Pupshaw, daß er mit Colonel August zurückbleiben werde. Der stämmige Gefreite salutierte begeistert und begab sich sofort zu seinem befehlshabenden Offizier, der ihm mitteilte, daß er direkt innerhalb des Korridors in Stellung gehen solle, sobald sie das Treppenhaus erreicht hätten. August selbst würde das Kreuzfeuer von der nördlichen Seite der Treppe übernehmen. Falls einer von ihnen von hinten angegriffen wurde, konnte ihm der andere so Deckung geben.

Die Privates Scott und DeVonne ließen ihre restlichen drei Gasgranaten zurück. Zwei davon sollten ihnen zusammen mit dem Kreuzfeuer fünf Minuten Spielraum verschaffen, die letzte mußte ihnen zwei Minuten Deckung für den eigenen Rückzug bieten. Der Zeitplan war eng, aber realistisch. August blieb nur zu hoffen, daß Aideen ihre verwundete Beute einholte, tat, was nötig war, und ohne Probleme fliehen konnte.

Corporal Prementine wünschte den beiden Männern Glück, bevor er sich mit den anderen Strikers lautlos zurückzog.

August dankte ihm und teilte Pupshaw mit, daß sie ihre Position nach Wiederaufnahme des Gefechtes mit den spanischen Soldaten exakt fünf Minuten halten mußten. Auf Augusts Signal würden sie dann ihren Kameraden ›nach unten ins Loch folgen‹, wobei Pupshaw sich als erster zurückziehen sollte.

Auf dem Bauch liegend, bereiteten sie sich auf den Angriff vor. Sie würden niedrig, nicht über Kniehöhe zielen. Pupshaw hielt eine Granate bereit, um sie in Richtung der Spanier rollen zu lassen. August hob den linken Arm.

Zwanzig Sekunden später erschien der erste spanische Soldat in dem sich lichtenden gelben Nebel. August senkte den linken Daumen.

Pupshaw zog den Sicherungsstift und rollte die Granate in Richtung des Spaniers.

340

44

Dienstag, 12 Uhr 17 – Madrid, Spanien

Unbewaffnet im Korridor unterwegs, fühlte McCaskey sich nackt, aber es war ihm wichtig gewesen, María nicht schutzlos zurückzulassen. Es war schon eine Weile her, daß er die Aikido-Kenntisse eingesetzt hatte, die er sich beim FBI angeeignet hatte, aber sie mußten genügen.

Als er sich dem nächsten Gang näherte, verringerte er sein Tempo, blieb an der Ecke stehen und lugte vorsichtig in den Gang, wie er es als Beschatter gelernt hatte. Nach einem kurzen Blick zog er sich hastig zurück. Sein Herz klopfte wild.

Ein Stück von ihm entfernt stand ein hochgewachsener Mann im Gang, ein General, dessen mit Orden behängte Uniform die Tressen der Armee Francos zeigte. Bewaffnet war er mit einer Handfeuerwaffe. Zudem trug er eine Gasmaske und eine Brille. Aus einer Wunde in seinem Bein strömte Blut.

Das mußte Amadori sein.

Während sich der General McCaskey näherte, blickte er nach hinten, konnte ihn deshalb nicht gesehen haben. Verdammt, warum hatte er seine Waffe nur bei María gelassen? Jetzt stand er Amadori mit blanken Fäusten gegenüber. Sein einziger Vorteil war, daß der General nichts von seiner Anwesenheit ahnte.

Beim FBI hatte McCaskey gelernt, daß man sich stets zurückhalten solle, wenn der Gegner besser bewaffnet war als man selbst. Wartete man ab, arbeitete die Zeit für den Verfolger, während ein fehlgeschlagener Angriff den Verfolgten begünstigte.

Aber angesichts dessen, was auf dem Spiel stand, konnte er nicht riskieren, daß Amadori entkam.

Er richtete sich auf und versuchte, seine ganze Entschlußkraft zu sammeln, während er auf die hinkenden Schritte des Generals lauschte, der jetzt noch etwa drei Meter von ihm entfernt war. Wenn er geduckt um die Ecke sprang, konnte er vielleicht den General mit den Beinen an die Wand nageln und seine Arme packen, bevor dieser schießen konnte.

In diesem Augenblick vernahm er hinter sich Schritte. Als er sich umwandte, entdeckte er Pater Norberto, der auf ihn zukam. Aber das war nicht alles. Von der Decke über dem Musikzimmer blickte ein rotes Auge auf ihn herab.

Eine Kamera. Und Amadori trug eine Brille. Der General hatte sich in das Remote Surveillance System eingeloggt.

Die Schritte verstummten. McCaskey verfluchte sich selbst dafür, daß er zu müde gewesen war, um bis zu Ende zu denken. Er hatte sich selbst um seinen Vorteil gebracht. Amadori kannte seine Position genau.

Ihm blieb nur der Rückzug. Er wandte sich um und rannte auf die Tür zum Hof zu.

»Was ist los?« fragte Pater Norberto.

McCaskey bedeutete ihm, er solle fliehen, doch der Priester blieb verwirrt stehen.

»Mein Gott!« brüllte McCaskey. Vermutlich würde Amadori keinen Geistlichen erschießen, aber ein katholischer Priester war die perfekte Geisel. Niemand würde einen Angriff wagen, wenn die Gefahr bestand, daß dieser verletzt wurde.

Er mußte ihn hier herausbringen. Also griff er nach dem Priester, legte die Arme um ihn und versuchte, ihn auf die Tür zum Hof zuzuschieben.

Einen Augenblick später hörte er einen Schuß und erhielt einen heftigen Schlag in den Rücken. Dann explodierte alles in feurigem Rot.

45

Dienstag, 12 Uhr 21 – Madrid, Spanien

Es war für Aideen kein Problem, der Spur zu folgen. Die Blutstropfen waren so dicht auf den Boden getropft, daß sie zeitweise zusammenflossen. Amadori verlor viel Blut. Allerdings hatte sie nicht damit gerechnet, daß der General allein auf sie warten würde, als sie ihn einholte.

Er feuerte einmal, als sie um die Ecke bog. Sobald sie ihn gesehen hatte, war sie zurückgesprungen, so daß die Kugel an ihr vorüberpfiff. Nachdem das Echo des Schusses verhallt war, herrschte Schweigen. Während sie noch angespannt lauschte, ob Amadori sich bewegte, preßte sich plötzlich etwas Hartes in der Lendengegend in ihren Rükken. Als sie sich umwandte, trat ein Mann mit einer Waffe aus einer Türöffnung: der Generalmajor.

Aideen fluchte im stillen. Der Offizier trug eine RSS-Brille. Offenbar hatte er sich in die Kameras hinter ihnen eingeloggt und sie entdeckt. Daraufhin hatten sich die beiden Spanier getrennt, um sie in die Falle zu locken.

»Drehen Sie sich nach vorne, und heben Sie die Hände«, befahl er auf spanisch.

Aideen kam dem Befehl nach, woraufhin er ihr die Waffe abnahm.

»Wer sind Sie?«

Aideen antwortete nicht.

»Ich habe keine Zeit zu verschwenden. Wenn Sie mir antworten, lasse ich Sie gehen, ansonsten jage ich Ihnen eine Kugel in den Rücken. Ich zähle bis drei.«

Sie glaubte nicht, daß er bluffte.

»Eins.«

Am liebsten hätte sie ihm gesagt, sie arbeite für Interpol. Bis jetzt war sie dem Tod noch nie so nahe gewesen. Es war eine Erfahrung mit verheerenden Folgen für ihre Willenskraft.

»Zwei.«

Vermutlich würde er sie auch töten, wenn sie ihm sagte, wer sie war, aber wenn sie sich weigerte, starb sie auf jeden Fall. Doch wenn sie die Wahrheit sagte, ruinierte sie mit großer Wahrscheinlichkeit Leben und Karriere von María, Luis und deren Kameraden. Außerdem würde sie zahllose andere Menschenleben zerstören, wenn sie dazu beitrug, daß Amadori diesen Angriff überlebte.

Vielleicht hatte sie mit Martha auf der Straße sterben sollen, und ihr Schicksal holte sie jetzt ein.

Hinter ihr bellte die Waffe. Sie fuhr zusammen und

spürte Blut an ihrem Hals – stand aber immer noch aufrecht.

Einen Augenblick später fiel der Generalmajor gegen sie, so daß sie ins Stolpern geriet. Zwei Waffen landeten scheppernd auf dem Boden. Als sie sich umdrehte, sah sie, daß Blut in einer Fontäne aus dem Hinterkopf des Offiziers spritzte. Sie blickte auf.

Eine vertraute Gestalt kam mit einer rauchenden Pistole in der Hand vom Ende des Korridors auf sie zu. Auf dem Gesicht des Mannes lag ein Ausdruck grimmiger Befriedigung.

»Ferdinand?«

Der *familia*-Mann zögerte.

»Es ist okay«, beruhigte sie ihn mit einem hastigen Blick auf ihre Umgebung. Mit dem Rücken zur Überwachungskamera, damit sie nicht gesehen wurde, hob sie kurz die schwarze Maske an, so daß er ihr Gesicht erkennen konnte. »Ich bin nicht allein. Wir wollen Ihnen helfen.«

Ferdinand kam weiter auf sie zu. »Ich bin froh, das zu hören. Juan und ich, wir hatten nach dem Angriff auf die Werft Zweifel. Tut mir leid.«

»Ich kann es Ihnen nicht verdenken. Wie hätten Sie auch wissen können, daß wir auf Ihrer Seite stehen?«

Ferdinand hob die Waffe. »Die habe ich von Ihrer Freundin. Sie hat hier vorhin einen ziemlichen Aufruhr verursacht. Man hat sie zusammen mit Juan weggebracht. Ich versuche, die beiden zu finden – und Amadori.«

»Amadori hat diesen Weg genommen.« Aideen wies in die Richtung, in der sie den General gesehen hatte, und bückte sich, um ihre Waffe, die des Generalmajor und die Brille des Offiziers aufzuheben.

Das Blut des Toten klebte auf ihrem Nacken, und sie wischte es mit dem Ärmel ihres schwarzen Hemdes ab. Als sie weiterging, fühlte sie sich elend. Nicht weil der Generalmajor gestorben war, schließlich hätte er sie, ohne mit der Wimper zu zucken, umgebracht. Viel schlimmer erschien es ihr, daß weder der General noch der Generalmajor das Geringste mit dem Vorfall zu tun hatten, der das Op-Center auf den Plan gerufen hatte, nämlich der Ermordung von Martha Mackall. Ganz im Gegenteil – sie hatten die Drahtzieher des Attentats erledigt. Das Verbrechen, für das man sie jagte, war, daß sie einen Staatstreich gegen ein NATO-Land planten – einen Putsch, den möglicherweise die meisten Spanier befürwortet hätten, wenn man sie gefragt hätte.

Martha hat sich geirrt, dachte sie unglücklich. Es gibt keine Regeln, nur Chaos.

Aideen und Ferdinand machten sich auf die Suche nach Amadori, wobei sie die Führung übernahm, während er sich ein paar Schritte hinter ihr hielt. Dabei überprüfte sie die Waffe des Offiziers. Sie war entsichert. Dieser Mistkerl von Generalmajor hatte wirklich vorgehabt, ihr in den Rücken zu schießen.

Der Gang vor ihnen war leer. Ein Schuß fiel, und sie beschleunigten ihr Tempo. Aideen fragte sich, ob jemand anderes – vielleicht María? – Amadori gefunden hatte. Die Blutspur führte um die Ecke. Sie folgten ihr, blieben jedoch wie angewurzelt stehen, als sie in den Gang kamen, an dem das Musikzimmer lag. Dort stand General Amadori mit einer Waffe in der weiß behandschuhten Hand, die er jemandem an den Kopf drückte. Es dauerte einen Augenblick, bis Aideen erkannte, wen der General vor sich hielt. Es war Pater Norberto.

Zu seinen Füßen lag ein Mann bewegungslos mit dem Gesicht nach oben auf dem Boden.

Darrell McCaskey.

46

Dienstag, 12 Uhr 24 – Madrid, Spanien

Als Pater Norberto den Hof vor dem Palast betreten hatte, war ihm nicht in den Sinn gekommen, daß die Soldaten ihn angreifen würden, soviel hatte er in ihren Augen gelesen, ihren Stimmen entnommen.

Doch was den Mann anging, der soeben den Amerikaner erschossen hatte – da hegte er keinerlei Illusionen dieser Art. Der Offizier preßte eine Waffe unter sein Kinn und hielt mit der anderen Hand sein Haar gepackt. Er blutete und war offensichtlich nicht in der Stimmung für Verhandlungen. Vermutlich wurde die Zeit für ihn knapp.

»Wo ist der Generalmajor?« brüllte er.

Der Vermummte, der um die Ecke gebogen und dann zurückgewichen war, stieß mit dem Fuß eine Brille und eine Pistole in den Gang. »Er ist tot. Lassen Sie den Priester gehen.«

»Eine Frau?« schrie Amadori. »Wer, zum Teufel, führt da gegen mich Krieg? Zeigen Sie sich!«

»Lassen Sie den *padre* gehen, General Amadori. Wenn Sie ihn freilassen, liefere ich mich aus.«

»Ich verhandle nicht.« Amadori warf einen kurzen Blick nach hinten. Die Tür zum Hof war nur wenige Meter entfernt. Er riß sich die Brille herunter und warf sie auf den Boden. Dann preßte er die Pistole noch fester gegen Pater Norbertos Hals und wich in Richtung Ausgang zurück. »Das gesamte Gelände wird immer noch von einem Teil meiner Soldaten bewacht, auch wenn die anderen kämpfen. Aber ich brauche nur zu rufen, und die Posten werden kommen und Sie jagen, bis sie Sie erwischt haben.«

»Wenn ich mich zeige, werden Sie mich erschießen.«

»Das ist korrekt, aber ich werde den Priester freilassen.«

Die Frau schwieg.

Während seiner Jahre als Priester hatte Norberto mit trauernden Witwen und Angehörigen seiner Gemeinde gesprochen, deren Geschwister oder Kinder gestorben waren. Die meisten von ihnen hatten nicht mehr leben wollen. Ihm erging es anders. Trotz seines Verlustes hatte er nicht den Wunsch, als Märtyrer zu enden. Er wollte weiterhin anderen helfen – aber er hatte nicht die Absicht zuzulassen, daß sich eine Frau für ihn opferte.

»Fliehen Sie, mein Kind!« rief er.

Amadori zog fester an seinem Haar. »Halten Sie den Mund.«

»Mein Bruder, Adolfo Alcazar, glaubte an Sie. Er starb in Ihren Diensten.«

»Ihr Bruder?« Der General hatte sich bis auf wenige Schritte der Tür genähert. »Ist Ihnen nicht klar, daß die Leute, die Adolfo getötet haben, hier im Palast sind?«

»Ich weiß. Einer von ihnen starb in meinen Armen, genau wie Adolfo.«

»Wie können Sie sich dann auf deren Seite stellen?«

»Ich bin nicht auf ihrer Seite, ich bin auf Gottes Seite. Und in seinem Namen bitte ich Sie, diesem Krieg ein Ende zu setzen.«

»Ich habe keine Zeit für dieses Geschwätz«, zischte Amadori. »Meine Feinde sind auch die Feinde Spaniens. Sagen Sie mir, wer die Frau ist, und ich lasse Sie frei.«

»Ich werde Ihnen nicht helfen.«

»Dann müssen Sie sterben.« Amadori stöhnte, als er die Tür erreichte. Offensichtlich litt er Schmerzen. Ohne Norberto loszulassen, trat er in das grelle Sonnenlicht hinaus und rief zum Südtor hinüber. »Ich brauche Hilfe!« Mit einem raschen Blick vergewisserte er sich, daß sich Aideen nicht von der Stelle gerührt hatte.

Die Soldaten auf der gegenüberliegenden Seite des Hofes hielten ihre Waffen auf die Arkaden gerichtet. Jetzt blickten sie zur Tür. Plötzlich trat einer der Soldaten hinter dem Torpfosten vor.

»Bleiben Sie, wo Sie sind, General!« brüllte er.

Amadori warf einen Blick auf die Arkaden und entdeckte dort zwei Personen, einen Mann, der offenbar blutete, und eine Frau. »Holen Sie Ihre Einheit, und sichern Sie den Hof!«

Der Soldat zog sein Funkgerät aus dem Gürtel und rief nach Verstärkung. In diesem Augenblick nahm die Frau hinter dem Bogen Amadori ins Visier. Wütend drehte der General den Priester so, daß er vor ihm stand. Die Frau feuerte nicht. Die Soldaten nahmen sie unter Beschuß und trieben sie hinter den Bogen zurück. Amadori sah in den Gang hinein, um sicherzugehen, daß die andere Frau nicht hinter der Ecke hervorgekommen war.

Das war sie nicht, aber es war auch nicht nötig.

Darrell McCaskey lag mitten im Korridor mit dem Gesicht zu Amadori auf der Seite. Er hielt die Waffe auf ihn gerichtet, die Aideen in den Gang gestoßen hatte.

Pater Norberto starrte ihn an. Er verstand nicht, wieso kein Blut zu sehen war, obwohl er doch beobachtet hatte, wie der General diesen Mann in den Rücken geschossen hatte.

Amadori begann, den Priester herumzudrehen, doch McCaskey gab ihm nicht die Gelegenheit, Pater Norberto als Schutzschild einzusetzen. Diesmal hielt er sich nicht damit auf, den General kampfunfähig zu machen, sondern jagte ihm zwei Kugeln durch die Schläfe.

Noch bevor er auf dem Boden aufschlug, war der General tot.

47

Dienstag, 12 Uhr 35 – Madrid, Spanien

»Sie tragen eine kugelsichere Weste!« rief Aideen erleichtert, während sie auf McCaskey zulief.

»Ich reise nie ohne.« Er stöhnte, als sie ihm auf die Beine half. »Ich habe die Weste angelegt, bevor ich herkam. Nachdem er auf mich geschossen hatte, beschloß ich, mich ruhig zu verhalten und auf eine Gelegenheit wie diese zu warten.«

»Gut, daß ich nicht nur die Brille auf den Boden geworfen habe.«

Ferdinand rannte an ihnen vorbei zu Pater Norberto, der an der Tür stand und auf die Leiche General Amadoris starrte. Da kniete der Priester nieder und begann ein Gebet zu sprechen.

»Pater, er verdient Ihren Segen nicht«, drängte Ferdinand. »Kommen Sie, wir müssen hier weg.«

Norberto beendete sein Gebet. Erst nachdem er das Zeichen des Kreuzes über dem General geschlagen hatte, erhob er sich und blickte Ferdinand an. »Wohin gehen wir?«

»Weg. Die Soldaten ...«

»Er hat recht, Pater«, mischte sich Aideen ein. »Wir wissen nicht, wie sie sich verhalten werden, aber wir sollten auf keinen Fall hierbleiben.«

McCaskey hielt sich an Aideens Schulter fest, während er mühsam atmete. »Außerdem müssen wir den Boß so schnell wie möglich wissen lassen, was hier los ist. Wo steckt das Team?«

»Nachdem sie den General aufgescheucht hatten, sind sie auf Widerstand gestoßen und haben sich zurückgezogen.«

»Können Sie sie einholen?«

Aideen nickte. »Fühlen Sie sich in der Lage zu gehen?«

»Ja, aber ich komme nicht mit. Ich kann María nicht zurücklassen.«

»Darrell, Sie haben gehört, was Amadori gesagt hat«, gab Aideen zu bedenken. »Weitere Truppen sind unterwegs.«

»Ich weiß.« McCaskey lächelte schwach. »Noch ein Grund für mich zu bleiben.«

»Er wird nicht allein sein«, sagte Pater Norberto zu Aideen. »Ich bleibe bei ihm.«

Aideen sah beide durch ihre Maske an. »Die Zeit ist zu knapp, um lange zu debattieren. Ich werde unsere Leute draußen informieren. Paßt auf euch auf.«

McCaskey dankte ihr. Während sie sich abwandte und auf die Prachttreppe zurannte, humpelte McCaskey zu Norberto.

»Es tut mir leid«, sagte er auf englisch und deutete auf Amadori, »aber es war unumgänglich.«

Norberto schwieg.

Ferdinand steckte die Waffe in seinen Hosenbund. »Ich muß Juan suchen. Danke dafür, daß Sie Spanien von diesem Möchtegern-Caudillo befreit haben, Mister«, sagte er, zu McCaskey gewandt.

McCaskey hatte zwar die Worte nicht genau verstanden, konnte sich jedoch ungefähr vorstellen, was Ferdinand gemeint hatte. »¡De nada! Keine Ursache!« lautete seine Antwort.

Da legte Pater Norberto seine Hand um Ferdinands Nakken und drückte ihn fest.

349

»*¿Padre?*« fragte dieser verwirrt.

»Ihr Freund ist dort drin«, erklärte dieser. Tränen standen in seinen Augen, als er auf das Musikzimmer deutete. »Er ist tot.«

»Juan ist tot? Sind Sie sicher?«

»Ganz sicher. Ich war bei ihm, als er starb und seine Sünden beichtete. Vor seinem Tod hat er die Absolution erhalten.«

Ferdinand schloß die Augen.

Der Druck in seinem Nacken verstärkte sich. »Jeder hat ein Recht auf Absolution, mein Sohn, ob er nun *einen* Menschen oder Millionen getötet hat.«

Der Priester ließ Ferdinand los, wandte sich ab und ging zu McCaskey, der an ihnen vorbei zur Tür gehinkt war. Er wußte nicht, worum es bei dem Wortwechsel ging, aber etwas Angenehmes konnte es nicht gewesen sein.

»Was sollen wir tun?« erkundigte sich Norberto.

»Ich weiß nicht recht«, gab McCaskey zu. Er beobachtete die Soldaten, die ihn ihrerseits nicht aus den Augen ließen. Aus einem Eingang weiter hinten im Hof strömten gerade die Verstärkungstruppen. Es sah so aus, als trügen sie Gasmasken, also mußten sie zu der Gruppe gehört haben, die die Strikers verfolgte.

Wieder einmal fühlte er sich hilflos. Wenn die Interpolspäher nicht bemerkten, daß Amadori tot war, würden sie nicht auf den Gedanken kommen, daß es der Madrider Polizei gelingen konnte, die Revolution niederzuschlagen. Die Behörden mußten unbedingt eingreifen, bevor sich die Soldaten unter einem neuen Führer sammeln konnten.

»Was halten Sie davon, wenn ich mit ihnen spreche«, fragte Norberto, »und ihnen sage, daß der Kampf sinnlos geworden ist?«

»Ich glaube nicht, daß sie Ihnen zuhören werden. Vielleicht können Sie einigen Angst einjagen, aber nicht allen. Das reicht nicht, um uns zu retten.«

»Ich muß es versuchen.«

Mit diesen Worten trat Norberto hinter McCaskey vor und ging durch die Tür. Darrell versuchte nicht, ihn aufzuhalten. Er glaubte nicht, daß die Soldaten dem Priester etwas antun würden. Und wenn es ihm gelang, eine oder zwei Minuten für sie herauszuschlagen, war es die Sache wert. Sie hatten schließlich nichts zu verlieren.

Was mit der Revolutionsbewegung nach dem Tod Amadoris geschehen würde, wußte er nicht, aber er konnte sich ziemlich genau vorstellen, was ihm, María und den übrigen Gefangenen im Palast zustoßen würde, wenn er sich die etwa drei Dutzend Soldaten ansah, die sich im Südteil des Hofes sammelten.

Sie würden zu Schachfiguren in einem der größten und gefährlichsten Geiseldramen des Jahrhunderts werden.

48

Dienstag, 6 Uhr 50 – Washington, D. C.

»Nachricht von den Strikers«, meldete Bob Herbert, der das Telefon in Hoods Büro besetzt hielt, während Hood und Rodgers ein Konferenzgespräch mit dem Nationalen Sicherheitsberater, Burkow, und dem spanischen Botschafter in Washington, García Abril, führten. Lowell Coffey, der Anwalt, und Ron Plummer befanden sich ebenfalls im Raum.

Der Botschafter teilte Washington mit, der spanische König und der Ministerpräsident hätten General Amadori seines Amtes enthoben. Den Befehl über dessen Truppen erhielt General García Somoza, der aus Barcelona eingeflogen wurde. In der Zwischenzeit bereitete sich die Madrider Polizei gemeinsam mit den Eliteeinheiten der Guardia Real aus dem Palacio de la Zarzuela auf einen Gegenangriff zur Rückeroberung des Palastes vor.

Hood nahm den vom Interpolhauptquartier weitergeleiteten Anruf der Strikers sofort entgegen und legte ihn auf Lautsprecher. Die Funkstille hatte an seinen Nerven gezehrt, vor allem weil Späher und Satelliten an verschiedenen Orten innerhalb der Palastanlage Schüsse und Tränengas gemeldet hatten. Zudem befürchtete er, die Polizei könnte eingreifen, bevor die Strikers das Feld geräumt hatten.

»Home run«, meldete August, sobald Hood sich gemeldet hatte. »Wir haben die Arena verlassen und befinden uns wieder auf der Straße.«

Im Büro wurden triumphierend die Fäuste geschüttelt, und alle lächelten, während Rodgers Burkow und Botschafter Abril informierte.

»Exzellent.« Hood war begeistert. Da die Strikers sich unter freiem Himmel aufhielten, mußte August für seinen Bericht wie vereinbart Baseballjargon verwenden. »Verletzungen?«

»Eine harmlose Verstauchung, aber es gibt da ein Problem. Der Trainer wollte seine Freundin abholen, und der Vorgesetzte der Dame hat ihn begleitet. Dem Trainer selbst geht es gut, aber die anderen sind verletzt und sollten so bald wie möglich einen Arzt aufsuchen.«

»Ich verstehe.« McCaskey war der Trainer. August hatte Hood soeben mitgeteilt, daß Darrell und Luis versucht hatten, María zu befreien, und daß Luis und María vermutlich in Lebensgefahr schwebten.

»Noch etwas. Als wir versuchten, ihren Spitzenspieler auszuschalten, gerieten wir in eine brenzlige Lage. Es war der Trainer, der ihn schließlich zu fassen bekam.«

Hood und Rodgers wechselten einen Blick. Am Ende hatte McCaskey Amadori eliminiert. Das war zwar nicht im Spielplan vorgesehen gewesen, aber Hood wußte schon lange, daß die Stärke seines Teams, und insbesondere die von Herbert, Rodgers und McCaskey, in der Fähigkeit zu improvisieren lag.

»Wir sind der Meinung, der Trainer sollte sich nicht allzu lange im Stadion aufhalten. Auf keinen Fall darf das gegnerische Team mit ihm sprechen. Sollen wir versuchen, ihn herauszuholen?«

»Negativ.« So gut die Strikers auch waren, Hood hatte nicht die Absicht, die erschöpfte Truppe zurückzuschicken,

352

besonders jetzt, wo sich die Polizei daranmachte, das Gebäude zu stürmen. »Wo halten sich der Trainer und seine Leute auf?«

»Der Trainer befindet sich an der Tür bei B1, die Dame und ihr Chef in Reihe V5, Sitznummer eins und drei.«

»Sehr gut. Sie haben Ihre Aufgabe erfüllt. Gehen Sie nach Hause. Wir reden, wenn Sie hier sind.«

Herbert hatte seinen Stuhl zum Computer gerollt und gab die von August angegebenen Koordinaten ein. Dann forderte er ein Satellitenupdate von diesem Bereich an. Da Stephen Viens für eine direkte Verbindung zum NRO gesorgt hatte, dauerte es nur fünfzehn Sekunden, bis er das Bild vor sich hatte.

»Ich sehe María und Luis«, erklärte er. Dann verkleinerte er den Ausschnitt, um einen Überblick über den gesamten Hof zu bekommen. »Außerdem schicken sich etwa dreißig Soldaten an einzugreifen.«

Rodgers informierte Burkow und Abril. Unterdessen ging Lowell Coffey zur Kaffeemaschine und goß sich eine Tasse ein.

»Paul«, meinte er dann, »wenn Amadori tot ist, werden diese Soldaten vermutlich niemanden töten, weder unsere Leute noch andere. Sie brauchen Geiseln, um eine Amnestie für sich auszuhandeln.«

»Die werden sie wohl auch bekommen«, warf Plummer ein. »Und wer immer die Macht im Lande übernimmt, wird es sich nicht mit den Volksgruppen verderben wollen, die diese Leute unterstützen.«

»Wenn die Polizei nicht angreift«, fuhr Coffey fort, »könnten wir möglicherweise alle rechtzeitig dort herausholen – einschließlich Darrell. Die Soldaten gewinnen nichts damit, wenn sie sie umbringen.«

»Bei McCaskey sieht das anders aus«, gab Herbert zu bedenken. »Colonel August hat recht. Wenn die Soldaten auf dem Palastgelände erfahren, daß er Amadori getötet hat, werden sie nach seinem Blut schreien.«

»Aber woher sollten sie wissen, daß er den General getötet hat?« erkundigte sich Coffey.

353

»Die Sicherheitskameras.« Herbert rief einen Plan des Palastes auf. »Schauen Sie, wo er sich befindet.«

Coffey und Plummer postierten sich ebenfalls hinter dem Computer, während Rodgers noch mit Burkow und dem spanischen Botschafter telefonierte.

»An beiden Enden des Korridors sind Kameras installiert«, erklärte Herbert. »Es ist durchaus möglich, daß Darrell gefilmt wurde. Wenn man den General tot auffindet, wollen seine Soldaten bestimmt wissen, wer dafür verantwortlich ist.«

»Besteht die Möglichkeit, das Band durch elektronische Interferenz zu löschen?« fragte Coffey.

»Einem niedrig fliegenden Flugzeug könnte dies mit einer zielgerichteten elektromagnetischen Salve gelingen«, erwiderte Herbert, »aber dafür braucht man Zeit.«

Rodgers drückte die Stummschaltung und erhob sich. »Meine Herren, es ist unwahrscheinlich, daß es uns gelingt, rechtzeitig etwas zu unternehmen.«

»Erklären Sie uns das,« bat Hood.

»Interpol hat den Ministerpräsidenten vom erfolgreichen Ausgang des Strikereinsatzes informiert. Der Botschafter hat mir soeben mitgeteilt, daß die Polizei sofort eingreifen wird, bevor sich die Rebellen neu formieren können.«

Herbert fluchte.

»Wie lauten die Befehle, falls die Soldaten Geiseln nehmen?« fragte Hood.

Rodgers schüttelte den Kopf. »Es wird keine Geiseln geben. Die spanische Regierung will den Rebellen, wie man sie nennt, kein Forum verschaffen, das ihnen die Aufmerksamkeit der Öffentlichkeit sichert.«

»Das kann ich denen nicht verdenken«, meinte Herbert.

»Ich schon, wenn sich einer von meinen Leuten noch auf dem Gelände befindet«, verkündete Hood wütend. »Wir haben die Drecksarbeit für sie ...«

»... und jetzt nutzen sie die Gelegenheit, die wir ihnen verschafft haben«, unterbrach Rodgers. »Sie handeln im Interesse ihres Landes. Der Präsident der Vereinigten Staaten hat uns gebeten, den gewählten Vertretern Spaniens dabei zu helfen, die Kontrolle über ihr Land wiederzuerlangen. Man hat uns keinerlei Garantien bezüglich des Verhaltens dieser Volksvertreter gegeben, Paul.«

Hood stieß seinen Stuhl zurück und erhob sich. Er stützte die Hände in die Hüften, schüttelte den Kopf und ging zu dem Regal neben dem Fernsehgerät, um sich eine Tasse Kaffee einzuschenken.

Rodgers hatte recht. Vermutlich würden weder der spanische Ministerpräsident noch der König dieses Debakel in ihren Ämtern überstehen. Beide handelten nicht im eigenen Interesse, sie versuchten, Spanien zu retten. Das würde langfristig gesehen auch Europa und den Vereinigten Staaten zugute kommen. Wenn noch ein weiteres Land in kleine Republiken zerfiel, konnte sich das für alle Länder dieser Welt, in denen ethnische Minderheiten lebten, nur negativ auswirken.

Aber es war nicht so sehr das Vorgehen der Spanier, das ihn störte, sondern die Selbstverständlichkeit, mit der sie die Kontrolle übernahmen, nachdem andere die Kastanien für sie aus dem Feuer geholt hatten. Was war mit den Menschen, die mit ihrem Leben dafür bezahlt hatten, weil den Politikern die Situation aus den Händen geglitten war?

»Paul«, meinte Rodgers, »die spanische Regierung weiß vermutlich nichts von Darrells Rolle bei der Aktion. Wahrscheinlich nimmt man an, daß die Strikers das Gelände nach dem Angriff wie geplant verlassen haben.«

»Sie haben sich nicht die Mühe gemacht zu fragen.«

»Selbst wenn sie es getan hätten, hätte das nichts geändert«, erklärte Rodgers. »Es hätte nichts ändern *können*. Die Regierung kann es sich nicht leisten, uns in Ruhe nach einer Lösung suchen zu lassen, weil sie den Rebellen keine Zeit lassen darf.«

Hood nahm seinen Kaffee mit zu seinem Schreibtisch.

»Ich habe schon früher in solchen Situationen gesteckt, und ich hasse sie«, warf Herbert ein. »Aber Darrell ist kein Neuling. Vermutlich ist ihm klar, was vor sich geht. Vielleicht gelingt es ihm, sich und die anderen in Sicherheit zu bringen, bis die Kämpfe vorüber sind.«

»Ich habe Interpol ebenfalls über die Situation informiert, Darrells Vorgehen allerdings nicht erwähnt. Das können wir später nachholen, wenn wir ihn – hoffentlich – wieder hier haben«, sagte Rodgers.

»Ja«, meinte Herbert. »Wenigstens haben wir dann viel Spaß, wenn wir behaupten, er sei nie dort gewesen.«

»Ich habe ihnen die Positionen von Darrell, María und Luis durchgegeben und erklärt, daß sie ärztliche Hilfe brauchen«, fuhr Rodgers fort. »Hoffentlich bleibt die Nachricht nicht auf dem Dienstweg stecken.«

Hood setzte sich. »*Wahrscheinlich, vielleicht* und *hoffentlich*. Vermutlich gibt es schlimmere Worte.«

»Allerdings«, hielt Herbert dagegen. »Wie *nie, unmöglich* und *tot.*«

Hood sah ihn an und richtete dann den Blick auf die anderen. Falls er zurückträte, würde er diese Menschen, diese Patrioten, diese engagierten Profis, vermissen. Aber das angespannte Warten und die Trauer würden ihm nicht fehlen. Davon hatte er für den Rest seines Lebens genug bekommen.

Auch auf Einsamkeit und Schuldgefühle konnte er gut verzichten, auf die Sehnsucht nach Nancy Bosworth in Deutschland und nach Ann Farris in Washington. Oberflächliche Liebschaften hatten in seinem Lebensplan nie eine Rolle gespielt.

Immer noch hoffte er, daß Sharon sich anders besonnen hatte und zu ihm zurückkommen würde. Herbert hatte recht. *Hoffnung* war ein wesentlich angenehmeres Wort als *nie*.

49

Dienstag, 12 Uhr 57 – Madrid, Spanien

Jeder Atemzug war für McCaskey extrem schmerzhaft, aber wie sein Mentor beim FBI, der stellvertretende Direktor Jim Jones, einmal gesagt hatte: »Die Alternative ist, nicht zu atmen, und das ist auch nicht besser.« Kugelsichere Westen hatten den Zweck, Kugeln daran zu hindern, in den Körper einzudringen. Der harte Aufprall, der einem die Rippen brechen oder – je nach Kaliber und in Abhängigkeit von der Entfernung, aus der der Schuß abgegeben wurde – innere Blutungen auslösen konnte, ließ sich damit nicht vermeiden. Doch so stark seine Schmerzen auch waren, er sorgte sich nicht um sich, sondern um María. Bis jetzt hatte er den Palast noch nicht verlassen, weil er versuchen wollte, Amadoris Uniform anzuziehen. Doch der General war zu groß gewesen, außerdem waren die Kleider blutdurchtränkt, und McCaskey sprach kein Spanisch. Ein Bluff hätte die Soldaten höchstens eine oder zwei Sekunden lang aufgehalten, und das lohnte den Aufwand nicht.

Plötzlich piepste im Gang etwas. Jemand hatte das Funkgerät des Generalmajor angewählt. Es konnte nicht lange dauern, bis die Soldaten nachsehen kamen, warum niemand antwortete.

Im Hof trafen weitere Soldaten ein. McCaskey steckte den Kopf zur Tür hinaus. Östlich von den Arkaden lag die Calle de Bailén und damit die Freiheit. Aber bis zur Straße waren es über hundert Meter. Sobald María den Schutz der Arkaden verließe, wäre sie nicht mehr vor den Soldaten gedeckt. Zudem würde sie Luis tragen und könnte ihre Waffe nicht einsetzen. McCaskey hatte keine Ahnung, ob die Soldaten sie niederschießen würden, aber es wäre dumm von ihnen, sie oder jemand anderen aus dem Palast entkommen zu lassen – nach allem, was sie über die Behandlung von Gefangenen mitbekommen hatten.

Also mußte er María irgendwie erreichen und ihr Deckung geben, wenn sie den Schutz der Arkaden verließ. Gerade wollte er Ferdinand um Hilfe bitten, als der Spanier etwas sagte und ihm die Hand reichte.

»Will er uns verlassen?« fragte McCaskey.

»So ist es«, erwiderte Norberto.

»Warten Sie.« McCaskey weigerte sich, Ferdinands Hand zu nehmen. »Sagen Sie ihm, daß ich seine Hilfe brauche, um zu María zu gelangen. Er kann jetzt nicht gehen.«

Norberto übersetzte für ihn. Ferdinands bekräftigte seine Antwort mit einem Kopfschütteln.

»Er sagt, es tue ihm leid, aber seine *familia* brauche ihn.«

»Aber ich brauche ihn auch! Ich muß zu Luis und María und die beiden hier herausbringen.«

Ferdinand wandte sich ab und ging.

»Verdammt!« rief McCaskey. »Jemand muß mir Deckung geben.«

»Lassen Sie ihn gehen«, sagte Norberto energisch. »Wir beide werden es bis zu Ihren Freunden schaffen. Man wird nicht auf uns schießen.«

»Ich schätze schon, wenn Sie erst einmal bemerken, daß ihre Anführer tot sind.«

Unten im Gang wurden Schritte laut, denen Schüsse folgten. Ferdinand schrie auf.

»Mist!« brüllte McCaskey. »Weg hier.«

Pater Norbertos Gesicht blieb unbewegt, doch er zögerte.

»Sie können ihm nicht helfen.« McCaskey war schon unterwegs zur Tür. »Kommen Sie.«

Norberto folgte ihm. McCaskey bewegte sich, so schnell er konnte, doch mit jedem Schritt fuhr ein heftiger Schmerz durch seinen Brustkorb. Als er versuchte, den linken Arm zu heben, wurde ihm schwarz vor Augen, so heftig war das Toben in seinen Lungen und seiner Wirbelsäule. Er nahm die Waffe in die andere Hand. Zwar war er damit nicht so geschickt, aber er war fest entschlossen, María zu erreichen, wenn nötig auf allen vieren.

Als die beiden Männer ins Freie traten, hielt Pater Norberto sich zwischen McCaskey und den Soldaten. Darrell taumelte unter dem Schmerz, den die unbedachte Bewegung seines Armes ausgelöst hatte. Der Priester nahm ihn am linken Arm. Dankbar stützte McCaskey sich auf ihn. Dabei entwand Norberto ihm die Waffe.

»Was tun Sie da?« schrie McCaskey.

Der Priester hielt die Pistole mit dem Griff nach oben, bückte sich und legte sie auf den Boden. »Ein Grund weniger, auf uns zu schießen.«

»Oder einer mehr!«

Er versuchte, den Gedanken daran zu verdrängen, die Soldaten, die auf spanisch auf sie einbrüllten, zu vergessen. Im Schutze des Bogens beobachtete María, die Waffe im Anschlag, die Szene.

Ein Schuß fiel. Kaum einen Meter vor Pater Norberto spritzten Steinsplitter in die Höhe. Einer davon traf den Priester in den Oberschenkel. Er zuckte zusammen, setzte seinen Weg aber fort.

María erwiderte das Feuer, bis einer der Soldaten auf sie schoß und sie zurücktrieb.

Die Soldaten feuerten erneut. Diesmal schlugen die Kugeln noch näher vor den beiden ein. Wieder spritzten Steinsplitter in die Höhe. Norberto zuckte zusammen und prallte, von mehreren Splittern in die Seite getroffen, gegen McCaskey.

»Sind Sie in Ordnung?« erkundigte sich Darrell besorgt.

Norberto nickte kurz, doch seine Lippen preßten sich zusammen, und auf seiner Stirn erschienen tiefe Falten. Offensichtlich litt er Schmerzen.

Plötzlich wurden hinter ihnen, aus der Richtung des Palastes, Schreie laut.

»¡El general está muerto!«

Dafür brauchte McCaskey keine Übersetzung. Der General war tot, und sie würden es innerhalb weniger Sekunden ebenfalls sein.

»Kommen Sie!« drängte er den Priester.

Doch im selben Augenblick wurde ihm klar, daß sie es nicht schaffen würden. Weitere Soldaten wiederholten den Ruf mit ungläubiger Wut.

Plötzlich jedoch mischte sich ein neues Geräusch in den Lärm: Hubschrauber. McCaskey blieb stehen und sah nach links, zum Palast. Die Soldaten folgten seinem Beispiel. Einen Augenblick später erschienen über der südlichen Mauer sechs Hubschrauber. Ein ohrenbetäubendes Getöse erfüllte die Luft, und ihre Schatten fielen auf den Hof.

Es war das wohlklingendste Geräusch, das McCaskey je gehört hatte – und das bezauberndste Bild, das er je gesehen hatte, war der Anblick der Polizeischarfschützen, die sich aus den offenen Türen lehnten und mit CETME-Sturmgewehren auf die Soldaten zielten.

Draußen auf den Boulevards vor dem Palast heulten Sirenen. Aideen und die Strikers mußten entkommen sein und der Polizei genug Information zugespielt haben, um diese zum Eingreifen zu veranlassen. Offenbar wollte man kein Risiko mehr eingehen.

McCaskey setzte sich erneut in Bewegung. »Kommen Sie, Pater. Die sind auf unserer Seite.«

Der gleichzeitige Luft- und Landangriff legte den Schluß nahe, daß die Polizei damit rechnete, daß sich die Soldaten aufteilen würden, und beide Gruppen festnageln wollte. Auf diese Weise ließ sich der Widerstand erheblich schwächen.

Während die Hubschrauber die Soldaten zurückhielten und sich die Sirenen näherten, überquerten McCaskey und Pater Norberto den Hof ganz. Am liebsten hätte er María umarmt, aber in seinem gegenwärtigen Zustand hätte ihn das vermutlich seine Lungen gekostet. Außerdem war sie ebenfalls verletzt, und Luis brauchte Hilfe.

»Gut, dich zu sehen«, meinte María lächelnd. »Habe ich richtig gehört? Stimmt das mit Amadori?«

McCaskey nickte, wandte jedoch den Blick nicht von Luis. Der Interpolbeamte war aschfahl im Gesicht und atmete nur noch flach. McCaskey überprüfte den improvisierten Verband. Dann begann er, sein Hemd in Streifen zu reißen.

»Pater, wir müssen Luis ins Krankenhaus bringen. Würden Sie ein Auto anhalten?«

»Ich glaube nicht, daß das notwendig sein wird.«

McCaskey blickte zur Straße. Dort hatte ein Polizeiwagen am Straßenrand gehalten. Vier Männer in auffälliger Uniform mit dunkelblauer Baskenmütze, weißem Gürtel und Halbgamaschen waren ausgestiegen.

»Die Guardia Real«, erklärte María. »Die königliche Garde.«

Ihnen folgte ein fünfter Mann. Ein hochgewachsener, weißhaariger Herr, dessen stolze Haltung den Soldaten verriet. Er näherte sich mit eiligen Schritten.

»Das ist General de la Vega«, sagte McCaskey. Dann schrie er: »Wir brauchen Hilfe. Luis ist verletzt.«

»¡Ambulancia!« ergänzte María.

Die Männer der königlichen Garde rannten auf sie zu. Dabei rief einer von ihnen María etwas zu.

Sie nickte und wandte sich dann zu McCaskey um. »Auf der Plaza de Oriente wird ein mobiles Lazarett eingerichtet. Dort werden sie ihn hinbringen.«

McCaskey blickte auf Luis herab. Nachdem er den Interpolbeamten verbunden hatte, nahm er dessen Hand und drückte sie fest. »Halt durch, Partner. Die Hilfe ist da.«

Ohne die Augen zu öffnen, antwortete Luis ihm mit einem schwachen Händedruck. Pater Norberto kniete neben ihm nieder, um für ihn zu beten. Der Priester hatte eindeutig Schmerzen, von denen er sich aber ebenso offenkundig nicht aufhalten lassen wollte.

Einen Augenblick später fielen im Palast erneut Schüsse. McCaskey und María wechselten einen Blick.

»Hört sich so an, als meinte es die Regierung ernst«, kommentierte McCaskey.

María nickte. »Wir werden heute eine Menge guter Leute verlieren. Und warum? Nur weil ein Wahnsinniger eine Vision hatte.«

»Oder seine Eitelkeit nicht im Zaum halten konnte«, ergänzte McCaskey. »Ich weiß nie, welches Motiv für einen Diktator wichtiger ist.«

Noch während sie sprachen, war die Garde eingetroffen. Zwei Männer hoben Luis vorsichtig an und trugen ihn zur Plaza. Der General dankte McCaskey und María für alles, was sie getan hatten und rannte den beiden nach. Unterdessen hoben die anderen Beamten María hoch.

»Mein Ehrengeleit«, meinte sie verschmitzt.

McCaskey lächelte und erhob sich mit Hilfe von Pater Norberto. Die beiden gingen neben María, während sie fortgetragen wurde. Bei jedem Schritt fuhr der Schmerz wie ein Messer durch McCaskeys Körper, aber er hielt mit den Gardisten Schritt. Nur selten im Leben erhielt man eine zweite Chance, die Gelegenheit, eine falsche Entscheidung in einer

Krise zu korrigieren oder eine verlorene Geliebte wiederzugewinnen. McCaskey hatte beides erlebt. Er wußte, welche Schuldgefühle einen quälten, wenn man durch Zaudern, Angst oder Schwäche Schuld auf sich geladen hatte.

Wenn María Corneja ihn noch wollte, würde er sie nie wieder gehen lassen. Nicht einmal für eine Minute wollte er von ihr getrennt sein. Diese zweite Chance zu verpassen wäre viel, viel schlimmer als alles, was er das erstemal durchlitten hatte.

María suchte und fand seine Hand. Als ihre Augen sich trafen, ließ zumindest der Schmerz der Ungewißheit schlagartig nach.

Sie empfand wie er.

50

Dienstag, 7 Uhr 20 – Washington, D.C.

Obwohl er während der letzten 24 Stunden nicht viel geschlafen hatte, fühlte Paul Hood sich überraschend frisch.

Nach Augusts und Aideens Rückkehr ins Interpolhauptquartier hatte er mit ihnen gesprochen. Über das Schicksal von Darrell McCaskey, María Corneja und Luis García de la Vega war zu diesem Zeitpunkt nichts bekannt gewesen, obwohl General Manolo de la Vega ihm versichert hatte, daß zum richtigen Zeitpunkt eine Kampfeinheit der Polizei eingreifen werde, selbst wenn er jeden einzelnen Beamten dazu persönlich auf den Weg schicken müsse.

Schließlich rief McCaskey aus einem Lazarett an, um durchzugeben, daß sie in Ordnung waren. Ein detaillierter Bericht konnte erst über eine abhörsichere Leitung von Interpol erfolgen.

Hood, Rodgers, Herbert, Coffey und Plummer feierten mit einer Kanne frischen Kaffees und gratulierten sich gegenseitig. Dann rief Botschafter Abril an, um ihnen mitzuteilen, daß König und Ministerpräsident informiert worden seien und um 14 Uhr Ortszeit eine Rede an die Nation halten würden. Abril konnte nicht sagen, ob der Königspalast zurückerobert worden war. Er erklärte, das Weiße Haus werde informiert, sobald Näheres bekannt sei, die Information müsse dann über die offiziellen Kanäle weitergeleitet werden.

Was die Zukunft Spanien anging, konnte Abril sich ebenfalls nicht äußern, nicht nur, weil es unangebracht gewesen wäre, sondern auch, weil er sie nicht kannte.

»Der Abgeordnete Serrador und General Amadori haben mächtige gegnerische Kräfte mobilisiert«, erklärte er. »Ethnische und kulturelle Unterschiede haben eine Bedeutung erlangt, die sich kaum noch überspielen lassen wird.«

»Wir hoffen alle das Beste«, entgegnete Hood.

Der Botschafter dankte ihm.

Nachdem Hood aufgelegt hatte, murmelte Herbert ein paar Südstaatenausdrücke, die anschaulich illustrierten, was er von dem Botschafter und dessen Geheimnistuerei hielt, obwohl Ron Plummer ihn daran erinnerte, daß der Botschafter sich nur an die Vorschriften halte.

»Ich erinnere mich noch, wie empört Jimmy Carter war, als Teheran die amerikanischen Geiseln freiließ«, erzählte er. »Die Iraner warteten mit der Freilassung, bis Ronald Reagan den Amtseid abgelegt hatte. Als der frühere Präsident im Weißen Haus anrief, um herauszufinden, ob man die Amerikaner freigelassen hatte, teilte man ihm mit, diese Information sei geheim. Erst viel später erfuhr er die Wahrheit.«

Das besänftigte Herbert keineswegs. Er griff nach dem Telefon in der Armlehne seines Rollstuhls und rief sein Büro an, wo er seinen Assistenten bat, sich mit Interpol in Verbindung zu setzen und die Späher um ein Update zur Lage im Palast zu bitten. Kaum zwei Minuten später wußte er, daß die Schießerei aufgehört hatte und die Polizei an den wenigen Punkten des Palastes, die von den Interpoldetektiven einzusehen waren, Herr der Lage zu sein schien. Ein Anruf bei Stephen Viens und eine Überprüfung der NRO-Satelliten bestätigte, daß die Soldaten innerhalb der gesamten Anlage entwaffnet und Zivilisten zu einem Rotkreuz-Lazarett geführt wurden, das man vor der Kathedrale Nuestra Señora de la Almudena errichtet hatte.

Herbert grinste triumphierend. »Was halten Sie davon, wenn wir Abril mitteilen, daß die ›diplomatischen Kanäle‹ heutzutage wesentlich verzweigter sind als früher?«

Um 7 Uhr 45 kam endlich McCaskeys Anruf, den Hood auf Lautsprecher schaltete. McCaskey erklärte, er sei völlig erschöpft, habe drei gebrochene Rippen und eine Nierenquetschung. Ansonsten befinde er sich in ausgezeichneter Verfassung. María und Luis würden gerade operiert, schwebten aber nicht in Lebensgefahr.

»Ich werde eine Weile hierbleiben, um mich zu erholen«, erklärte McCaskey. »Ich hoffe, das stellt kein Problem dar.«

»Überhaupt nicht«, entgegnete Hood. »Bleiben Sie, bis Sie alles nachgeholt haben, was Sie in letzter Zeit versäumt haben.«

McCaskey dankte ihm.

Von McCaskeys Rolle beim Tod von General Amadori wurde nicht gesprochen. Jemand vom Op-Center, vermutlich Mike Rodgers, würde nach Spanien fliegen, um dieses Gespräch mit ihm zu führen. Unter Geheimdienstagenten galt die Regel, daß Mord mit nahezu ritueller Ehrfurcht zu behandeln war. Der Bericht mußte von Angesicht zu Angesicht erstattet werden, wie bei einer Beichte. Damit sollte sichergestellt werden, daß die Eliminierung einer Führerpersönlichkeit oder eines Spions, die manchmal unumgänglich war, nicht auf die leichte Schulter genommen wurde.

»Es gibt etwas, das ich so schnell wie möglich erledigen möchte«, sagte McCaskey.

»Und das wäre?« erkundigte sich Hood.

»Es hat hier auch viel religiöse Unruhe gegeben. General de la Vega hat mich davon unterrichtet, daß Generalsuperior González, das Oberhaupt der spanischen Jesuiten, offenbar ein überzeugter Anhänger General Amadoris war. Während des Strikereinsatzes wurde der Generalsuperior durch Tränengas verletzt, als er mit dem General im Thronsaal ein Gespräch führte. Es wird mit Sicherheit zu einer Untersuchung durch den Vatikan kommen.«

»Da werden eine Menge Spanier ziemlich unglücklich sein«, gab Rodgers zu bedenken. »Vor allem, wenn der Generalsuperior die Vorwürfe bestreitet und es zu Spannungen zwischen den Jesuiten und anderen Katholiken kommt.«

»All dies wird den Zusammenbruch Spaniens, wie wir es kennen, weiter beschleunigen«, meinte McCaskey. »Jeder hier glaubt, daß der Kollaps unmittelbar bevorsteht. Eine Persönlichkeit, die in direktem Kontakt zum Ministerpräsident steht, hat General de la Vega erzählt, es werde bereits an einer neuen Verfassung gearbeitet, die den Regionen praktisch Autonomie zugestehe. Die Zentralregierung würde demnach nur noch eine Art Kontrollfunktion besitzen.«

Herbert verschränkte die muskulösen Arme. »Warum rufen wir nicht Abril an und lassen ihn wissen, was in seinem Land vor sich geht?«

Hood runzelte die Stirn und bedeutete ihm zu schweigen.

»Der Grund, warum ich Generalsuperior González erwähnte«, fuhr McCaskey fort, »ist, daß es hier einen Jesuitenpriester gibt, der dazu beigetragen hat, uns das Leben zu retten. Sein Name ist Pater Norberto Alcazar.«

»Geht es ihm gut?« fragte Hood, während er den Namen niederschrieb.

»Er wurde verletzt, als er mich zu María brachte. Ein paar Prellungen durch Steinsplitter, die von einschlagenden Kugeln losgerissen wurden. Nichts Ernstes. Ich würde allerdings gern etwas für ihn tun. Er scheint mir nicht die Art Priester zu sein, die die Karriereleiter emporklettern möchte oder so. Im Lazarett hat er mir mitgeteilt, daß er bei den Kämpfen seinen Bruder verloren hat. Er hat einiges mitgemacht. Vielleicht können wir etwas für seine Gemeinde tun. Mal sehen, ob das Weiße Haus über den Vatikan etwas arrangieren kann.«

»Wir werden mit den Leuten dort sprechen«, erwiderte Hood. »Die Stiftung eines Stipendiums, das den Namen

Bruders trägt, liegt mit Sicherheit im Bereich des Möglichen.«

»Hört sich gut an«, gab McCaskey zurück. »Vielleicht sollte man das auch für Martha tun, damit aus all diesem Wahnsinn wenigstens etwas Gutes entsteht.«

Nachdem die anderen Männer McCaskey Glück gewünscht hatten – »nicht nur für Ihre Gesundheit«, hatte Herbert hinzugefügt – legte Hood auf. Pater Norbertos Geschichte erinnerte ihn an etwas, das man in solchen Zeiten häufig aus den Augen verlor. Nicht nur das Schicksal einer Nation nahm plötzlich einen anderen Lauf. Ein Ereignis zog seine Kreise, beeinflußte die gesamte Welt, aber auch jeden Bürger eines Landes. Es war eine aufregende Erfahrung, diesen Prozeß zu beobachten, aber das Wissen, daran wesentlich beteiligt gewesen zu sein, ohne sein Büro verlassen zu haben, schien Hood geradezu überwältigend.

Es war Zeit, diese Verantwortung abzugeben.

Er rief Bugs Benet an und bat ihn, eine Leitung zu seiner Frau herzustellen, die sich bei ihren Eltern in Old Saybrook aufhalte.

Herbert blickte ihn an. »Eine plötzliche Reise?«

Hood schüttelte den Kopf. »Nein, war schon lange geplant.« Er drehte den Computermonitor zu sich herum und öffnete sein persönliches Verzeichnis.

Die Sprechanlage summte. »Sir?«

»Ja, Bugs?«

»Mr. Kent sagt, Sharon und die Kinder seien heute morgen früh aufgebrochen, um die Acht-Uhr-Maschine nach Washington zu nehmen. Möchten Sie mit ihm reden?«

»Nein«, Hood blickte auf die Uhr. »Danken Sie ihm, und sagen Sie ihm, ich melde mich später.«

»Soll ich Mrs. Hood auf ihrem Mobiltelefon anrufen?«

»Nein, Bugs. Ich spreche selbst mit ihr, wenn ich sie vom Flughafen abhole.«

Er hängte auf und trank seinen Kaffee aus. Dann erhob er sich.

»Sie fahren jetzt zum Flughafen?« fragte Herbert. »Boß, Sie müssen doch bestimmt noch den Präsidenten informieren.«

Hood blickte Rodgers an. »Mike, können Sie das für mich übernehmen?«

»Na, klar.« Rodgers klopfte auf seine Verbände. »Ich habe mich extra neu einwickeln lassen, bevor ich herkam.«

»Prima.« Hood zog sein Mobiltelefon aus der Tasche seines Jacketts und legte es in eine Schublade. »Ich verschwinde hier, bevor man nach mir verlangt.«

»Wann werden Sie zurück sein?« fragte Herbert.

Hood blickte auf den Monitor und beugte sich über das Keyboard. »Wir treffen uns bei dem Gottesdienst für Martha.«

Bei diesen Worten sah er Rodgers an, der seinen Blick erwiderte, ohne mit der Wimper zu zucken. Der General hatte verstanden.

»Eines kann ich Ihnen sagen«, fuhr Hood fort. »Darrell hatte recht. Auch aus dem Wahnsinn kann Gutes entstehen. In all den Krisen, die wir gemeinsam durchgestanden haben, hätte ich mir kein besseres Team wünschen können.«

»Das klingt nicht gut«, meinte Herbert.

Hood lächelte, und lächelnd schickte er die E-Mail mit seiner Rücktrittserklärung ans Weiße Haus. Dann richtete er sich auf, salutierte respektvoll vor Mike Rodgers und ging zur Tür hinaus.

Tom Clancy

Kein anderer Autor spielt so gekonnt mit politischen Fiktionen wie Tom Clancy.

»Ein Autor, der nicht in Science Fiction abdriftet, sondern realistische Ausgangssituationen spannend zum Roman verdichtet.«
DER SPIEGEL

01/13041

Eine Auswahl:

Tom Clancy
Gnadenlos
01/9863

Ehrenschuld
01/10337

Der Kardinal im Kreml
01/13081

Operation Rainbow
Im Heyne-Hörbuch als MC oder CD lieferbar

Tom Clancy
Steve Pieczenik
Tom Clancys OP-Center 5
Machtspiele
01/10875

Tom Clancys OP-Center 6
Ausnahmezustand
01/13042

Tom Clancys Net Force 1
Intermafia
01/10819

Tom Clancys Net Force 2
Fluchtpunkt
01/10876

Tom Clancys Power Plays 2
01/10874

Tom Clancys Power Plays 3
Explosiv
01/13041

HEYNE-TASCHENBÜCHER